De nomade

Van Anya Niewierra zijn verschenen:

Vrij uitzicht
Het dossier
Het bloemenmeisje
De Camino
Witte ballonnen (kort verhaal, e-only)
Ook dat nog (met Merel Godelieve)

Anya Niewierra

De nomade

LUITINGH-SIJTHOFF

Dit boek speelt zowel in het Duitse middelgebergte Harz als in de drielandenregio van Litouwen, Polen en Belarus. Er is geprobeerd om het recente verleden van deze gebieden met de aldaar bekende personen en instanties tot leven te brengen. Zie daartoe ook het dankwoord en de verantwoording achterin. Echter, dit verhaal en alle personages die daarin figureren, zijn fictie. Iedere overeenkomst met nog levende of overleden personen berust dan ook op toeval. Dat geldt bijvoorbeeld ook voor het fictieve personage Pavel Rybak. De gedwongen landing in Minsk op 23 mei 2021 van Ryanair-vlucht fr4978 onder het voorwendsel van een bommelding is de feitelijke gebeurtenis die als basis dient voor het fictieve verhaal dat erop volgt.

Uitgave door uitgeverij Luitingh-Sijthoff bv, Amsterdam

Omslagontwerp Studio Jan de Boer
Omslagbeeld Cavan Images/Getty Images
Illustraties kaarten Jan de Jonge/Roughmen
Opmaak kaarten DPS design & prepress studio, Amsterdam
Opmaak binnenwerk Crius Group, Hulshout

ISBN 978 90 210 5188 8
ISBN 978 90 210 3259 7 (e-book)
ISBN 978 90 210 4162 9 (luisterboek)
NUR 305

www.niewierra.com
www.lsuitgeverij.nl
www.boekenwereld.com

Uitgeverij Luitingh-Sijthoff vindt het belangrijk om op milieuvriendelijke en verantwoorde wijze met natuurlijke bronnen om te gaan. Bij de productie van dit boek is daarom gebruikgemaakt van papier waarvan het zeker is dat dit niet tot bosvernietiging heeft geleid.

Voor mijn opa, Otto Emil Niewierra,
een zoon van Oost-Pruisen.

En voor mijn lieve mama, Lenie. Zij inspireerde
mij mede tot het schrijven van dit boek.

Grenzen Europa in 2024 met ligging voormalig Oost-Pruisen, de DDR, verloop IJzeren Gordijn en grens USSR

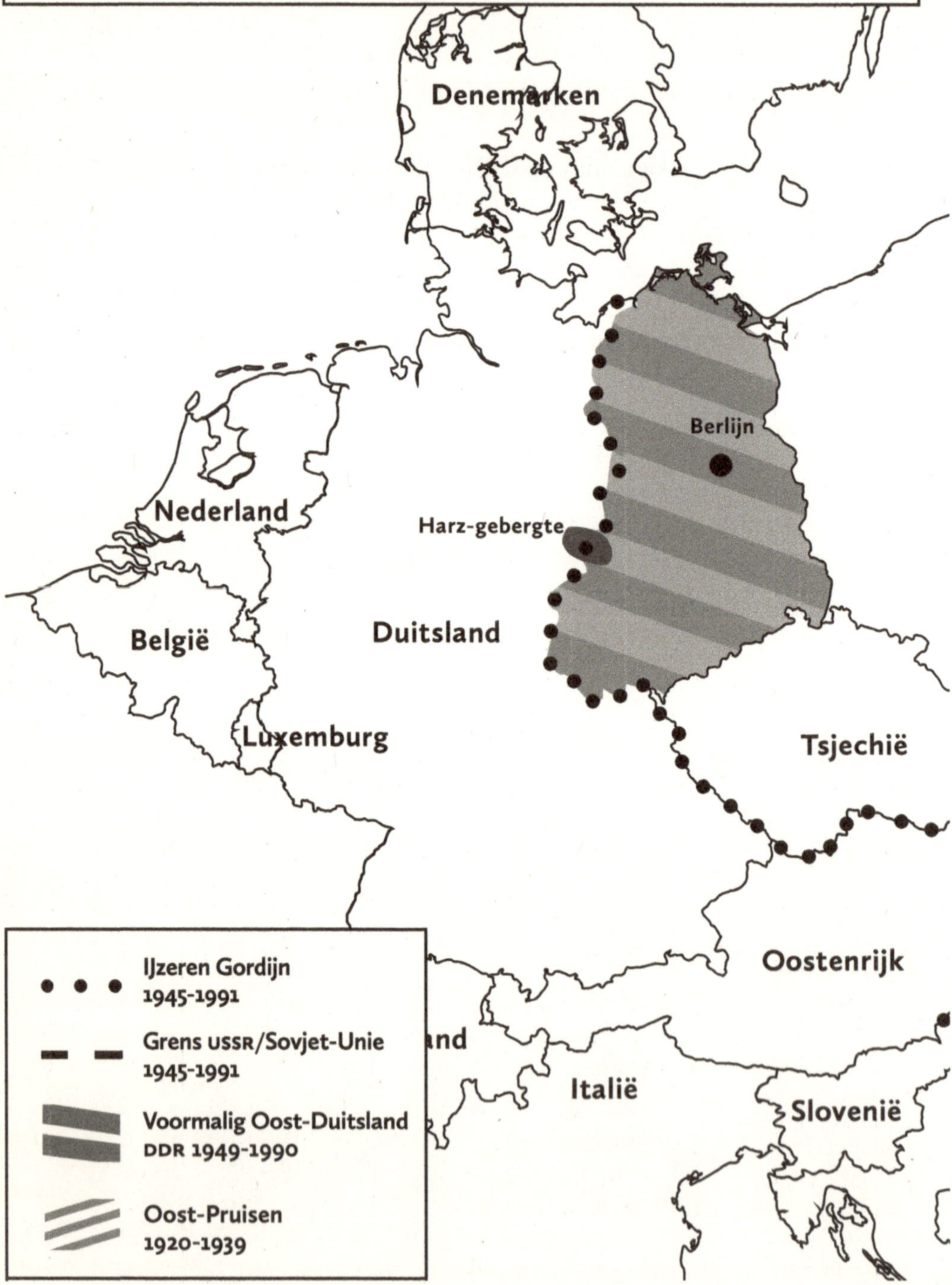

Letland
Russische Federatie
Litouwen
Russische enclave Kaliningrad
Vilnius
Druskininkai
Minsk
Nemnovo
Wit-Rusland/ Belarus
Olecko
Grodno
Warschau
Polen
Kiev
Oekraïne
Slowakije
Moldavië
Hongarije
Roemenië
Kroatië
Servië
Bosnië-Herzegovina
Bulgarije

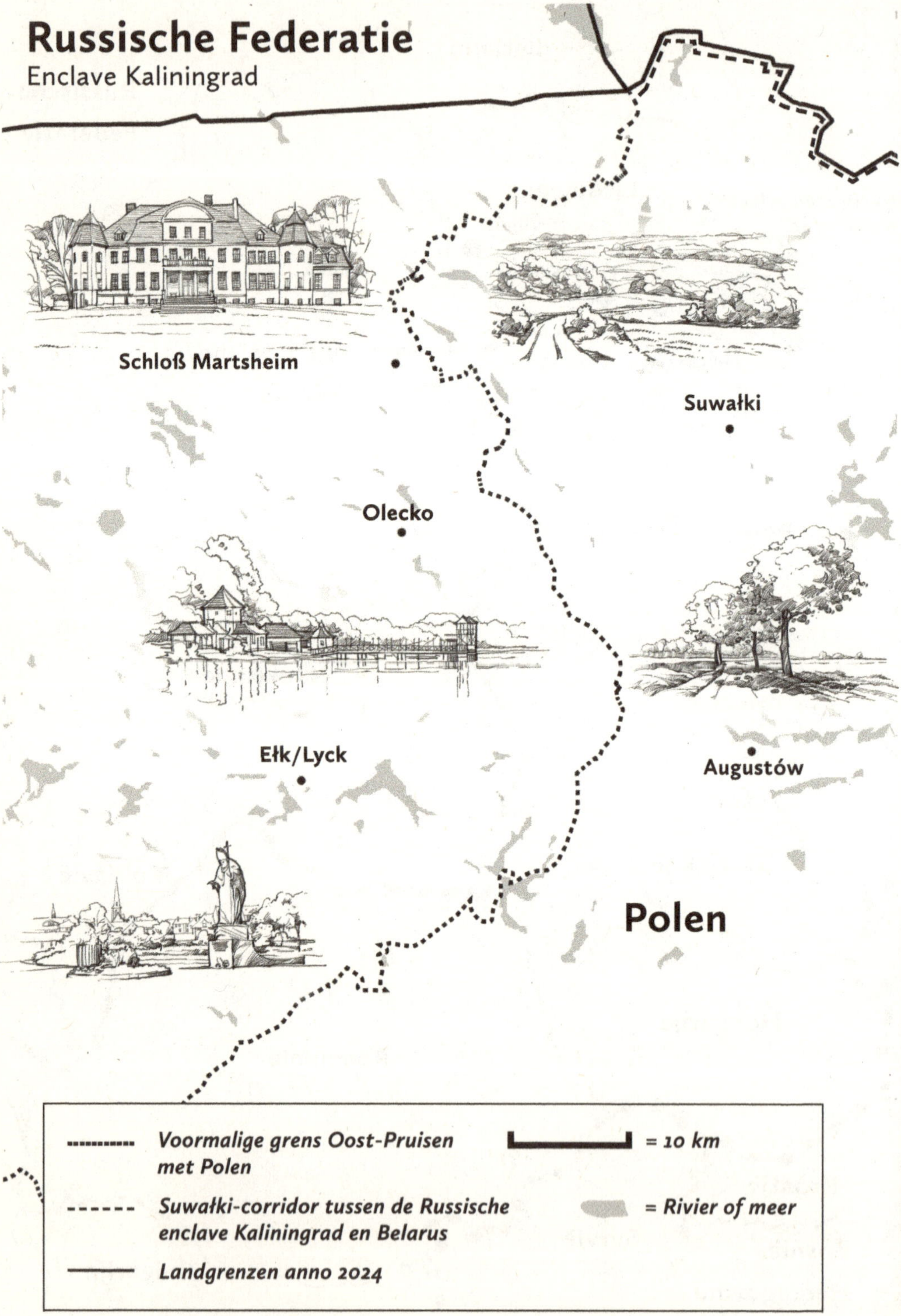
Russische Federatie
Enclave Kaliningrad
Schloß Martsheim
Suwałki
Olecko
Ełk/Lyck
Augustów
Polen
Voormalige grens Oost-Pruisen met Polen
Suwałki-corridor tussen de Russische enclave Kaliningrad en Belarus
Landgrenzen anno 2024
= 10 km
= Rivier of meer

De reis van Olga door de drielandenregio
Polen, Litouwen en Belarus
Litouwen
Memel
Druskininkai
Gerdašia
Przewałka
Grensovergang
Raigardas
Drielandenpunt
Nemnovo
Augustów-kanaal
Grodno
Belarus

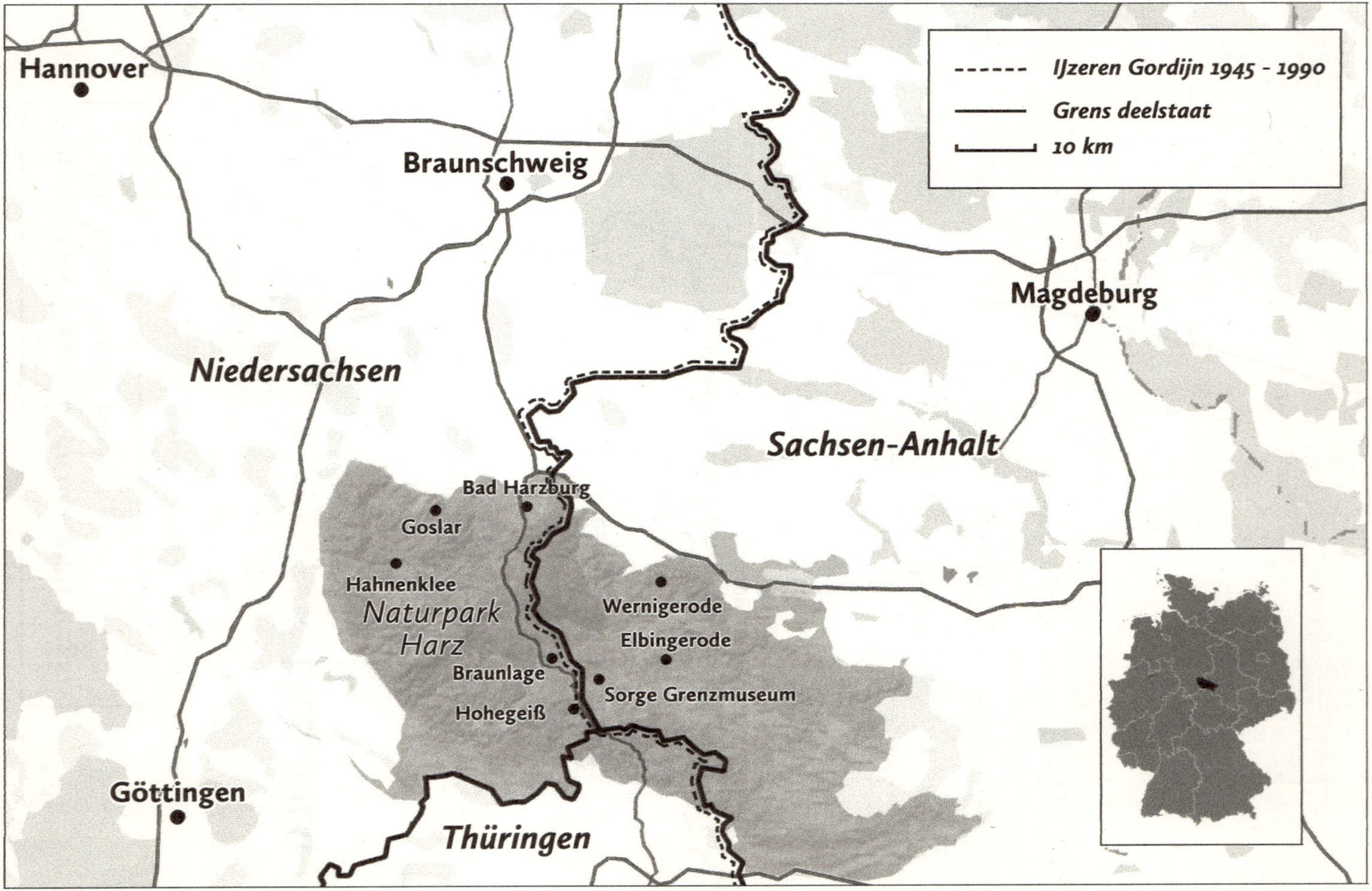
IJzeren Gordijn 1945 - 1990
Grens deelstaat
10 km
Hannover
Braunschweig
Magdeburg
Niedersachsen
Sachsen-Anhalt
Bad Harzburg
Goslar
Hahnenklee
Naturpark Harz
Wernigerode
Elbingerode
Braunlage
Sorge Grenzmuseum
Hohegeiß
Göttingen
Thüringen

Opbouw grensinstallaties tussen de DDR en de BRD (Bondsrepubliek Duitsland) in de Harz in 1988

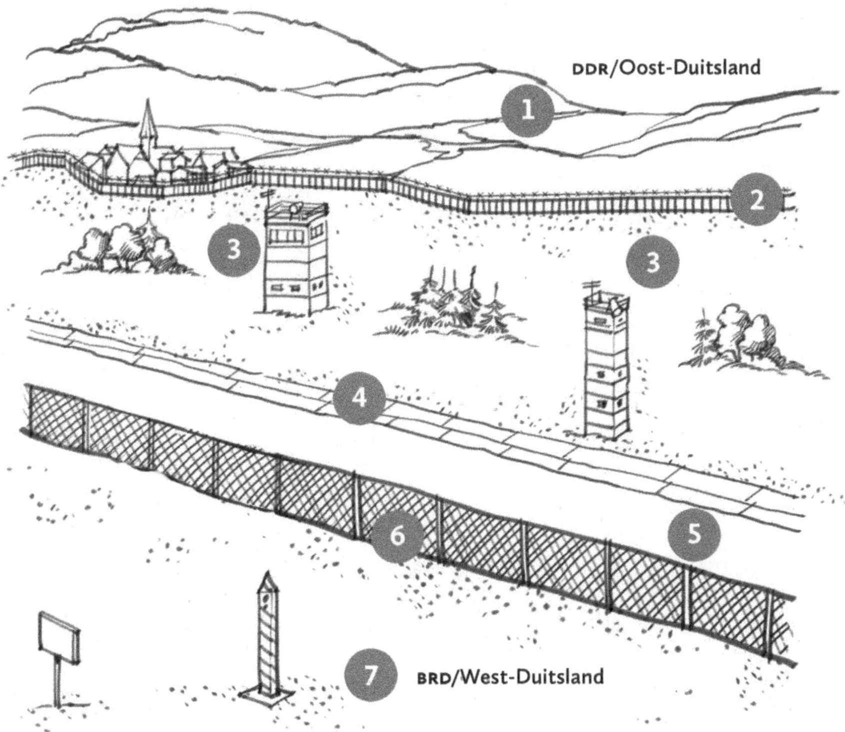

1. **Verboden zone** (*Sperrzone*): 1e barrière: 5 km vanaf de grens was een verboden zone. DDR-burgers mochten deze alleen betreden met een apart document. In dit gebied bevond zich vaak de kazerne met de grenssoldaten.
2. **Het signaalhekwerk** (*Signalzaun*). Dit was de 2e barrière. Als een republiekvluchteling deze aanraakte ging in de kazerne een alarm af en kwamen de grenssoldaten naar de betreffende sectie om deze te controleren.
3. **Wachttoren** (*Beobachtungsturm*). Deze lagen parallel aan de grens. Je had gewone bewakingstorens van 2x2 meter en 9 meter hoog. Deze waren voorzien van communicatiemiddelen en schijnwerpers. Daarnaast had je wachttorens voor leidinggevenden. Deze waren 4x4 meter en 9 meter hoog. De bovenste verdieping was voor observatie. In de middelste verdieping zat een alarmgroep en op de begane grond en in de kelder bevonden zich technische installaties.
4. **Colonneweg** (*Kolonnenweg*). Deze weg liep parallel aan de grens en was gemaakt van betonplaten met daarin ronde gaten waar onkruid doorheen groeide. Dit maakte de platen stevig. De colonneweg stelde de DDR-grenssoldaten in de gelegenheid om zich snel langs de grens te verplaatsen met jeeps en motoren.
5. **Controlestrip ofwel doodsstrip** (*Kontrollstreifen/Todesstreifen*). Deze was van aangeharkte aarde en werd regelmatig gecontroleerd op voetstappen van mogelijke vluchtelingen. Tot 1983 lagen hier nog landmijnen.
6. **Hekwerk van platen van metaalgaas** (*Metallplattenzaun*). Deze hekwerken waren 3,20 meter hoog en de 3e barrière tussen Oost en West. Tot 1983 waren deze voorzien van zogenaamde zelfschietsystemen (*Selbstschussanlagen*).
7. **Grens met West-Duitsland (BRD)**. Deze lag enkele meters vanaf het hekwerk van metaalgaas.

'Iedereen houdt de grenzen van zijn eigen gezichtsveld voor de grenzen van de wereld.'

Toegeschreven aan A. Schopenhauer (1788-1860), Duits filosoof.

Voorwoord

Waar komt jouw naam vandaan?

'Waar komt de naam Niewierra vandaan?' vroeg een leraar me in de winter van 1976.

Ik was twaalf en ik zat al enkele weken op de middelbare school. Ik haalde mijn schouders op, want ik wist het niet. Dus vroeg ik het die avond aan mijn vader.

'Onze naam? Die komt uit Oost-Pruisen. De familie van opa woonde daar vele eeuwen.'

'En waar ligt dat?' vroeg ik.

'Aan de Oostzee. En dan landinwaarts.'

Hij pakte een atlas en bladerde naar het noordoosten van Europa. Ik herkende Denemarken, Zweden, Polen en de USSR. Nu nog zie ik hoe zijn wijsvinger over de kaart zweeft en de plek zoekt waar ooit de boerderij van zijn voorouders lag.

'Ik kan het zo snel niet vinden,' verzuchtte hij. 'Want, eh, Oost-Pruisen bestaat niet meer. Het is na de oorlog opgedeeld tussen Polen en Rusland. Zij gaven de steden en dorpen nieuwe namen.'

'Dus het land van opa is weg?'

Mijn vader aarzelde.

'Ja, min of meer. De Oost-Pruisen die er woonden zijn weg. Die moesten in 1945 vluchten voor de Russen. De grond is er natuurlijk wel nog. Er wonen nu andere mensen.'

'En ben jij er al eens geweest?'

'Nee. Daar kom je niet in.'

'En heb je foto's?'

'Nee. Niks.'

En dat was het. Mijn vader ging weer aan het werk en ik ging huiswerk maken. Maar ik kon me die avond maar moeilijk concentreren. Mijn gedachten waren bij mijn opa, die kort na de geboorte van mijn vader was gestorven. We hadden hem nooit gekend. Het enige wat we van hem hadden was een foto. En natuurlijk zijn naam. En die zag ik elke dag, op elk blaadje, op elk proefwerk, op elk pasje en op elk lijstje. Hij voelde vertrouwd, die naam, maar toch was het een vreemde naam. Want hij kwam uit een land dat niet meer bestond.

Dat idee intrigeerde me en leidde bijna een halve eeuw later tot *De nomade*, een verhaal over het vinden van je eigen identiteit in een gebied met bewegende grenzen...

Vrijdag 24 mei 2024

Première van de documentaire *De Grensman* in Berlijn

24 mei 2024: Première van de documentaire *De Grensman*

Alle plaatsen zijn bezet in het theater, de lichten zijn uit en de toeschouwers kijken naar het scherm. De documentaire draait al een kwartier en de camera zoomt nu in op een kleine ruimte met vaalgele wanden, een stalen bureau met daarop een glas water, een brillenkoker en een boek. Op de achtergrond een raam zonder gordijnen. Je ziet vaag de contouren van een grauwe binnenplaats met een kale boom. Achter het bureau zit een man. Hij draagt een hoody, zijn gezicht is onherkenbaar door het tegenlicht. Als hij opzij kijkt, zie je een korte baard.

***'U hebt dus iemand vermoord?'* vraagt de interviewer. Die blijft buiten beeld, maar de stem is die van een vrouw. Haar toon is zakelijk, maar haar hoge ademhaling verraadt emotie.**
De man kucht en geeft antwoord. Zijn stem is vervormd, maar wel verstaanbaar. *'Ja, zo kun je het wellicht stellen.'*

'Twijfelt u over die omschrijving?'
'Nee, dat is het niet. Maar wij wisten toen ook niet beter. Het is niet alsof...'

De interviewer onderbreekt de man. *'Kunt u ons mee terug nemen naar het exacte moment? Wanneer en waar het gebeurde?'*
Een korte stilte valt. *'Het gebeurde in 1988, anderhalf jaar voor de val van de Muur. Ik werkte als dienstplichtig militair bij de* DDR *Grenstroepen.'*

De man stopt even en friemelt aan het leren bandje van zijn horloge.

'Alle mannen tussen 18 en 26 jaar moesten in dienst. Of je nu wilde of niet...'

De man zucht. *'De Staat besliste waar je heen ging. De Stasi stuurde me na de screening naar de grens. Daar gingen alleen regimegetrouwe jongens naartoe en zo zagen ze mij. De* DDR *presenteerde de* Grenzers *als de helden van de republiek. Mijn ouders waren trots toen de brief binnenkwam met de mededeling dat ik voor de grens was geselecteerd.*

'En was u zelf ook trots?'
'Nee. Ik baalde. Binnen mijn vriendenkring stond een diensttijd aan de grens bekend als saai. Daar gebeurde nooit wat volgens de verhalen die rondgingen. Je moest je door de dagen slepen.'

'En wat dacht u van het feit dat u zou gaan meewerken aan het bewaken van een grens waar ze mensen doodschoten die het land uit wilden vluchten?'
'Nou, ik zag mezelf zeker niet als een regimehelper, als u daarop doelt.'

De reactie van de man is fel. *'Die grens was er gewoon en die zou nooit meer weggaan. Wij zaten gevangen in een totalitair systeem en als je een normaal leven wilde, dan deed je wat de Staat je opdroeg, zonder vragen te stellen. Die houding werd al vanaf de kleuterklas in onze kop gestampt. En dat was ook de boodschap van mijn ouders: doe wat ze zeggen, val niet op en zwijg. Bovendien was er amper informatie over het werk aan de grens. Internet bestond nog niet. Het weinige wat we wisten kwam van het propagandamateriaal van de* SED *en van horen zeggen.'*

Op het scherm worden opnamen getoond van voormalige DDR-leiders. Een mannelijke voice-over geeft uitleg over de SED, de Sozialistische Einheitspartei Deutschlands, de almachtige communistische partij van de DDR. Hierna volgt een uitsnede uit een promotiefilm waarin een SED-functionaris in heroïsche bewoordingen uitleg geeft over het werk van de grenssoldaten.

Enkele personen in de zaal schudden meewarig hun hoofd.

Het bureau met de man verschijnt weer in beeld.

'En waar precies was u gestationeerd?'
'In het Harz-gebergte, op de grens tussen de DDR *en West-Duitsland.'*

De toeschouwers zien nu oude luchtopnamen van het IJzeren Gordijn. Met eindeloze dennenbossen die worden opengereten door een brede strook land met gekapte bomen. En op die kale vlakte zijn rollen met prikkeldraad, wachttorens en bunkers. De camera haalt vervolgens een drie meter hoge ijzeren wand dichterbij. Deze vormde de laatste barrière tussen oost en west. De zon schijnt door de ruitjesvormige gaatjes in het staal en verspreidt een gebroken licht.

'En wat was de taak van een Grenzer?'
'De formele tekst was zoiets als onze socialistische staatsgrens beschermen tegen het Kapitalistische Kwaad. Ze spraken ook wel van de antifascistische beschermingswal. In West-Duitsland woonden namelijk de nazi-nazaten die een volgende oorlog wilden beginnen.'

De man gaat verzitten en neemt een slok van zijn water. *'Maar het echte Kwaad woonde natuurlijk in de DDR zelf. Dat waren de verraders die weg wilden uit ons boeren- en arbeidersparadijs. Die moesten we tegenhouden. Dát was onze eigenlijke taak.'*

Sarcasme klinkt door in zijn stem.

'Dat is een grote verantwoordelijkheid voor een jongen van negentien.'
De man lacht wrang. *'Ik was nooit alleen. We waren altijd met z'n tweeën, want het kón natuurlijk zijn dat de Stasi een selectiefout had gemaakt en dat een Grenzer zich liet verleiden door het Westen en de benen nam. In dat geval had zijn collega een schietbevel. Maar die zorg was er niet tijdens die bewuste nacht, want mijn collega was grieperig. Bovendien was hij mijn meerdere en een beroepsmilitair met een gezin. Kleine kans dat zo'n man over de drie meter hoge staalplaten klom. En je draaide je dienst ook steeds met iemand anders. Dat was opzet, want zo konden we geen warme relaties met elkaar aanknopen en dus geen plannen smeden voor een duo-ontsnapping. En we wisten ook dat er tussen de Grenzers Stasimedewerkers zaten, en die waren genadeloos. Eén foute opmerking en je werd afgevoerd.'*

'En hoe zagen uw dagen eruit?'
'Ze waren monotoon. Er waren de standaard militaire oefeningen rond de kazerne, de corvees, de pesterijen, het gedril. En elke dag patrouilles lopen langs de grens en urenlang de vijand observeren vanuit de toren. Maar aan de overkant gebeurde niks. Het uitzicht

was altijd hetzelfde: bossen. Het enige wat tijdens mijn diensttijd veranderde, waren de blaadjes aan de bomen. Die verkleurden en vielen af.'

'Er waren dus niet veel mensen die de grens over wilden?'
'Tuurlijk wel! Velen wilden weg uit de DDR, *maar de meesten durfden er zelfs niet over na te denken. Op een vluchtpoging stond een lange gevangenisstraf. Bovendien was het algemeen bekend dat de grens was voorzien van een ingenieus bewakingssysteem. Ook wist men dat er met scherp werd geschoten. En toch bleven de mensen het proberen. Uit wanhoop.'*

Terwijl de man praat, rouleren op de filmwand foto's van burgers die werden doodgeschoten toen ze uit de DDR probeerden te vluchten.

De interviewer schraapt haar keel. *'En toen kwam die bewuste dag. De eerste keer in al die maanden dat u in actie moest komen.'*
De man wrijft met zijn wijsvinger over een kras in het bureau. Alsof hij die wil wegvegen. *'Ja. En daar was ik dus niet meer op voorbereid. Geestelijk, bedoel ik. Als er maandenlang nul activiteit is, dan ga je dat normaal vinden. Mijn geweer voelde inmiddels als een ceremonieel attribuut. Je hing het elke dag weer om, maar je zou het nooit gebruiken. Tenminste, dat dacht ik. Maar ik had het mis.'*

De man ademt zwaar.

'Ga verder…'
'Het was vroeg in de ochtend, nog donker. Het was hartje winter. Buiten stormde het. We zaten in de toren. De wind floot door de spleten van de stalen deur. De sneeuwvlokken weerkaatsten het felle licht van de schijnwerper. Hierdoor was ons zicht nihil. Ik vocht tegen de slaap toen de veldtelefoon afging. De commandant blafte dat in onze sectie een republiekvlucht gaande was. Ik was meteen hyper en wekte mijn grieperige collega. We noemen hem even Klaus. Oké? Ik kan zijn echte naam immers niet zeggen.'

'Dat is prima. We noemen hem Klaus.'
'Nou. Deze Klaus verzamelde al zijn krachten en stond op. We grepen ons geweer en draafden via het open terrein naar de afscheiding.

Daar begonnen we met het controleren van onze grensstrook, een traject van een paar kilometer. De drie meter hoge stalen platen op de grens waren door de sneeuw en de vorst verworden tot een immense witte barrière, waar je niet meer doorheen kon kijken. Wat aan de andere kant gebeurde, konden we dus niet zien. En ofschoon ik wel wist dat daar alleen bos was, gaf het me toch een akelig gevoel. Bovendien kwamen we door de sneeuwstorm amper vooruit.'

Het blijft een tijdje stil. De man veegt met de palm van zijn hand over zijn gezicht en herneemt dan het woord. *'Mijn hele leven heb ik me afgevraagd wat ik dacht of voelde in dat kwartier tussen het telefoontje van de commandant en het dodelijke schot, maar er is een gat in mijn geheugen. Er resten slechts fragmenten van een witte wereld met witte bomen, een witte vlakte, een wit licht en een witte wand, met daaraan een touwladder...'*

Drie jaar eerder

Olga

Deel 1:

Een draai in de lucht

'Niets is moeilijker terug te vinden dan verloren vertrouwen.'

Fliegende Blätter, Duits humoristisch weekblad 1844-1944.

1
Zondag 23 mei 2021, ochtend
Op de luchthaven van Athene, tijdens het boarden van Ryanair-vlucht FR4978 naar Vilnius, de hoofdstad van Litouwen

Ik beëindig mijn telefoontje met papa en probeer mijn nekspieren los te krijgen door mijn hoofd te bewegen. Hij doolde weer door zijn oorlogsjaren en vertelde over het konvooi dat in 1945 op de vlucht was voor het Rode Leger. Hij beschreef zijn barre tocht als een onbewogen nieuwslezer en met opvallende details. En dat raakt me nog het meest: hoe de dementie zijn jonge jaren oplicht, terwijl zijn huidige leven in de nacht verdwijnt.

Uit de intercom schalt opnieuw het verzoek om snel onze plaats op te zoeken. *Ja, ja.* Ik stop mijn mobiel terug in mijn buiktasje en loop verder. Terwijl ik mijn rolkoffer langzaam door het gangpad duw, valt mijn blik op de jongeman voor me. Er is iets met hem. Hij stopt om de zoveel meter en bekijkt schichtig de mensen achter ons. Ook ik draai me om en laat mijn blik over de boardende passagiers dwalen. Een zee aan mondkapjes en vermoeide ogen. We schuifelen verder, maar we moeten na een paar meter alweer wachten. Nu op een gezin dat zich installeert. De jongeman pakt ondertussen zijn telefoon uit zijn broekzak, tikt wat in, brengt het apparaat naar zijn oor en begint opgewonden te praten in een mij onbekende taal.

Ik hef mijn hoofd en luister naar de vreemde woorden. Er gebeurt iets met me. De tonen en timbres resoneren als een schot in een winters woud en ze raken een ader in mijn geheugen. Ik begin te wankelen en grijp de stoel naast me vast voor steun. Herinneringen komen boven met beelden en geluiden. Een winters dennenbos verschijnt. Het schemert en het licht is kobaltblauw. Sneeuwvlokken wervelen om me heen en een huilende wind blaast tegen mijn oren. Ik kijk naar beneden en rennende kinderlaarsjes verschijnen. Ze zijn roze en afgezet met een dun wit schapenbontje.

Iemand duwt tegen mijn schouder. De ijle luchten vervagen en de wanden van de cabine verschijnen weer. Gedesoriënteerd laat ik de stoel los, zoek houvast bij de hendel van mijn rolkoffer en sjok verder door het gangpad. De geur van transpiratie dampt van mijn lijf. De jongeman voor me beëindigt zijn gesprek op een fluisterende toon en loopt door. Mijn ademhaling is onregelmatig en mijn hart bonkt tegen mijn borstkas. Wat gebeurde er met me? Waar was ik? Wat zei hij?

De jongeman bereikt zijn rij en neemt plaats op een stoel aan het gangpad. Ik zet nog enkele stappen en vind een paar meter verderop mijn plek, eveneens aan het gangpad. Ik til mijn handkoffer in het bagagecompartiment, ga zitten en leg mijn rugzak op mijn schoot. Net wanneer ik mijn boek wil openslaan, naderen acht jonge meiden mijn rij. Ze verspreiden een baldadige energie. Twee van hen wijzen kwekkend naar de stoelen naast me en terwijl ik opsta om ze te laten passeren, valt mijn blik op het achterhoofd van de jongeman van net. Naast hem zit niemand en zo te zien komt er ook niemand meer. Die plek is beter! In een reflex schiet ik omhoog, loop met mijn spullen naar voren, en vraag hem of ik aan het raam mag zitten. Hij is alweer aan het bellen. Deze keer in het Engels. Hij knikt, staat op en ik schuif langs hem heen en ga zitten.

Terwijl een roodharige stewardess door het gangpad loopt en alle bagagevakken sluit, denk ik na over mijn rare reactie. Waar kwam die hallucinerende verwarring vandaan? Slaapgebrek? Dat kan, want die bruiloft heeft erin gehakt. Ik had meteen na de openingsdans naar mijn hotel in Athene moeten rijden, maar ik bleef uit plichtsbesef. Je kúnt ook niet te vroeg vertrekken wanneer je vaste cameraman met zijn Griekse schone trouwt. Dom. Dom. Dom. Ik leg mijn boek op de vrije stoel in het midden en pak mijn telefoon. Ik scrol langs de foto's van het huwelijk, zoom in op de plaatjes van mijn toespraak voor het kersverse echtpaar en zucht. Mijn uitputting is goed te zien. Mijn tarwekleurige jurk hangt als een jutezak rond mijn lange, magere lichaam en onder mijn grijsblauwe ogen ligt een grauwe gloed. Ook mijn spontane bezoek aan een kapper in Athene blijkt bij nader inzien geen succes. De schouderlange coupe en de blonde pony staan wel vlot, maar accentueren mijn ingevallen gezicht. Shit. Ik móét na Vilnius echt een paar weken rust nemen. Vroeger kon ik veel meer aan. Vooral dat vele vliegen hakt erin. Uren in zo'n buis zitten trekt me leeg.

Ik pak mijn water uit mijn rugzak en gluur naar de man naast me. Hij is een gedrongen twintiger met een bolle kop en korte bruine haren. Zijn donkere ogen glijden langs de passagiers. Ik probeer zijn blik te volgen, maar mijn zicht wordt geblokkeerd door een hippe brunette die het bagagevak opent.

Wanneer iedereen zit, start een mannelijke purser de bekende veiligheidsriedel. De roodharige stewardess passeert opnieuw, wijst op onze handbagage en meldt dat we die onder onze stoel moeten plaatsen. De man naast me leunt naar achteren en legt zijn smartphone op zijn dijbeen. Het scherm glanst van het zweet. Hij is duidelijk van slag.

'Welke taal sprak jij net?' vraag ik in het Engels en ga zodanig verzitten dat ik hem wat beter kan bekijken.

Hij draait zich naar me toe en knippert met zijn ogen, alsof hij zich losrukt uit diepe gedachten. Onze ogen maken contact. Hij taxeert me.

'Een Belarussisch dialect.'

'Belarus?' Mijn stem schiet de hoogte in. Mijn herinneringen brengen me weer de beelden van de maandenlange massademonstraties van vorig jaar. Met rood-witte vlaggen protesteerden de inwoners tegen de gestolen verkiezingen door de zittende president, een dictator die al een kwarteeuw regeert. Ik weet nog dat ik de moed van de drie vrouwelijke oppositieleden bewonderde als ze voor de camera hun verhaal deden.

'Maar ik dacht dat ze daar Russisch spraken,' zeg ik.

'Klopt. We hebben twee officiële talen. Russisch en Belarussisch. En die verschillen.'

Hij grijpt opnieuw zijn telefoon en begint te chatten. Uit de intercom klinkt de opdracht om alle apparaten op de vliegtuigstand te zetten. De jongeman tikt door.

Mijn gedachten gaan alle kanten op. Hoe kan het dat ik zo heftig reageerde op woorden uit Belarus? Daar ben ik nog nooit geweest. Ik googel 'Belarus' en de kaart verschijnt.

De man buigt zich nu naar voren en pakt een laptop uit zijn rugzak.

'Mag ik je nog iets vragen?'

Hij heft zijn hoofd en knikt.

'In welk deel van Belarus wordt dat dialect gesproken?' Ik toon mijn telefoon.

'Noordelijk van Grodno, op de grens met Polen en Litouwen.' Hij raakt met zijn vinger een plek linksboven op mijn scherm aan. 'Daar.'

'Aha.' Met mijn vingers vergroot ik de kaart nog iets verder. Een donkergroene band van bos verschijnt. Hier en daar is een dorp. Wat een desolate boel.

'Waarom wil je dat weten?' Zijn stem is een beetje schor.

'Ik herkende de woorden die je daarstraks sprak. Ik verstond niet wát je zei, maar iets in mij reageerde erop. Herinneringen kwamen boven.'

'O? Zoals?' Zijn blik is intens.

'Beelden van een besneeuwd dennenbos.'

'Jee. Ken je Belarus?'

'Nee, ik ben er nog nooit geweest. Ik vlieg nu voor het eerst naar de *Baltic*s. Voor mijn werk.'

'En wat voor werk doe je?'

'Ik ben journalist en documentairemaker.'

'Aha. En hoe heet je?'

'Olga Liebke.'

'Liebke?' Hij tikt mijn naam in en mijn website verschijnt.

'Dit ben jij?' Hij toont me het scherm van zijn telefoon.

'Ja.' Ik bekijk mijn lachende kop.

'Olga Liebke is in 1984 geboren in Namibië en verhuisde in 1988 naar Duitsland.' Hij leest de eerste zin op mijn homepage hardop voor, alsof hij een spreekbeurt houdt. 'Ze is journalist en documentairemaker. Ze verwierf bekendheid met *De nomaden,* een serie over mensen die wonen in een gebied met schuivende landsgrenzen en die zoeken naar hun plek onder wisselende machthebbers.'

Hij slaat zijn ogen naar me op.

'Een relevant thema!'

'Absoluut.'

'En je bent geboren in Afrika?'

'Ja, mijn vader was er ranger. Namibië was tot 1920 een Duitse kolonie. Daarna bleven veel Duitsers er wonen. Wij gingen in 1988 terug naar Duitsland.'

'Apart. En je maakt nu een reportage over de nomaden van Litouwen?'

‘Nee, nee.’ Ik glimlach. ‘Ik maak een verhaal over dertig jaar onafhankelijkheid van Litouwen, omdat dit land zich tussen 1990 en 1991 als eerste losmaakte van de Sovjet-Unie. Hierdoor werden de oude grenzen hersteld. Een nieuwe landkaart, zeg maar.’

‘Interessant! Waar heb je dat van? Die fascinatie voor grenzen?’ Het schichtige lijkt wat te wijken.

‘Van mijn woonplaats.’ Ik draai de irritante blazer boven mijn hoofd dicht. ‘Ik woon sinds mijn vierde in de Harz. Ken je het?’

Hij schudt zijn hoofd.

‘Is een Duits middelgebergte dat tot 1990 doorkliefd werd door het IJzeren Gordijn. Mijn vader was er boswachter. We gingen veel samen wandelen en hij wees me al jong op die metershoge stalen barrière en de gevolgen daarvan voor mens en natuur.’

‘Aha! Je bent dus ervaringsdeskundige?’ De woorden klinken zowel vragend als bevestigend.

‘Ja. Ons dorp is getekend door de grens. Hohegeiß lag pal aan de voormalige DDR.’

Net als hij iets wil zeggen piept zijn telefoon en hij begint weer te chatten.

Mijn blik dwaalt naar buiten. Ik was vijf toen ik de grens voor het eerst zag. Papa en ik maakten een wandeling door het bos. Het was begin november en vroeg in de ochtend. Het landschap oogde maagdelijk wit, want de nacht ervoor had het gevroren en een beetje gesneeuwd. Het was een prachtige dag: windstil en zonnig en de temperatuur lag rond het vriespunt. De bonte pracht van de herfst maakte plaats voor de naakte schoonheid van de winter. We stapten in de richting van de roze kleurende dageraad. De toppen van de sparren lichtten op onder de opkomende zon. We liepen zoals altijd in stilte. Papa zei alleen iets als hij me uitleg gaf over planten of dieren. Op een gegeven moment bereikten we een opening in het bos en daar, vóór ons tussen de kalende bomen, doemde een wand op en eindigde alles: het pad, het bos en het uitzicht. Rechts en links, zo ver als we konden kijken, blokkeerde een metershoog ijzeren hekwerk onze weg. Ik greep de hand van papa. We keken omhoog naar de geribbelde staalplaten met de kleine ruitvormige openingen. De opkomende ochtendzon perste zich vanaf de andere kant door deze gaatjes en verspreidde letterlijk een geruit licht. Papa omklemde mijn vingers en ik voelde hoe er iets bij hem veranderde. Ik keek naar hem op en zag dat zijn gezicht verkrampte en zijn mond vertrok. Hij liet me los en balde zijn vuisten. Zijn ademhaling stokte, waarna hij een woeste kreet uitstootte en neerviel op zijn knieën. Zijn lichaam schokte en tranen rolden over zijn wangen. Verward en bang greep ik zijn nek vast en duwde mijn voorhoofd tegen het zijne.

'Niet huilen, papa. Niet huilen.'

'*Mein Bienchen.*' Hij sloeg zijn betraande ogen naar me op.

We keken elkaar aan en hij streelde zachtjes over mijn haren, waarna hij me stevig vastpakte en me kreunend van ellende begon te wiegen. Op en neer, op en neer. Ik rook zijn waxjas en ik slikte. Ik raakte verlamd door zijn verdriet, dat zich aan me opdrong en de deur opende naar een verborgen leed. En ook ik begon kermend te snikken.

Na een tijdje kalmeerden we en lieten we elkaar los.

'*Mein Schatz,*' fluisterde papa. Hij glimlachte naar me en verdeelde met zijn wijsvinger het vocht van de tranen over mijn wangen. 'Je bent mijn alles, Bienchen. Alles!'

Ik knikte.

Papa ademde heel diep in en uit en kwam omhoog om vervolgens een tijdje naar de stalen wand te staren.

'Wat is daar?' vroeg ik. 'Aan de andere kant?' Ik wees naar de barrière.

'Een heel grote gevangenis. Met zeventien miljoen mensen.'

'O. En wat hebben ze fout gedaan?'

'Niks!' stootte hij uit. 'Kom! We gaan!' We draaiden ons om en liepen zwijgend met een ferme pas terug naar huis.

Een week later viel de Muur en opende de gevangenis haar poorten.

Uit de luidsprekers schalt de krakende stem van de piloot die uitleg geeft over onze vlucht. Het toestel beweegt schokkerig.

Ik maak me los van mijn herinneringen.

'En jij?' vraag ik aan de jongeman. 'Woon je in Belarus?'

Even is daar een aarzeling.

'Nee, ik ben daar niet meer veilig. Ik woon nu in Litouwen.'

'O. Wat naar.' Een dissident.

Hij haalt zijn schouders op en zet zijn mobiel op flight mode. Ik volg.

‘Trouwens,’ vraag ik wanneer het vliegtuig over de startbaan taxiet. ‘Waar had je het eigenlijk over aan de telefoon? Had het soms iets te maken met besneeuwde dennenbossen?’

Hij lijkt te weifelen en kijkt naar buiten, alsof hij mijn vraag niet heeft gehoord. De motoren beginnen te brullen, en het vliegtuig schiet over de startbaan. Op het moment dat we loskomen van de grond, buigt hij zich naar me toe.

‘“Ik ben bang.” Dat was wat ik zei.’

2
Zondag 23 mei 2021, vroege middag
Op de Ryanair-vlucht FR4978 van Athene naar Vilnius in Litouwen

Ik schrik wakker van een mannenstem. Het is de purser die vertelt dat er turbulenties komen en dat we onze riem moeten vastmaken. Het kost me moeite om te schakelen. Even was ik héél ver weg. Ik vertoefde opnieuw in dat winterse woud. Ik was niet alleen, maar ik volgde een zwijgende gedaante, gehuld in iets wat leek op een wit habijt. Een kloosterling? Ik had het koud en was moe, maar ik mocht niet stoppen. De bevroren sneeuw kraakte onder onze voeten. We liepen in de richting van een grijs schijnsel en bereikten een open en helverlichte vlakte. De fluitende wind kreeg vrij spel en rukte aan mijn jas. Wolken met sneeuw lichtten op onder een hoog hangende lamp en wervelden om ons heen. Ik moest inmiddels rennen om de schim bij te houden tot voor ons een witte wand opdoemde. We stopten en iemand aaide over mijn rug. Ik draaide me om en zag een vrouw in een wit gewaad en met wapperende platinablonde haren. Door het felle tegenlicht was haar gezicht onherkenbaar, maar toch voelde ze vertrouwd, want ik stak mijn armpjes naar haar uit.

De beelden werpen een donkere sluier over mijn gemoed. Was dit een droom of een herinnering? Ik klik met trillende vingers de riem van mijn stoel vast en trek de band strak. De wazige vrouw roept associaties op met de hallucinerende Galadriel tijdens de spiegelscène in *The Lord of the Rings*. Raar hoe je geheugen een spel met je speelt. Gebeurt me vaker. Ja, dat is het. En de stress. Ik pak mijn flesje met water en drink. Mijn huisarts waarschuwde me vorige maand al voor een burn-out als ik geen gas terugnam en ze somde een lijst met verschijnselen op. Een paar had ik al: vermoeidheid, slapeloosheid, concentratieproblemen, huilbuien. Nou, en net tijdens het boarden waren daar de duizelingen en de hartkloppingen en nu ook nog visioenen. Wat een shit. Ze heeft gelijk. De combinatie van mantelzorgen en werken valt me zwaar. Ik moet rust nemen en leuke dingen doen met papa. Samen wandelen, voor zover dat nog lukt. Zijn ellendige aandoening vreet inmiddels ook aan zijn evenwichtsorgaan, waardoor hij een stok nodig heeft tijdens het lopen. O, papa...

De tranen komen weer. Met de mouw van mijn vest veeg ik ze weg en vouw mijn handen over mijn middenrif in een vergeefse poging mijn verdriet weg te duwen. Binnenkort ben ik helemaal alleen. Geen ouders. Geen grootouders. Geen kind. Geen man. Geen broer. Geen zus. Geen neef. Geen nicht. Geen oom. Geen tante. En maar een enkele vriend, want daar was geen tijd voor. Ik was altijd on the road... En áls ik dan thuis was, wilde ik rust en genieten van het samenzijn met papa. Ik rommel in mijn rugzak en zoek een pepermuntje. De jongeman naast me strekt zijn benen en zit in zijn eigen wereld. Met een koptelefoon op de oren leest hij teksten op zijn laptop. Mijn blik laveert over de hoofden voor me en stopt bij een gespierde blonde man met een hoog opgeschoren kapsel. Hij draagt een cognackleurig leren jack, zit gedraaid op zijn stoel drie rijen voor ons aan het gangpad en kijkt mijn kant op. Onze ogen vangen elkaar. Hij geeft me een unheimisch gevoel. Wie is dat? En waarom dat gegluur? De man wendt zich weer af.

Een vreemde onrust borrelt in me op. Ik wil hier weg. Hoelang moeten we nog? Een dik uur... Ik pak mijn boek en blader naar het laatste hoofdstuk van *Liefde in tijden van cholera* van Márquez en lees hoe het prachtige liefdesverhaal van Florentino Ariza en zijn Fermina eindigt. Met een glimlach leg ik enige tijd later de roman op de vrije stoel naast me, wend me naar het raam en observeer de lappendeken onder ons. Over welk land vliegen we nu? Litouwen? Polen? Belarus? Zou het drielandenpunt zichtbaar zijn vanaf hier? Ik check alweer de tijd. Nog een halfuur. We zullen zo wel de daling inzetten. Felle zonnestralen raken mijn gezicht. Ik vorm mijn handen tot een scherm en staar weer naar het lijnenspel beneden me. Maar dan begint het groen-gele patchwork te kantelen. De stand van de zon wijzigt en een schaduw valt over mijn gezicht. Hè? Het lijkt wel alsof we omdraaien. Ik duw mijn neus tegen het raam om beter te kunnen kijken. Ons toestel helt naar rechts. Enkele passagiers gillen alsof ze in een achtbaan zitten. Ik grijp de stoelleuning voor me vast en de jongeman legt zijn laptop opzij en trekt de koptelefoon van zijn hoofd. Wanneer we weer recht vliegen, neemt de piloot het woord. Hij heeft een belangrijke mededeling en vertelt dat we om veiligheidsredenen een landing in Minsk maken. Een golf van paniek trekt door het vliegtuig.

Mijn buurman springt op en roept: '*I am wanted there, they will kill me!*'

Mensen bewegen hun hoofd in onze richting. Zo ook de blonde kleerkast. Er is iets in zijn blik wat me alarmeert en ineens dringt de waarheid tot me door: deze omleiding is gepland!

Ik heb de neiging om op te springen en weg te rennen, maar dat kan niet. Ik wrijf mijn natte handen droog aan mijn jeans en kijk op naar de jongeman in het gangpad. De angst straalt van hem af. Zijn woorden van daarstraks galmen weer door mijn brein: *Ik ben bang*. De roodharige stewardess haast zich inmiddels onze kant op. Onder haar oksels zitten donkere plekken. Ze gaat in discussie met de jongeman. De landing in Minsk is onvermijdelijk, zo zegt ze, en ze doet vruchteloze pogingen om hem te kalmeren. Het vliegtuig helt naar voren en allebei grijpen ze een stoel voor steun. De stewardess verheft nu haar stem en hierna gaat hij aarzelend zitten, waarna de vrouw weer naar de pantry beent. Uit de speakers klinkt inmiddels de gebruikelijke maak-u-gereed-voor-de-landingtekst. De jongeman pakt weer zijn notebook en begint te tikken. Zijn stress is bijna tastbaar, terwijl zijn vingers over het toetsenbord schieten. Ik gluur naar het scherm, waar groene balken verschijnen. Aha. Hij is dus bezig met het verplaatsen van bestanden. En terwijl ik hem bekijk, ontwaakt mijn activistische hart. Maar natuurlijk! Na zijn onvermijdelijke arrestatie is de wereldopinie zijn belangrijkste medestander. Ik moet een verhaal over hem schrijven en zo sympathie kweken! Snel sta ik op, duw me langs hem heen en reik in het bagagecompartiment naar mijn laptop. Als ik, terug op mijn plek, het scherm omhoogklap lijkt hij net klaar met zijn werk en leunt met gebalde vuisten tegen zijn stoel. Hij draait zich naar me toe en kijkt me vragend aan.

'Ik ga je helpen. Straks. Via de media,' fluister ik en ik tik met mijn wijsvinger op mijn toetsenbord. 'Hoe heet je?'

We kijken elkaar een paar seconden zwijgend aan, dan knikt hij bijna onmerkbaar.

'Pavel Rybak.'

'En hoe spel ik dat?'

3
Zondag 23 mei 2021, middag
Luchthaven Minsk in Belarus

Ik richt mijn mobiel via het ovale raampje op de landingsbaan en maak foto's. Het vliegtuig komt tot stilstand voor een modern wit gebouw. Militairen met geweren en speurhonden draven onze kant op en verspreiden zich rond het toestel. Even later arriveren karretjes, met personeel in oranje hesjes. Enkele soldaten klimmen met honden het ruim in. Ze halen de koffers naar buiten en zetten deze in rechte rijen naast het toestel. Het doet onwerkelijk aan. Het is alsof ze voor mijn ogen een film vertonen en de figuren beneden door een andere wereld lopen. De veiligheidsriemen zijn los en enkele passagiers staan op en negeren de instructie om te blijven zitten. De energie in het vliegtuig is anders dan een kwartier geleden. De emoties veranderden met elke fase van de vlucht. Toen de landing werd ingezet uitte de angst zich in een lugubere stilte, maar tijdens het taxiën ontstond er activiteit en sloop de woede de cabine binnen. Passagiers begonnen druk te praten. De woorden 'bom' en 'kaping' vielen. En nu springen de mensen op en duwen tegen elkaar. De angst heeft zich vermomd als agressie en groeit.

Zelf tik ik snel een verhaal over Pavel Rybak. Hij is zesentwintig en sinds zijn achttiende politiek actief. Hij was enkele jaren journalist in Minsk, maar in 2019 kwam hij in het vizier van het regime en vluchtte. Sindsdien werkt hij vanuit Litouwen. Hij was in de zomer van 2020 via zijn Telegram-kanaal betrokken bij de protesten tegen de verkiezingsfraude. Zijn acties leidden ertoe dat de Belarussische KGB hem op de lijst van terroristische personen plaatste.

Allebei zetten we onze telefoon aan, maar er komt geen signaal. Verdomme. Ook Pavel vloekt en slaat met zijn vuist op de stoel voor hem. Alle passagiers zijn onrustig en willen weg, op Pavel na. Zijn lichaam oogt verkrampt en zweetdruppels glijden langs zijn nek.

'Kan ik nog iets voor je doen?' vraag ik.

Hij schudt zijn hoofd. 'Nee. Mij kun je niet meer helpen, maar anderen misschien wel.' Hij ziet lijkbleek.

'Hoe bedoel je?'

Hij wil antwoorden, maar de stem van de purser schalt weer door de speakers. We kunnen aan de voor- en achterzijde uitstappen. De autoriteiten zullen alle passagiers begeleiden naar een aparte wachtruimte. Leden van het cabinepersoneel openen ondertussen de deuren. Een koele bries waait naar binnen, waarna de eerste reizigers zich al naar buiten werken. Ik prop mijn laptop en boek in mijn rugzak en wacht, want Pavel blijft stoïcijns zitten, alsof hij zijn laatste minuten in vrijheid nog wat wil rekken. Ik maak weer foto's van het tafereel buiten waar gewapende militairen een haag vormen voor het passerende volk. Als ik opkijk nadert de blonde kleerkast onze rij op weg naar de achteruitgang. De man stopt even en knipoogt naar Pavel. Een rilling loopt over mijn rug.

Wanneer de meeste passagiers het toestel hebben verlaten, springt Pavel op en gaat in het gangpad staan. Ik stop mijn telefoon in mijn buiktasje en kom ook omhoog.

'*Ladies first,*' zegt hij.

Snel stap ik langs hem door. Wanneer ik mijn rolkoffer uit het bagagevak heb getild, is er achter me geduw. Pavel valt tegen me aan. We wankelen en hij grijpt mijn schouders voor steun.

'*Excuse me,*' zegt hij.

'*No problem.*' Ik draai me om en we kijken elkaar aan. Er is iets.

'Ga maar,' zegt hij dan en slaat zijn ogen neer.

Ik knik en loop naar de pantry bij de achteruitgang. Maar net wanneer ik mijn rolkoffer optil om deze naar beneden te sjouwen, hoor ik vlak naast me de fluisterende stem van Pavel.

'Wees vanaf nu extra voorzichtig, Olga. En vertrouw niemand.'

Zijn woorden echoën door mijn hoofd, terwijl ik de trap af loop en in de kille ogen kijk van de soldaten die ons beneden opwachten.

24 mei 2024: Première van de documentaire *De Grensman*

Het publiek kijkt naar een wetenschapper. Hij beschrijft de creativiteit van de inwoners van de DDR in het bedenken van methoden om hun land te ontvluchten. Hij geeft vervolgens uitleg bij opnamen van ondergrondse gangenstelsels, zelf genaaide luchtballonnen en in elkaar geknutselde motorbootjes. Hij sluit af met de constatering dat de meeste vluchtpogingen mislukten. De betreffende republiekvluchtelingen wachtte een lange gevangenisstraf.

Hierna zwenkt de camera naar de man. Hij neemt een slok van zijn water.

De interviewer neemt weer het woord. *'U vertelde dat u de grens naderde en dat u zag dat er aan die besneeuwde drie meter hoge stalen platen een touwladder hing. Wat zag u nog meer?'*
'Nou ja. Ik zag iemand in een wit habijt die iets over het hekwerk tilde. Nog even en hij is in het Westen, ging het door me heen. En alleen ik kan dat nog voorkomen. Ik schreeuwde dat hij zijn republiekvlucht moest staken en dat ik zou schieten als hij niet stopte. Maar hij luisterde niet. Ik bleef mijn commando maar herhalen.'

De frustratie van de man is duidelijk hoorbaar.

'Welke herinneringen hebt u aan het moment van het schot zelf?'
De man wrijft weer over zijn gezicht en gaat iets verzitten. *'Ik herinner me alleen nog het vizier van mijn geweer, een cirkel met daarin een horizontale en een verticale lijn met in het midden een stip en die was gericht op een donkere schoen. Ik hoor ook nog het gebrul van Klaus, ergens ver achter me, die "Schieten!" schreeuwde. "Nu!" Ja. Nú! Ik moest het nú doen. Maar er blokkeerde wat. Ik kon het niet! Ik bleef maar doorlopen en ik bleef maar het commando herhalen. Bijna smekend. Ik zette stap na stap, maar ineens trapte ik in een kuil. Door de schrik bewoog mijn wijsvinger en ging het geweer af.'*

De stem van de man slaat over. *'En toen viel de persoon aan de touwladder achterover naar beneden en landde in de sneeuw, waarna aan de andere kant van het hekwerk een kind begon te krijsen. Mijn gedachten vielen stil, als in een film die je stopzet. Wat was er gebeurd? Waar kwam dat kind vandaan?'*

De man stopt even. Zijn ademhaling gaat zwaar. *'Het kind was dus op enkele meters van West-Duitsland naar beneden gevallen, maar je kon het niet zien. Wat ik al zei: de staalplaten waren verijsd en besneeuwd.'*

De man snuift alsof hij recent verkouden was.

Je voelt de spanning in de zaal.

'En toen?'

'Ik liet mijn geweer vallen, rende naar de wand en vond een vrouw! Ze lag op haar rug, met gespreide armen en benen: een blonde engel die me in verwondering leek aan te kijken. Toen ik door mijn knieën zakte en haar vastgreep, stopte ze met ademen. Ik schudde haar door elkaar in een poging haar weer tot leven te wekken en rook haar geur. Die is altijd bij me gebleven. Mijn blik schoot vervolgens in de richting van het kind achter de wand. Het was na de korte uitbarsting gestopt met huilen. Ik wilde het redden en stapte al naar de touwladder.

"En, is de landverrader dood?" riep Klaus hijgend toen hij me naderde.

Ik draaide me naar hem toe en even kon ik geen woord uitbrengen.'

De man begint te huilen. Zijn hele lichaam schokt. Enkele toeschouwers slaan een hand voor de mond. Na een korte stilte herneemt hij snikkend weer het woord.

'Weet u. Met die woorden van Klaus drong de waarheid in haar volle omvang tot me door: de vrouw was gestorven door mij. Ik kon me niet verschuilen achter een ongeluk. Zij lag daar omdat ik naar de grens was gegaan, omdat ik een geweer had omgehangen, omdat ik had gehandeld als het verlengstuk van een misdadig regime. En ik wist meteen dat ik de rest van mijn leven zou dealen met die ene vraag: waarom heb ik me niet verzet?'

Olga

Deel 2:

Stemmen uit het verleden

'Het verleden is het deeg dat gekneed wordt voor het brood dat vandaag op tafel komt.'

Vladimir Iljitsj Lenin (1870-1924). Russische revolutionair, de eerste premier van de Sovjet-Unie en de naamgever van de marxistische stroming leninisme.

4
Zondag 23 mei 2021, avond
Hotel Vilnia in Vilnius

Ik geef de zak met mijn was aan de dame van housekeeping en sluit de deur. In de badkamer klik ik het licht boven de wasbak aan. Ik pak de reinigingsmelk en een watje uit mijn toilettas en terwijl ik het flesje open, observeer ik de vrouw in de spiegel. Mijn vermoeidheid is goed te zien. De donkere kringen onder mijn grijsblauwe ogen vallen extra op vanwege mijn bleke huid. Mijn blonde schouderlange haren hebben normaal een natuurlijke krul, maar hangen na twee dagen reizen futloos langs mijn gezicht. Vóór mijn recente bezoek aan de kapper had ik nog geen pony en droeg ik mijn lange manen vaak in een strakke knot. 'Je hebt wel iets van een ballerina,' zei papa jaren geleden bij de start van mijn carrière als documentairemaker. 'Net als je moeder...' Hij was meegekomen naar de NDR-studio in Hannover. Ik maakte destijds voor de cultuurredactie een documentaireserie over bekende cabaretiers. Toen ik de beelden monteerde, raakte hij ineens geëmotioneerd en volgde met zijn vinger mijn kaarsrechte houding op het grote computerscherm en wees toen naar mijn slanke postuur, lange nek, hoge voorhoofd en ovale gezicht met de Griekse neus en de volle lippen. En ik herkende wel wat hij bedoelde. Ik liep soms ook als een balletdanseres door het beeld: gracieus en huppend. Maar met de tijd veranderde mijn pas in snel en gericht. Dat moest ook wel, want ik verlegde mijn werkterrein van de Duitse cultuurscene naar de meest afgelegen plekken in de wereld en ruilde mijn pumps en jurkjes in voor sneakers en broeken. Een fantastisch beroep, met bijzondere ontmoetingen, zoals vandaag met Pavel Rybak.

Terwijl ik mijn gezicht was, begint de woede weer door mijn lichaam te razen. Het is een oude bekende: de verontwaardiging die mt wanneer mensen met macht mij in een richting duwen die t op wil.

'Ze laat zich niet dwingen,' zei papa op mijn twaalfde tegen onze klassenleraar toen die klaagde over mijn dwarse gedrag. En hij had gelijk. Al mijn hele leven worstel ik met kaders, regels, conventies, eisen, wensen... Met alles wat bepérkt. En ook vandaag voelde ik die dwang. We verlieten als passagiers het vliegtuig, waarna soldaten met geladen geweren en snuffelende honden ons in een afgesloten ruimte persten, zonder water en zonder bereik. Gelukkig was het maar voor een paar uur. Pavel wachten jaren van dwang.

Ik grijp mijn handdoek, droog mijn gezicht en verlaat de badkamer. Snuivend loop ik naar het raam, duw de vitrages opzij en staar hijgend van kwaadheid naar het park aan de overkant. Het zomerse groen kalmeert me en de beelden van de dag passeren, tot en met dat gruwelijke moment dat ze Pavel wegvoerden en hij zich kort voor het sluiten van de schuifdeuren nog even omdraaide en me een laatste blik toewierp, die ik dus fotografeerde! Hij keek pal in mijn lens en ik legde het vast: een mens in totale paniek.

Ik zucht en adem diep door om de spanning te verminderen. Wanneer begon dat benauwende gevoel? Tijdens de arrestatie van Pavel? Nee, eerder. Tijdens de melding van de omleiding? Nee, nee, nóg eerder. Deze druk begon bij het horen van die Belarussische woorden tijdens het boarden in Athene, toen mijn gedachten naar dat besneeuwde dennenbos schoten. Dát was het moment waarop ik begon te wankelen. Letterlijk zelfs. En dat is raar, want mijn herinneringen lopen over van tochten door bevroren bossen. Ik groeide op in de natuur van de Harz en papa nam me vanaf mijn vroegste jeugd al mee op lange wandelingen, in alle seizoenen, weer of geen weer. Daar zijn ook foto's van. Wat was er dan anders aan de beelden van vanochtend? Ik wrijf met mijn vingers over de richel van het kozijn. Die platinablonde vrouw natuurlijk. Ja, dáár zit het verschil. Papa en ik waren altijd alleen. Papa heeft geen relaties meer gehad na het overlijden van mama, één dag na mijn geboorte. Misschien waren er wel scharrels, maar die nam hij niet mee naar huis.

De enige andere vrouw in zijn leven is Monika, maar zij is zijn verpleegster en dat is anders. Ik nam haar een jaar geleden in dienst toen ik merkte dat ik papa niet meer alleen kon laten wanneer ik weg moest voor mijn werk. De kleine zestigjarige muisgrijze weduwe is kordaat en efficiënt en heeft veertig jaar ervaring met dementerenden. Monika introduceerde rust, reinheid en regelmaat in een huishouden dat langzaam dreigde te ontsporen.

Ik loop naar het bureau en trek mijn telefoon uit de oplader, trap onderwijl mijn sneakers uit en ga op het bed liggen. Dan bel ik Monika. Ons laatste korte contact was vlak na mijn landing in Vilnius.

De telefoon gaat over.

'Met het huis van de familie Liebke, u spreekt met Monika Maier.'

'Hé, Monika, hier Olga! Hoe is het daar?'

'Olga! Eindelijk! Ben je nu in het hotel?'

'Ja.'

'Gelukkig. De kaping was net nog op tv. Ongehoord.'

'Ja, bizar. En hoe is het met papa?'

Er valt een stilte. Ze schraapt haar keel.

'Het gaat.'

'Hoe bedoel je? Hoest hij soms weer?' Papa en ik hadden vorige maand kort na elkaar corona en genazen binnen een week, maar hij hield er wel een hoestje aan over.

'Nee, nee. Dat kuchje is helemaal weg. Fysiek gaat het goed. Hij was onrustig.'

De klank van haar stem alarmeert me. Ik ga rechtop zitten en sla mijn benen over de bedrand. Monika maakt gebeurtenissen altijd kleiner dan ze zijn.

'Hoezo "onrustig"? Wat was er dan met hem?'

'Hij had vanmiddag een paniekaanval. Hij wilde weg. Naar buiten.'

'Alweer?!' Meer komt er niet uit, en er valt een stilte.

'Ben je er nog?' vraagt Monika bezorgd.

'Ja. En nu? Hoe gaat het nu?'

'Redelijk. Ik heb hem een kalmeringsmiddel gegeven. Hij heeft daarna geslapen. Toen hij wakker werd, sprak hij enkele woorden in een onbekende taal. Leek op Russisch. Of in ieder geval iets uit die contreien.'

'Dat klopt. Heb ik ook al gehoord. Doet hij sinds een paar weken. Is vast iets uit zijn kinderjaren. Hij groeide op in Berlijn, in de Russische zone.'

'Misschien. Maar toen ik doorvroeg, zei hij dat het om je moeder ging en dat ze in gevaar was.'

Hè? Hij sprak Russisch met mijn moeder? Dat klopt niet. En alweer trekt hij me zijn schemerwereld binnen. Ik spring op in een poging me los te rukken van zijn onbekende leven dat me op een vreemde manier bang maakt.

'Ik loop even naar hem toe, Olga. Dan kun je hem spreken. Hij zit in de woonkamer en kijkt naar het bos. Heb je een momentje?'

'Ja.'

Ik loop weer naar het raam. De zon gaat onder en legt een oranje gloed over de wolken. Dus hij dwaalde voor de zoveelste keer door zijn verleden. De dementie bikt geleidelijk zijn recente herinneringen weg en legt zijn jonge jaren bloot. Hij vertelt de laatste tijd vele anekdoten uit zijn jeugd. Vaak zitten daar fragmenten tussen die ik niet kan rijmen met zijn feitelijke geschiedenis. Zo begon hij tijdens de wandeling op de ochtend vóór mijn vertrek naar Athene te praten over zijn leven op 'het landgoed'. Dat vond ik raar, want papa groeide op in een arbeiderswijk in de Oost-Pruisische stad Lyck. We liepen gearmd over het karrenpad toen hij zich naar het glooiende weiland links van ons draaide en vervolgens met stralende ogen verhaalde over zijn favoriete merrie en hoe hij met haar galoppeerde langs de landerijen met de 'gouden graanvelden'.

'Goh, papa,' zei ik. 'Ik wist helemaal niet dat jij kon paardrijden?'

'Maar natuurlijk, Schatz,' zei hij met een glimlach. 'Ik kon eerder paardrijden dan lezen.'

Hierna werd hij melancholiek en beschreef tot in detail een feestelijk diner tijdens de winter. De hele familie zat aan een lange tafel met uitzondering van zijn vader, want die was aan het front. Hij schetste een grote open haard met een knapperend vuur, een crèmekleurig damasten tafelkleed met daarboven een bronzen kroonluchter en een porseleinen servies met motieven van roze rozen. En terwijl ene Gertrude de fazant serveerde, keek papa naar de deur. De butler kwam de kamer binnen. Zijn gezicht was lijkbleek en hij hield de zilveren schaal vast met daarop de brieven voor de familie. De man liep aarzelend naar de moeder, waarna deze wit wegtrok, haar glas wijn neerzette en het telegram van het plateau pakte. Er viel een nare stilte en alle aanwezigen keken hoe zij met trillende vingers de envelop openscheurde. Toen zij de inhoud had gelezen, stond ze wankelend op van tafel en schreed via de terrasdeur naar buiten, de winternacht in. Papa volgde haar en zag hoe ze zwalkend over de oprijlaan liep, zonder jas, terwijl de sneeuw op haar blote schouders en rode avondjurk dwarrelde.

'Mijn vader was gevallen,' zei papa tegen me en hij huilde.

Ik draaide me naar hem toe, aaide zijn wang en probeerde het gesprek weg te leiden van dit verdrietige moment en ik vroeg hem of hij en zijn moeder soms logeerden op dat landgoed. Hij keek me verrast aan en zei: '*Aber Liebling*, ik woonde toch op het *Schloß*.' Een nare emotie beving me. Alsof een bekend versje ineens andere woorden had gekregen en niet meer rijmde. Ik vroeg naar de details van dat kasteel, de naam en waar het lag, maar met mijn vragen viel de deur naar zijn herinneringen weer dicht. Papa zweeg en wees naar een hert bij de bosrand dat at van vers lentegras.

Toen Monika die middag arriveerde, vertelde ik haar over de scène met het telegram en dat dit verhaal zo echt leek en toch niet overeenkwam met het werkelijke leven van papa. Monika meldde dat zijn ziekte gepaard gaat met wanen en dat veel patiënten hallucinaties verwarren met feiten. Er zou vast nog meer volgen en hij zou zijn heden en zijn verleden steeds verder gaan vermengen met ware en onware gebeurtenissen. Ik accepteerde haar uitleg en liet het incident los, maar na mijn heftige reactie op die Belarussische woorden is dat gevoel van ongemak weer helemaal terug.

'Hé, Olga, ik ben nu bij je vader. Schikt het? Dan geef ik hem de telefoon. Hij zit hier voor het grote raam en kijkt naar buiten. Wilhelm zit trouwens op zijn schoot. Het is een rare kat.'

'Echt? Wat schattig!' Ik scrol naar een foto van zijn gestreepte kop. Dus mijn schuwe kater heeft alsnog de weg naar papa's stoel gevonden. 'Hoe gaat het met mijn dikkerd?'

'Prima, gisteren stroopte hij door het weiland en vannacht was hij weer bezig onder jouw raam. Ik werd wakker van zijn klagende miauw.'

'Ach, die stoute jongen.' Ik glimlach om mijn eigenwijze Willie, die ik jaren geleden halfdood op straat vond. Iemand had hem aangereden. Ik tilde hem voorzichtig op en met hulp van een dierenarts kreeg ik hem weer gezond. Sindsdien woont hij bij ons en gaat hij in en uit. Als ik op reis ben struint hij door de bossen, maar ben ik thuis dan is hij niet bij me weg te slaan. Hij zit op mijn schoot als ik werk en als ik slaap snurkt hij in zijn mandje op mijn kamer.

'Geen zorg, Olga. Hij eet zijn bak leeg en legt muizen voor de deur.

Het gaat 'm goed. Maar ik blijf het wonderlijk vinden hoe tam dat dier bij jou is. Wat ik ook probeer, hij houdt afstand van me.'

'Ja, hij is eenkennig.'

'Dat blijkt. Nou, hier is je vader. Die is ook eenkennig, maar híj laat zich wel door mij verzorgen,' zegt ze lachend.

'Gelukkig maar. Dank je, Monika.'

'Hallo!' De stem van papa.

'En vertel,' vraag ik zo enthousiast mogelijk. 'Hoe gaat het met je?'

'Mijn *darahaja*!' roept papa blij. 'Je leeft dus nog? Hoe kan dat? En wat heerlijk om je stem weer te horen. Ik heb je toch zo gemist, mijn *usio*.'

Dara hoe? Even val ik stil. Hij kent me niet meer! Hij verwisselt me met iemand anders. En nu? Normaal blijven reageren, zegt Monika altijd. Doen of er niets aan de hand is.

'Maar papa,' zeg ik zo kalm mogelijk. 'Ik ben het. Olga.'

Wilhelm mauwt op een hoge toon. Hij is boos.

'Sorry, mein Liebling,' zegt papa dan en hij begint hijgerig te ratelen over de planten in het bos. 'Is jou ook opgevallen dat de brandnetels en de bramenstruiken steeds verder oprukken? Ze hebben de lelietjes-van-dalen al helemaal overwoekerd.'

'Papa! Aan wie dacht je net? Over wie sprak je?'

'En de bodem is van slag,' zegt hij met stemverheffing. 'Het hele systeem van schimmels, bacteriën, regenwormen, pissebedden, kevers, springstaarten, mijten en aaltjes functioneert niet meer. Vooral de schimmels lijden en dat is zorgwekkend, want in ruil voor glucose leveren zij belangrijke voedingsstoffen.'

'Papa! Aan wie dacht je net?!'

Er klinkt een doffe plof.

'Papa!' roep ik in paniek.

'Olga, hier Monika. Je vader heeft de telefoon laten vallen. Hij voelt zich niet goed. Het lijkt me beter dat je dit gesprek nu afrondt en hem een goede nacht wenst.'

'Is goed.' Ik wiebel wat heen en weer.

'Nou, hier is hij,' zegt Monika.

Ik adem diep in.

'Hé, papa, overmorgen kom ik naar huis en dan gaan we samen wandelen. Misschien zien we die vos weer. Die met de witte stip op het voorhoofd?'

Het is even stil.

'Ja. De vos,' zegt hij dan. 'Een mooi dier. Een bronzen vlek in de maagdelijke sneeuw. Hij was het eerste levende wezen dat ik zag na mijn vlucht, met de kraaien.'

'Hoezo, het eerste levende wezen? Jullie vluchtten toch met een konvooi voor het Rode Leger?'

'Ik ben moe, Bienchen,' antwoordt hij na een korte aarzeling.

Oké. Ik moet stoppen. 'Nou dan. Dag papa.'

'Ja, Liebling.'

Ik verbreek de verbinding en open het raam. Een koel avondwindje waait naar binnen. En alweer zat hij in dat onbekende verleden. Ik leun tegen de vensterbank en googel de woorden die hij sprak. Er verschijnen exotische websites en talloze betekenissen, die wijzigen afhankelijk van de lettercombinaties die je intikt. Hier kan ik dus niks mee. Ik zucht en plof neer op het bed. Hoe dan ook: die woorden zijn niet Duits, en toch resoneren ze op een vertrouwde manier in mijn hoofd. Als de melodie van een symfonie die me ooit in vervoering bracht.

5
Maandag 24 mei 2021, avond
In het Bernardine Park in Vilnius

Kwaad klap ik de laptop dicht en laat me tegen de leuning van het houten bankje vallen. Naast me in het perkje bloeien gele rozen en hun zwoele aroma zweeft me tegemoet. In een poging om mezelf te kalmeren, buig ik naar ze toe en snuif het muskusachtige parfum op. Ik wil genieten van hun geur en van dit prachtige park, maar het lukt me niet. De staats-tv van Belarus heeft zojuist een interview met Pavel Rybak uitgezonden. De opname was van een belabberde kwaliteit en gemaakt met een mobiele telefoon waarvan de camera hinderlijk op hem inzoomde. Hij zat aan een stalen schrijftafel voor een witte muur. Zijn handen lagen als platgeslagen karbonaden op het bureaublad en zijn lichaam bewoog nauwelijks. Hij meldde met een monotone stem dat hij 'goed' werd behandeld, maar zijn doffe ogen vertelden een ander verhaal.

Onze ogen zijn de spiegels van de ziel en ze zijn het eerste waar ik me op richt tijdens een kennismaking.

'Kijk mensen altijd in de ogen, Bienchen, en zoek hun ware gedachten,' zei papa toen hij voor me neerhurkte bij de deur van het leslokaal waar ik op mijn zevende voor het eerst naar binnen zou gaan. 'Ogen liegen niet, mein Liebling. Een mond doet dat wel. En wees op je hoede als ogen je een ongemakkelijk gevoel geven.' Hij kreeg gelijk, want telkens wanneer ogen me lieten huiveren, volgde later een onaangename ervaring. Op de lagere school waren er sowieso talloze incidenten met kinderen en leerkrachten. Al op die eerste schooldag was het me duidelijk dat ik anders was. Papa had me opgevoed zonder tv, maar met verhalen uit de natuur en de literatuur. Bovendien was ik enig kind en waren er thuis geen anderen om rekening mee te houden. Vervolgens betrad ik een klas met jongens en meisjes die elkaar kenden vanaf de kleuterschool en die onderling al de rangen en standen hadden bepaald. Ik was de buitenstaander die zich naar binnen moest vechten. En dat deed ik dus niet.

Mijn eerste schooldag herinner ik me nog precies. Na de knuffels en adviezen van papa leidde de juf me het lokaal in en stelde me voor als het meisje uit Afrika waar ze het Duits op een andere manier uitspraken. Twintig paar ogen keken me aan. En terwijl ik hun blikken op me voelde rusten zag ik al de contouren van de vijandige emoties, die zich de weken daarop zouden omzetten in pesterijen. Want ze wisten zich geen raad met mijn eigenzinnige aard en bedachtzame manier van redeneren en dus kozen ze voor afwijzing. Met als resultaat dat ik me verder verwijderde van de klas en mijn pauzes vooral vulde met lezen en observeren. Ook in de jaren daarna bestudeerde ik het gedrag van mijn leraren en medeleerlingen en ik ontwikkelde al jong een gevoel voor groepsprocessen en concludeerde dat er maar twee keuzes zijn: ofwel je past je aan en je draait mee met het collectief, ofwel je doet je eigen ding en je staat ernaast. Ik accepteerde mijn plek buiten de cirkel, want ik had een beste vriend: papa.

Ondertussen deed ik goed mijn best en ging naar het conservatieve gymnasium in Braunlage waar ik een andere outsider ontmoette: Ulrich Wallheim. Ik was een buitenbeentje vanwege mijn non-conformisme en hij vanwege zijn homoseksualiteit in een conservatief milieu. Uiterlijk waren we elkaars tegenpolen: ik was toen al de lange atletische blondine en hij was – en bleef – het iele donkerharige manneke met de wakkere bruine ogen. Maar onze positie buiten de groep verbond ons en leidde tot een innige vriendschap. En al meteen tijdens ons eerste semester op school kregen wij de schimpnamen Ulli en Olli, die we lachend adopteerden en als onze eigen koosnaampjes gingen gebruiken. Ulrich was tijdens mijn tienerjaren de enige klasgenoot die bij ons thuis over de vloer kwam, ofschoon dat maar zelden gebeurde, omdat het ruime vakwerkhuis van zijn ouders praktischer was. Dat lag in het centrum van Hohegeiß, dicht bij alle sportvoorzieningen.

Ulrich en ik waren een topteam en haalden daardoor ook topcijfers, wat ons verder buiten de groep duwde. Na de middelbare school togen we allebei naar Berlijn, waar we gingen studeren op verschillende locaties. Ulrich koos voor rechten en werd een succesvol strafrechtadvocaat die de bijnaam Harry Potter kreeg. En dat niet alleen vanwege zijn gelijkenis met het filmpersonage, maar ook vanwege de gewiekste wijze waarop hij zaken won. Hij was degene die me adviseerde om te kiezen voor de journalistiek.

'Waarnemen is jouw tweede natuur, Olli,' zei hij toen ik op mijn zeventiende niet wist wat ik moest. 'En je kunt de dingen goed tot de kern brengen.'

Ik volgde zijn advies op en genoot van mijn studie. De ideeën en relaties van Ulrich bleken ook de volgende jaren van onschatbare waarde. Zo bracht hij me in contact met Romy Cramer, een freelancer die zich als assistente op afroep verhuurt. De sprietige brunette Romy werkt zo'n tien uur per week voor me en regelt mijn telefonische bereikbaarheid, mijn reizen en de administratie rond mijn grillige beroep. Mijn vriendschap met Ulrich houdt inmiddels al een kwarteeuw stand en ook met zijn echtgenoot John kan ik het goed vinden. Ik ben graag in hun gezellige vakwerkhuis in Braunlage. Als we al eens discussies hebben dan gaan die over mijn beroep. Ulrich vindt dat ik te weinig rust neem en mezelf over de kling jaag met al dat reizen.

Ja, hij heeft een punt. Het is een veeleisende en chaotische baan, maar wel een die me veel brengt en leert. Zo ontwikkelde ik een intuïtie voor die elementen van disharmonie waarachter geheimen schuilgaan. En precies dát instinct zaait nu twijfel over mezelf. Er zijn elementen van disharmonie bij míj. Stukjes uit het verleden van papa die niet passen in de puzzel die al is gelegd. Zijn paniek bij doorvragen over vroeger. Zijn leven in afzondering. Dat Belarussische dialect. Die blonde vrouw. Disharmonie? Vertelt hij verhalen of zijn het hallucinaties? Heb ik herinneringen of zijn het dromen?

Ik leun weer naar achteren en gaap. Ik ben doodmoe, want ik heb nauwelijks geslapen. Onrust en een honger naar informatie hielden me wakker. Alleen al om die reden is het goed om weer naar huis te gaan. Het zal me voor even een vast ritme geven. En nu Monika vanaf morgen vakantie heeft, is daar de dagelijkse zorg voor papa en dus sowieso geen ruimte meer voor gepieker. Maar toch…

Ik klap het scherm weer omhoog en check of er nog ander nieuws is over Pavel. Nee, alle media publiceren dezelfde beelden en dezelfde verhalen. Met een zucht schuif ik de cursor naar mijn bestanden, open de map Belarus en bekijk de documenten die ik al heb verzameld. Belarus: een voormalige Sovjetrepubliek in Oost-Europa en een natie die pas in 1991 op de landkaart verscheen. De beelden van de natuur zijn adembenemend. Zacht glooiend, met ijzige winters en hete zomers. Dunbevolkt en ongerept, met dichte oerbossen, dampende moerassen, donkere meertjes en uitgestrekte vlakten, waar nog bizons grazen en ooievaars broeden. Maar die prachtige natuur staat in schril contrast met het gekwelde verleden. Belarus heeft geen bergen of andere natuurlijke grenzen en was daarom eeuwenlang de doorgang voor legers die heen en weer trokken van oost naar west, of van noord naar zuid. Mongolen, kruisridders, Litouwers, Polen, Fransen, Russen, Duitsers en Sovjets waren stuk voor stuk een tijd de bezetters van dit gebied. Ze bemestten de akkers met het bloed van vele genocides en overgoten de bewoners met wisselende religies en verre culturen. En die arme mensen leerden zich te voegen naar de willekeur van de passerende tirannen, waaronder de huidige, en ze leefden hun leven, dicht bij de natuur en met elkaar, zingend, dichtend en dansend. Alleen al vanwege deze veerkracht is dit een fascinerend land.

'Belarus,' zeg ik hardop. 'Wat heb ik met jou? Wat bindt ons?'

Ik ga met de cursor naar Google Maps en zoom in op het noordoosten, waar Belarus, Litouwen en Polen samenkomen en waar ze het dialect spreken dat ik meende te herkennen. Als mijn blik langs de lastige namen van dorpen en steden zoeft, valt mijn oog op een vlek links op de kaart: de gemeente Ełk in Polen. Ik ga rechtop zitten. Die naam herken ik! Die plek heette vroeger Lyck! Hier is papa geboren, toen het nog Oost-Pruisen was. Ik staar naar de plattegrond en schud onwillekeurig mijn hoofd. Die stad ligt veel dichter bij Belarus dan ik dacht! Voor mijn gevoel lag Oost-Pruisen in de Baltische zone en Belarus in de Slavische. Dus niet. Dat is één gebied! Ik meet de afstand van Ełk naar de grens met Belarus. Hemelsbreed is dat maar zo'n zestig kilometer. Een klein uur met de auto. Drie dagen lopen. Ik tik Hohegeiß in en de kaart van de Harz verschijnt. Ik zoom uit en bekijk de afstand van Hohegeiß naar Braunschweig, onze grote stad. Maar dat is even ver! Ik klik weer terug naar de kaart met Ełk en trek met mijn vinger cirkels rond de plek waar het huidige Polen, Litouwen en Belarus samenkomen en verbaas me. Hoe kan het dat ik nu pas doorheb dat papa zo dicht bij de toenmalige Sovjet-Unie opgroeide? Omdat ik nu anders naar dit gebied kijk! Tot gisteren zag ik losse landen en hun hoofdsteden. Warschau. Minsk. Vilnius. Ik keek naar het midden en ik negeerde de rand, ondanks mijn research naar het turbulente verleden van Litouwen met zijn schuivende grenzen. En papa woonde ooit aan die rand. Zit hier soms mijn link met dat Belarussische dialect? In de jeugd van papa? Maar hoe dan? Ik beweeg mijn sneakers op en neer over de kiezels.

'Start je onderzoek bij de officiële documenten, Olga,' zei Rudi Tasman, mijn vroegere baas bij de *Frankfurter Allgemeine Zeitung* en tegenwoordig hoofdredacteur buitenland van de FAZ: 'Herinneringen van mensen hebben een regenboog aan tinten. Akten hebben er maar twee: zwart-wit.'

Wijze woorden, want vaak bleken de verhalen die ik optekende uit de interviews niet te matchen met de onderliggende stukken. Herinneringen hadden gebeurtenissen anders ingekleurd. En in hoeverre kan ik überhaupt nog bouwen op de herinneringen van papa? Ik moet dus beginnen bij mijn officiële documenten en dat is bij de gemeente Windhoek in Namibië, waar ik in 1984 ben geboren en ingeschreven als eerste én enige kind van André en Doris Liebke. Ik pak mijn telefoon en app Ulrich de vraag of hij via een betrouwbare advocaat in Windhoek wat zaken voor me kan uitzoeken in Namibië. Hij reageert onmiddellijk.

Dus je gaat in je Afrikaanse roots duiken? ☺
Is alles OK met je na die bizarre vlucht? Even bellen?

Ja. Papa vertelt anekdoten over vroeger. Wil meer weten.
En ja, alles OK. Ben in Vilnius. Kan niet bellen. Heb zo interview. Bel je straks voor slapengaan.

OK. Ik zoek het uit.

Ik zwijg over de werkelijke aanleiding: mijn rare reactie op dat Belarussische dialect en mijn onbehagen over de jeugdverhalen van papa. Ik blik op mijn horloge en zucht. Het is bijna zeven uur en ik moet naar mijn laatste interview. Met resolute bewegingen stouw ik mijn spullen in mijn overvolle rugzak, rits deze al trekkend en duwend dicht. Ik ben eigenlijk aan een nieuwe toe, zeker omdat er al een tijdje een gat in het canvas zit dat met elke reis een paar millimeter groeit. Wanneer ik opsta en de rugzak omhang, valt mijn oplader op de kiezels. *Verdammt!* Vloekend raap ik het ding op en wil het terug in de tas proppen. De scheur blijkt alweer gegroeid. Ik steek mijn hand door de opening. Dit gaat dus écht niet meer. Deze is finito. Morgen koop ik dan eindelijk die rugzak met technische snufjes waar Ulrich zo enthousiast over is.

Terwijl ik het rozenperkje verlaat, bekruipt me het gevoel dat er iets niet klopt. Is er soms nog meer door die scheur gevallen? Met een ruk draai ik me om en nog voor ik naar het kiezelpad kan kijken trekt iemand met een korte cognackleurige jas mijn aandacht. De drager is een stip in de verte en verdwijnt in de menigte bij de kiosk. Mijn gedachten schieten naar de kleerkast in het vliegtuig. De kleur van zijn jack was hetzelfde. Was de man ook dezelfde?

'Kom op, Olli! Doe normaal!' mopper ik vermanend tegen mezelf, en na de zoveelste check van mijn rugzak been ik naar het hotel.

I

Maandag 24 mei 2021, late avond

In de bossen van Kurapaty, een gedenkplaats en voormalig executieterrein nabij Minsk, de hoofdstad van Belarus

Vier geblindeerde zwarte suv's rijden het bos van Kurapaty in. Het terrein is verlaten op dit late uur. De lage avondzon valt over de lukraak geplaatste kruisjes en gedenkstenen die herinneren aan de ontelbare mensen die Stalin hier liet doodschieten en in massagraven gooien. Af en toe hoor je een auto op de snelweg die deze voormalige executieplaats nabij Minsk passeert.

Uit de voorste en laatste auto stappen elk vier beveiligers. De mannen verkennen het terrein en na enkele minuten geven ze het signaal dat de kust veilig is. Twee oudere heren in een donker pak stappen uit de middelste auto's en begroeten elkaar kameraadschappelijk.

Qua postuur en kleding zie je overeenkomsten. Ze zijn allebei lang en slank met diepliggende blauwe ogen in een gerimpeld gezicht met hoge jukbeenderen. Ze hebben ook dezelfde kwieke tred, maar toch houd je ze goed uit elkaar, want de een is helemaal kaal en de ander heeft nog een volle bos witgrijze haren. De kale man houdt een boeket gele rozen in zijn rechterhand. Ze steken af tegen de marineblauwe stof van zijn pak. Beide mannen mijmeren kort over vroeger. Nietsontziend en met puntige ellebogen werkten beiden zich op de communistische carrièreladder van de USSR omhoog, bekleedden hoge posities binnen de KGB, gingen in 1992 na het uiteenvallen van de Sovjet-Unie terug naar hun geboortegrond en werden zakelijk en politiek actief binnen de nieuwe staat Belarus. Via maffiose praktijken ontpopten beiden zich tot succesvolle ondernemers.

De heren starten een wandeling over de lange laan met links en rechts houten kruizen. De man met de witte haren meldt opnieuw dat hij deze plek niet zo handig vindt voor een geheime ontmoeting.

Het is immers een politiek beladen oord met het nodige bekijks. Maar de kale man wuift de bezwaren weg en toont de rozen. Hij heeft een persoonlijke relatie met Kurapaty. Zijn vader kreeg hier in 1941 een nekschot, omdat hij wiskundeleraar was en dus kon nadenken. Hij werd 's nachts van zijn bed gelicht, in een vrachtwagen gezet en afgevoerd. En weg was hij. Zomaar. De mannen filosoferen over Stalin en zijn afkeer van mondige mensen. Iets wat ze ook menen te herkennen bij de huidige dictator van Belarus, Aleksandr Loekasjenko. Al slenterend praten ze over de beginjaren van Belarus, toen anarchie regeerde over de puinhopen van de Sovjet-Unie. Beiden legden toen de basis voor hun zakelijk imperium. De kale man investeerde in de opkomende ICT-sector en verdiende later een fortuin met digitale spionage en trollenlegers. De man met de witte haren startte zijn carrière in de particuliere beveiliging en breidde zijn werkterrein vervolgens uit naar de vastgoedbranche. Maar achter de schermen bezit hij ook nog een wereldwijd opererend huurlingenleger dat hij voor de bühne laat leiden door een voormalige Servische warlord.

Met hun nieuw vergaarde vermogen spekten beiden in 1994 de campagnekas van de destijds nog jonge en onbekende Aleksandr Loekasjenko, de man die zich na het winnen van de verkiezingen zou ontpoppen tot een dictator en die Belarus inmiddels een kwarteeuw met harde hand regeert. Lange tijd waren beiden tevreden over hun machtsgeile pupil, want hij bracht stabiliteit na de chaos van begin jaren negentig.

Maar recentelijk gingen zij zich steeds meer ergeren aan de tiran. Het wispelturige beleid, de tanende economie en de aspiraties van Loekasjenko om via zijn jongste zoon, de pas zestienjarige Nicolai, een dynastie op te bouwen. Vooral dat laatste deed de irritatie-emmer overlopen, want ondanks hun egoïsme en geldhonger voelen beiden zoiets als vaderlandsliefde voor de jonge Belarussische natie. Ze willen niet dat Belarus afglijdt naar eenzelfde obscure status als Noord-Korea. Ze zijn allebei al in de tachtig en willen met het zicht op hun einde het land nog een duw in de goede richting geven. En na een aanmoediging van hun Grote Vriend uit de Russische Federatie namen ze het besluit tot het plegen van een staatsgreep. Ze zochten en vonden partners binnen machtige instituties in Belarus, waaronder het leger en de KGB. Een route werd uitgezet: na de verwijdering van Loekasjenko zou de ambitieuze vijftigjarige neef van de kale man de leiding over het land nemen. Deze slimme, welbespraakte en hooggeplaatste KGB-officier heeft alles wat nodig is om Belarus naar een stabiele en Rusland-georiënteerde toekomst te leiden.

Tenminste, dat waren de plannen die in de loop van de komende maand hun beslag moesten krijgen. Maar er kwam een kink in de kabel en die is inmiddels het onderwerp van hun gesprek. De heren bereiken een oude berk waaraan een verweerd houten bordje is genageld. De moeder van de kale man heeft de naam van haar geliefde echtgenoot decennia geleden in het hout gekerfd, maar de letters zijn niet meer leesbaar. Ze houden halt en stoppen met praten. De kale man legt de gele rozen bij de wortels van de boom, vouwt zijn handen in elkaar en fluistert enkele woorden, terwijl hij zijn hoofd optilt naar de oranje kleurende hemel. De man met de witte haren zwijgt en observeert het bos. Na een korte buiging hervatten ze hun wandeling en praten verder over de voorbereidingen voor de staatsgreep. Deze waren in volle gang toen op Cyprus een bankmanager verdachte transacties zag. Tijdens een avondje uit met te veel drank vertelde hij over deze ontdekking aan een vriendin, een jonge Belarussische journaliste die na de verkiezingsfraude van Loekasjenko in 2020 naar Cyprus was gevlucht. Zij dook in de zaak en ontdekte steeds meer verbanden. Echter, met haar graafwerk speelde zij zich in het vizier van het team van de man met de witte haren, die daarop opdracht gaf om zowel de klikkende bankmanager als de pientere journaliste te liquideren en alle bewijs te vernietigen.

Maar de jongedame had kort voor haar dodelijke val uit het raam van haar appartement in Nicosia de Cyprus-documenten naar een oud-collega gestuurd: de Belarussische blogger en politiek activist Pavel Rybak. De man met de witte haren liet deze dissident vanwege het nauwe contact met de journaliste op Cyprus al enkele dagen schaduwen door een voormalige KGB-agent, die in 2019 ontslag had genomen bij de dienst en voor zichzelf was begonnen. Hij had al enkele delicate klussen tot een goed einde gebracht. De kale man gaf vervolgens zijn ICT-bedrijf opdracht om Pavel Rybak te hacken. Zo ontdekte men dat Rybak de gevoelige mail zondagochtend op de luchthaven in Athene had geopend. Hierna had hij de documenten op zijn laptop gezet. Vermoedelijk om ze tijdens de vlucht te lezen. Ook bleek dat Rybak kort voor het boarden contact had gezocht met het hoofd van het juridisch team van de oppositieleidster in Litouwen. Mogelijk had hij de explosieve inhoud van de stukken herkend. Daarop gaf de man met de witte haren zijn Servische warlord de opdracht om Rybak bij aankomst op de luchthaven van Vilnius 'af te vangen' en 'op te ruimen'.

Maar Rybak kwam niet aan in Vilnius. Tot ontsteltenis van beide heren gaf de onvoorspelbare Aleksandr Loekasjenko bevel het Ryanair-toestel met een smoes naar Minsk om te leiden. Beide heren vermoedden dat de dictator met zijn ongehoorde actie een signaal wilde afgeven aan de Belarussische oppositie in het buitenland: 'Diegenen die zich tegen mij keren zijn nergens meer veilig.' Op deze staatskaping volgde wereldwijde kritiek, omdat er al snel bewijs opdook dat de bommelding verzonnen was.

De heren evalueren de recente gebeurtenissen, terwijl ze afbuigen naar een kronkelend pad met grijze kniehoge stenen met daarop religieuze symbolen. De neef bij de KGB heeft een uur geleden het diensthoofd van de gevangenis gesproken. Na betaling van een exorbitant bedrag meldde deze dat Pavel Rybak al in het vliegtuig zowel zijn laptop als zijn mobiele telefoon had schoongemaakt. Alle informatie op beide apparaten is weg. De kale man kreeg vervolgens van zijn ICT-directeur de terugkoppeling dat Rybak in het tijdsbestek tussen het openen van de mail in Athene en zijn arrestatie in Minsk geen mails meer heeft verzonden. Ook zijn er via zijn telefoon geen foto's van documenten geappt. Dus alles wijst erop dat de Cyprus-documenten zijn vernietigd. Het is nu zaak om Rybak uit te schakelen, voordat hij gaat praten. Een schone taak voor de neef bij de KGB.

De heren bereiken weer de hoofdallee en wandelen terug naar hun auto's. Er rest nog een laatste kwestie die ze moeten bespreken en dat is die van de Duitse vrouw. De voormalige KGB-agent die Pavel Rybak schaduwde, meldde dat de dissident weliswaar alleen reisde, maar dat hij in het vliegtuig in gesprek raakte met de dame die naast hem zat. Zij heet Olga Liebke, is zevenendertig en journalist. Ze geniet in Duitsland faam als documentairemaker. De kale man haalt zijn telefoon uit zijn colbert en toont een foto van haar. De man met de witte haren pakt het toestel over, vergroot de afbeelding en bestudeert het scherm aandachtig. De kale man vertelt ondertussen dat de Duitse vrouw Rybak in het vliegtuig heeft geïnterviewd en vervolgens een artikel over hem naar talloze media heeft gestuurd. Haar verhaal gaat inmiddels de wereld over. Volgens de kale man is het niet ondenkbaar dat Rybak haar in vertrouwen heeft genomen over de Cyprus-documenten. Het is immers niet bekend wat ze hebben besproken in het vliegtuig. De man met de witte haren geeft de telefoon terug aan de kale man en ze lopen verder.

Ondertussen bespreken ze de kwestie van de Duitse vrouw. De kale man wil haar onmiddellijk liquideren, maar de man met de witte haren twijfelt, gezien haar Duitse nationaliteit en haar bekendheid. Haar vermoorden is solliciteren naar de inmenging van de Duitse veiligheidsdiensten. Er volgt een discussie. Wanneer ze bij hun auto's aankomen nemen ze allebei ook over haar een besluit.

Olga

Deel 3:

Graven naar de doden

'Doden kennen geen schaamte, maar ze stinken verschrikkelijk.'

Anton Tsjechov (1860-1904). Russisch schrijver.

6

Dinsdag 25 mei 2021, einde ochtend
De hoeve van Liebke, bij Hohegeiß

Ik gaap en wrijf in mijn ogen. De vroege vlucht van Vilnius naar Berlijn hakt erin. 'Nog even wakker blijven, Olli,' moedig ik mezelf hardop aan. 'Straks doe je een middagdutje.' Ja... het is niet ver meer. Nog een paar kilometer en dan ben ik thuis. Mijn gedachten reizen al vooruit naar onze hooggelegen hoeve en dwalen door de kamers. Het langwerpige natuurstenen hoofdgebouw ligt op een heuvel bij een oud loofbos en biedt een weids uitzicht over de glooiende vallei. Het pand uit de negentiende eeuw is zo'n twaalf meter lang en zeven meter breed en telt één verdieping met een grijs leiendak. De hoeve is opgetrokken uit bruine natuursteen en heeft ruitjesramen met donkergroene kozijnen en ossenrode luiken. De statige eveneens rode hoofdingang is in het midden van het lange deel. Via deze deur kom je binnen in de hal met daarin een trappenhuis en een brede gang die rechts naar de keuken en de woonkamer leidt en links naar de bibliotheek en de badkamer. Boven zijn vier kamers, waarvan er een in gebruik is als studio annex doka, een als werkkamer en twee als slaapkamer.

Onze inrichting is sober en de meeste meubels stonden er al toen wij hier in 1989 introkken. Ze zijn robuust en van eikenhout en komen uit de jaren dertig van de vorige eeuw. Het enige echt nieuwe zijn onze bedden, de bibliotheek en mijn montagestudio. Papa bouwde in 1990 boven in een kamer een doka en hij liet beneden in een kamer langs alle muren boekenkasten installeren. Ook kocht hij voor die ruimte een modern bureau om aan te werken. Ik investeerde een paar jaar geleden in een ultramoderne montagestudio die de doka deels verving. Ook qua decoratie hebben we weinig veranderd. Sommige vooroorlogse schilderijen met landschappen en stillevens hangen er nog, andere zijn vervangen door foto's die papa of ik maakte. Met de grote open haard, de eikenhouten tafel, de chaise longue, de schommelstoel en vooral de hoge terrasdeuren die naar het bos openen, is de woonkamer het hart van ons huis. Zowel hier als in onze oude woonkeuken speelde zich het grootste deel van ons leven af. Dat had ook van doen met de verwarming, want tot twee jaar geleden hadden we nog geen zonnepanelen en dus nog geen elektrische verwarming en stookten we op hout. De stammen en takken verzamelden en hakten we zelf en een deel van de blokken droegen we naar de kelder, want in die ruimte was jarenlang ons warmwatersysteem dat eveneens op hout werkte.

Buiten naast het huis zijn er een brede oprit van grind, twee houten stallen, een boomgaard en een vierkante moestuin, die we jarenlang met zorg onderhielden en die ons samen met de kippen en de jacht op wild altijd van genoeg eten voorzag. Maar sinds de dementie vorig jaar met sprongen verergerde, besloten we de kippen weg te doen en minder groenten te verbouwen. En inmiddels rukt het onkruid op en zijn de rijen met aardbeien al overwoekerd.

De weinige mensen die me hier weleens bezochten stelden me achteraf altijd dezelfde vraag: 'Ben je niet eenzaam in die oude en afgelegen boerderij?' En ook: 'Maar hoe doe je dat als je iets nodig hebt? Het eerste dorp is een halfuur rijden...'

'Nee,' zei ik dan. 'De natuur, het uitzicht en de stilte maken alles goed.' En zo was het en zo is het nog steeds, vooral na een hectisch verblijf in het buitenland, zoals de afgelopen dagen. Ik ervaar dan bijna een fysieke hunkering naar onze hoeve die een kwartier laveren over een karrenpad van de laatste normale straat af ligt.

Ik rek mijn nek. Bijna thuis. Na de steile rit omhoog bereik ik het plateau waarop onze boerderij ligt. Ik schakel terug en hobbel met mijn jeep over het laatste stuk van de onverharde weg. In de verte verschijnt al het grijze leiendak tussen de oude sparren en even later zijn daar ook de bruinrode muren van de hoeve. Bij het panoramapunt móét ik even stoppen om neer te kijken op de glooiende loofbossen. Vooral in de felle lentezon is het verloop van het IJzeren Gordijn nog goed te zien in het landschap. Het jonge groen met de nieuwe aanplant kleurt lichter dan de oude vegetatie en trekt zo een golvende lijn door de heuvels. Toen de Muur in 1989 viel en de gemeenten in de Harz niet veel later besloten tot het afbreken van de wachttorens en de stalen afscheidingen, startte papa zijn fotoserie van dit uitzicht. De eerste maakte hij op 14 februari 1991, precies vanaf dit hoge punt.

Ik was erbij. Het was een donderdagmiddag. Toen hij me ophaalde van school lagen zijn camera en statief al op de achterbank. Het was een heldere dag en de temperatuur lag rond het vriespunt. De winterse zon ging al bijna onder toen we ons huis naderden en papa de jeep precies op deze plek parkeerde. Vervolgens draaide hij zich naar me toe en nam mijn handjes in de zijne. Hij vertelde dat we zo meteen samen een foto zouden maken van de grens en dat we die foto vervolgens ook samen zouden ontwikkelen én inlijsten. En dat gingen we doen, omdat de inwoners van de Harz die enorme stalen afscheiding hadden afgebroken. Maar met het verwijderen van dat fysieke bewijs van de grens zou ook onze herinnering aan de doden vervagen, aan die arme mensen die stierven toen ze probeerden te vluchten uit die gevangenis. En misschien zouden we zelfs vergeten dat die grens er ooit was geweest en onvoorzichtig worden en het gevaar van een volgende tiran niet meer herkennen. Ik knikte en mijn kinderbrein begreep wat hij bedoelde, want ik had het al gezien, dit euforische afbreken van de ijzeren schotten.

We stapten uit de auto en liepen over het krakerige bevroren gras naar het uitzichtpunt. We zochten de beste plek voor het statief en keken een voor een door de lens. Hierna pakte papa mijn handje vast en bracht mijn wijsvinger naar de knop, waarna ik drukte, en klik... de foto was gemaakt. Elk volgend jaar liepen we op 14 februari met camera en statief naar ons panoramapunt en maakten een grensfoto, waarna we tijdens een moment van stilte hand in hand de doden herdachten. En inmiddels hangen er dertig foto's in onze gang. Ze vormen een strak lint waarop je het IJzeren Gordijn met de jaren ziet vervagen en de natuur ziet oprukken. En papa kreeg gelijk, want de mensen vergaten de grens en ze vergaten ook het gevaar van de dictatuur, want in die vroegere gevangenis bloeit tegenwoordig de '*Ostalgie*' en verlangen sommigen weer terug naar die overzichtelijke staat die alles voor je regelde in ruil voor je vrijheid.

Ik durf niet te denken aan de eerste 14 februari dat ik hier alleen zal staan, zonder papa die mijn hand vasthoudt, zich naar me toe buigt en dan zachtjes in mijn oor fluistert: '... en nu klikken, Bienchen.' Het is alsof zich binnen in me een muur optrekt om die angst maar buiten te houden.

'Niet doen! Denk aan iets anders!' roep ik tegen mezelf. 'Geniet van het bos. Zie hoe alles bloeit.'

Ik start de jeep en rijd weer verder. Ondertussen wijs ik mezelf op het uitbundige lentegroen. Ja, kijk dan! Dáár, bij dat kabbelende beekje loopt een hert en rechts in het weiland hupt een haas. En ruik je de bloeiende kastanjes? Hoe heerlijk ze geuren zo kort na de regen!

'Ja!' Mijn ademhaling vertraagt, en ik vervolg mijn route en rijd even later ons erf op. Eindelijk! Ik ben er! Bij papa! Hoe zou hij eraan toe zijn? Hoeveel leger staan zijn ogen? Hoeveel trager is zijn motoriek? En wat betekent dit alles voor onze band? Want onze relatie verandert. Niet alleen door de dementie en het wisselen van onze rollen. Het zijn vooral die onbekende fragmenten uit zijn verleden die rafelranden vormen in het dikke koord dat ons verbindt.

Net als ik de auto naast onze hoeve parkeer, piept mijn telefoon. Het is een bericht van Ulrich. Ik lees zijn appje.

Hé, Olli, heb iemand gevonden. Een Duitse advocaat in Windhoek. Heb haar gecheckt. Ze is deskundig en betrouwbaar. Heb ook al met haar gebeld. Ze heeft tijd en kan zaken voor je uitzoeken. Mail me even alle gegevens. Ulli

Top. Dan verstuur ik nu meteen het document dat ik op de luchthaven heb gecomponeerd. Snel lees ik de gegevens nog even door.

Olga Liebke:
Nationaliteit Duits.
Geboren 21 april 1984 in Windhoek.
Verhuisd naar Duitsland op 25 maart 1988.
Ingeschreven in Hohegeiß op 30 maart 1988. Daarna geen wijzigingen.

Vader:
André Liebke.
Nationaliteit Duits.
Geboren 3 april 1935 in Lyck, Oost-Pruisen, heden Ełk in Polen.

Ouders Anton Liebke (1916) en Sabine Esser (1917), beide geboren in Lyck/Ełk.
André Liebke verhuisde in 1960 naar Namibië en ging werken als ranger in het Namib-Naukluft National Park.
Verhuisd naar Duitsland op 25 maart 1988.
Ingeschreven in Hohegeiß op 30 maart 1988. Daarna geen wijzigingen.
Beroep van 1988 tot 2000: boswachter bij het Forstamt Hohegeiß.

Moeder:
Doris Schäfer.
Nationaliteit Duits.
Geboren 9 januari 1946 in Potsdam.
Ouders onbekend. Staat gaf haar de naam Doris Weissen.
Op 18 oktober 1950 geadopteerd door Horst en Beate Schäfer (datum geboorte en overlijden adoptieouders = onbekend).
Na adoptie naam gewijzigd in Doris Schäfer.
Verhuisde in 1951 met adoptieouders naar Windhoek.
Overleden op 22 april 1984 in Windhoek.

Het huwelijk tussen André Liebke en Doris Schäfer is voltrokken op 2 mei 1982 in Windhoek.

Klopt! Ik voeg het document in en tik op verzenden. Hierna staar ik een tijdje naar de informatie op het scherm van mijn telefoon en ik denk weer aan de beheerste reactie van papa toen ik hem als puber bevroeg over mijn achtergrond. Hij antwoordde telkens opnieuw met hetzelfde sobere verhaal over twee levens die getekend waren door de oorlog. Zowel hij als mijn moeder was enig kind. Papa bleef alleen, omdat zijn vader kort na zijn geboorte was gesneuveld tijdens een offensief in Polen. Zijn moeder overleed in februari 1945 tijdens haar vlucht voor de Russen. Hierna belandde papa in een weeshuis in de Russische bezettingszone in Oost-Berlijn. Hij studeerde bosbouw en vluchtte in 1959 naar West-Berlijn. Vandaar vertrok hij in 1960 naar Namibië. Mijn moeder is in 1946 als baby te vondeling gelegd in Potsdam, waarna het kinderloze echtpaar Horst en Beate Schäfer haar adopteerde en meenam naar Windhoek. Mijn ouders:

twee wezen die elkaar uiteindelijk in Namibië vonden. Volgens papa had ze een goed leven in Afrika. Maar hij sprak zelden over haar en alleen als ik aandrong kwamen er stukjes informatie en die waren zo algemeen dat ik mijn moeder in mijn geheugen opsloeg als een korrelig beeld. Het is een opname die ik ook niet meer scherp ga krijgen, omdat er geen foto's van haar zijn. Ons vertrek uit Namibië viel samen met de onafhankelijkheidsoorlog en verliep chaotisch. Onze koffers met fotoalbums en andere persoonlijke bezittingen gingen daarbij verloren.

'We kwamen hier aan met niks, Bienchen, behalve onze herinneringen.'

Zíjn herinneringen, want ik heb ze niet. Ik was nog te jong. En ja, hij droeg dat verdrietige verleden altijd bij zich. Het hing om hem heen als een cape van melancholie die alleen opwaaide als we door de bossen struinden en hij genoot van mooie momenten in de natuur, zoals zijn hoofd opheffen naar de stralen van de herfstzon of snuiven aan een lentebloem. Lang kon ik zijn weemoed van me weghouden, maar sinds hij alzheimer kreeg, leven die fragmenten van droefheid ook in mij en laten me verlangen naar mijn oude vrolijke zelf. Maar ik kom er niet meer bij.

Ik sla met mijn vuist op het stuur.

'Genoeg! Je moet sterk zijn!' roep ik tegen mezelf. 'En je moet nu naar binnen en Monika aflossen.' Grommend stap ik uit de auto en grijp mijn spullen. Hierna recht ik mijn schouders en loop naar de voordeur, maar bij het passeren van ons zitbankje, hoor ik al het gemiauw van Wilhelm.

'*Mein Schatzele*,' roep ik blij en ik buk me. Wilhelm komt naar me toe en geeft me enthousiast kopjes. Ik zet mijn tassen neer, til hem op, geef hem knuffels en aai zijn gestreepte vacht en dikke kop. Ondertussen fluister ik liefkozende woordjes. Wilhelm begint al mauwend met me te babbelen.

'En Willie? Ga je mee naar binnen?' Ik zet hem neer, waarna Wilhelm zijn voorpootjes strekt en vervolgens voor me uit loopt, met parmantige passen en een rechtopstaande staart.

Als ik mijn spullen pak, realiseer ik me dat er eigenlijk maar één ding is dat een gunstige wending kreeg sinds de dementie van papa. Wilhelm is niet meer bang voor hem en springt zelfs bij papa op schoot. Bovendien klaagt papa sinds zijn ziekte niet meer over mijn 'overtrokken' relatie met 'al die beesten', een van de weinige thema's waarover we weleens trammelant hadden. Papa hield weliswaar van de natuur en vocht vol passie tegen de illegale jacht, het gebruik van pesticiden en noem maar op. Maar toch dichtte hij de dieren geen hoger besef toe. Ik wel. Voor mij zijn het wezens met een eigen ziel. Al vanaf mijn kleuterjaren was ik in touw met dat andere leven rond ons huis. Ik verzorgde vogeltjes die uit hun nestje waren gevallen, ik ving muizen en zette ze buiten, ik aaide de koeien in de weilanden en als tiener werkte ik als vrijwilliger in het asiel van Braunlage en redde zo Tom en Jerry; twee toen nog agressieve bastaardhonden die niemand wilde en die uiteindelijk na stevige discussies met papa bij ons kwamen wonen. Ook wilde ik een tijdje dierenarts worden, maar ik was een echte alfa en dus liet ik dat idee los. Uiteindelijk accepteerden papa en ik elkaars afwijkende visie op de dieren. Ik maakte geen ruzie meer als hij vlees of vis at en hij maakte geen ruzie meer als ik weer eens een ziek weesje mee naar huis nam, zoals mijn dwarse Wilhelm...

Papa draagt zijn oude gebleekte jeans en geblokte zomerhemd en zit in zijn schommelstoel voor het woonkamerraam dat uitkijkt op ons terras en het bos. Zijn hoofd hangt naar voren als dat van een gier en zijn gekromde reumavingers omklemmen de stoelleuning als klauwen. Zijn ogen staan dof en staren naar een plek op de vloer. Ik loop langzaam naar hem toe en ruik al van een afstand die weeïge geur die sinds de dementie uit zijn poriën dampt. Snel open ik de terrasdeur en laat de zoete lentewind naar binnen waaien. Ik adem in en uit en vecht opnieuw tegen mijn tranen. Ik moet mezelf dwingen om de sprankelende man te zien die hij was, vóórdat de ziekte hem in zichzelf trok.

'Hallo!' zeg ik en ik glimlach. 'Daar is mijn held.' Ik kniel voor hem neer en streel zijn blote armen.

Papa heft zijn hoofd en kijkt me aan, waarna hij rechtop gaat zitten. Zijn hemelsblauwe ogen beginnen te stralen.

'Mijn darahaja!' Hij buigt zich naar me toe, pakt mijn hand en brengt die naar zijn lippen voor een tedere kus. Hierna spreekt hij enkele liefkozende woordjes in een vreemde taal. Russisch?

'Papa!' Met een ruk spring ik op en trek mijn hand terug. 'Papa!'

Verwarring tekent zich af op zijn gezicht. Hij glijdt naar achteren tegen de leuning van zijn stoel en bekijkt me.

'Bienchen? Maar, je bent anders.'

'Ja, ik ben naar de kapper geweest. Maar vertel. Wie is deze darahaja? Wat betekent dat woord?'

'Jammer, je had zulke prachtige lange lokken. Mijn gouden engeltje.'

'Ja, papa, maar op wie leek ik?'

Zijn ogen vinden de mijne en hij kijkt me niet-begrijpend aan, alsof ik een rare vraag stel.

'Je moeder.'

'Mijn moeder?'

Hij trekt zijn wenkbrauwen op.

'Ja,' zegt hij dan op licht bestraffende toon.

'Maar welke taal sprak je dan met mama? Dat van net was geen Duits.'

'Wij spraken geen Duits.'

'Geen Duits?'

Ik zet enkele passen terug en struikel bijna over de drempel van de terrasdeur. Ik grijp het kozijn. 'Wat spraken jullie dan?'

Hij zwijgt.

'En waar is mama geboren?'

Hij blijft me aankijken terwijl het doffe terugkeert in zijn blik, en laat dan zijn hoofd weer zakken.

'Papa?'

Hij reageert niet.

'Papa! Waar is mama geboren!?'

Hij reageert nog steeds niet. Ik buk me en pak voorzichtig zijn schouders vast om hem terug te trekken naar het nu, maar de confrontatie met zijn uitstekende botten voelt als een stomp in mijn maag. O, nee! Er zit bijna niks meer in hem. Niet alleen zijn hersenen verschrompelen, ook zijn eens zo statige postuur en gespierde torso zijn verworden tot een karkas met daaroverheen wat vel. Ik durf hem zelfs niet meer te knuffelen, bang dat zijn broze botten breken tijdens de omhelzing. Ik neem zijn gezicht in mijn handen en geef hem een kus op zijn hoofd. Hij zucht en sluit zijn ogen. Er verschijnt een glimlach rond zijn gerimpelde mond. Ja, dat aanraken doet hem goed. Na nog een aai over zijn dunne haren, laat ik hem los, waarna hij weer wegzakt in zijn foetushouding.

'O, papa, ik raak je kwijt,' fluister ik bijna onhoorbaar. Ik voel de tranen weer komen. Ik moet weg, zodat hij mijn ellende niet kan zien. Snel kom ik omhoog, loop het terras op en buig af naar de oude eik naast onze boerderij. Wilhelm rent met me mee.

'Darahaja.' Ik leun tegen de boom. 'En usio?' Die woorden klinken vertrouwd. Klopt het wat papa zei? Een Duits echtpaar dat geen Duits met elkaar spreekt. Dat is toch raar? Ik pak mijn telefoon uit mijn broekzak en bel Monika.

'Monika Maier.'

'Hé, Monika, hier Olga. Heb je een momentje?' Ik buk me en aai Wilhelm, die langs mijn kuiten strijkt.

'Jazeker. Ik bel handsfree. Is er iets met je vader?'

'Ja, het gaat niet zo goed,' begin ik te ratelen, terwijl ik weer omhoogkom. 'Hij sprak alweer in die rare taal en dacht dat ik mijn moeder was. En toen hij doorkreeg dat ik zijn dochter ben, zei hij dat hij geen Duits met mijn moeder sprak. Dat kan toch niet? Hij vertelt de laatste tijd zoveel rare verhalen, Monika, en dat verwart me. Het is alsof mijn verleden vervaagt.'

'Ach, Olga. Wat verdrietig. Maar luister naar me,' zegt ze op rustige toon. 'Jouw vader zit in een vergevorderde fase van dementie. Patiënten in dit stadium hebben géén besef meer van heden en verleden. Ze gaan van fragment naar fragment en maken hun eigen waarheden, met soms maar een dun lijntje naar de werkelijkheid. Twee jaar geleden had ik een patiënte die belevenissen van een vriendin mengde met haar eigen leven. Voor haar zoon was dat natuurlijk een rare gewaarwording, maar voor haar was het een realiteit. Neem dus afstand en ga níét in discussie, want dat leidt alleen maar tot nóg meer verwarring. Bij jou én bij hem.'

'Ja,' verzucht ik. 'Dank je, Monika en sorry voor het storen.'

'Geen probleem. Je kunt me altijd bellen.'

Terwijl we de verbinding verbreken, til ik Wilhelm op. Hij vlijt zich tegen me aan en duwt zijn dikke kop spinnend tegen mijn kin. Enkele ganzen vliegen met klapperende vleugels over. Ik hef mijn hoofd en luister naar hun chaotische gegak. Ja, het klopt natuurlijk wat Monika zegt: de verhalen van papa zijn warrig, maar ergens voelen ze tóch niet als verzonnen. Ik moet dit onderzoeken, ik heb feiten nodig. Ik ga in zijn archief met oude papieren, notities, facturen, brieven, foto's, magazines en boeken duiken en zo zijn jonge jaren ontrafelen.

Het hoort niet, maar het moet. De tijd dringt! Precies! Ik zet Wilhelm voorzichtig neer en samen gaan we terug naar ons huis. Wanneer we het terras bereiken app ik Ulrich met de vraag of hij zijn collega in Windhoek wil laten checken of er wellicht nog documenten in Namibië zijn die verwijzen naar een andere taal die mijn ouders mogelijk spraken. Hij reageert meteen met een opgestoken duim. Mooi.

7
Dinsdag 25 mei 2021, middag
Op de zolder van de hoeve van Liebke, bij Hohegeiß

Ik open de krakende deur van de zolder en Wilhelm en ik gaan naar binnen. Het eerste wat me opvalt is het geluid van de regen die begint te roffelen op de oude dakpannen. Mijn hand tast de bakstenen muur af naar de lichtschakelaar. De 100 wattpeer springt aan en toont de zooi van twee mensen die niks weggooien. De ruimte ruikt naar aangevreten hout. Hier en daar is het boormeel op de vloerplanken gedwarreld en vormt het dunne pulplaagjes. Het is maar goed dat het verleden van papa mij naar boven dreef, want de eeuwenoude balken schreeuwen om een behandeling tegen houtworm. Straks bel ik een bestrijdingsbedrijf, maar eerst research.

Ik spot een oranje klapstoeltje uit mijn tienertijd, pak het en wurm me langs overtollige huisraad naar de stellages met oude foto's en papa's boekhouding. Ik installeer me voor het bomvolle rek met zijn administratiearchief. Wilhelm gaat bij mijn enkels liggen en begint te spinnen. Voor ik met de map uit 1988 begin, check ik nog even of er nieuws is over Pavel. Nee, niks. Behalve wat geklets van zelfbenoemde deskundigen. Ze discussiëren over achtergronden en gevolgen. Maar ook deze bespiegelingen worden al minder, want de aandacht van de wereld zoeft alweer door naar de volgende hype. De aangekondigde sancties hebben nul effect, want Pavel blijft in de gevangenis, aldus de Belarussische regering. Verschrikkelijk! Met een zucht pak ik de eerste ordner uit het rek.

Ik aai Wilhelm, waarna deze opstaat en de zolder verlaat. Even later kraakt beneden het scharnier van zijn kattenluikje. Mijn dikkerd is weer struinen. Ik glimlach en check de tijd. Vier uur al! De stellage met onze boekhouding is doorgeploegd en leverde geen nieuwe feiten op. Er waren dus geen rare bonnetjes of verdachte transacties die wijzen op connecties in het buitenland. Het totaalbeeld is dat van een brave burger die nooit in het rood ging. Ik kom kreunend omhoog en doe een paar oefeningen voor mijn spieren, waarna ik het klapstoeltje installeer voor onze fotomappen. Ik adem een paar keer in en uit om rustig te worden. Ik moet moed verzamelen, want ik weet dat de foto's herinneringen gaan oproepen aan die mooie jaren waarin papa en ik samen door de bossen trokken en hij me inwijdde in de fotografie. Papa is nog steeds de beste fotograaf die ik ken. Hij wist altijd precies wát hij moest vastleggen, wanneer en vanuit welke invalshoek. 'Ze kunnen je tijdens een cursus nóg zoveel leren over compositie, belichting, filters, scherpte en kleuren, Bienchen, maar zonder het oog maak je geen goede opnamen. Dus volg je oog en denk niet te veel na, want dan verlies je het moment.' Met 'het oog' doelde hij op dat diepe instinct dat tot het enige juiste beeld leidt. Hij gaf me dat commentaar toen ik met een leergang fotografie startte tijdens mijn studie aan de School voor Journalistiek en na de eerste les thuiskwam met een dik instructieboek. Zijn opmerking is me altijd bijgebleven. Net als zijn weigering om te exposeren. Toen ik me tijdens mijn opleiding ging realiseren hoe waanzinnig getalenteerd hij was, groeide ook mijn verwondering over het feit dat hij gekozen had voor een bestaan als boswachter. Ik sprak hem daarop aan en hij antwoordde dat de natuur beschermen hem meer voldoening gaf dan de natuur in beeld vastleggen.

'Je kunt toch allebei doen,' was mijn reactie. 'Je maakt nu toch ook de foto's terwijl je in het bos aan het werk bent?'

'Nee, Bienchen, wanneer ik weet dat anderen over mijn foto's gaan oordelen, beweeg ik me minder vrij. Een mens die zich bekeken weet, raakt gevangen door de blik van de ander en reageert daarop.'

Ware woorden. Met een zucht bestudeer ik de klappers en tijdschriften voor me. Net als de boekhouding beginnen ook de fotoboeken in het jaar 1988. Van mijn baby- en kleuterjaren zijn geen foto's. Alles begint na onze verhuizing naar Duitsland. Onze mooiste foto's selecteren en in mappen plakken was een van zijn favoriete klussen tijdens de donkere avonden in de winter. Ook na de opkomst van de digitale fotografie ging hij daarmee door. Hij kon soms uren aan onze eikenhouten woonkamertafel zitten en plaatjes sorteren. Ik lag dan op de chaise longue naast het knapperende haardvuur en las hardop voor uit een roman die we samen hadden gekozen. Onze bieb staat volgestouwd met literaire werken uit alle continenten. Boeken die ik al op jonge leeftijd verslond en waar papa en ik vervolgens over discussieerden. We hadden in die jaren nog geen tv, want papa wilde die 'manipulatieve onrust' op afstand houden. Wat er gaande was in de wereld las hij in *Die Zeit*, het weekblad dat hij elke donderdag tijdens een avondwandeling uit onze brievenbus aan het begin van het karrenpad haalde. Maar sinds vorig jaar kan hij niet meer lezen en sinds januari kan hij ook dat landweggetje niet meer zelfstandig af lopen, want rond die tijd ging zijn besef van plaats en tijd verloren. Wat volgt?

'*Nein!* Niet aan denken, maar doorgaan met dingen doen,' zeg ik hardop. Ik buig voorover en pak de ordner met het jaartal 1988.

Ik strek mijn benen en kijk naar de tijd. Bijna zes uur. Ik zet de laatste klapper terug in het rek en leun naar achteren. Niets wijst op een verleden in Belarus of enig ander land. Ons leven was hier, in de uitgestrekte bossen van de Harz. Ik staar een tijdje naar de mappen. Maar dit kan toch niet alles zijn? Want waar zijn die mooie foto's die ik als meisje van papa maakte? Ik herinner mij die serie zelfs nog tot in detail. Ik was een jaar of twaalf. Het was een warme herfstdag en papa hakte met een bloot bovenlichaam hout voor de winter. De goudgele avondzon bescheen zijn bezwete borstkas en deed zijn gespierde gestalte oplichten tegen de grijsrode achtergrond van onze gereedschapsschuur. Hij oogde sterk en onovcrwinnelijk en ik wilde dat beeld vastleggen. Wellicht omdat ik al jong begreep dat alle leven sterft en dat er een dag zou komen dat de dood ook hem zou ophalen. Dus rende ik naar zijn werkkamer, pakte zijn Leica en nam een hele serie foto's. Hij lachte en gaf me instructies.

Nog diezelfde avond ontwikkelden we mijn foto's in de donkere kamer. Ik herinner me nog precies hoe ik de chemische geur van het fixeer opsnoof en met trillende vingers de vochtige A4-vellen aan de draad vastpinde en vervolgens naar zijn lachende gezicht opkeek, terwijl het papier langzaam droogde. En ofschoon papa op dat moment rond de zestig was, toonden mijn foto's een man met een jeugdig air. Door zijn rijzige gestalte, zijn golvende vlasblonde haren, zijn stoppelbaard, en vooral zijn vierkante gezicht met de hemelsblauwe ogen, de rechte neus en de volle lippen was hij lang leeftijdloos. De diepe groeven die zijn gelaat nu zo tekenen, begonnen zich pas vanaf zijn zeventigste te vormen.

Ik analyseer de stellages. Waar zijn die fotovellen gebleven? Wanneer heb ik ze voor het laatst gezien? Ze hingen lange tijd aan de muur van de doka. Maar daarna? Geen idee. We maakten ook zoveel foto's, hij zal ze toch niet hebben weggegooid? Dat deed hij weleens met oud werk. Maar nee, deze waren ook voor hem speciaal. Ik kijk om me heen. Hij had vroeger van die grote supermarktdozen waarin hij ook de negatieven opborg. Zitten ze daar soms in? Ik speur de zolder af. Links in de hoek staan inderdaad enkele grotere kartonnen dozen. Ik loop ernaartoe en verken de inhoud, maar helaas: slechts analoge camera's met verouderde statieven, lenzen, lampen, riemen en tasjes. Wanneer ik in de onderste doos rommel, valt mijn oog op mijn eerste Canon. Wat leuk! Als ik de camera optil, zie ik een langwerpige bobbel in het papier op de bodem. Hè? Het lijkt wel alsof de doos een extra laag heeft. Met snelle bewegingen haal ik de doos leeg en inderdaad: iemand heeft een dik stuk karton over de bodem geplakt. Voorzichtig trek ik het geribbelde bordpapier los en een Duits nummer van de *National Geographic* verschijnt. Het magazine is op de hoeken met plakband aan het karton vastgemaakt. De lijm is vergaan en heeft losgelaten. Ik til het boekje voorzichtig op. Wat raar! Waarom heeft papa dit zo omslachtig verstopt? Ik check de datum: november 1996. De cover toont een foto van een vervallen wachttoren en een besneeuwde binnenplaats omzoomd met een krans van verroest prikkeldaad. *Perm-36. De laatste goelag van de USSR* staat eronder. Een rilling loopt langs mijn rug. Rusland! De USSR! Belarus was onderdeel van de USSR! Met ingehouden adem blader ik door het boekje. Alle pagina's zien er onaangeraakt uit, totdat Perm-36 aan de lezer wordt gepresenteerd. De achtentwintig bladzijden over dit kamp zitten vol met vet- en vochtvlekken. Ik veeg het zweet van mijn voorhoofd. Iemand heeft dit artikel keer op keer gelezen. Papa!? Ja, wie anders? Maar waarom? En wie schreef dit verhaal? En waarom is het weggestopt in deze doos?

De aangrijpende foto's zijn gemaakt door James Lawrence, een Amerikaan die destijds veel voor de *National Geographic* werkte, maar het artikel zelf is van ene Vadim Smirnov. De auteursfoto toont een magere man met zwarte haren en een puntig gezicht met priemende bruine ogen. Ik ga weer zitten op het klapstoeltje en lees met toenemend afgrijzen het verhaal van deze criticus van het USSR-regime die van 1982 tot 1987 opgesloten zat in Perm-36. Met oog voor detail beschrijft hij zijn verblijf in dit gruweloord. Mijn handen blijven plakken aan het papier wanneer ik de laatste bladzijde omsla en lees dat deze Vadim Smirnov in 1938 is geboren in Przewałka, een plaats in Belarus op de grens met Polen en Litouwen. Hij is de zoon van een Duits-Litouwse moeder en een Pools-Belarussische vader en spreekt beide talen. Ik adem diep in en uit om de knoop in mijn buik weg te krijgen. Alweer Belarus!

'Vadim Smirnov,' fluister ik. Kende papa deze man?

Ik blaas de haren uit mijn gezicht en probeer mijn nekspieren los te maken. Dit magazine wijst op een verborgen interesse. Papa heeft duidelijk moeite gedaan dit blad goed te verstoppen, wat twee dingen betekent: hij kon er geen afstand van doen en ik mocht het niet lezen. Hij houdt dus zaken voor mij verborgen. Maar waarom? Dat kan toch niet?!

Ik sta op en knik. O, jawel. Papa heeft geheimen en de dementie legt ze bloot, zoals zijn verhalen over dat kasteel in Oost-Pruisen, die vreemde taal, verdwenen jeugdfoto's en nu ook nog zijn zorgvuldig weggemoffelde belangstelling voor een Russische goelag. Terwijl ik het blad dichtsla, galmt de stem van papa door de gang. Hij roept me op alarmerende toon vanaf de hal beneden.

'Olga! Kom! Snel! Nu!'

Hè? Met de *National Geographic* in mijn handen ren ik naar beneden.

8

Dinsdag 25 mei 2021, namiddag
In de hoeve van Liebke, bij Hohegeiß

'Waar zijn die twee mannen dan, pap?' roep ik wanneer ik de woonkamer binnenstorm en via de terrasdeur naar buiten kijk. Er is niks te zien.

Papa volgt me schuifelend. 'Welke mannen?' Hij kijkt me verbaasd aan.

'Je zei net dat er buiten twee mannen waren die stiekem naar ons huis keken. Gekleed in groene camouflagepakken.'

Hij reageert niet. Zijn aandacht is bij mijn handen. Hij schiet met een onvermoede snelheid naar me toe en grijpt de *National Geographic* uit mijn handen.

Geschrokken deins ik achteruit. 'Papa! Wat doe je!?'

Hij zakt in zijn fauteuil. Hij heeft het magazine zo stevig vast dat zijn vingers helemaal verkleuren. Snel pak ik een stoel en ga tegenover hem zitten.

'Via die hoek van het kamp ben ik ontsnapt,' zegt hij na een moment van stilte en tikt op een plek linksboven op de cover. 'Dat was tijdens een sneeuwstorm. De bewakers zaten in elkaar gedoken in hun wachttorens en de honden schuilden in hun hokken.'

Ik weet even niet wat te zeggen. *Bei Gott*. Hij zat opgesloten in Siberië! Dus daarom kocht hij dit blad.

'Jij zat in een Russische goelag?' mompel ik.

Hij reageert niet maar bladert naar de pagina waar het artikel start. Hij kijkt even naar de foto's van de barakken om vervolgens te blijven hangen bij de beelden van de latrines.

Hij snuift een paar keer alsof de geuren via het magazine tot hem komen.

'Het ergste vond ik het leegscheppen van de strontgaten,' zegt hij dan en wijst op een foto. 'Daar dwongen ze me toe. Als straf. Het was dagen werk. In de winter was alles bevroren en moest ik de boel met een schop klein slaan, maar in de zomer was het een bruine smurrie. Het stonk verschrikkelijk. En die gore lucht trok in mijn kleren en in mijn hoofd. Die kreeg ik niet meer weg.'

Ik krijg een brok in mijn keel, want net nog heb ik de tekst over die wc-schuur gelezen. Ik bekijk de foto's van de langwerpige stal met enkele gaten in de grond, afgescheiden door lage stalen schotten. Er waren twaalf plekken voor vijfhonderd gevangenen en de ruimte was niet verwarmd in de winter en in de zomer was er een muggenplaag.

Ik buig me naar papa om zijn hand te strelen en ruik de geur van urine. Hij heeft alweer in zijn broek geplast. Het gebeurt de laatste maanden regelmatig als hij emotioneel is. Zo zielig. Ik veer naar achteren en sta op om de terrasdeur te openen. Buiten regent het nog steeds pijpenstelen en een stevige wind waait de druppels over de drempel van de woonkamer, maar dat boeit me niet. De stank slaat op mijn gemoed. Een goelag. Dat kan niet. Dat mag niet. Het kost me moeite de hel van Vadim Smirnov aan papa te koppelen. Twaalf uur per dag zwaar fysiek werk, zelfs bij min twintig graden. Altijd honger, want eenzijdig en weinig eten. Lijfstraffen, met als bonus een verblijf in de vrieskamer in de winter. Dat was een ruimte zonder verwarming met alleen een betonnen brits waar je in isolatie ging bij het kleinste vergrijp. En dan al die subtiele vernederingen om je geestelijk te breken, zoals de latrine schoonmaken. Nee, ik kan het idee niet verdragen dat hij daar was. Zweetdruppels vormen zich weer op mijn voorhoofd.

Papa bladert nu naar een foto van een barak met smalle houten stapelbedden waar de gevangenen sliepen op iele matrasjes. Gemaakt van mos, stro en gras, krioelend van het ongedierte. Ik ga weer zitten en observeer zijn gezicht.

'Wanneer was je daar, pap?' Waarschijnlijk eind jaren vijftig, want in 1960 verhuisde hij naar Namibië.

Hij gaat wat meer rechtop zitten en strijkt over het papier. Zijn ademhaling is zwaar. Heeft hij herinneringen?

'Tijdens Gorbatsjov.'

'Gorbatsjov? De laatste secretaris-generaal van de Sovjet-Unie?' En alweer verbaas ik me over de werking van alzheimer. De naam van Monika vergeet hij regelmatig, maar de namen van mensen uit zijn verleden weet hij wel nog.

'Ja, die! Gorbatsjov.'

Ik pak mijn telefoon, googel de naam en lees dat Michail Gorbatsjov in 1985 aantrad als secretaris-generaal van de Communistische Partij van de Sovjet-Unie. 1985!

'Maar pap, dat kan niet.' Ik wijs op het artikel over Perm-36. Mijn stem wordt nu luider. 'Toen hij aan de macht kwam, woonde jij in Namibië. Met mij. Wij waren altijd samen. Hier en in Afrika, papa. In Afrika!' herhaal ik in een poging zijn afwezige herinneringen op te halen.

Papa kijkt me vragend aan.

'In Afrika?' Hij schudt zijn hoofd. 'Nee,' zegt hij fluisterend en hij bladert verder, pagina voor pagina. Voor elke foto neemt hij de tijd. Zijn ademhaling gaat steeds sneller. Hij briest zelfs.

En nu? Wat doe ik nu? Moet ik dat blad afpakken? Of hem laten? Terwijl ik besluiteloos aan mijn nagels pulk, valt mijn blik op de twee ingelijste opnamen aan de muur. Ze zijn van het meertje bij Hahnenklee. De linkerafbeelding toont het einde van de winter. Het bevroren meer is omringd door uitbottend groen. De plek oogt smetteloos, maar dat is-ie niet. Want onder het smeltende ijs dobbert het zwerfvuil dat kort voor de vorst nog in de poel was beland. De rechterfoto toont datzelfde meertje een week later, wanneer de sneeuw is gesmolten. De oever ligt nu bezaaid met de troep van vóór de winter. Ik slik. Met het verdwijnen van zijn kortetermijngeheugen, komt bij papa ook de ellende van eerdere perioden bovendrijven. Verschrikkingen die hij voor mij verborgen hield. In Rusland. Althans: als het waar is wat hij vertelt. Als hij werkelijk daar was, want Monika zei daarstraks nog dat dementerenden 'gebeurtenissen verzinnen'. Mijn gedachten gaan naar de auteur van dit verhaal: Vadim Smirnov. Die man zat in Perm-36 opgesloten tussen 1982 en 1987, dat stond er. Dat was deels in de periode van Gorbatsjov. Zou hij nog leven? Zo ja, dan móét ik hem spreken en achterhalen of hij papa heeft gekend.

Papa is ondertussen bij de laatste pagina aangekomen en al zijn spieren zijn aangespannen. Zijn lippen trillen en zijn gezicht is verkrampt. Met een kreet smijt hij het blad weg en staat op. Wankelend loopt hij het terras op en heft zijn hoofd naar de stromende regen.

Dikke druppels ketsen op zijn gezicht en hij begint met een schokkend lichaam te huilen.

'Papa!' Ik vlieg naar hem toe en grijp hem vast. Hij kan vallen en wat breken. Hijgend staan we naast elkaar. De regen voelt koud, maar ik beweeg niet, omdat ik merk dat de stortbui hem kalmeert. Na een paar minuten draait papa zich naar me toe en omhelst me. We grijpen elkaar vast en ik voel zijn ribben in de vermagerde borstkas.

'Bienchen. Je bent mijn alles.'

'Dat weet ik toch, pap.' Snikkend aai ik zijn wang. 'Maar kom, we moeten droge kleren aantrekken. Je wordt anders ziek.'

Terwijl ik papa bij de arm pak, valt mijn blik op Wilhelm. Hij ligt naast het pad dat naar het bos voert. Hij slaapt.

'Willie! Kom naar binnen. Het regent!' roep ik, maar hij reageert niet. Ik schud mijn hoofd. Die kat blijft een rare.

Papa begint te lopen en samen gaan we naar de badkamer. Hier trek ik zijn natte kleren uit, help hem in zijn pyjama en begeleid hem naar de keuken. Hij gaat zitten op zijn stoel en staart naar buiten.

'Ik heb honger,' zegt hij dan.

Ik wend me naar de klok op het dressoir. Het is etenstijd.

'Klopt, pap. Het is tijd. Even droge kleren aantrekken en dan begin ik met koken.'

'Die mannen zijn er nog steeds.' Hij wijst naar het bos.

'Wat!?' Met een snelle beweging schiet ik naar het raam en verken onze tuin en de bosrand. Maar alles lijkt normaal, er is niks te zien, behalve Wilhelm. Hij ligt nog steeds op diezelfde plek. Maar die houding... Er klopt iets niet! Ik ruk de deur open.

'Willie!' In een opkomende paniek ren ik naar hem toe.

'Schatzele!' Ik nader Wilhelm en vertraag mijn pas. 'Willie?!' Zijn houding is vreemd en zijn oogjes staan glazig en zijn halfdicht. Ik hurk neer en raak hem zachtjes aan. Zijn vacht voelt koud en nat. 'Willie?' Mijn buik knijpt zich samen en de tranen prikken achter mijn ogen. 'O nee, Willie!' Voorzichtig til ik zijn lijfje op, neem hem als een baby in mijn armen, draag hem naar de hoeve en storm de keuken binnen.

'Papa,' krijs ik en ik leg Wilhelm op de keukentafel. 'Willie is dood!' Mijn lichaam schokt van verdriet. 'Ik snap het niet. Vanochtend was alles nog goed.'

'Ach, Bienchen.'

Papa staat op, buigt zich over Wilhelm, betast zijn lichaam en beweegt zijn hoofdje.

'Gebroken nek,' zegt hij dan. 'Deed ik vroeger met de konijnen. Kijk zo.' En hij pakt de dikke kop van Wilhelm vast en toont me de beweging.

'Hij... is... vermoord?' stotter ik en mijn maag begint zich te roeren.

'Ja. En kijk hier. Hij heeft iemand aangevallen.' Papa tilt een voor een de voorpootjes van Wilhelm op. Aan zijn klauwen zitten stukjes van een groene stof.

'Mannen... in... groene... camouflagepakken.' Mijn hand gaat naar mijn mond.

'Stropers,' verzucht papa. Hierna grijpt hij Wilhelm bij zijn achterpoten en stapt met het bengelende kattenlijkje naar de deur.

'Wat doe je?' schreeuw ik geschokt en ik houd hem tegen.

Papa kijkt me niet-begrijpend aan.

'Ik gooi 'm weg,' zegt hij en hij wijst op de grijze afvalcontainer naast de ingang.

9
Vrijdag 28 mei 2021, einde ochtend
In de hoeve van Liebke, bij Hohegeiß

Papa en ik sjokken naar de volgende bloembak en plukken de verdorde bladeren en bloemen uit de geraniums. Mijn blik zoeft regelmatig naar het graf van Wilhelm, bij de oude eik. Ik ben nog steeds huilerig en heb al drie nachten nauwelijks geslapen. Ik ben letterlijk ziek van verdriet, maar ook bang. Wie deed dit? En waarom? Stropers in het bos zijn één ding, maar mannen die tot in je tuin komen zijn andere koek. Ik heb inmiddels het oude jachtgeweer van papa van zolder gehaald en naast mijn bed gezet, mede vanwege de passieve reactie van de politie. De dienstdoende agent reageerde koeltjes toen ik dinsdagavond contact opnam. Wij waren écht niet de eersten die belden over een dode kat, zo vertelde de agent op een sussende toon. Wandelaars hadden ook al dieren in vallen gevonden. Stroperij was helaas van alle tijden en moeilijk aan te pakken. Woest verbrak ik de verbinding. Papa snapt niks van mijn leed. Een uur na de moord op Wilhelm was hij hem al vergeten, maar ik krijg zijn dood niet uit mijn systeem. Ik mis mijn lieve Willie verschrikkelijk. Misschien neem ik vanavond wel zo'n slaappil uit het doosje dat de huisarts me gaf.

Ik veeg mijn tranen weg en concentreer me weer op het verwijderen van de uitgebloeide bloemen. Papa en ik doen ons werk in stilte, zoals we gewend zijn. Vroeger, tijdens onze tochten door de bossen, konden we urenlang wandelen zonder ook maar één woord te spreken en tóch praatten we de hele tijd. Via onze ogen, onze handen, onze ademhaling, onze voetstappen... We communiceerden via onze energie. Gelukkig heeft zijn dementie daar weinig invloed op. Nog steeds voelen we elkaars emoties. We begonnen vanochtend geagiteerd, nadat ik tijdens het wassen had doorgevraagd over zijn verminkte duimen en de herkomst van enkele littekens op zijn rug en benen. Ik vermoed inmiddels dat die misvormde nagels en rode strepen niet komen van 'werken in de bush', maar het gevolg zijn van martelingen. Ik wilde weten wie de dader was, maar papa reageerde dwars en probeerde weg te lopen.

Gelukkig was hij na een uur werken in de tuin weer kalm. Hij vertelde me zelfs een nieuwe anekdote uit zijn jeugd. Het verhaal leidde me even af van mijn verdriet om Wilhelm. We hadden pauze en zaten in de ochtendzon op het bankje naast onze voordeur, hij met koffie, ik met gemberthee. Toen hij de geur opsnoof, begon hij ineens te vertellen over 'dat vieze oude gemberbrood' dat ene Elize had meegenomen op de vlucht. Hij verhaalde daarop hoe hij en deze Elize tijdens een beschieting door Russische jachtvliegtuigen naar de bossen waren gegaloppeerd. In de daaropvolgende dagen hadden ze in de ijzige kou het Augustów-kanaal richting het oosten gevolgd, op weg naar haar geboortestreek. Elize had aan het begin van de oorlog bij de Joodse partizanen gediend en wist hoe ze moest overleven in een besneeuwd woud. Ik luisterde geboeid, want zijn relaas bevatte opvallende details over het bouwen van slaapplekken voor de nacht, het vangen van vissen uit bevroren meertjes, het maken van vuur, het vinden van noten, het zetten van vallen en het grillen van eekhoorntjes. Uit zijn beschrijvingen begreep ik dat hij zeker een halfjaar met deze vrouw was opgetrokken, want hij vertelde ook over zijn vreugde toen de lente kwam en hij de warme zon weer op zijn huid voelde, terwijl hij met Elize op een zwerfkei zat en uitrustte van de jacht. En hoe hij op haar aanwijzingen in bomen was geklommen en de eitjes van vogels uit nesten had geroofd.

'En waar kende je deze Elize van?' vroeg ik zo achteloos mogelijk. Het verhaal leek me weinig waarschijnlijk. Hoe kon een Joodse vrouw immers overleven in een konvooi met Pruisische vluchtelingen? En nog wel zittend op een paard, terwijl het arische volk naast haar moest lopen? No way, dat ging er bij mij niet in.

'Ze woonde bij ons op het Schloß. Ze was mijn gouvernante.'

'Jouw gouvernante!?'

'Ja.'

En alweer was daar die vanzelfsprekende toon waarmee hij praatte over 'ons kasteel' en 'mijn gouvernante'. Gaat dat samen met het verleden van een arbeidersjongen?

'Interessant, papa,' zei ik en ik hield het theeglas in mijn handen geklemd. 'En wat gebeurde daarna? Toen jullie in haar dorp waren aangekomen?'

'Ze bracht me naar een vriendin. Mag ik nog wat koffie, Bienchen?' zei hij en hij tilde zijn mok op.

'Jazeker.' Ik nam zijn beker aan en stond op. 'En waar woonde die vriendin?'

Hij haalde zijn schouders op. En het was weer einde verhaal, ook na voorzichtig aandringen. Ik liep naar de keuken en terwijl de verse koffie doorliep, pakte ik mijn mobiel en googelde het Augustówkanaal. De waterweg bleek aangelegd in de negentiende eeuw, is honderd kilometer lang en verbindt het noordoosten van Polen met het noordwesten van Belarus. Het begin van het kanaal lag in 1945 op nog geen vijf kilometer van de oostgrens van Oost-Pruisen. Dat loop je in een uur. Hierna las ik een wikibijdrage over de 'Joodse partizanen'. Zij bleken tijdens de Tweede Wereldoorlog actief in het grensgebied van Belarus en Litouwen en vochten tegen de nazi's. Ik leunde tegen het aanrecht, verward over het mogelijke van het onmogelijke: een Duitser en een Jodin op weg naar Belarus.

En nog steeds kauw ik op zijn verhaal. Stel nou dat het klopt wat hij vertelde en dat hij inderdaad in januari 1945 met een Duits konvooi vluchtte voor het Rode Leger en dat deze Elize tijdens die tocht met hem afboog naar het oosten, waarna beiden nog samen in de bossen woonden tijdens de capitulatie van de Duitsers vier maanden later. Dan zat hij dus in april 1945 in Belarus en niet in Berlijn! En geen andere Sovjetrepubliek heeft zo geleden onder het juk van de nazi's als Belarus. Hoe wil je daar dan als kind van die gehate Duitse vijand overleven? En bovendien sloot de Sovjet-Unie al snel haar grenzen. Wat dus betekent dat hij in Belarus zat opgesloten en daar noodgedwongen opgroeide. Het lijkt onwaarschijnlijk, maar toch is er iets wat op dat scenario duidt: mijn gevoel van herkenning bij het horen van dat Belarussische dialect...

Terwijl we naar een volgende bloembak lopen, doe ik een nieuwe poging om papa informatie te ontfutselen over zijn tijd ná de tocht met de Joodse Elize, maar zonder succes. Hij herhaalt exact dezelfde details als daarstraks. Dus ook hij heeft geen toegang tot het vervolg en zit vast in een kapotte film: zijn hersenen gaan van de ene scène naar de andere en herhalen zijn leven in losse fragmenten, zonder context. En alleen als er sprake is van een plotse associatie met een gebeurtenis van vroeger, volgen er nieuwe flarden met herinneringen. Zoals daarstraks, toen de geur van mijn gemberthee hem weer dat vieze brood liet proeven.

'Kom, Bienchen.'

Papa gaat naar de volgende bloembak. Ik voeg me bij hem en terwijl we zwijgend doorwerken valt mijn blik op zijn mooie maar gehavende vingers die met vloeiende bewegingen de geraniums verzorgen. Ooit streelden deze handen mijn moeder. En met de twijfel over zíjn verleden, komen nu ook de vragen over háár verleden. Ik zucht en verzamel de afgeknipte bladeren en gooi ze in de emmer.

Na een uurtje hebben we alle bakken gehad en lopen naar binnen. Het is tijd voor de lunch. Papa gaat op het bankje in de gang zitten en strekt zijn benen. Ik hurk voor hem neer en trek een voor een zijn werklaarzen uit. Hierna schuift hij zijn voeten in de pantoffels.

'*Danke*, mein Schatz,' zegt hij en hij staat op.

'Zullen we nog even naar de wc gaan, pap?' vraag ik, terwijl ik mijn sneakers voor mijn slippers verruil.

'Ja.'

Ik pak hem weer bij de arm, en in de badkamer maak ik de knoop van zijn broek los en doe de wc-bril omhoog.

'Ik kan dit zelf,' zegt hij zoals gebruikelijk wanneer we voor de pot staan.

'Oké.' Wanneer ik de deurkruk vastpak, hoor ik een naderende auto en kijk door het raam. Het is de bruine Audi van Ulrich. Hè? Wat doet hij hier midden op de dag? Ik haast me naar buiten. Ulrich stapt uit. De uitdrukking op zijn gezicht vertelt me dat er iets goed mis is. Ik slik.

'Waar is je vader?' vraagt hij.

'Binnen. In de badkamer.'

'Oké. Dan blijven wij even buiten.'

Ulrich wijst naar de stallen en we verwijderen ons van de voordeur.

'Nou, Olli,' zegt hij wanneer we de gereedschapsschuur bereiken. 'Ik heb bericht van mijn confrère uit Namibië. Er is een probleem.'

'Wat dan?' piep ik.

'In Windhoek is gefraudeerd,' zegt hij fluisterend. 'In 1988 stond daar inderdaad een gezin Liebke ingeschreven. Vader André Liebke, moeder Doris Liebke-Weissen en dochter Olga Liebke. Doris Liebke stierf op 22 april 1984 in het kraambed, één dag na de geboorte van Olga Liebke. Alles identiek aan jouw gegevens uit het bevolkingsregister. Maar,' zegt hij en hij laat een korte stilte vallen. 'Vader en dochter Liebke zijn op 25 maart 1988 overleden.'

'Hè?!' Mijn adem stokt en ik wankel tegen de muur van de stal aan. Wat gebeurt hier?

Ulrich pakt mijn arm vast.

'Ja, Olli, maar nu komt het: dit overlijden staat níét als zodanig in het bevolkingsregister genoemd. Daar wordt op die dag een "verhuizing naar de Bondsrepubliek Duitsland" als reden voor de uitschrijving gemeld. Dus iemand in de gemeente Windhoek heeft de documenten vervalst. Mijn contactpersoon zocht verder, omdat ze onraad rook. Ze ontdekte dat André Liebke als boekhouder werkte bij een vleesfabriek net buiten de stad. Een inmiddels gepensioneerde secretaresse wist haar daarop te vertellen dat vader en dochter Liebke in het voorjaar van 1988 in hun slaap zijn overleden door een koolmonoxidevergiftiging. De vrouw was naar de avondwake geweest en de man die daar dood in de kist lag, was echt André Liebke.'

Ik hap naar lucht, zet enkele stappen naar links en plof neer op het houten bankje naast de stal. Met witte knokkels omklem ik de leuning en gedesoriënteerd staar ik naar mijn tenen. De roze nagellak die ik vóór mijn reis naar Athene heb aangebracht, brokkelt alweer af. Zie je wel: iets wat niet bij je hoort, laat los. Snel of langzaam, maar het gebeurt altijd. Ook met namen. Ook met Olga Liebke. Mijn naam laat los.

'Ik ben dus niet Olga Liebke,' fluister ik en ik leun naar achteren. De houten stijlen duwen tegen mijn schouders.

Ulrich komt naast me zitten en slaat zijn arm om me heen.

'Nee, Olli. En er is nog iets: je vader heeft destijds hulp gehad van iemand in Namibië. Er is vast fors betaald.'

Ik bijt met mijn voortanden op een dik stuk vel bij mijn duim. 'En hoe kan ik dan achterhalen wie ik werkelijk ben?'

We draaien ons meer naar elkaar toe en kijken elkaar aan.

'Die vraag heb ik ook al gesteld, maar volgens de advocate die ik sprak gaat je dat in Namibië niet meer lukken. Administratief, bedoel ik. Dit gebeurde ruim dertig jaar geleden tijdens de onafhankelijkheidsstrijd. Namibië behoorde in maart 1988 nog tot Zuid-Afrika.

Na de onafhankelijkheid in 1990 kwamen er overal nieuwe mensen op overheidsposten. Zij acht het kansloos dat we achterhalen wie zich in 1988 bij de gemeente Windhoek liet omkopen. Je zult dus op basis van andere *leads* een spoor naar je echte naam moeten volgen. Maar realiseer je dat er een reden was waarom je vader met je is ondergedoken. Jullie werden gezocht.'

'Maar...' Praten lukt even niet.

'Dat is ook de reden dat ik hiernaartoe ben gereden. Ik wilde dit niet telefonisch of via mail doorgeven. Je weet nooit wie er meekijkt.'

'Ja. Verstandig.' Meer komt er niet uit.

Ik spring op en begin rondjes te lopen door onze tuin, stap voor stap voor stap. Ulrich komt naast me lopen en neemt me bij de arm. Het is dus waar, ik ben niet Olga Liebke. Mijn blik gaat naar mijn blote benen en de beelden van mijn rennende kindervoetjes verschijnen weer, terwijl ze hun weg zoeken door het bevroren dennenwoud.

'Ja, Ulli, de puzzelstukjes vallen nu wel in elkaar. Een andere naam aannemen. Afgelegen wonen. Alle contacten minimaliseren. Niet exposeren. Dat was dus niet voor niets. Het kan inderdaad zijn dat papa op de vlucht was. De vraag is waarom en voor wie?'

'Daar heb ik ook over nagedacht. Waarschijnlijk vluchtte hij voor het DDR-regime.'

'Dat kan!' roep ik, 'maar dan had hij na de val van de Muur toch weer zijn eigen naam kunnen aannemen?'

'Dat is niet gezegd. Identiteitsfraude is strafbaar. Dus misschien heeft hij het gewoon zo gelaten.'

'Maar hij had op z'n minst míj de waarheid kunnen vertellen!' stoot ik uit. 'Ik weet zelfs niet wie mijn moeder is! Doris Liebke in ieder geval niet!' Woede borrelt op. Ik sta stil en stamp met mijn voeten op het grind. 'Verdammt!'

We kijken elkaar aan. Zijn bruine ogen staan bezorgd.

'Klopt. Dat is ernstig. Juist dát verbaasde me nog het meest. Dat hij dit voor jou heeft verzwegen. Jullie zijn zó hecht. Wat ga je nu doen?'

'Doorzoeken. Het huis verder uitkammen. Papa bevragen.'

Hij knikt.

'Trouwens. Hoe kwam je er eigenlijk toe om je gegevens in Windhoek te checken?'

Ik wil antwoorden en hem vertellen over mijn heftige reactie op dat Belarussische dialect, maar dan blokkeert er iets.

‘Papa praat veel over zijn verleden, maar niet over Afrika en mama. Dat vond ik raar, want een leven in de bush heeft nogal impact.’

‘Helder.’

Zijn telefoon begint in zijn broek te tetteren. Hij neemt op en heeft een kort gesprek met zijn assistente.

‘Ik moet ervandoor. Ik heb zo meteen een zitting.’

Ulrich geeft me een knuffel.

‘Nou, Olli, wees vanaf nu héél voorzichtig. Ik kan écht maar één reden bedenken waarom je vader dit voor je verborgen hield: het gevaar dat hij vreesde, is er nog. Of het was er in ieder geval nog toen hij ziek werd.’

Ik knik.

‘Dus, Olli, vanaf nu communiceren we in bedekte termen als we over dit onderwerp contact hebben.’

‘Is goed.’

‘En bel me als er wat is. Ik kom meteen.’

‘Dank je, Ulli.’ En ik druk hem nog even tegen me aan.

En terwijl Ulrich zich naar zijn auto haast en wegrijdt, wiebel ik wat heen en weer op mijn voeten. De conclusie is helder: ik moet verder met mijn onderzoek en mijn belangrijkste link is dat Belarussische dialect, want toen ik dát hoorde, begon deze sneeuwbal te rollen. En ik móét weten wie ik ben! Misschien is er nog ergens familie?! Stel je voor! Doris Liebke was immers niet mijn moeder! Zou ze nog leven? En misschien heb ik wel een broer of zus? Broze vlinders van hoop fladderen door mijn buik. Maar... hoe vlieg ik dit aan?

‘Wees voorzichtig.’ De woorden van Ulrich resoneren. Heeft hij gelijk? Is er nog reden tot zorg? Het is meer dan drie decennia geleden dat papa de naam van André Liebke aannam. In die jaren is er veel gebeurd. De Muur is gevallen. Vijanden werden bondgenoten. De wereld globaliseerde. Klopt allemaal, maar toch heeft Ulrich gelijk. Dat papa mij niet in vertrouwen nam is alarmerend. Ik heb dus een voorwendsel nodig voor mijn onderzoek.

Ik stop met ijsberen en staar een tijdje naar de glooiende bossen.

‘Golvend groen,’ zeg ik hardop en ik moet weer denken aan dat ándere golvende groen, aan die plek op de kaart waar ze dat Belarussische dialect spreken en waar drie landen samenkomen. Ja! Dát is het. Dát wordt mijn dekmantel. Ik ga zogenaamd een nieuwe reportage maken over het gebied tussen Belarus, Litouwen en Polen.

Ik been naar de keuken en grijp ondertussen mijn telefoon. Ik spreek een WhatsApp-bericht in voor mijn assistente Romy. Ik vertel over mijn voornemen en vraag haar om een persaccreditatie voor Belarus te regelen. Net als ik op verzenden druk, valt mijn oog op mijn naam boven in het scherm. Olga Liebke. Een dode. De letters beginnen te dansen en ik voel me misselijk worden. Papa heeft me verraden. Nee, erger. Hij heeft óns verraden. Onze hechte band is een leugen! Ik was niet goed genoeg voor de waarheid. Maar houdt hij dan wel van me? Liefde voedt zich immers met vertrouwen. Ineens duizelig ga ik zitten op een stoel en laat mijn hoofd in mijn handen rusten. Ja, maar... zijn gedrag lijkt wel op vaderliefde. Dat beschermende, dat idolate, dat vergevende, dat geduldige, dat meegaande, dat trotse, dat kwetsbare... Mijn armen vallen slap langs mijn lichaam. Ik ben zijn Bienchen... Maar waarom zweeg hij dan? Daar móét een reden voor zijn! Hoe kom ik daarachter? Hij kan me weinig zinnigs meer vertellen, want zijn dementerende geest weeft waarheden rond vage feiten en heldere fantasieën.

Een vreemde onrust borrelt op. Drieëndertig jaar zijn verstreken sinds de identiteitsfraude. Dat betekent dat de figuren die toen invloed hadden op zijn keuzes, nu op leeftijd zijn of dood. Dat betekent ook dat er niet veel tijd meer is. Oude mensen sterven. Ik moet dus snel in actie komen en wel meteen na de vakantie van Monika. Want ik móét weten wie ik ben en wie mijn moeder was. Of is! Mijn adem valt even stil. Ja, inderdaad... misschien leeft ze nog!

10
Vrijdag 28 mei 2021, avond
In de hoeve van Liebke, bij Hohegeiß

De meditatieve klanken van Nik Bärtsch vullen onze boerenkeuken, terwijl papa en ik ons avondeten bereiden. Ik heb rustgevende muziek opgezet om mijn razernij wat te dempen, want de woede stroomt nog steeds door mijn aderen. Ik heb de neiging om papa vast te grijpen en door elkaar te rammelen vanwege zijn bedrog, maar mijn liefde weerhoudt me. Bovendien moet ik wachten op een helder moment om hem te bevragen en dat dient zich nog niet aan. Hij is opvallend stil, als een vogel die de storm al voelt naderen door een verandering in de atmosfeer. Hij staat nu naast me bij het aanrecht en houdt zijn hoofd afgewend, zodat hij me niet hoeft aan te kijken.

Ik pak de aardappelen uit de zak en doe ze in een kom. Hierna reik ik papa zijn schilmesje aan, waarna hij begint met schillen. We zijn laat met de voorbereidingen voor ons avondeten, want meteen na het bezoek van Ulrich intensiveerde ik mijn zoektocht naar informatie over ons verleden en vergat de tijd. Als een tornado wervelde ik langs elke hoek van ons huis, maar ik vond er niets van vóór 1988, behalve de antieke huisraad die er al stond toen wij hier introkken. En terwijl ik van kast naar kast, van la naar la en van doos naar doos trok, overdacht ik snuivend van frustratie hoe ik papa zou kunnen bevragen over onze échte naam en ik kwam tot de conclusie dat ik moet wachten op zo'n sporadisch moment dat zijn denken voor even scherp is. Die heldere minuten komen altijd onverwacht en ze zijn als de felle zonnestralen op een nevelige dag. Ze duwen zich ineens naar voren vanuit de mist van zijn geest.

'Ga je straks weer foto's bewerken?' vraagt hij ineens.

'Hoezo?' Ik kijk hem niet-begrijpend aan. Ook al zoiets. Sinds zijn ziekte hupt hij als een sprinkhaan van het ene onderwerp naar het andere, zonder inleiding en zonder aanleiding.

'Vond ik leuk om te zien.' Hij wijst naar mijn telefoon op de vensterbank. 'Met dat programma. Hoe heet dat ook alweer?'

'Instagram?'

Hij knikt aarzelend.

Om mijn boosheid wat te luwen, babbel ik maar wat over de tools van Instagram en vertel dat de talloze influencers door het vele bewerken van hun beelden gaan lijken op de barbiepoppen uit mijn jeugd: onwerkelijke schoonheden die je kunt buigen en knikken in elke gewenste pose.

'Maar toch,' zeg ik en ik laat water in de pan lopen. 'Je ziet ook bij deze mensen dat de keuze voor hun onderwerpen en filters aspecten van hun karakter verraadt.'

'Dat klopt, Bienchen.' Hij zet de aardappels voor me neer en gooit de schillen in de compostbak. 'De ware aard van een mens duwt zich uiteindelijk toch naar buiten. Binnen de minuut of na een heel leven.'

Mijn hoofd schiet zijn kant op. Ja! Dít is het moment!

'Zeg papa, nu we het toch hebben over de ware aard van een mens, is er iets wat ik je wil vragen. Iets belangrijks.'

'Wat dan?'

Hij recht zijn rug. De klank van mijn stem lijkt hem te alarmeren en hij oogt ineens alert. Ik adem in en uit, verzamel moed.

'Ik heb ontdekt dat we niet Liebke heten, pap,' hakkel ik en ik ga voor hem staan, zodat hij me niet kan ontwijken. 'André en Olga Liebke stierven in 1988 in Windhoek. Wat is onze echte naam?'

Het schilmesje klettert op de grond. De ogen van papa verstarren en zijn lichaam begint ongecontroleerd te beven, waarna zich rond zijn voeten een plas vormt.

'*Oh nein! Bitte nicht*. Nu gaat hij komen,' stamelt hij, terwijl de urine zich verder over de tegels verspreidt. 'Oh nein!' Hij herhaalt het hijgend en verlaat strompelend de keuken, met zijn handen steun zoekend bij kasten en muren. 'Nein! Nein!'

Ik snel achter hem aan, de gang in, sla mijn arm om hem heen, maar hij rukt zich met een onverwachte kracht los. Ik roep dat het me spijt en dat we veilig zijn, maar hij schudt zijn hoofd.

'Nein, nein,' zegt hij met stemverheffing. 'We moeten vluchten. Weg. Weg. Want hij gáát komen.'

'Wie papa? Wie gaat komen?' Mijn stem trilt, zijn paniek springt op mij over. Mijn wezen erkent dat dit gevaar echt is en geen waanidee van een dementerende.

Hij zwijgt, kromt zijn lichaam en begint te huilen, terwijl hij zich tegen de badkamerdeur laat glijden.

'Ik ben niet lekker,' zegt hij dan en hij grijpt naar zijn hoofd. 'Ik moet gaan liggen, Bienchen.' Ik pak hem opnieuw vast.

'We moeten je eerst verschonen, pap.' Ik wijs op zijn natte broek.

'Nein!' roept hij beslist. Ik ken die toon inmiddels goed genoeg om te weten dat ik hem met rust moet laten.

'En eten, pap, wil je dan niet eten?' vraag ik, wetend hoeveel waarde hij hecht aan voedsel.

'Nein. Geen honger. Het gaat niet goed. Ik moet liggen.'

Gearmd lopen we de trap op en begeven ons naar zijn slaapkamer. Ik open de deur en hij schuifelt naar binnen. De avondzon valt de ruimte binnen en accentueert de sobere inrichting en de kale wanden. 'Op witte muren verzamelen zich geen geesten,' zei hij ooit toen ik voorstelde om zijn kamer op te vrolijken met foto's en hij dat weigerde.

We gaan naast zijn bed staan. Ik help hem met het uittrekken van zijn broek, waarna hij met een bloot onderlichaam op het witte laken gaat liggen. Zijn magere dooraderde benen ogen als dorre takken. Zijn borstkas gaat op en neer onder zijn geblokte houthakkershemd. Met trillende vingers leg ik het laken wat over hem heen.

'Het spijt me, pap,' fluister ik met een brok in mijn keel. Ik ga op de rand van het matras zitten en pak zijn hand vast, die kletsnat is van het zweet. Ik probeer contact te maken, maar zijn ogen schieten alle kanten op, alsof ze overal spoken zien. Slijm loopt uit zijn mondhoeken. Ik pak een zakdoek uit het nachtkastje en veeg het zachtjes weg.

'Hij zal komen!' schreeuwt hij nu en hij trekt zich met een ruwe beweging los. Hij duwt zijn handen tegen de oren, sluit zijn ogen en beweegt zijn hoofd van links naar rechts. Geschrokken sta ik op en grijp de stijlen van zijn bed vast. En nu? Wat doe ik nu? Want dit gaat helemaal mis. Wat zei Monika ook alweer? 'In een noodgeval een zware kalmeringstablet geven.' Ik haast me naar de badkamer, pak het doosje uit het bovenste kastje, vul een glas met water en draaf terug naar de slaapkamer. Ik grijp de afstandsbediening van zijn bed en druk op de knop. Langzaam beweegt het hoofdeinde zich in de verticale stand.

De brommende opgaande beweging leidt hem af, want hij stopt met zijn hoofd schudden.

'Hier, papa, neem dit,' zeg ik, wanneer hij bijna rechtop zit. Ik glimlach bemoedigend naar hem en duw de pil voorzichtig tegen zijn onderlip. Hij werkt gelukkig mee en opent zijn mond. Als een goed getrainde patiënt slikt hij de pil door, drinkt en leunt vervolgens naar achteren. Ik druk weer op de knop en laat het hoofdeinde zakken. Wanneer hij horizontaal ligt, pak ik een krukje, ga naast het bed zitten en streel met een ritmische beweging zijn onderarm. Tranen rollen langs zijn wangen en de zweetdruppels staan op zijn neus. Zachtjes dep ik het vocht weg en neurie het kinderliedje dat hij vroeger altijd voor mij zong als hij me naar bed bracht.

'*Schlaf, Kindlein, schlaf. Der Vater hüt't die Schaf...*'

Na een tijdje sluit hij zijn ogen en wordt zijn ademhaling regelmatig.

Ik sta op, loop naar het raam, duw het helemaal open en snuif het kruidige aroma van het vochtige bos op. Vanuit het dal weerklinkt het monotone gekwaak van de bastaardkikkers die leven in het lage moerasgebied. De avondzon verspreidt een gouden gloed en accentueert de glooiingen van de heuvels. Het woud lonkt. Ik draai me weer om en luister naar papa. Hij snurkt. Opgelucht loop ik de kamer uit en haast me naar de bijkeuken. Ik grijp een emmer, laat die vollopen met warm water en wat vloeibare zeep, en dweil zijn plas op. De pisstank brengt me weer de beelden van Perm-36 en een plotse behoefte aan frisse lucht duwt me naar buiten. Ik moet hier weg! Ik loop de deur uit, maar wanneer ik op het terras sta, is daar ineens een gevoel alsof vreemde ogen me bespieden. Mannen in camouflagepakken? Mijn gedachten gaan naar het lijkje van de vermoorde Wilhelm en de woorden van papa galmen weer door mijn hoofd. 'Hij gaat komen.' Ik deins achteruit en krijg het benauwd. Happend naar zuurstof zwalk ik over het terras. De paniek groeit en drukt op mijn maag. Duizelig grijp ik een aardewerken pot van de buitentafel en geef over in meerdere golven. Wanneer de drang om te spugen wat afneemt, plof ik in een tuinstoel en zet de pot met de gele smurrie op de kiezels. Ik hef mijn hoofd en staar nog nahijgend naar het groen, maar de ogen zijn weg. Bei Gott! Wat was dit? Zo'n panische angst heb ik nog nooit gehad, terwijl er wel degelijk levensbedreigende situaties waren tijdens mijn reizen, zoals die knokkelkoorts in Laos of die gijzeling in Soedan. Ik keek de dood toen letterlijk in de ogen en toch bleef ik emotioneel enigszins stabiel. Ik snapte zo ongeveer wat er gebeurde. Maar nu is daar ineens een dreiging die ik niet kan begrijpen, laat staan beheersen.

II
Woensdag 16 juni 2021, avond, na zonsondergang
In een bos noordelijk van Minsk, in Belarus

Meerdere luxe SUV's rijden over een karrenpad in een uitgestrekt dennenbos en stoppen bij een verlaten meer met een strandje. Ook nu stappen enkele beveiligers uit de eerste en laatste auto en verkennen het terrein. Nadat zij het signaal 'veilig' hebben gegeven, stappen drie heren uit de middelste auto's. Het zijn de man met het witte haar, de kale man en zijn neef. Deze laatste heeft zijn KGB-burelen in Minsk even verlaten voor dit urgente overleg. De mannen begroeten elkaar vriendschappelijk. In de verte schalt de bonkende muziek van een houseparty. De oudere heren ergeren zich aan de herrie, de jongere man stelt dat hij juist daarom voor dit bos heeft gekozen. Voor deze kant van het woud hebben de veiligheidsdiensten nu geen interesse. Alle drie kijken ze even naar de bewegende lichtflitsen die de hemel boven het feestterrein verlichten. De twee ouderen krijgen nare associaties met de mortierschoten die tijdens hun kinderjaren de komst van de vijand aankondigden.

De mannen draaien zich naar elkaar toe en starten staande in een kring hun overleg. De neef licht toe waarom hij om dit onderhoud vroeg. Er is een probleem met Pavel Rybak. Hij herhaalt dat hij geen jurisdictie heeft over zijn detentie. Daarom is het hem ook nog niet gelukt om Rybak te laten liquideren. Echter, via steekpenningen kreeg hij een hoge KGB-functionaris binnen de gevangenis aan hun kant. Deze persoon dient Rybak inmiddels medicatie toe die binnen afzienbare termijn tot zijn overlijden moet leiden. Zijn heengaan zal lijken op hartfalen, een natuurlijke dood dus. Echter, op dit moment leeft Rybak nog.

De neef haalt zijn handen uit zijn broekzakken en vertelt met geïrriteerde bewegingen dat hij in de middag een uiterst alarmerend bericht kreeg van deze dikbetaalde KGB-vertrouweling. Deze meldde namelijk dat de inmiddels zieke Pavel Rybak vanochtend tijdens de zoveelste ondervraging zijn politieke idealen vergat en vertelde dat hij belangrijke informatie had voor de president. Er was een staatsgreep in voorbereiding en hij, Pavel Rybak, had hier het bewijs voor. In ruil voor rust zou hij de documenten beschikbaar stellen. De hoge functionaris schrok zich een hoedje, stuurde daarop zijn jonge collega naar buiten, zette de gespreksregistratie uit en vernietigde de eerdere opname.

De KGB-functionaris hervatte vervolgens het gesprek met Pavel en beloofde hem om zijn verzoek met het hogere echelon te bespreken, maar hij had dan wel meer informatie nodig, want met losse flodders kon hij niet naar zijn meerdere stappen. Ondertussen bood hij Pavel een wodka en een jointje aan. Deze incentives maakten zijn tong los, waarna hij verslag deed van de zogenaamde Cyprus-documenten. Deze files had hij kort voor het landen in Minsk op een kleine USB-stick gezet en deze vervolgens bij het verlaten van het vliegtuig in de rugzak van een Duitse documentairemaker gestopt. Overigens zonder dat zij hier iets van wist. Het wachtwoord had hij kort daarvoor op een blaadje geschreven en dat velletje had hij in het boek gelegd dat die vrouw aan het lezen was.

De twee oudere heren reageren in verontruste termen op het verhaal van de neef. Ze laten de Duitse vrouw al enkele weken schaduwen en niets wijst erop dat zij enige weet heeft van de samenzwering. Je zou toch verwachten dat zij die USB en dat blaadje heeft gevonden? En je zou toch ook verwachten dat zij dan had gehandeld? Die dame is immers een journalist. Die heeft geleerd om één plus één op te tellen. Kletst Pavel soms uit zijn nek? Er volgt een felle discussie. De kale man en de neef willen de Duitse vrouw meteen uit de weg laten ruimen, maar de man met de witte haren vindt dat niet verstandig. De verdwijning van een bekende Duitse tv-persoonlijkheid trekt te veel aandacht. Wie weet waar de Duitse politie op stuit als deze zich met de zaak gaat bemoeien. Uiteindelijk komen de heren tot een compromis. De man met de witte haren appt de opdracht in cryptische bewoordingen naar zijn personal assistant.

Aan het einde keert het gesprek terug bij Pavel Rybak. Hij moet zo snel mogelijk sterven. Zo ook de jonge collega die vanochtend tijdens de ondervraging getuige was van zijn uitspraken over de samenzwering. De neef bevestigt dat hij al heeft voorgesorteerd op deze beslissing. De betreffende diender is een uur geleden van twaalfhoog uit zijn flat gevallen...

Olga

Deel 4:

De vijand sluipt dichterbij

'Een gesproken woord is geen mus. Eenmaal uit je mond gevlogen, kun je het niet meer vangen.'

Russisch gezegde.

11
Vrijdag 18 juni 2021, namiddag
In het Kurpark van Bad Harzburg

Het is fijn om weer eens in de stad te zijn na drie weken thuis en zonder succes speuren naar de stropers die Wilhelm vermoordden. Ulrich is een paar keer langs geweest om me op te fleuren, wat hem lukte. Wat ook helpt, is afleiding, zoals mijn onderzoek naar het verleden van papa. Maar vandaag is daar weinig tijd voor. Gearmd en getooid met zomerse hoeden slenteren papa en ik door het zonovergoten Kurpark van Bad Harzburg. De hitte is drukkend en onweer hangt in de lucht. Het beige gravel kraakt onder onze voeten, terwijl we de kleurenpracht bewonderen. Vóór zijn ziekte was het ondenkbaar dat wij door aangeharkte natuur zouden wandelen, maar inmiddels is het traditie dat we ons bezoek aan Bad Harzburg combineren met een rondgang langs spuitende fonteinen en bonte borders.

De sfeer is gelukkig weer goed na de dip van vanochtend. Van elf tot twaalf waren we bij Rudolf, zijn fysiotherapeut en mijn exgeliefde. Hij is de enige man met wie ik ooit heb samengewoond, maar in de lente van 2019 verbrak ik onze relatie. In het eerste jaar na de breuk was mijn humeur niet al te best als we naar hem onderweg waren. De coronabeperkingen voelden bijna als een opluchting, maar inmiddels heeft Rudolf een nieuwe vriendin, waardoor ik me minder rot voel als we zijn praktijk bezoeken. De afgelopen weken was papa de chagrijn, omdat hij tijdens de rit van Hohegeiß naar Bad Harzburg het massale afsterven van de naaldbossen zo goed kan zien. Toen we daarstraks mijn jeep voor een onderhoudsbeurt inleverden bij de garage in Goslar moest de receptioniste zijn zoveelste monoloog over het *Waldsterben* aanhoren. De hoffelijke vrouw bleef vriendelijk knikken, ook toen hij voor de derde keer begon over de gevolgen van de opwarming van de aarde en hoe dit de vraatzuchtige schorskever in de kaart speelt. Ik moest hem van haar wegtrekken.

'Kom pap, we gaan! We zijn laat voor de fysio.'

'Voor wat?'

'Fysiotherapie. Oefeningen voor je rug.'

'Hoezo? Ik heb geen pijn.'

'Klopt. Nu niet. Maar die oefeningen zijn nodig, zodat je soepel blijft.'

Hierna bewoog hij zijn nek van links naar rechts, knikte en liet zich gewillig naar de leenauto voeren.

De afgelopen dagen was er weer een versnelling in zijn aftakeling. Ook dat is niet nieuw, want zijn verval gaat in schokken. Van het ene op het andere moment weet hij iets niet meer. Vooral die dramatische paniekaanval heeft tot een acceleratie geleid. Aan onze discussie over de naam Liebke had hij de volgende dag geen herinnering, maar hij was wel verwarder dan normaal. Bovendien wist hij ineens niet meer hoe hij een schuifdeur moest openen, waardoor hij de badkamer niet meer uit kwam en vervolgens via het raam naar buiten klom. En een paar dagen later begon hij de locatie van dagelijkse gebruiksvoorwerpen te vergeten. Zo kon hij vanochtend de filterzakjes voor de koffie niet meer vinden, terwijl die al dertig jaar op dezelfde plek in de kast staan. Door het verhoogde tempo van zijn aftakeling voel ik toenemende druk om plukjes informatie over onze ware achtergrond uit hem te trekken. Nu het doorploegen van alle kamers en stallen niks heeft opgeleverd, is hij mijn belangrijkste bron. Mijn vragen zijn subtiel uit angst voor een volgende paniekaanval en misschien daarom niet effectief. Mijn voorzichtige pogingen om hem aan het praten te krijgen halen steeds minder uit. De toegang tot zijn geheugen slibt met de dag verder dicht en de momenten dat er nog een opening is, worden alsmaar schaarser. Maar ze zijn er wel. Zo bestelde hij daarstraks op het terras van het restaurant met twinkelende ogen die lekkere uiensoep van de vorige keer.

'Je weet wel, Bienchen, die met de krokante korst.' Ik knikte en maakte direct gebruik van zijn heldere minuten.

'En papa, vertel eens, wat at jij als kind het liefst?'

'*Draniki!*' riep hij en er verscheen een glimlach op zijn gezicht.

'Draniki? Wat is dat?' Ik greep meteen naar mijn telefoon.

'Dat zijn krokante aardappelpannenkoeken met uien. Gefrituurd in varkensvet. Die dip je dan in verse room.'

'Lijkt me lekker.'

'Ja.'

Papa knikte en draaide zijn hoofd naar rechts. Ik las ondertussen de uitleg op mijn scherm. De draniki bleken een bekend gerecht uit Belarus.

'Papa!' vroeg ik met een lichte stemverheffing. 'En met wie at jij die draniki dan? En waar?'

Maar er kwam geen antwoord, omdat iets in het park zijn aandacht trok en hij door een rare onrust bevangen raakte. Hij begon te wiebelen op zijn stoel, het leek wel alsof hij wilde opstaan en weglopen. Pas toen de serveerster onze bestelling bracht en voor hem ging staan, kalmeerde hij.

Inmiddels naderen we alweer de parkeerplaats en passeren de fontein met in het midden het standbeeld van een familie lynxen. De katten herinneren me aan mijn lieve Wilhelm waarna we een tijdje praten over stropers. Maar wanneer we het open deel van het park bereiken, blijft hij in zijn verhaal steken. Hij vertraagt zijn pas, leunt op zijn wandelstok, draait zich een halve slag en doet alsof hij aan de menshoge lupinen ruikt, maar ondertussen bespiedt hij de wandelaars achter ons.

'Wat is er, pap?' vraag ik.

'Doorlopen!' commandeert hij.

'Hè? Wat is er?'

'Ik voel ogen in mijn rug. We worden gevolgd. Doorlopen!'

'Wát? Hoe bedoel je?' Ineens knalt die nare angst weer door mijn lijf, als een granaat die afgaat onder mijn voeten. Mijn benen worden slap en ik volg zijn blik, maar ik zie niks ongewoons. Niemand die ons bespiedt, nergens verdachte figuren. Ik registreer slechts slenterende stelletjes op de paden en bejaarde dames op de bankjes.

'Waarom denk je dat iemand ons volgt, pap?' vraag ik, wanneer hij op een gemaakt nonchalante wijze doorloopt.

'Daar ben ik op getraind.'

'Getraind?' Ik stop en laat hem los. 'Hoe bedoel je? Waar was dat dan?'

Ik ga voor hem staan en probeer oogcontact te maken, maar er is iets. Hij lijkt gealarmeerd en vermijdt mijn blik. Hij kijkt omhoog en wijst met zijn stok naar de kruin van een oude kastanje.

'Kijk, Bienchen, die heeft de bladvlekkenziekte. Komt van een schimmel en die zit in de afgevallen bladeren en kan…'

'Papa!' vraag ik opnieuw. 'Wáár ben jij getraind?'

Hij negeert me en begint weer te lopen.

'Olga!' zegt hij vervolgens op een dwingende toon. 'Wek geen argwaan en kijk níét achterom.' Waarna hij vertelt over de mineermot die de paardenkastanje aantast en hoe je die moet bestrijden. Ik gehoorzaam en pak hem weer bij zijn arm, die gespannen aanvoelt. Ik wil aandringen op meer informatie, maar ik zwijg en volg zijn instructies, zoals ik van kinds af aan heb gedaan. We zetten weer pas na pas, na pas, in hetzelfde langzame tempo als aan het begin van onze wandeling. Ondertussen dwing ik mezelf om mijn ogen op het pad voor me te houden en de weeïge druk op mijn buik te negeren. Ik wil continu achteromkijken, maar doe het niet.

We naderen inmiddels de pergola met de zalig geurende klimrozen. Papa stopt en ruikt aan een bloem, terwijl hij alwéér naar de mensen achter ons loert. Met een snelle beweging trek ik mijn telefoon uit mijn tas, ga bij papa staan en doe alsof ik een foto van hem neem. In werkelijkheid zoom ik in op het park achter hem en maak razendsnel een serie foto's van het Kurpark. Juist dan begint mijn telefoon te tetteren. Geïrriteerd neem ik op.

'Met Olga Liebke.'

'*Tag, Frau* Liebke, met Hans Bauer van Auto-Bauer.'

'Ja, hallo.'

'We hebben uw jeep net op de brug gehad en er is een probleem met de versnellingsbak…'

Er volgt een technisch verhaal over wat er mis is en welke onderdelen daarvoor besteld moeten worden. Ik luister maar half en kijk naar papa die rustig doorloopt richting het thermaalbad.

'Dus we redden het niet meer om dat vandaag te repareren,' concludeert Bauer. 'Er staat een levertijd van twee tot drie weken voor de materialen.' De man vervolgt zijn verhaal met een uitvoerige uitleg over de kosten en de uren van de reparatie, waarna hij een richtbedrag noemt. 'Is dat voor u akkoord?' vraagt hij ten slotte.

'Zeker. Zeker. Is prima,' antwoord ik gehaast. Hier heb ik geen zin in. Wat moet dat moet. 'Hebt u dan wel een leenauto voor me?'

'Uiteraard. U mag in de Mitsubishi blijven rijden.'

'Mooi.'

'Dus ik kan de bestelling doen?'

'Jazeker.'

'Goed, Frau Liebke. Dan gaan we dat regelen. Ligt er trouwens nog iets in de auto wat u nodig hebt? We sluiten zo meteen en zijn dicht tot maandag.'

Ik denk na. De kofferbak was leeg, op mijn oude rode rugzak na. En daar zit bij mijn weten vrijwel niks meer in. Alleen mondkapjes, vochtige doekjes, een volgeschreven notitieblok en dat boek van Márquez.

'Nee, niks.'

'Prima. Nou, dan wens ik u alvast een goed weekend.'

'U ook, *Herr* Bauer.'

We verbreken de verbinding. Met een schuin oog loer ik opnieuw naar de mensen achter me. Slenterende stelletjes en bejaarde dames domineren nog steeds het beeld. Ik check snel of ik een herkenbaar beeld van een spiedende man of vrouw kan nemen. Nee. Ik haast me naar papa. Hij zit op een bankje in de schaduw van een gele acacia en staart wat voor zich uit.

'En pap, hoe gaat het?' vraag ik wanneer ik hem nader. Hij reageert niet, waarna ik voor hem neerhurk. Hij gaat verzitten en wijst met zijn vinger naar iets achter me. Ik draai me om en zie de reusachtige eik in het midden van het park, omringd door glooiend gazon.

'Kijk, Bienchen, dáár, links van de stam. Dát is de plek waar we geprobeerd hebben om ons tafelzilver te begraven. Dat was toen de Russen kwamen en we moesten vluchten. Maar het lukte niet vanwege de wekenlange strenge vorst. De bodem was keihard.'

12

Vrijdag 18 juni 2021, avond

Nabij de hoeve van Liebke, bij Hohegeiß

Het onweer trekt weg. Ik zet de ruitenwissers uit en concentreer me op de hobbelige oprijlaan. Ik manoeuvreer de leenauto voorzichtig langs kuilen en rotspunten en denk aan de boodschappen die we zojuist hebben gekocht. Ik heb zoals altijd het gevoel dat ik wat ben vergeten. De gebakken kabeljauw voor papa in ieder geval niet, want de auto meurt als een viskraam. Toen we op onze beurt wachtten, begon papa ineens te vertellen hoe je een snoekbaars vangt uit een bevroren meer en hoe snel de geur van een vis wijzigt als je die niet meteen opeet. Ik wilde hem vragen in wélk meer hij dan de gaten in het ijs had geslagen, maar ik deed het niet. Bang dat een omstander zou meeluisteren. Sinds papa de woorden 'Hij zal komen' sprak, ben ik nóg meer op mijn hoede.

Rudolf verweet mij vaker mijn wantrouwende karakter. Hij vertelde dat mensen die mij oppervlakkig kennen, denken dat ik een open persoonlijkheid ben, maar dat was in zijn ogen maar schijn.

'Jij toont alleen dát van jezelf wat toch al zichtbaar is. Niet wat je écht denkt en voelt. En mensen hebben het niet in de gaten, omdat je altijd vragen stelt en zo goed luistert. Dus het lijkt alsof ze een gesprek met je voeren.'

Hij heeft gelijk. Er staat iets tussen mij en de anderen. En dat was er altijd al. Een blokkade? Een huivering? Angst? De stank van de vis irriteert me. Ik open het raam en ik duw mijn neus tegen de kraag van mijn trui. Hij is frisgewassen en ruikt naar patchoeli. Monika heeft een nieuwe wasverzachter gebruikt. De oosterse geur doet me denken aan Marco, mijn eerste liefde. Zijn kleren roken net zo. Spannende tijden waren dat. Terwijl ik naar z'n twee terugschakel en het pad naar ons huis op draai, gaan mijn gedachten naar onze geheime ontmoetingen. De temperamentvolle Marco was een nazaat van de Siciliaanse gastarbeiders die in de jaren vijftig naar de mijnen van het Ruhrgebied waren gelokt. Met zijn doorzettingsvermogen en hoge IQ werkte hij zich op tot lector wetenschap aan de School voor Journalistiek, maar hij behield zijn onweerstaanbare Italiaanse flair. Hij was vijftien jaar ouder dan ik. Onze verkering was clandestien, want leraren werden geacht om afstand te houden tot studenten. Maar dat lukte hem niet toen hij mij tijdens de eerste schoolweek lezend in een vensterbank van de bibliotheek spotte en er, naar eigen zeggen, een verlangen in hem ontsprong dat hij móést bevredigen. Als een krolse kater sloop hij vervolgens om me heen en markeerde zijn territorium met bevlogen verhalen over de actualiteiten waar ik aan werkte. Voorop de taliban in Afghanistan, een onderwerp dat mij destijds mateloos fascineerde, want die lui overschreden alle grenzen die de beschaving had getrokken. En hoe was het mogelijk dat mensen die waren opgegroeid in een moderne staat vrijwillig teruggingen naar de middeleeuwen? Met afgrijzen volgde ik hun tribale executies en maniakale vernielingen, waaronder het opblazen van werelderfgoed. Welk waanzinsvirus waarde door die hoofden? En hoe kon je als journalist nog onafhankelijk blijven bij zoveel krankzinnigheid? Al discussiërend trok Marco me tussen de lakens. En het moet gezegd: hij verstond zijn vak, als docent en als minnaar. We hebben nog steeds een warm contact.

Papa draaide door toen hij de relatie ontdekte en toog naar Berlijn, bracht Marco een onaangekondigd bezoek en dreigde hem met 'maatregelen' als hij me niet met rust liet. Ik was razend toen ik ervan hoorde en reisde meteen naar Hohegeiß. Eenmaal thuis hadden papa en ik een knallende ruzie. Het was niet onze eerste confrontatie, want al eerder waren er aanvaringen geweest over zijn controledwang en onvermogen om mij los te laten. Met uitzondering van Ulrich zag hij mannen als een potentieel gevaar en seks was het enige onderwerp waar we niet over spraken. Het gedoe begon op mijn dertiende toen hij een bebloede onderbroek in de wasmand aantrof. Tot die tijd sliepen we nog in één ruimte, maar papa vond dat niet meer gepast nu ik 'een vrouw' was geworden en dus sleepte hij mijn bed naar de kamer tegenover de zijne. Ook sloot hij vanaf dat moment de badkamerdeur af en veranderde zijn manier van knuffelen. De nieuwe fysieke afstand vervreemdde me van mijn eigen lichaam, want wat was er gebeurd? Waarom mocht ik nu niet meer op zijn schoot zitten?

Een paar weken later volgden zijn onhandige pogingen om mij seksueel voor te lichten. Hij toonde me een pagina in een boek met daarin een wetenschappelijke uitleg over 'de menselijke bevruchting' en waarschuwde me in cryptische bewoordingen voor 'het andere geslacht'. Hij vergeleek jongens met gevaarlijke stoffen in een chemisch lab. 'Dus je moet daar voorzichtig mee zijn, Bienchen, en je vooral goed beschermen als er een menging plaatsvindt,' mompelde hij zonder me aan te kijken en schoof met blozende wangen een doosje over de tafel en murmelde een technisch verhaal over het gebruik van de 'rubbertjes'. Bedremmeld bestudeerde ik de paarse verpakking. Dacht hij soms dat ik die slungelige figuren van school aan me liet komen? Om maar zo snel mogelijk van de discussie af te zijn, nam ik de condooms aan, zei 'Danke, papa', en verliet de keuken. Het pakje verdween in mijn kleerkast, waar het bleef, totdat ik vijf jaar later naar Berlijn verhuisde voor mijn studie.

Zijn ongemak met mijn veranderende lichaam, maakte dat ook ík worstelde met mijn ontluikende seksualiteit en de eerste verliefdheden, want er was niemand met wie ik over mijn explosie aan gevoelens kon praten. Ook niet met Ulrich, die toen al kampte met zijn opbloeiende homoseksualiteit en net als papa het thema 'lichaam' tot een gesprekstaboe had verklaard. En aan de meiden van mijn klas kon ik me al evenmin spiegelen, want zij bespraken hun veroveringen openlijk, wat voor mij voelde als het besmeuren van iets puurs. En zo bleef ik maagd tot mijn negentiende, tot Marco. Hij was perplex toen hij me wilde kussen en ik hem zachtjes wegduwde en vertelde dat ik hem zou teleurstellen, omdat ik geen ervaring had in lichamelijke zaken. Zelfs het woord seks vond ik te gênant om uit te spreken. Marco nam me in zijn armen en zei dat we alle tijd hadden. Met aandacht en humor slechtte hij mijn wal van schroom. Ik ben hem nog steeds dankbaar voor dat tedere debuut in de liefde.

Papa had natuurlijk feilloos in de gaten dat er wat was veranderd en deed onderzoek naar 'de man in kwestie', zoals hij later schoorvoetend bekende. Het had iets aandoenlijks, zoals hij daar stond tegen de schouw in de woonkamer, met zijn opgeheven hoofd en rechte rug, vergeefs zoekend naar argumenten om zijn gespioneer goed te praten. Wat hem niet lukte, waarna hij capituleerde en we samen een nieuwe fase in gingen: die van gelijkwaardigen.

Marco en ik continueerden onze geheime vrijage, totdat hij kort voor mijn afstuderen begon te mijmeren over trouwen en kinderen krijgen. Ik voelde me steeds meer in het nauw gedreven door zijn drang om te settelen, terwijl ik nog de wereld wilde verkennen. Langzaam kwam ik tot de verdrietige conclusie dat onze ongecompliceerde liefde was getransformeerd in een despoot die me wilde vastbinden... Ik brak los...

Na Marco volgden enkele kortstondige avontuurtjes, meestal tijdens mijn reizen. Het waren gelegenheidsromances van nomaden op doortocht, waarbij we ons laafden aan elkaars lichaam en weer verder trokken. Tot mijn lieve Rudolf. Ik was dol op die robuuste teddybeer met zijn hazelnootbruine ogen en correct gekamde goudblonde krullen. Rudolf bood me warmte en stabiliteit, maar er ontbrak iets. Wat precies kan ik nog steeds niet duiden.

Ik zucht en manoeuvreer de auto langs een kuil.

'Kijk! Er was iemand in ons huis,' roept papa, wanneer we de parkeerplaats op draaien.

Mijn mijmeringen over Marco en Rudolf vervliegen en mijn blik flitst naar de hoeve.

'De deur staat open.' Papa wijst naar onze entree.

'Ja! Verdammt!'

Met een ruwe beweging parkeer ik de auto en stap uit. 'Wacht hier even, pap,' roep ik, en ik zet de eerste passen naar de ingang, maar vraag me dan af of het wel verstandig is om naar binnen te gaan. Wat als de inbreker er nog is? Nee, die is vast al weg, want een naderend voertuig hoor je binnen goed. Toch? Ik twijfel, stop en zoek iets wat dienst kan doen als wapen. Mijn blik valt op de bijl, die naast onze wintervoorraad haardhout hangt. Ik ren ernaartoe, pak hem van de haak en draaf weer naar de ingang. Papa is ondertussen uitgestapt en komt mijn kant op.

'Pap! Blijf dáár,' schreeuw ik nu. 'Ze kunnen nog binnen zijn.'

'Nee, Bienchen. Die zijn 'm al gesmeerd.' Hij wijst op de modderige berm naast de oprit. 'Kijk, bandensporen. Heen en terug. Dat zijn afdrukken van een grote personenauto. SUV-model. Vertrokken toen het nog regende. Een deel van de markering is namelijk al weggespoeld.' Papa heft zijn hoofd naar de grijze lucht. 'Maak foto's. Nu meteen, want er nadert een nieuwe bui en dan is binnen een kwartier alles weg.'

Ik ben met stomheid geslagen. Hoe kan het dat hij dit zo snel waarneemt? En vanwaar die plotse helderheid?

'Pak je camera, Bienchen,' beveelt hij opnieuw.

Ik been naar de auto, open het achterportier en gris mijn telefoon uit de tas. Als ik naar de berm loop, begint het alweer te miezeren. Snel maak ik van alle kanten foto's van de bandensporen en voeg me vervolgens bij papa, die voorovergebogen op het bankje naast de deur zit.

'En nu?' vraag ik.

'Het regent. We moeten naar binnen.'

Ik rits mijn vest dicht en kijk de agenten na die over ons hobbelige pad naar de grote weg rijden. Veel heb ik niet aan ze gehad. De mannen kwamen niet verder dan het noteren van de aangifte en de mededeling dat de Harz op dit moment geteisterd wordt door een golf aan inbraken. Onze woning is al de achtste die de afgelopen maand bezoek kreeg van criminelen.

Ik zucht en snuif met een diepe ademhaling de geur van het vochtige bos op. Er is nóg meer regen op komst, in de verte kleurt de avondhemel grijs. Ik ga weer naar binnen en duw de geforceerde deur dicht. Ook een klus voor morgen: een slotenmaker bellen. Ik loop naar de bibliotheek. Wat een chaos! Letterlijk álles hebben ze overhoopgehaald. Laden zijn geleegd en boeken zijn van de rekken getrokken. Ze vormen nu bonte hopen verspreid over de eikenhouten vloer.

'Het is alsof een tornado door het huis is geraasd,' liet de jongste agent zich ontvallen toen hij van de ene kamer naar de andere liep. Zijn oudere collega knikte en vroeg me wat ik miste.

Ik haalde mijn schouders op. 'Ik weet het niet. We hebben geen dure spullen, behalve mijn laptop, maar die had ik mee. En natuurlijk de techniek, boven in mijn montagestudio.'

'Dus geen sieraden, kunst of dure elektronica?' vroeg de oudere.

'Jawel, wat ik al zei. Mijn montageapparaten. Die zijn kostbaar, maar ze zijn er nog.'

'Opmerkelijk. Dit lijkt op een gerichte zoekactie,' zei hij en hij wees op de geleegde kasten.

'Ja, maar ik zou niet weten naar wat.'

'*Leider*, Frau Liebke, zo gaat dat vaak met een inbraak. Ze doen binnen een uur hun ding en laten hun slachtoffers achter met maanden werk.'

Inderdaad. Dit opruimen gaat veel tijd kosten, maar moet wel snel gebeuren, want papa raakte in paniek van de enorme zooi. 'Hij was binnen,' bleef hij maar herhalen en hij weigerde de kalmeringspil te slikken die ik hem aanbood. Ten einde raad belde ik Monika tijdens haar vakantie. Zij kwam meteen en ze regelde met haar compromisloze optreden dat hij zijn mond opende en de pil aannam. Hij slaapt nu en Monika is al begonnen met het opruimen van de woonkamer, de plek waar papa de meeste uren doorbrengt.

Na de aanvankelijke paniek op de parkeerplaats gedraag ik me inmiddels opvallend beheerst. Het is alsof ik onder zo'n steriele folie zit die een verdere besmetting van mijn gedachten moet stoppen. Maar mijn kalmte is schijn en dat weet ik. Diep vanbinnen woekert dat angstvirus gewoon verder en het bestookt me met vragen. Wat gebeurt hier? Eerst Wilhelm en nu dit? Is er een verband?

24 mei 2024: Première van de documentaire *De Grensman*

De interviewer kucht. Geritsel van papier weerklinkt.

***'En wat gebeurde er met het kind dat na het dodelijke schot in West-Duitsland was gevallen?'* vraagt de interviewer na een korte stilte. Ze lijkt haar woorden zorgvuldig te kiezen.**
De man wiebelt op zijn stoel en je hoort én ziet hoe hij deze piepend nog wat verder naar het bureau schuift. De spanning in de zaal is bijna hoorbaar. Het is muisstil.

'Het ging steeds harder sneeuwen. Het waren van die dikke vlokken. De dode vrouw was al niet meer te zien toen Klaus bij haar lijk arriveerde. Ik was bezorgd om het kind. Het was gestopt met huilen na die korte uitbarsting na de val. Waarom was dat? Was het gewond? Of bewusteloos? Deed de strenge vorst al zijn werk? Want met deze temperaturen kon het snel bevriezen. Alles in me kwam in verzet. De vrouw was dood door mijn schuld, maar het kind zou ik redden. Dus ik greep de touwladder vast en wilde al naar de andere kant klimmen om het op te tillen en weer terug naar de DDR *te dragen. Ik wilde het in mijn armen nemen en verwarmen. "We moeten het kind redden," riep ik naar Klaus.'*

De handen van de man liggen op het bureau. Hij balt zijn vuisten.
'Maar nog voor ik op de eerste trede was gestapt had ik al een geweerkolf in mijn rug en viel ik opzij in de sneeuw. Geschokt kwam ik omhoog en keek naar Klaus. Die stond daar met zijn wapen in de aanslag en brulde dat hij me zou "afknallen" als ik die touwladder omhoog zou klimmen. En hij wees naar de witte wand. Hij was ervan overtuigd dat mijn voorstel om het kind terug te halen slechts een smoes was om naar het Westen te vluchten. En dan had hij een republiekvlucht op zijn geweten en dát ging dus niet gebeuren. Ik was perplex. "Maar dat kind bevriest!" gilde ik in paniek. "Verdammt, Klaus! Ga jij anders! Haal verdomme dat kind op." Maar hij weigerde. Hij had geen kind gehoord. Bovendien was het tegen de regels. Befehl ist Befehl. *Hij draaide helemaal door. En voor ik het in de*

gaten had, hield hij me onder schot en gaf me opdracht om met mijn gezicht tegen de staalplaat te gaan staan en mijn benen te spreiden en mijn handen op te tillen. Ontzet door zoveel wantrouwen, deed ik wat hij zei en vroeg me ondertussen af waar de versterking bleef. Ze hadden er toch allang moeten zijn? Wat was er gebeurd?'

Olga

Deel 5:

De dolende geesten van Oost-Pruisen

'Ook al heeft men duizend keer over een bepaald onderwerp gehoord, het karakteristieke ervan spreekt slechts tot ons wanneer wij er oog in oog mee staan.'

Uit: *Italiaanse Reis* (1786-1788) van Johann Wolfgang von Goethe (1749-1832). Duits wetenschapper, toneelschrijver, romanschrijver, filosoof, dichter, natuuronderzoeker en staatsman.

13
Zondag 20 juni 2021, middag
Bibliotheek in de hoeve van Liebke, bij Hohegeiß

Ik slik de zacht gesabbelde chocolade door en bekijk de boekenkasten die ik weer op orde probeer te krijgen na de inbraak. De rekken beginnen zich weliswaar al aardig te vullen, maar ik heb toch nog een paar dagen opruimwerk. Ook vanwege mijn besluit om onze bibliotheek opnieuw in te richten. *Wenn schon, denn schon*, dacht ik om vier uur vanochtend toen ik wakker schoot en die akelige angst me weer vastgreep. Ik strompelde als een zombie door het huis, en begon met een kop koffie aan deze sorteerklus om mezelf af te leiden. Het werkte.

Vóór de inbraak heb ik de honderden boeken in onze bibliotheek nog bekeken in mijn zoektocht naar aanwijzingen over ons verleden en al geconcludeerd dat we geen goed systeem hebben. Onze verzameling groeide met de jaren en alle nieuwe titels werden gewoon op naam van de auteur in het rek geplaatst, maar dat was niet handig als je op een specifiek onderwerp zocht. Dus besloot ik vannacht om onze verzameling eerst op thema en vervolgens op alfabet te rangschikken. Dat geeft een beter overzicht. Het rubriceren leidde ertoe dat zich al na enkele uren een beeld aftekende van onze interessegebieden: de meeste titels handelen over natuur, fotografie, filosofie en reizen, gevolgd door de grote literaire werken. Maar gaandeweg werd nog iets anders duidelijk: papa's belangstelling voor Oost-Pruisen. Inmiddels staan er al zeker twintig werken over dat onderwerp rechts in de boekenkast. Het eerste boek uit die categorie dat ik vanochtend vond had als titel: *Mazurische meren: levendige geschiedenis, prachtige natuur*.

Maar goed, aan de slag maar weer. Ik mijmer na lezing van elke achterflap even over de inhoud, waarna ik het boek een plek geef en het volgende pak. Net wanneer ik wil stoppen voor de lunch valt mijn oog op een vergeelde foto die half uit een lijvig donkergroen boek steekt. Ik til het van de vloer en trek de foto eruit. Het is een zwart-witopname van een glooiend park met links vooraan een eenzame eik en rechts in de verte een zandkleurig gepleisterd kasteel met classicistische zuilen en rode pannendaken. Op de achterkant staan met potlood de woorden *Schloß Martsheim 1940* geschreven. De cover van het boek heeft als titel: *Schlösser und Gutshäuser im ehemaligen Ostpreußen*. Ik zet een paar passen achteruit, leg de foto op het bijzettafeltje en ga zitten. Snel blader ik van het ene prachtige kasteel naar het andere, totdat ik halverwege ben en het statige gebouw van de foto herken: Schloß Martsheim. En net als het artikel over Perm-36 is ook dit verhaal duidelijk intensief gelezen.

Met een ruk sta ik op, been de bibliotheek uit en loop de trap op naar mijn werkkamer, waar ik op mijn laptop naar Schloß Martsheim surf. Het immense landgoed is tegenwoordig een viersterrenhotel en heet Kasteel Kayka. Het complex ligt aan een meer zo'n tien kilometer ten noorden van de Poolse stad Olecko en is omringd door bossen en landerijen. Op de website van het hotel staat dat het pand eeuwenlang in het bezit was van de adellijke familie Von Stallenberg. De laatste graaf was Ludwig von Stallenberg. Tijdens de Tweede Wereldoorlog was hij officier bij de Wehrmacht, maar hij sneuvelde in 1944. Zijn vrouw leidde al vanaf 1941 het landbouwbedrijf, maar zij stierf begin 1945 tijdens de massale vlucht van de Duitsers richting het westen. De oprukkende Russen beschoten het konvooi en de gravin en haar zoon behoorden tot de vele slachtoffers. Het kasteel zelf kwam grotendeels onbeschadigd uit de oorlog en was vanaf 1947 in gebruik als een staatslandbouwbedrijf. Na het communistisch bewind, in 1989, kwam het pand in het bezit van de landbouwcoöperatie en had het geen functie, tot een Pools-Belarussische investeerder het domein in 1996 kocht en verbouwde tot een luxehotel met respect voor oorspronkelijke details. Ik scrol door de foto's en kan niet anders concluderen dan: dit is prachtig!

Een rare opwinding maakt zich van me meester en ik zwenk van rechts naar links op mijn bureaustoel. Ik ben iets op het spoor! Echt wel! Is dit soms het kasteel waar papa over sprak?

14
Zondag 20 juni 2021, avond
In de hoeve van Liebke, bij Hohegeiß

Met bezwete vingers surf ik van webpagina naar webpagina en vind steeds meer informatie over de eeuwenoude geschiedenis van Schloß Martsheim en de omgeving. Ik zuig elke zin en elk plaatje op en Oost-Pruisen krijgt steeds meer vorm en kleur. Wanneer ik bij het jaar 1945 en de opmars van het Rode Leger ben beland, tuimel ik van de ene gruwelijkheid in de andere. Geschokt neem ik nog een slok van mijn cognac om de druk op mijn buik wat te verlichten. Op school hebben we inderdaad les gekregen over de verschrikkingen die zich tijdens de Tweede Wereldoorlog in Oost-Europa hebben voltrokken, maar het onderwijsmateriaal behandelde vooral de misdaden van de nazi's. Bij mij is niet blijven hangen dat miljoenen Duitsers van huis en haard zijn verdreven, waarbij honderdduizenden vrouwen zijn verkracht en ook nog eens zo'n twee miljoen mensen zijn omgekomen. Dat zijn astronomische aantallen. En toch was er op mondiaal niveau weinig compassie met deze van huis en haard verdreven Duitsers, ofwel de *Heimatvertriebenen.* Daar kan ik in komen. Een natie die andere volkeren zo systematisch heeft uitgeroeid, gunt men geen medelijden.

Ik heb de afgelopen uren best al veel foto's en gegevens kunnen vergaren over de Landkreis Treuburg waar Schloß Martsheim toe behoorde, maar ik vind opvallend weinig info over die massale vlucht van de Duitsers naar het westen vanaf januari 1945. Welke route namen ze? Hoe verliep hun tocht? En hoe kom ik erachter of papa misschien een van deze miljoenen Heimatvertriebenen was? Ik heb een local nodig die dat voor me uitzoekt, want telkens als ik dieper wil graven, is daar de taalbarrière. Echt álles is in het Pools, een taal die me geen enkel houvast biedt. Bovendien is die zuivering na de oorlog zóver doorgevoerd dat alle steden, dorpen en straten nieuwe

Poolse namen kregen en die hebben vrijwel geen relatie met de oude. De Polen wilden in hun nieuwe territorium duidelijk elke associatie met het Duitse verleden uitwissen en dat is ze aardig gelukt, want mijn research stokt. Ik moet het management van Kasteel Kayka vragen om me in contact te brengen met een Duits- of Engelssprekende deskundige die mij meer kan vertellen over de schuivende grenzen in dit gebied.

Ik leg mijn vingers op het toetsenbord en start met het componeren van een gloedvolle pitch over mijn nog prille idee om een documentaire te maken over de drielandenregio van Polen, Litouwen en Belarus, met natuurlijk aandacht voor de ondergang van Oost-Pruisen. Hierna schal ik de loftrompet over het prachtige kasteel, wat leidde tot mijn overweging om dit Schloß en zijn laatste adellijke bewoners als startpunt van mijn reportage te nemen, waarna ik afsluit met de vraag of zij me willen ontvangen, meer info hebben over de geschiedenis en wellicht iemand weten die me kan helpen met mijn research. Ik voeg nog enkele links toe van eerdere programma's en klik op verzenden. Ik leun naar achteren en neem weer een slok van mijn cognac. De kleur van het drankje laat me denken aan het jack van de kleerkast in het vliegtuig, waarna mijn gedachten weer naar Pavel gaan. Is er nog iets wat ik voor hem kan doen? Nog een achtergrondverhaal schrijven? Maar waarover? Ik googel zijn naam en check of er nieuws is. Niks. Ook Pavel was voor de wereld maar een golf die even opspatte in de stroom van nieuws die ons elke dag weer overspoelt. Maar voor mij is hij de man die mijn leven omwoelde en mij neerwierp in een onbekend verleden.

15
Maandag 21 juni 2021, middag
In de hoeve van Liebke, bij Hohegeiß

Ik rol mijn bureaustoel naar achteren en pak de fotolijst met daarin een opname van het markante kopje van Wilhelm. Komende vrijdag is het een maand geleden dat hij werd vermoord. Ik mis hem nog elke dag, vooral op momenten zoals deze, wanneer hij tijdens het werken niet meer op zijn kussentje naast mijn laptop ligt. Toen jaren geleden mijn honden Tom en Jerry kort achter elkaar van ouderdom stierven, was er eerder sprake van acceptatie dan nu. Bij een dood door geweld mengen zich vaak woede en onmacht met de rouw, wat in mijn geval de verwerking vertraagt. Ik zucht, zet de foto van Wilhelm neer en neem een hap van mijn broodje. Hoe ging dat met papa, een kind van de oorlog? Welke emoties woekeren een leven later nog in hem? Mijn research naar zijn verleden vordert gestaag. Ik heb besloten om Kasteel Kayka als startpunt te nemen en van daar eerst naar Litouwen te reizen en dan naar beneden af te zakken en via Belarus het Augustów-kanaal terug naar Polen te volgen. Mijn keuze voor deze voorlopige route vloeit voort uit het positieve antwoord dat ik vanochtend kreeg van Vadim Smirnov. Deze kranige overlever van Perm-36 meldde dat hij graag meewerkt aan mijn nieuwe verhaal. Mijn assistente Romy kon hem opsporen met hulp van een journalist van *Der Spiegel*. Deze publiceerde in maart 2018 een interview met hem naar aanleiding van de Duitse vertaling van zijn tragikomische verhalenbundel over het dagelijks leven in Belarus. Vadim woont al jaren in een gehucht bij Druskininkai, een kuuroord in Litouwen, op een kwartier rijden van zijn geboortedorp in Belarus.

Romy weet niet dat deze zogenaamde documentaire een persoonlijke zoektocht is en ik bespeur ook geen argwaan. Zelfs de noviteit dat ik eerst zelf op locatie ga kijken en mensen ga interviewen alvorens met onze cameraman de échte opnamen te schieten, wekte geen achterdocht. Ook Romy vindt de geschiedenis complex en is zelf al verdwaald in de Poolse taalchaos toen zij informatie zocht over de route van de Duitse vluchtelingen in 1945. En ze was maar wát blij dat Vadim Smirnov redelijk Duits spreekt, zodat ze zonder een intermediair een afspraak met hem kon maken.

'Die man kreeg het écht zwaar voor zijn kiezen met de wisselende machthebbers. Los van die jaren in de goelag, woonde hij zijn hele leven in een straal van tien kilometer van zijn geboortehuis en was achtereenvolgens een Pool, een Duitser, een Rus, een Wit-Rus en een Litouwer.'

'Niet te bevatten,' zei ik en ik dacht weer aan de Belarussische woorden van Pavel. Zou Vadim dat dialect ook spreken?

Nieuwsgierig of ik al een reactie heb van Kasteel Kayka check ik mijn mailbox. En jawel! Twee nieuwe mailtjes verschijnen. Het bovenste is inderdaad van het hotel. Het is een korte mededeling in matig Engels dat het hotel niet kan bemiddelen bij het vinden van een Duits- of Engelssprekende deskundige. Voor de geschiedenis van het kasteel wordt verwezen naar de website en het checken van de beschikbaarheid van een kamer kan via de reserveringsmodule. Pardon? Dit is een exemplarische reactie van een werkschuwe bureaucraat. Op pittige toon mail ik terug dat ik graag de naam van de eigenaar van het hotel ontvang. Ik wil bij hem of haar persoonlijk informeren of hij of zij iemand kent. Mochten ze de contactgegevens niet verstrekken, zal ik de betrokkene zelf opsporen en vervolgens mijn vraag opnieuw stellen. Snuivend tik ik op verzenden.

Hierna open ik het mailtje van Romy. Ze had op LinkedIn een oproep geplaatst en Oost-Pruisendeskundigen gevraagd contact met haar op te nemen. Daarop reageerde ene Hauke Richter. Hij woont in Vilnius en is freelance journalist. Hij publiceert over de Baltische staten, Belarus en Oekraïne. In het verleden heeft hij onderzoek gedaan naar de Heimatvertriebenen en wil me graag helpen.

'Romy! Je bent geweldig!' roep ik en ik leun naar achteren. Eens checken wie deze man is.

Ik googel zijn naam en enkele recente publicaties voor printmedia en tv-zenders verschijnen. Nieuwsgierig naar zijn achtergrond tik ik zijn naam in op de sociale media en krijg overal dezelfde korte intro. Hij werkte vanaf 2014 vanuit Minsk in Belarus en sinds 2020 vanuit

Vilnius in Litouwen. Zijn profielfoto toont een sportieve man van rond de vijftig met een hartvormig gezicht, donkerbruine haren en reebruine ogen. Hij heeft wel wat van Johnny Depp in de Sauvage-reclame van Dior, maar dan zonder tattoos en kettingen. Ik zoek verder naar persoonlijke informatie, maar vind niks. Hij plaatst uitsluitend zakelijke berichten. Kijk aan! Hij lijkt mij wel.

Ik rol mijn bureaustoel weer naar voren en mail hem dat ik werk aan een nieuwe Nomade-documentaire met als locatie de driehoek Polen, Litouwen en Belarus. Vanwege dit project reis ik binnenkort naar de regio. Wanneer is hij beschikbaar voor een ontmoeting, wellicht ergens in het zuidoosten van Litouwen?

Hierna begin ik met gepaste tegenzin aan mijn boekhouding en het bij elkaar zoeken van de bonnen en facturen van mijn laatste reizen. Na een uurtje zuchtend en steunend mijn administratie bijwerken klinkt er een piep. Een nieuw mailtje van Hotel Kayka. Deze keer van de manager. Met uitgebreide excuses voor de eerdere reactie meldt ene Marcin dat hij op zoek zal gaan naar een Duits- of Engelssprekend persoon die kennis heeft van de lokale situatie in 1945. De eerste contacten zijn al gelegd. En uiteraard zal het hotel mij van de nodige historische documentatie voorzien. Wanneer ik mijn komst vooraf met hem kortsluit, zal hij graag een afspraak regelen.

'Nou! Zo hoort het dus,' zeg ik hardop.

Snel check ik de agenda van Monika. Aanstaande donderdag eindigt haar vakantie en dan heeft ze ruim twee weken géén privéafspraken waar ik rekening mee moet houden. Dan heb ik de zooi van de inbraak opgeruimd en zijn de coronamaatregelen versoepeld, wat het reizen vergemakkelijkt. Perfect. Ik antwoord het hotel dat ik komende vrijdag wil arriveren voor een verblijf van twee nachten en vraag of dit schikt.

Net als ik op verzenden klik, hoor ik papa door de gang schuifelen. Genoeg gewerkt! Nu eerst even naar buiten en samen wandelen.

III
Telefoongesprek via een beveiligde lijn
Maandag 21 juni 2021, avond

De kale heer staat bij zijn kersenhouten bureau in de moderne werkkamer van zijn penthouse in het centrum van Moskou. Hij kijkt uit over de meanderende rivier de Moskva met in de verte de torens van het Kremlin. Hij is hier vaak, want een belangrijk deel van zijn zakelijke netwerk bevindt zich in Moskou. In het voorjaar en de herfst gaat hij weleens naar zijn villa in Cannes, maar in de zomer vindt hij het daar te druk. En met water heeft hij niks. Dus een jacht is niet aan hem besteed. Zijn vrouw verblijft regelmatig in hun luxe datsja buiten Minsk, maar gelukkig heeft hij de zaak als excuus om zowel haar als die afgelegen plek te mijden. Zo ook nu. Vanwege zakelijke verplichtingen kon hij niet mee, zo meldde hij zijn echtgenote vanochtend met de nodige excuses toen zij naar hun buitenverblijf vertrok, terwijl hij de privéjet bestelde voor zijn vlucht naar Moskou. Ze knikte vriendelijk, stelde geen verdere vragen en gaf hem een vluchtige kus. Hij had zich zoals altijd de moeite van de uitleg kunnen besparen, maar toch vond hij het belangrijk om deze schijnvertoning in stand te houden.

De man met de witte haren is al jaren weduwnaar en hoeft dus geen rekening te houden met een echtgenote. Hij zit op zijn gebloemde bank in de barokke woonkamer van zijn prachtig gerenoveerde kasteel in Polen. Hij heeft zicht op zijn zacht glooiende tuin en duwt zijn bemodderde laarzen uit. Hij is net terug van een wandeling. De heren bellen met elkaar via een beveiligde lijn en gebruiken de codetaal zoals ze die bij de KGB leerden. Ze bespreken hun irritatie over het feit dat Pavel Rybak nog leeft en twijfel borrelt op over de daadkracht van de neef van de kale man. Hoe moeilijk kan het nou zijn om een gevangene te liquideren en zijn dood op een natuurlijk heengaan te laten lijken? Er zijn toch zat methoden? Tijdens hun jonge jaren bij de Sovjet-KGB hadden ze die klus allang geklaard. Ook het omkopen en chanteren ging in hun tijd gemakkelijker, verzuchten ze.

Hierna komt de advocate van Pavel Rybak ter sprake, de vierenveertigjarige zwartharige 'bullterriër' Hanna Ivanova. Met zowel respect als irritatie bespreken ze haar gedram. Ze heeft de nodige muziek gemaakt in de internationale media. Hierdoor lijkt de regering gewillig om haar een onderhoud met haar cliënt toe te staan. Loekasjenko kan met die toestemming immers de illusie van een normale rechtstaat etaleren. De neef heeft net al laten weten dat hij haar bezoek niet kan tegenhouden. Hij herhaalde voor de zoveelste keer dat hij geen invloed heeft op het team dat verantwoordelijk is voor de hechtenis van Rybak. Dus men blijft afhankelijk van de omgekochte functionaris, maar ook hij moet de ontmoeting toestaan als die van hogerhand is goedgekeurd. Hij heeft overigens wel de medicatie opgevoerd met als resultaat dat Rybak hard achteruitgaat. De ondertussen ook omgekochte gevangenisarts labelde de fysieke problemen overigens als een uiting van stress. Hoe dan ook: zijn einde nadert. 'Hopelijk is hij exit voordat de advocate hem te spreken krijgt,' mopperen beiden.

Tot slot is de Duitse vrouw weer onderwerp van gesprek. De inbraak in haar huis is uitgevoerd. Er is geen mini-USB-stick gevonden, en al helemaal niet van het merk SanDisk. En evenmin vonden ze een boek met daarin een blaadje met daarop gekriebel dat lijkt op een wachtwoord. De neef heeft wel een andere relevante ontdekking gedaan: hij heeft de beelden teruggekeken die enkele gestrande reizigers op 23 mei maakten op de luchthaven in Minsk en die ze later plaatsten op sociale media. De Duitse vrouw was daarop te zien. Ze droeg op 23 mei een rode rugzak, maar inmiddels draagt ze een zwarte. De wissel vond plaats op 25 mei. Ze heeft op die dag klaarblijkelijk een nieuwe rugzak gekocht of een andere in gebruik genomen. De vraag is nu: waar is de rode gebleven? Heeft ze die soms weggegooid? De ex-KGB'er die haar sinds 23 mei met twee huurlingen schaduwt, kon op 25 mei niet mee met de vroege vlucht van Scandinavian Airlines van Vilnius naar Berlijn, omdat die was volgeboekt. Dus er zit een gat van een halve dag in zijn waarneming. De beide heren nemen de informatie ter kennisneming aan.

Dan bespreken ze het laatste punt op hun agenda: het aanstaande bezoek van de Duitse vrouw. Ze werkt namelijk aan een nieuwe documentaire. Plaats van handeling is de driehoek Polen, Litouwen en Belarus. Klaarblijkelijk heeft de kaping haar inspiratie gegeven. 'Ze komt deze kant op,' stelt de man met het witte haar, opgetogen over deze onverwachte wending. Vervolgens bespreken ze een nieuw plan van aanpak inzake de Duitse dame.

Olga

Deel 6:

Zwervende mensen

Zoals de dieren die vanaf hun geboorte door de wildernis zwerven,
maar weten waar hun jachtgronden liggen.
Zoals de vogels die door de lucht vliegen,
maar zich hun nesten herinneren.
Zoals de vissen die in de zeeën en de rivieren zwemmen,
maar hun stromingen herkennen.
En zoals de bijen die hun korven verdedigen.
Zo vereren de mensen de plaatsen waar ze geboren zijn
en waar ze tot God bidden.

Uit een boek vertaald en gedrukt door Francysk Skaryna (1470-1552).
Belarussisch humanist, arts en vertaler.

16
Vrijdag 25 juni 2021, avond
Onderweg naar Kasteel Kayka, voormalig Schloß Martsheim, in Polen

Ik rijd al een kilometer over een bochtig straatje met kinderkopjes. Het bobbelige wegdek veroorzaakt trillingen die doorwerken in mijn handen die het stuur stevig omklemmen. Links en rechts wortelen eeuwenoude lindebomen die zich krommen naar het oosten. Zij behoren tot de weinige Pruisische iconen die de vernielingen van het Russische leger en vier decennia communistisch bewind hebben overleefd. De littekens van de Tweede Wereldoorlog en de daaropvolgende onderdrukking zijn sowieso nog goed zichtbaar. Er waren stadjes met weggeslagen pleinen waar grauwe Sovjetflats de plaats van fleurige barok hadden ingenomen. Er waren ruïnes van deftige landhuizen waar bomen door de salon groeiden. Er waren bakstenen viaducten waar verroeste spoorstaven uit de restanten van bruggen staken. Allemaal zo lelijk! Maar dit weggetje lijkt ongeschonden. Hoe oud zou het zijn? Lagen de keien er al toen papa jong was?

Mijn gedachten gaan weer naar vanochtend. Papa en ik zaten samen aan de keukentafel en waren net klaar met ons ontbijt. Mijn rolkoffer lag al in de auto en het geknars van de kiezels op de oprit vertelde me dat Monika in aantocht was. Ik vocht tegen mijn tranen, want ik moest hem nog vertellen dat ik een paar dagen weg zou gaan. Iets wat ik had uitgesteld, want sinds zijn ziekte haalt elke verandering hem uit balans. Vroeger bespraken we de inhoud van mijn programma's vanaf het eerste idee tot aan de montage. Wanneer ik dan op reis ging voor de feitelijke opnamen, liepen we samen mijn route na en de mensen die ik zou interviewen. Vrijwel altijd had hij topadviezen. Op de een of andere manier voelde hij perfect aan wat goed werkte bij de kijkers. Maar het afgelopen jaar zakte zijn interesse weg. Vanochtend zat hij met een lege blik op zijn stoel en pikte met zijn wijsvinger de laatste broodkruimels van zijn bord, toen Monika met een kordate tred de keuken binnenkwam en ons op opgewekte toon begroette.

'*Hallo, meine Lieben!* Ik ben er weer! En Olga? Ben je klaar voor je reis naar Oost-Pruisen?'

Papa deinsde naar achteren.

'Oost-Pruisen?'

Ik knikte langzaam.

'*Wie bitte!?* Je gaat naar huis?' Hij schudde niet-begrijpend zijn hoofd. 'Maar dat kan niet. De Russen zijn daar!' Hij begon met nerveuze bewegingen aan de krulhaartjes van zijn onderarm te plukken. Ook zo'n tik die hij sinds een paar maanden heeft en tot kale plekken leidt.

'Nee, papa. De Russen zijn weg. Alles is goed.' Ik had meteen spijt dat ik Monika zoals gebruikelijk mijn reisschema had geappt.

Zijn mond begon te trillen en hij boog zijn hoofd. Hij leek duizelig en greep de tafel vast.

'Wat is er, papa?' Ik sprong op, schoot naar hem toe en streek zachtjes over zijn haren. Hij bewoog niet.

'Alles is goed, papa,' zei ik opnieuw. 'Alles is goed.'

'Nein! Want *Mutti* kan niet meer terug naar huis. Mutti is dood,' hakkelde hij met een gesmoorde stem. 'Een luchtaanval. Met mitrailleurs. Takketakketakketakketakkaketak. Ze hing aan de stijgbeugel van het paard. Overal was bloed.'

Zijn lichaam schokte. Ik drukte hem nog steviger tegen me aan en wiegde hem heen en weer, totdat hij kalmeerde.

Monika keek ons geschrokken aan.

'Sorry, Olga,' zei ze toen ze me even later de gang op volgde. 'Voor mijn vakantie zat hij nog vol ondeugende verhalen over zijn jeugd in Oost-Pruisen. Ik wilde hem aanmoedigen om wat te kletsen, zodat je vertrek soepel zou verlopen. Deze nare wending had ik niet voorzien.'

'Dat weet ik toch,' zei ik en ik klopte haar bemoedigend op haar schouder.

Volgens de navigatie is het nog een kwartier naar Kasteel Kayka. Terwijl ik de auto langs gaten in het wegdek laveer, laat ik de omgeving op me inwerken. Het is nog steeds zonnig en warm met stapelwolken die de eindeloze horizon opvullen. Links verschijnt het zoveelste blinkende meer met langs de oever wuivende rietpluimen. De weg klimt iets, waarna in de verte rechts goudgele graanvelden zich afwisselen met smaragdgroene bossen. De Mazurische meren vormen een prachtig contrast met het monotone Polen dat de afgelopen uren mijn zicht vanaf de snelweg domineerde. Hier heb ik constant de neiging om uit de auto te stappen en foto's te maken, terwijl ik dat op de A2 maar één keer had; op het traject van het Duitse Frankfurt aan de Oder naar het Poolse Poznan. Ik luisterde naar een podcast over de deportatie van duizenden Polen en Litouwers naar de goelags in de Siberische poolcirkel, kort na de oorlog. Er was een tekort aan arbeiders voor de mijnen en dus liet Stalin willekeurige inwoners uit de grensgebieden van zijn nieuwe Russische Rijk oppakken en daarnaartoe vervoeren. De monotone dennenbossen die ik passeerde waren opengereten door de snelweg, en de kale kaarsrechte sparren die de kap hadden overleefd deden me denken aan de stram staande vrouwen uit het verhaal dat ik volgde. De uitgeteerde wezens moesten in de bijtende kou op appel verschijnen voor hun Russische bewakers. Zo wreed. Wat drijft toch deze helpers van de macht?

'Sla verderop rechts af,' zegt de dame van de navigatie. Nog tien minuten. Er is dus geen tijd meer voor een volgende podcast. De afgelopen uren beluisterde ik het ene verhaal na het andere, waardoor ik al een aardig gevoel heb ontwikkeld voor mijn nieuwe grensland met zijn lieflijke heuvels, waar talloze indringers hun sporen nalieten en een mozaïek aan beschavingsstukjes componeerden.

Ik schakel terug, neem de bocht en rijd door. De kaping is alweer een maand geleden en sindsdien is het achterhalen van mijn ware identiteit een obsessie die voelt als het zoeken naar een verloren ring in een zompig moeras. Met elk nieuw stukje informatie zak ik weer verder weg in een donker verleden dat al mijn aandacht opzuigt. Ook de klauwen van die nare angst krijgen steeds meer grip op me en voeden mijn wantrouwen. Zo las ik gisteren bijvoorbeeld over de sterk ontwikkelde IT-sector in Belarus en de geavanceerde digitale afluisterpraktijken van het regime. Ineens stak twijfel de kop op: mijn laptop hapert sinds de inbraak en is traag. En toen ik laatst niet kon slapen en naar mijn kantoor liep, stond mijn computer aan! De volgende ochtend belde ik met de IT-jongen die vaak dingen voor me doet en vroeg hem de zaak te onderzoeken, maar hij vond niks en veronderstelde een 'automatische systeemupdate'. Hierna was ik enigszins gerust. Tot vanmiddag. Tijdens mijn lunch in een modern wegrestaurant op de E30 begon mijn cursor ineens raar te trillen. Opnieuw liet ik mijn systeem checken en opnieuw was alles normaal. Maar deze keer bleef ik achterdochtig en besloot tot surfcensuur, want mijn gevoel schreeuwt dat 'ze' meekijken, zonder te weten wie 'ze' zijn. Doodeng.

Niet aan denken nu. Mijn agenda voor de komende dagen ligt al redelijk vast. Morgenmiddag spreek ik met Maxim Loban. Ik kreeg zijn naam van de hotelmanager. Mij is verzekerd dat de man veel weet over de Tweede Wereldoorlog en de daaropvolgende vluchtelingenstromen. Hij is in de voormalige DDR geboren. Hij studeerde archeologie en culturele antropologie in Berlijn en is verbonden aan Belarusian State University in Minsk. Zijn specialisme is de vroege middeleeuwen. Ik heb zijn naam gegoogeld, maar los van zijn wetenschappelijke publicaties en zijn lezingen op congressen over de hele wereld vond ik niks over hem. Helemaal verbazen doet het me niet, want toen ik in 2019 een reportage maakte over de Kaukasus en de drielandenregio van Georgië, Azerbeidzjan en Rusland viel mij ook al op dat mijn gesprekspartners nagenoeg afwezig waren op internet. Misschien is ook dit een gevolg van die steeds schuivende grenzen? Waar de nieuwe heerser zomaar kan veroordelen wat de oude propageerde? Ook papa maande me tot voorzichtigheid toen ik furore maakte als programmamaker. Hij gaf me het advies om weg te blijven van politieke statements en om vooral niks over mijn privéleven te publiceren.

'Blijf ongrijpbaar en op de achtergrond, Bienchen, en hou je standpunten voor jezelf, want visies wijzigen even snel als de richting van de wind. Voor je het weet leidt een achteloze opmerking uit het verleden tot een storm aan kritiek in het heden. En weet ook: een bekende naam beperkt je vrijheid.'

Zo waar. Kennelijk deed papa ooit iets waardoor hij in een goelag belandde. Althans, áls zijn onsamenhangende verhaal over Perm-36 klopt. Wat dat aangaat ben ik ook erg benieuwd naar mijn ontmoeting met Vadim Smirnov, aanstaande maandag. Maar eerst nog dat gesprek met de freelance journalist Hauke Richter. Hij komt me bezoeken in Kasteel Kayka, want hij is in de buurt, zo mailde hij me een halfuur geleden. Hij werkt aan een verhaal over de Suwałki-corridor, de smalle strook land die de Russische enclave Kaliningrad scheidt van Belarus. Nu de spanningen tussen het Westen en Rusland verder oplopen zijn vele ogen weer gericht op die voor de NAVO zo belangrijke doorgang tussen Polen en de Baltische staten, zo schreef hij.

'En alweer groeperen zich hier de vreemde legers,' zei ik hardop toen ik zijn bericht op een verlaten parkeerstrook las. Ja, en alweer is dit gebied de passage tussen Oost en West. Arme mensen. Wat doet zo'n constante oorlogsdreiging met je? Dat wordt straks een belangrijke vraag voor de drie mannen die ik de komende dagen ga spreken. Eerst Hauke Richter, dan Maxim Loban en daarna Vadim Smirnov. Ze zullen me vast verder brengen.

'Uw bestemming bevindt zich verderop aan de rechterkant,' zegt de navigatiedame. Nieuwsgierig rek ik mijn hals en tuur door de oude linden langs de oprijlaan. Ja! Daar is het!

'Wauw!' roep ik wanneer het imposante kasteel voor me opdoemt. Architectonisch lijkt het een ratjetoe van stijlen met rechts en links vierkante middeleeuwse torens en in het midden een classicistische zuilengalerij. Maar toch is het een eenheid vanwege de sobere beige tint van het pleisterwerk en het karmijnrood van de pannendaken. Stapvoets volg ik de borden naar de verscholen parkeerplaats, maar blijf ondertussen naar het kasteel kijken. De avondzon beschijnt het meer achter de kolos waardoor het enorme pand zich vanuit een aureool van licht naar voren lijkt te duwen.

'Schloß Martsheim,' fluister ik en denk aan papa.

17
Vrijdag 25 juni 2021, avond
In de tuin van hotel Kasteel Kayka, voorheen Schloß Martsheim, in Polen

Het kasteelpark heeft de omvang van enkele voetbalvelden. Het ontwerp lijkt geïnspireerd op de Engelse tuinarchitectuur en volgt de contouren van het golvende landschap. De zon gaat onder en verspreidt een geeloranje licht. Na veertien uur reizen is het fijn om even te sporten. De receptioniste vertelde me bij de check-in dat de informatie over de geschiedenis van het voormalige Schloß Martsheim pas morgenvroeg klaar is. Er zijn problemen met het kopieerapparaat. Ik besloot daarop om na mijn lange reis al rennend het landgoed te verkennen. Net als het kasteel heeft ook de tuin de vernielzucht van het Rode Leger overleefd, omdat het domein tijdelijk in gebruik was als kazerne. Ik stop even, draai hijgend rond mijn as en filosofeer over de werking van deze feeërieke omgeving. Voelden de Russische soldaten ook de harmonie van deze plek? Kan dat wel in tijden van oorlog?

En terwijl ik hier zo sta, glijdt er een raar gevoel langs mijn nek. Vergelijkbaar met de nieuwsgierige ogen die me bekijken wanneer ik een podium op loop, kort voor de start van een interview. Mijn blik schiet naar het kasteel en daar, op het bordes van de eerste verdieping van de linkervleugel, staat een lange slanke man met witte haren. Vanwege de felle lampen in de hoge ruitjesramen achter hem, oogt hij als een silhouet en is zijn gezicht niet herkenbaar. Kijkt hij in mijn richting? Of staat hij daar zomaar? Wie is hij? Geen toerist, want in dat deel van het kasteel bevinden zich de privévertrekken van de eigenaar, zo is me verteld.

Ik ren verder en bereik een open gazon met links in de verte de toppen van donkere dennenbossen. Dat woud zag ik daarstraks ook al; het markeerde in vroegere tijden de grens tussen Oost-Pruisen en Polen. Ik stuif door tot ik voor me, hoog op de kale heuvel, een markante eeuwenoude boom zie. Ik stop opnieuw, want de aanblik roept een vaag gevoel van herkenning op. Stond dit beeld soms op de website van het hotel? Als ik mijn Samsung uit mijn buikband haal om een foto te maken, zie ik dat Monika heeft gebeld. Is er soms iets met papa? Toen ik hem daarstraks sprak was alles nog goed en at hij zijn favoriete appelkruimeltoetje. Snel tik ik op WhatsApp-videobellen en Monika verschijnt.

'Hallo, Olga, hoe is het daar?' vraagt ze met een glimlach.

'Goed hoor, ik ben aan het hardlopen. Je had gebeld?'

'Klopt, je vader vroeg naar je.'

'Hoe is het met hem?'

'Prima, maar hij mist je. Hier komt-ie!'

Zijn lieve gezicht verschijnt. Ik strek mijn arm uit en lach in de camera.

'En papa. Hoe gaat het daar?'

'Bienchen!' Hij glimlacht. 'Waarom ben je niet thuis?'

'Ik ben onderweg voor mijn werk, pap.'

Terwijl ik hem aankijk, kruipt er een schaduw over zijn blije gezicht.

'Maar wat doe je op Martsheim, bij onze familie-eik?'

'Martsheim?' Papa gebruikte het woord Martsheim! Met een ruk draai ik me om naar de oude boom op de heuvel.

'Bei Gott... Kijk!' roept hij nu. 'Daar is Mutti! Dáár! Mutti!!!'

Mutti? Hij denkt dat hij zijn moeder ziet? Mijn blik vliegt weer naar de andere kant. En inderdaad, een slanke vrouw in een knielange zomerjurk wandelt met een kordate tred in mijn richting. Hè? Papa denkt dus dat die vrouw zijn moeder is? En hij herkent die boom? Maar natuurlijk! Toen we laatst in het kuurpark waren, wees hij naar een vergelijkbare oude eik en vertelde over het begraven van het tafelzilver, samen met zijn moeder. Wat zei hij ook alweer? De grond was te hard.

'Mutti!!!' schreeuwt hij nu in hoorbare paniek, waarna een plof volgt.

Het beeld is zwart.

'Olga?'

Het gezicht van Monika verschijnt.

'Hij liet de telefoon vallen. En dit is niet goed,' zegt ze bezorgd. 'Je vader is helemaal uit zijn doen. Ik moet hem eerst kalmeren. Ik bel je straks.' Ze verbreekt de verbinding.

Onthutst staar ik naar het toestel en probeer te begrijpen wat er gebeurde. Door de beelden van de tuin maakte papa zijn zoveelste val in de tijd en belandde in dit park. Hier! En nee, hij was geen arbeiderskind en hij kwam ook niet uit Lyck. Hij woonde hier. Op dit landgoed. 'Wat doe je op Martsheim?' vroeg hij en hij sprak over ónze familieboom. Van óns...?

De vrouw is me bijna genaderd. Het is een brunette van rond de vijftig.

'*Dobry wiezór*,' zegt ze in het Pools en glimlacht naar me.

'*Good evening*.' Ik knik even als ze passeert.

Ik blijf weer staan en kijk om me heen. De schemering boven het meer kleurt langzaam paars. De nacht kondigt zich aan en zo meteen gaan de eerste sterren verschijnen, daarboven, achter die eeuwenoude eik. Bij die immense boom, op die kale heuvel, waar papa ooit een kuil probeerde te graven tijdens de winter van 1945. Ja, dáár. Waar die vrouw net nog was, een vrouw die papa met zijn moeder verwarde. Zijn Mutti! De boom lijkt me te roepen, hij trekt aan me en ik gehoorzaam en begin te rennen. Ik negeer het kronkelende wandelpad en hol in één rechte lijn via het gazon omhoog en bereik na enkele minuten de eik. Happend naar adem kijk ik om me heen, onderwijl met mijn voeten een stabiele ondergrond zoekend tussen de kromme wortels.

Het uitzicht is weids, zelfs in de schemering. Je ziet het kasteel met de verlichte ruitjesramen, de bijgebouwen met de straatlantaarns, en daarachter het meer met de glanzende contouren van het water en de lampjes van een weg die naar het zuidwesten leidt. In het oosten ligt het woud, als een eindeloze donkere massa die zich verbindt met de uitgestrekte naaldbossen van Litouwen en Belarus. Ik hijg nog na van de sprint en laat de plek op me inwerken. Een oehoe roept en vleermuizen schieten met onrustig wapperende vleugels voorbij.

'Onze familie-eik!' Hardop herhaal ik papa's woorden. Hier woonde eeuwenlang maar één familie: het geslacht Von Stallenberg. Zij waren de directe afstammelingen van de Teutoonse ridders. Dat waren middeleeuwse kruisridders, vergelijkbaar met de tempeliers, die in de dertiende eeuw de heidense Pruzzen bevochten en bekeerden en grote delen van het Balticum bezetten. Ik pak mijn telefoon, surf naar de website van het hotel en lees opnieuw de tekst over de recente geschiedenis van deze familie:

De laatste twee leden van het geslacht Von Stallenberg waren gravin Karoline von Stallenberg en haar tienjarige zoon Conrad von Stallenberg. Beiden zijn in de ijzig koude januarimaand van 1945 overleden tijdens hun vlucht voor het Rode Leger. Het graf van gravin Karoline von Stallenberg is nabij Ełk. Het is niet bekend waar het lijk van de jonge graaf is begraven.

'Haar tienjarige zoon Conrad von Stallenberg,' herhaal ik hardop. Die jongen was in 1945 tien jaar. Dus geboren rond 1935, net als papa! 'Het is niet bekend waar hij is begraven.'

'Wat doe je op Martsheim?' Papa wíst meteen wáár ik was, terwijl ik de naam niet had genoemd. Maar toch herkende hij het Schloß en zijn familieboom. Ik zucht en kan er niet meer omheen: was papa soms een Junker? Een afstammeling van eeuwenoude Duitse adel? Een jongen die met tien jaar verweesd raakte tijdens de oorlog... en toen? Wat gebeurde er toen? Waar ging hij heen? Hoe was zijn leven? En wie is mijn moeder?

18

Vrijdag 25 juni 2021, avond

In de hotelkamer van hotel Kasteel Kayka, in Polen

De deur van mijn hotelsuite valt met een zachte klik achter me dicht. Op de route van de receptie naar mijn kamer probeerde ik me voor te stellen hoe het destijds was om als nazaat van zo'n oud geslacht door deze gangen te lopen, met overal om je heen de verhalen en voorwerpen van je voorouders. Dit kasteel voelde met al zijn herinneringen vast als een warme deken. Maar die moesten ze achterlaten toen in januari 1945 de Russen oprukten. Wat doet dat met je? Wanneer de oorlog je wegslaat van de plek waar je zo diep wortelt? Ben je dan niet voor altijd ontheemd? Een vreemde? Voor anderen en voor jezelf? Want die voorouders kleuren wel jouw identiteit. Ik stop en sta stil in het donker. Papa's uitspraken waren de zoveelste indicatie dat hij hier woonde. Eerder al praatte hij over galopperen langs landerijen en over dineren onder een kroonluchter. En dan die ansichtkaart over Schloß Martsheim en die veel bekeken pagina's in dat boek over landgoederen in Oost-Pruisen. Ja, het zou zomaar kunnen dat papa de verdwenen graaf Conrad von Stallenberg is. Waarmee ook ík een Von Stallenberg ben. Iemand met wortels, iemand die ergens bij hoort, al is het bij de doden. Ik ben geen zaadje dat is meegenomen door de wind en dat verder wortelt waar het neervalt. Nee, ik heb een plek. Ik heb een familieboom. Of vergis ik me? Was papa soms de zoon van een beheerder? Of het kind van vrienden? Dat is ook mogelijk. Maar hoe kom ik daarachter? De beste manier is natuurlijk via DNA. Maar ik kan toch moeilijk een Von Stallenberg gaan opgraven en dan een haarlok van mij met het bot van een dode naar zo'n DNA-lab sturen?

Ik tast naar de lichtknop. De lampen springen aan en de royale L-vormige kamer verschijnt. De ruimte is aangekleed in een combinatie van antiek en design. Ik loop naar binnen en stop voor de prachtige zwart-witfoto's die boven het bureau hangen. Toen ik eerder mijn joggingkleren aantrok had ik er geen aandacht voor. Ik stap dichterbij. De foto's tonen de markante eik op de heuvel tijdens de vier seizoenen. Elke opname is genomen vanaf de zuilengalerij beneden op een wolkeloze dag toen de zon ter hoogte van de boom stond en een zwerm vogels overvloog. In de winter waren dat spreeuwen en kwam de zon niet boven de eik uit. Ze schijnt dwars door de bladerloze takken. In de zomer vliegen twee ooievaars langs de lens en staat de zon hoog boven de bladerenpracht en verlicht als een kale 100 wattpeer haar omgeving. Het resultaat is een bijzonder licht- en schaduwspel tussen de boom, de zon, de vogels en het landschap dat wijzigt met de seizoenen. Wauw! Het maken van dergelijke topfoto's met zo'n directe lichtinval vereist een grote behendigheid met het instellen van diafragmawaarden en sluitertijden. De opnamen hebben bovendien iets mystieks en doen me denken aan het werk van papa met zijn oude Leica. Hij maakte graag zwart-witfoto's en speelde op een vergelijkbare manier met het licht. Wie heeft deze dan gemaakt?

Ik til de lijst met de lente van de muur en bekijk de achterkant. Niks. Dan maar even de receptie bellen. Ik hang het werk terug en pak de telefoon van het bureau. De jongedame neemt meteen op en begroet me in het Pools.

'*Hello*, met Olga Liebke van kamer 22. Ik heb een vraag. Wie heeft de foto's gemaakt die boven mijn bureau hangen?'

'O. Dat weet ik niet, mevrouw. Ik zal het even navragen. Een ogenblik.'

Ik blijf naar de foto's kijken en ik herken steeds meer details. Deze boom is toch iets anders dan die buiten. Kleiner misschien? Ook het park is niet helemaal hetzelfde. Of vergis ik me, het schemerde immers toen ik de heuvel omhoogrende?

'Hello, Miss Liebke, met Marcin, de hotelmanager. U had een vraag over de foto's op uw kamer, begreep ik?'

Ik moet even schakelen. Ja, dit is de rokerige stem van de lange veertiger die mij daarstraks met alle egards opwachtte.

'Inderdaad, weet u misschien de naam van de fotograaf?'

'Jazeker. Dat is Karoline von Stallenberg. De laatste gravin.'

'De laatste gravin?' hakkel ik. 'Maar... die mevrouw is toch dood?'

Mijn benen worden slap. Ik trek de stoel onder het bureau vandaan en ga zitten.

'Correct. Zij stierf in 1945 tijdens haar vlucht naar het westen. De dozen met haar negatieven werden pas in 2001 ontdekt, tijdens de verbouwing van de zolder. Ze waren verstopt onder enkele vloerplanken.'

Ik weet even niets te zeggen.

'We mogen blij zijn dat de Sovjets ze niet hebben gevonden, want dan hadden we niks meer gehad. Die waren kampioen in het systematisch verdelgen van alles wat de adel of de bourgeoisie had voortgebracht.'

'Ja.' Meer komt er niet uit me. Mijn gedachten tollen rond deze getalenteerde fotografe. Zij had het oog, net als papa.

Marcin vervolgt zijn klaagzang over de kaalslag onder de communistische dictatuur in Polen. Ik herpak me en googel ondertussen 'Karoline von Stallenberg'. Er verschijnen geen afbeeldingen van haar. Wel documenten met haar naam, zoals rapporten over de geschiedenis van Oost-Pruisen en overzichten uit de basisadministratie van de toenmalige overheid. Die plaatjes ken ik. Die verschenen al eerder toen ik 'Schloß Martsheim' googelde.

'Hebt u ook foto's van Karoline von Stallenberg en haar zoon Conrad von Stallenberg?' vraag ik, terwijl ik weer opsta. 'Kan aardig zijn bij een documentaire.'

'Maar zeker, we hebben enkele opnamen. Ik zal zorgen dat u deze morgen krijgt met de rest van de informatie waar u om vroeg. Kan ik verder nog iets voor u betekenen?'

'Ja, weet u of er nog mensen in leven zijn die hier in 1945 woonden? Voor mijn documentaire is het goed wanneer ik ooggetuigen aan het woord kan laten. Ik wil mijn verhaal starten in de weken voor de inval van het Rode Leger.'

Er valt een korte stilte.

'Misschien. In december 2019 logeerde hier een oudere dame. Zij was een voormalige bewoner van het landgoed en was veertien toen ze moest vluchten. Haar moeder was een van de bedienden van de familie Von Stallenberg. De mevrouw bezocht ons samen met haar zoon. Ik weet het nog omdat ik een paar uur met haar heb doorgebracht. Ze wist veel over het dagelijks leven op het kasteel. Ik zal contact met haar zoon opnemen. Zijn gegevens staan in ons systeem.'

‘En over de vlucht. Had ze daar ook nog herinneringen aan?’

‘Dat heb ik niet gevraagd. Sorry.’

‘Geen probleem. Alvast bedankt. We spreken elkaar morgenvroeg.’

‘Ja, fijne avond nog, Miss Liebke.’

We verbreken de verbinding en ik loop naar het raam. Ik schuif de vitrages opzij en open het venster. Een verkoelend avondwindje waait naar binnen. Mijn kamer is op de tweede verdieping en biedt uitzicht op het meer. De halve maan spiegelt zich in het indigoblauwe zachtjes rimpelende water. De muggen zoemen beneden rond de lantaarns van het terras. Het enige wat je hoort, is het gekwaak van de boomkikkers en het geklots van het water tegen de aanlegsteigers. Zo sereen. Ik adem in en uit en denk aan papa. Als hij inderdaad op deze sprookjesachtige plek woonde, dan viel hij ’s avonds in slaap met deze vredige klanken, totdat op een dag vanuit het oosten het gebulder van de kanonnen aanzwol…

IV

Telefoongesprek via een beveiligde lijn
Vrijdag 25 juni 2021, late avond

De twee heren bellen weer via de veilige lijn. De man met de witte haren is nog steeds in zijn kasteel in Polen. Hij zit aan zijn Louis XIV-bureau en kijkt uit op een blinkend meer. De zon gaat onder en verspreidt een oranjerood licht. De kale man is na een kort bezoek aan Minsk weer terug in zijn penthouse in Moskou. Hij is nu in de woonkamer. Hij ligt op de bank en heeft de tv aanstaan met daarop autoraces. Het geluid is gedempt, maar hij houdt zijn blik half gericht op de scheurende voertuigen.

Op de agenda staan hun acties tot nu toe. De man met de witte haren geeft een terugkoppeling over het besluit dat ze afgelopen maandag hebben genomen. Hij deed toen de suggestie om een Romeo op de Duitse vrouw af te sturen. Ter inleiding van zijn voorstel memoreerde hij de jaren dat hij en de kale man voor de KGB in de DDR waren gestationeerd en met verdekt respect de werkzaamheden van de Stasi volgden. 'Weet je nog?' zei de man met de witte haren. 'Die lui hadden al onze trucs overgenomen en deze vervolgens met hun *Deutsche Gründlichkeit* tot in de perfectie verfijnd.' Vooral voor één Stasifenomeen hadden beiden grote bewondering: de Romeo's. Uiteraard gebruikte de KGB ook agenten die via het veinzen van liefde aan relevante westerse vrouwen staatsgeheimen ontfutselden, maar de Stasi tilde deze beroepsgroep naar een topniveau. 'Ja! Ik herinner me nog mijn spontane aanwezigheid in een klas die les kreeg over methoden om een vrouw seksueel te bevredigen,' schampert de kale man. 'Van de meeste acties had ik überhaupt geen weet.'

Beiden concludeerden daarop dat de Duitse vrouw een ideaal object is voor een Romeo. Zij is vrijgezel, heeft al een tijd geen relatie meer gehad en bovendien tikt haar biologische klok gestaag door. Dat alles maakte haar volgens de heren 'plukrijp'. Een deskundige Romeo kan haar verleiden en dan ontfutselen of ze iets weet van de coup en de stick. En zo ja, dan kan hij die bemachtigen, waarna er een nieuw besluit over de toekomst van de vrouw volgt. En de man met de witte haren kende ook een gerenommeerde Romeo, namelijk een ex-Stasi die tussen 1988 en 1989 in Potsdam de opleiding had gevolgd. Na de val van de Muur had hij verschillende metiers, maar sinds een jaar of tien was hij een huurmoordenaar met een solide dekmantel en een uitstekende reputatie; hij rondde elke opdracht met succes af. Hij was uiterst discreet, kieskeurig, werkte wereldwijd en hij had voor het huurlingenbedrijf van de man met de witte haren enkele jaren geleden al een klus naar tevredenheid uitgevoerd. Die Duitse vrouw aan het praten krijgen was peanuts voor deze meneer. Even bespraken ze nog het belangrijkste tegenargument voor de inzet van deze agent, namelijk het feit dat de kring van personen die weet had van de stick en de geplande staatsgreep zich alsmaar uitbreidde. In hoeverre was het dan verstandig om aan die lijst ook nog een huurmoordenaar toe te voegen? Immers, als de een hem kon kopen, kon de ander dat ook. Na wat heen en weer gepraat besloten de heren de Romeo toch in te zetten. Het risico dat die stick in foute handen viel, was gewoon te groot. Dus de man werd ingehuurd.

De man met de witte haren geeft een samenvatting van het gesprek dat zijn personal assistant eerder op de dag met de Romeo voerde inclusief de acties die zijn uitgezet. 'Hij is een professional,' zegt hij dan. 'Ik heb alle vertrouwen in een goede afloop.'

Olga

Deel 7:

De man uit Belarus

'Vrouwen houden alleen van mannen die ze niet kennen.'

M.J. Lermontov (1814-1841). Russisch schrijver en dichter.

19
Zaterdag 26 juni 2021, late ochtend
Terras bij het restaurant van hotel Kasteel Kayka

Ik zit alleen op het terras onder een bloeiende kastanje en heb uitzicht op het meer. Het is nog vroeg en er zijn nog geen gasten. De tafels staan ver uit elkaar vanwege de coronamaatregelen, wat wel gunstig is als je een zakelijk gesprek gaat voeren. Ik wacht namelijk op de journalist Hauke Richter. De zon brak zojuist door en de temperatuur klimt snel. Ik moet eigenlijk wat luchtigers aantrekken dan deze jeans en dit linnen hemd, maar het gesprek met de jonge serveerster houdt me hier. Ze dekt met efficiënte bewegingen de tafels voor de lunch. Met haar twee blonde vlechten en dirndl-achtige jurkje oogt ze als een reclameplaatje voor Oostenrijk, maar daar is ze nog nooit geweest. Haar genen liggen in Oekraïne, vertelde ze.

Vanochtend las ik een artikel over de bevolkingssamenstelling van de Mazuren. Voor de inval van de Russen in 1945 leefden hier naast de Duitsers ook nog de Mazuriërs. Zij waren al eeuwen een belangrijke etnische minderheid in Pruisen en spraken zowel Duits als Pools. Deze Mazuriërs mochten na de oorlog blijven van de nieuwe machthebbers, maar ook zij vertrokken naar West-Duitsland. En dus besloot het communistische regime om nieuwe mensen naar dit ontvolkte land te halen, en die kwamen uit Belarus en Oekraïne. Want dáár moesten ze weg, omdat de Sovjet-Unie in 1945 haar grenzen naar het westen had verlegd. Deze Belarussische en Oekraïense Polen werden letterlijk door de Russen uit hun woningen gejaagd, in vrachtwagens geladen en vervolgens naar de lege voormalige Duitse gebieden gereden, waaronder dus Oost-Pruisen.

'En leven uw grootouders nog?' vraag ik de jonge vrouw.

'Alleen mijn oma van vaderszijde.' Ze stopt met het vouwen van de stoffen servetten en een verdrietige blik glijdt over haar gezicht.

'Mijn oma vertelde me vaak over de deportatie. Haar hele familie moest binnen twee uur het huis verlaten. Ze werden vervolgens als vee naar het noorden getransporteerd. Ze hadden geen idee waar ze heen gingen. Eenmaal hier, moesten ze in de kapotgeschoten huizen van de gevluchte Duitsers wonen. En hoewel mijn overgrootoma telefoniste was, moest ze in de landbouw gaan werken. Ze heeft zich hier nooit thuis gevoeld.'

Ik wil haar vragen of je als nieuwkomer überhaupt wel kunt aarden in een gebied waar alle wortels met het verleden zijn weggehakt, zoals de Polen hier deden met de eeuwenoude geschiedenis van Pruisen. Maar ik zwijg, want een aantrekkelijke donkerharige man loopt met een soepele gang mijn kant op. Ik sta op. Hij is een halve kop groter dan ik en heeft een sportief postuur, geaccentueerd door een gebruinde huid en vlotte kleren. Hij draagt een hemelsblauw poloshirt op een grijze golfbroek met daaronder opvallende saffierblauwe sneakers. Aan zijn pols blinkt een pilotenhorloge. Inderdaad, dit is 'm: de Johnny Depp-lookalike. Maar dan zonder fonkelende kettingen, en mét vlammende schoenen.

De jonge vrouw knikt en ze tilt haar bestekmand op en gaat naar de volgende tafel.

'Herr Richter. Hallo!'

'Frau Liebke!'

We begroeten elkaar. Hij lacht vriendelijk naar me en zijn reebruine ogen scannen mijn gezicht en lichaam. Hij vergelijkt waarschijnlijk mijn digitale versie met de reallife versie. Gebeurt me veel.

'Neemt u plaats.' Ik wijs naar de stoel tegenover me.

Hij zet zijn grijze laptoptas naast de tafel.

'Water?' vraag ik.

'Ja, graag.'

We gaan zitten en ik schenk onze glazen vol.

'En hoe was uw reis?' vraag ik.

'Goed, hoor. Vilnius is niet ver. 't Is maar drie uur rijden.'

'Ja, ik zag het.' Ik zet de kan neer. 'Dat verraste mij nog het meeste toen ik me verdiepte in dit gebied. Voor mijn gevoel lag Oost-Pruisen meer naar het westen.'

'Ja. Dat hoor ik vaker.'

Hij lacht zijn regelmatige witte tanden bloot.

'En is dit uw eerste bezoek aan Polen?' vraagt hij.

'Ja. Het land trok me niet, totdat ik las over het voormalige Oost-Pruisen. Vooral de radicale wijze waarop Mazurië is gestript van zeshonderd jaar Duitse cultuur boeit me.'

Hij trekt even zijn wenkbrauwen op.

'Snap ik, maar Hitler begon met dat strippen. Hij liet in 1938 duizend plaatsnamen met Poolse taalwortels vervangen door een Duitse naam en legde een verbod op het spreken van Mazurisch.'

'O. Dat wist ik niet.'

'Ja. Dit is een écht grensland, Frau Liebke. Ik ben trouwens een fan. U maakt intrigerende verhalen met prachtige beelden. Mijn complimenten. Vanwaar eigenlijk die belangstelling voor mensen in grensstreken?'

'Ik ben er zelf een.' Ik produceer mijn professionele glimlach, want het antwoord ken ik uit mijn hoofd. 'Ik groeide op in de Harz. Toen de DDR het IJzeren Gordijn bouwde, belandden we in de uithoek van de *Bundesrepublik Deutschland*. Gelukkig konden we profiteren van grenssubsidies en kwam het toerisme op. Maar na de Duitse eenheid vielen die gelden weg en ontstond er concurrentie van de mooie Harz-stadjes in de voormalige DDR.'

'Aha.'

Zijn ogen vangen de mijne. Hij bestudeert me, waarna hij zich naar zijn tas buigt en er een blocnote en pen uit pakt.

'O, ja. En mijn vader was boswachter. We gingen veel samen wandelen en hij wees me al jong op die metershoge stalen barrière en de gevolgen daarvan voor de natuur.' Ook die quote staat in talloze media.

Hij knikt. Hij weet dit allemaal al en hij stelde de vraag om het ijs te breken. Is dat aardig of handig?

'En uw volgende reportage gaat dus over de driehoek Polen, Litouwen en Belarus? Waarom?'

Bam! Hij komt *zur Sache*! Ik heb het antwoord al klaar. *Als de omstandigheden je dwingen tot liegen, Bienchen, blijf dan altijd dicht bij de waarheid.*

'De arrestatie van Pavel Rybak. Ik zat naast hem.'

'Ja, dat vermoedde ik al. Ik las je publicaties. Triest verhaal. En hoe was hij?'

Hij tutoyeert me. Dát is snel. Komt misschien door zijn Engelstalige contacten. Hij leunt naar voren.

‘Tja, hoe was hij?’ herhaal ik. ‘Als iemand die zich in vrijheid waant en ineens de gevangenisdeur achter zich hoort dichtvallen. Zo dus. In paniek, want hij had onmiddellijk door dat het om hem ging toen de piloot meldde dat we moesten landen in Minsk.’

‘En toen heb je met hem gepraat?’

‘Ja, maar kort, want er was niet veel tijd.’

‘En hij was alleen in het vliegtuig? Niemand die hij kende?’

‘Hij zát alleen.’ Ik zwijg over de blonde kleerkast en mijn vermoeden dat deze al op de hoogte was van de kaping. Een journalist houdt zich immers bij de feiten. ‘De lege plek bij het raam is de reden dat ik bij hem ging zitten. Mijn stoel was verderop aan het gangpad.’

‘Oké.’

Hauke lijkt in gedachten verzonken en neemt een slok van zijn water.

‘En jij werkt dus aan een reportage over de Suwałki-corridor?’ vraag ik.

‘Ja.’

‘En wat wordt de insteek?’

‘De complexe geschiedenis van dit gebied met zijn alsmaar schuivende grenzen.’

‘Een achtergrondverhaal? Is daar wel belangstelling voor?’

‘Binnenkort wel, ja. Er staat hier namelijk iets te gebeuren en dan is er behoefte aan duiding.’

‘O, wat dan? Is het vanwege de protesten in Belarus?’

‘Onder andere. De opstanden zijn de lucht die uit het ventiel sist. Alles wijst erop dat het systeem uit elkaar gaat knallen.’

‘De dictatuur in Belarus, bedoel je?’

‘Ja, maar ook in Rusland. En dát raakt héél Europa.’

‘En hoe kom je daar zo bij?’

‘Ik herken het uit de DDR. In 1988 had je daar een vergelijkbare situatie.’

‘In economische zin?’ vraag ik en ik herinner me de verhalen over de falende vijfjarenplannen.

‘Ja, maar niet alleen dat. Ook nu zijn er oude tirannen die er al decennia zitten en de connectie met de realiteit verliezen. En er is een toenemende inperking van rechten en een losgeslagen en puissant rijke elite.’

Ik knik.

'Maar het allergrootste gevaar voor deze machthebbers is de hoog-opgeleide en reislustige jeugd. Net als destijds in de DDR zijn het vooral de jongeren die zich teweerstellen tegen de hernieuwde repressie en de groeiende klimaatellende.'

'Maar in de DDR verliep de omwenteling vreedzaam. Dat kan nu toch ook?'

Hauke schudt zijn hoofd.

'Nee, de revolutie van de DDR was een uitzondering. Meestal gaat zo'n omslag gepaard met oorlog.'

'Oorlog!?'

'Ja, Olga, koningen die wankelen, beginnen vaak oorlogen.'

'Maar met wie dan?' vraag ik en ik probeer me de kaart van Europa voor de ogen te halen.

Hij haalt zijn schouders op.

'Met een land aan de grens van het koninkrijk.' Hij heft zijn handen op.

'Ik hoop toch van niet. De landen ten westen en noorden van Belarus zijn allemaal lid van de NAVO.'

'Oekraïne niet.'

'Klopt,' antwoord ik aangeslagen. Hij heeft gelijk. Er hangt wat in de lucht.

'Maar vertel eens?' vraagt hij met een glimlach. 'Hoe ver ben je al met je reportage?'

Ik ga verzitten, alsof ik zo dat zware gemoed kan afschudden.

'Ach, helemaal aan het begin. Ik zit nog in mijn research.'

'En heb je wel al een startlocatie?'

'Ja, misschien. Ik overweeg dit kasteel.'

'En waarom deze plek?' Hij maakt een zwaaibeweging.

Oef. Hij is alert. Ik moet nu goed formuleren en wegblijven bij de naam Von Stallenberg.

'Het is een van de weinige Pruisische *Güter* die nog overeind staan. En het oog van de camera wil ook wat.'

Hauke knikt en we praten een tijdje over ons vak en de stijl van leven die dat met zich meebrengt. Ook hij moet veel reizen in zijn uitgestrekte werkgebied. Zijn ogen fonkelen wanneer hij praat over zijn vele avonturen. Zijn energie trekt aan me en werkt zelfs erotiserend.

'En wat zijn je plannen voor de komende dagen?' vraagt hij en hij leunt naar voren.

Ik veer op.
'Een verkenning van het gebied tussen Olecko, Druskininkai, Grodno en Augustów. Maandag is mijn eerste afspraak. Ik heb dan in Litouwen een interview met Vadim Smirnov, dat is een Pools-Belarussische schrijver. Ik had ook graag naar Belarus gewild, maar volgens mijn assistente is het zinloos om een persaccreditatie aan te vragen. Die ga ik niet krijgen. Het regime is allergisch voor buitenlandse journalisten sinds de massaprotesten.'
'Maar heb je geen tweede pas? Zonder je persvisa?'
'Natuurlijk wel.'
'Dan gebruik je die toch. Als je in de Grodno-regio blijft, heb je geen visum nodig. Je moet alleen een formulier invullen en een activiteit via een Belarussische touroperator boeken.'
'O, ja? Wist ik niet.'
De serveerster met de vlechtjes nadert onze tafel. Inmiddels draagt ze een mondkapje met het logo van het hotel.
'Hebt u al een keus kunnen maken?'
We schudden ons hoofd en pakken de menukaarten die nog onaangeroerd op de tafel liggen.
'Geen probleem,' zegt de jonge vrouw. 'Kan ik u al iets te drinken brengen?'
'Appelsap,' zeg ik.
'Ik hou het bij water.' Hij wijst naar de karaf.
De tafels op het terras beginnen zich inmiddels te vullen.
'Ik ben meestal snel klaar met kiezen,' zeg ik en ik sla de menukaart open. 'Ik ben vegetariër en dan heb je vaak niet veel keus.'
'Ik ook,' zegt Hauke.
'O, ja? Nou. Eens zien wat ze hier voor ons hebben.'
Na een blik op het schamele aanbod kiezen we allebei een gemengde salade als voorgerecht en een groenteschotel als hoofdgerecht.
'En jij?' vraag ik. 'Vertel eens over jezelf. Je sprak daarstraks over de DDR in 1988. Waar ben jij geboren? Dat stond nergens.'
'In een gehucht in Saksen.'
'Aha. Vandaar jouw scherpe analyse van de situatie daar. En wat is je bouwjaar?'
'1969.'
'Dan was je twintig toen de muur viel. Dus je hebt de onderdrukking nog aan den lijve ondervonden?'

'Ja.'

'En waarom werd jij journalist?' Ik vraag door.

'Na de Wende heb ik eerst een paar jaar over de wereld gezworven. Een baan hier, een job daar. En toen ik eenmaal terug was, rolde ik per toeval in de journalistiek. Een investeerder zocht Russischsprekende Duitsers voor een nieuw mediabedrijf in Moskou. Ik had Russisch als eindexamenvak gehad en sprak het nog redelijk. Ik solliciteerde en van het een kwam het ander.'

'En waarom koos je voor dit gebied?'

'Een vacature voor buitenlandcorrespondent in Minsk kwam langs en ik was toe aan een nieuw avontuur.'

'Maar je woont toch in Litouwen?'

'Ja, sinds vorig jaar september. Ik was al een tijdje zelfstandig en reisde voor mijn werk vaak naar de Baltische staten. Vilnius ligt centraler. Bovendien zijn veel oppositieleden uitgeweken naar Vilnius. Ik kom dezelfde mensen tegen als in Minsk.'

'O. En mis je Minsk?'

Hij haalt zijn schouders op.

'Soms. Maar Vilnius bevalt goed. Het is een internationale en mooie stad. En de natuur in Litouwen is vergelijkbaar.'

'Maar je vrienden wonen toch in Minsk?'

'Ja, en die bezoek ik nog regelmatig. Minsk is niet ver.'

Hij leunt ontspannen achterover.

'En wat is jouw planning voor vandaag?' vraagt hij nu.

'Met jou lunchen.' Ik glimlach. 'En straks heb ik nog twee gesprekken met andere deskundigen. En tussendoor stukken lezen. En jij?'

'Nog wat werken.'

De serveerster met de vlechtjes meldt zich aan onze tafel met mijn appelsap. Terwijl ze het flesje op de tafel zet, gaat mijn telefoon over. Monika!

Ik druk op het groene hoorntje.

'Monika?'

'Ja, Olga. Je vader wil je spreken. Kan dat nu?'

'Natuurlijk. Ik loop zo even naar mijn kamer en bel je terug.'

'Prima.'

'Sorry, Hauke,' zeg ik, terwijl ik opsta. 'Ik moet even naar boven. Mijn dementerende vader wil me spreken.'

Hij knijpt zijn ogen samen.

'Duurt maar een paar minuten.' Ik begin al naar de ingang van het restaurant te lopen. Als ik de deur nader, voel ik schaamte over mijn plotse vertrek en draai ik me nog even naar hem om. Maar hij is al in de weer met zijn telefoon. Gelukkig.

Bij het binnenkomen van mijn kamer houd ik halt vanwege een vreemde lucht. Wat is dit? Lijkt op goedkope aftershave vermengd met het oude zweet van een ongewassen mannenlijf. De stank hangt als een wolk in de ruimte. Hier is iemand!

'Hello?!' Ik zet enkele passen terug en grijp de deurklink. Er komt geen antwoord. Ik verken de smalle entree met rechts de badkamer en links de kledingkast. Om de hoek is het bed met het bureau en een fauteuil.

'Hello!' roep ik opnieuw, maar het blijft stil. Met een ruk open ik de deur van de badkamer links van me en gluur naar binnen. Niemand. Hierna zet ik enkele stappen verder naar binnen en kijk om me heen. Ook niemand. Ik snuif opnieuw. Het is er nog. Ik been naar het raam, duw met een ruk het venster open en adem de warme zomerlucht in. Even sta ik stil en laat mijn blik door de kamer gaan. Alles lijkt normaal, maar dat is het niet. Iemand was binnen en niet even, maar lang genoeg om zijn of haar geurafdruk achter te laten. Een dief?

Ik schiet naar de kledingkast en check mijn weinige spullen. Ze lijken niet aangeraakt. Vervolgens tik ik de code van de kluis in en controleer de inhoud. Ik mis niks, maar toch was iemand hier binnen, ik weet het zéker. Een personeelslid? Maar hoezo dan? Was er soms iets kapot? Ik bel de receptie. Een vrouwenstem begroet me, waarna ik op geïrriteerde toon vraag wie er op mijn kamer was en waarom. De dame antwoordt dat ze het even zal navragen en ze zet me in de wacht. Met de telefoon in de hand stap ik weer naar het raam en trek de vitrages ervoor om de muggen buiten te houden.

'Mevrouw Liebke?'

'Ja.'

'Er is niemand van het personeel op uw kamer geweest. Mist u soms iets?'

'Nee, nee. Dank u.' Ik druk het gesprek weg. Het wantrouwen heeft me weer volledig in z'n greep.

Ontdaan snuif ik opnieuw. De frisse lucht waait naar binnen en de stank wordt al minder. En nu? Ik loop naar de deur, open deze en bekijk het moderne slot. Nee, dit open je niet met een pinnetje of een loper. Deze kamer kom je alleen in met zo'n gecodeerde kaart. Dus het was toch iemand van het personeel? Ik zucht. Dit uitzoeken is een project voor later. Nu eerst papa bellen en dan terug naar Hauke Richter.

20
Zaterdag 26 juni 2021, middag
In de lobby en hotelkamer van hotel Kasteel Kayka

Hauke Richter en ik staan in de lobby van het hotel. Onze lunch is uitgelopen en was zowel leuk als leerzaam. Ik weet weer wat meer over dit gebied en de situatie in Oost-Pruisen in 1945. We hebben een klik en plannen onze volgende afspraak: morgenavond in Druskininkai. Hij reist daar ook naartoe. Hij heeft er een interview met een voormalige Sovjetofficier die kennis heeft van de militaire situatie in de Russische enclave Kaliningrad. Hierna nemen we geanimeerd afscheid. Hauke loopt de tuin in en ik ga naar mijn kamer. Bij het passeren van de receptie roept de hotelmanager mijn naam. Ik draai me naar hem toe. Hij duwt zijn mondkapje goed en pakt een dikke envelop.

'Miss Liebke! Dit is de informatie over het kasteel waar u om vroeg.' Hij geeft me het pakket.

'Ach, dank u!'

'Het dikke rapport is de Engelse vertaling van een masterscriptie van een Poolse historicus,' zegt hij en hij wijst op de map. 'Hij deed onderzoek naar de geschiedenis van Martsheim. Zijn focus lag weliswaar op het bedrijfseconomische functioneren, maar u kunt er ook de nodige informatie uit halen over het dagelijks leven op een Pruisisch landgoed. De andere map bevat een compilatie van de vooroorlogse foto's die als basis dienden bij de restauratie van het kasteel.'

'En zijn er ook opnamen van de familie bij?' vraag ik.

'Uiteraard. Met de namen.'

'Fantastisch. Dank u wel.'

'Er is nog iets, Miss Liebke,' zegt Marcin op formele toon. 'Gregor Kayka, de eigenaar van ons hotel, spreekt Duits en was dus in de gelegenheid om uw documentaires te bekijken. Ik moet u zijn complimenten overbrengen. Hij wil graag kennis met u maken. Wanneer zou u dat schikken?'

Ik staar hem aan. Een Belarussische oligarch wil mij ontmoeten? Apart.

'Vanavond?' vraagt Marcin op een dwingende toon. 'Want morgenvroeg reist u weer af. Toch?'

'Ja. Eh... vanavond kan. Zou het hem schikken na het avondeten? Rond negen uur?'

'Vast wel. Ik ga het voorleggen.'

'Fijn.'

Marcin knikt. Ik zet enkele passen achteruit en haast me vervolgens met twee treden tegelijk de trappen op naar mijn kamer. Eenmaal binnen pak ik een flesje water uit de minibar, en aan mijn bureau scheur ik het pakket open. Met vochtige handen sla ik eerst de ringband met de foto's open. Ik ben onrustig en heb bijna dezelfde mix van gevoelens als wanneer ik een brief van het ziekenhuis openscheur met daarin de uitslag van het zoveelste medische onderzoek van papa: nieuwsgierig en bang. Ik blader van pagina naar pagina. De kwaliteit is niet al te best, het kopieerapparaat is duidelijk aan vervanging toe. De indeling van de klapper blijkt chronologisch. De eerste kopietjes tonen tekeningen en schilderijen van het kasteel vanaf de middeleeuwen tot aan het einde van de negentiende eeuw. Je ziet de plek via meerdere bouwfasen transformeren van een vierkante donjon naar een speels Schloß. Ik blader er snel doorheen totdat ik bij de twintigste eeuw ben. Ik ga rechtop zitten en vertraag. Het kasteel raakte beschadigd tijdens de Eerste Wereldoorlog, maar er volgde een snelle herbouw. Een ansichtkaart uit 1925 toont het pand alweer in zijn volle glorie. Ik blader verder en dan zie ik haar. Ze heeft een fotocamera in de hand en nog voor ik de potloodnotitie met haar naam lees, weet ik al dat die slanke blondine mijn oma is, want de gelijkenis met papa is verbluffend! Ik blaas langzaam mijn adem uit, grijp mijn mobiel en scrol naar de portretfoto's die ik een paar jaar geleden van papa maakte. Ja, hier zijn ze! Ik vergelijk zijn verstrooide blik met die van Karoline von Stallenberg. Echt wel. Die twee zijn één gezicht! Zij hebben hetzelfde hoge voorhoofd, dezelfde smalle neus, dezelfde oogopslag én dezelfde ingetogen glimlach. Nee, ik hoef geen botten meer op te graven. De gelijkenis tussen deze vrouw en papa bevestigt wat ik gisteren al begon te vermoeden: hij is een Von Stallenberg. Ik sta op, duw de gordijnen opzij en kijk naar het blinkende meer. Dus dit is het kasteel van mijn voorouders.

'Onwerkelijk!' zeg ik hardop, buig me weer naar de map en sla een bladzijde om. Mijn vingers blijven aan het papier plakken en ik veeg ze droog aan mijn broek. Met ingehouden adem blader ik verder en meer foto's van mijn oma volgen: in een trouwjurk vóór de kapel, in een tweedbroek op het bordes, in een jagerspak naast een paard en in een galajurk in de balzaal. Ik buig me naar de foto's om nog meer details van haar te ontdekken. Ik heb weliswaar niet hun gezicht, maar qua postuur lijk ik wel op die twee: alle drie zijn we lang en pezig. Haar charisma contrasteert met de saaie uitstraling van mijn opa, die op bijna alle foto's naast haar staat. Ik ga snel verder, zoek papa en vind drie portretten van hem: als baby tijdens de doop, als kleuter in een marinepakje en als jongen in een wollen jas. Vooral die laatste foto raakt me en ik veeg driftig mijn opwellende tranen weg. De opname is buiten gemaakt, in de sneeuw in hard licht en ontleedt feilloos zijn toen al markante gelaat. Hij staat bij een dennenboom en kijkt met een afwezige glimlach in de lens. En ook hier is geen twijfel mogelijk: papa is de volwassen versie van deze jongen. Papa is de verdwenen Conrad von Stallenberg! Ik spring op en laat mijn tranen de vrije loop. Mijn arme schat! Hij verloor als kind niet alleen zijn familie, maar ook dit eeuwenoude kasteel, waar de zielen van vele voorouders hem omringden. De oorlog rukte hem los van zijn wortels en wierp hem neer in een vreemd land. En daar gebeurde iets wat maakte dat hij nooit meer terug zou gaan naar zijn geboorteplek, ook niet toen dat na de val van de Muur eenmaal kon.

Net wanneer ik me weer naar de foto's buig piept mijn telefoon. O ja, mijn zoomsessie met de negentigjarige Gertrude Kaufmann begint. Snel pak ik mijn blocnote met mijn vragen en klap mijn laptop open.

21
Zaterdag 26 juni 2021, namiddag
In de hotelkamer van hotel Kasteel Kayka

Er komen geluiden uit de microfoon van mijn laptop en het wakkere gezicht van een Miss Marple-type met een moderne goudkleurige bril verschijnt op het scherm.

'Frau Kaufmann?' Ze ziet er jonger uit dan ik had verwacht.

'Ja, dat ben ik,' zegt ze met een heldere stem en een vriendelijke glimlach verschijnt op haar gezicht.

'Fijn dat u met mij wilt spreken.'

'Maar natuurlijk, Frau Liebke, en ik ben heel benieuwd naar deze documentaire.'

'Dát duurt nog een tijdje. Ik ben net begonnen met de research.'

'Maar toch. Het is iets om naar uit te kijken.'

'En u vindt het niet belastend om met mij te praten over die moeilijke periode?'

'Nee. Ik geef ook uitleg op scholen. Het voelt als mijn plicht om jongere generaties bewust te maken van het lot van de Heimatvertriebenen.'

'Gelukkig. Dat stelt me gerust.' We wisselen enkele algemeenheden uit, waarna Gertrude Kaufmann ons gesprek als vanzelf naar de oorlogsjaren in Oost-Pruisen stuurt en boeiend vertelt over het dagelijks leven op het kasteel, waar ze haar moeder hielp in de huishouding. Ze had als meisje veel respect voor de gravin en vertelt dat Karoline von Stallenberg half-Duits, half-Russisch was en mede daarom geen warme ontvangst kreeg toen de graaf haar in 1933 mee naar het Schloß nam. Maar ze paste zich goed aan en oogstte later respect door de wijze waarop ze leidinggaf aan het landgoed, nadat de graaf in 1941 door de Wehrmacht was ingelijfd. Gertrude Kaufmann praat ook over papa en noemt hem consequent 'de jonge graaf'. Ze beschrijft hem als een einzelgänger die graag boeken las en urenlang op zijn paard over de landerijen draafde.

'De jonge graaf bracht ook veel tijd door met zijn moeder. Ze maakten samen foto's en spraken dan Russisch.'

'Russisch!?'

'Ja, maar dat deden ze nooit als er iemand bij was. Ik hoorde ze per toeval praten in een taal die ik niet verstond toen ik de rookkamer stofte. Dat was op een warme dag in de herfst van 1944. Ze stonden onder het open raam en fotografeerden de zonsondergang. Mijn moeder schrok zich een hoedje toen ik haar even later vertelde over die rare taal. Ze zei dat ik er met niemand over mocht praten. De SS zou de gravin doodschieten als ze hoorden dat ze haar zoon Russisch leerde. Dus ik zweeg.'

'Had de jonge graaf geen vrienden?'

'Jawel. Eentje. Een Mazurische jongen die in een pachtershuis op het landgoed woonde. Hij was even oud als de jonge graaf.'

'Een Mazurische jongen? En hoe heette hij?'

'Gregor Kayka.'

'Kayka!? Maar dat is toch de naam van de eigenaar van dit hotel?' vraag ik en ik denk aan de uitnodiging voor een kennismaking.

'Ja, die. Gregor kocht het pand na de Wende. Die vriendschap was overigens opmerkelijk, gezien het standsverschil. De Mazuriërs waren de oorspronkelijke bewoners en die spraken thuis een Pools dialect. We herkenden ze aan hun Poolse achternamen. Met name de oudere Pruisen zagen hen als minderwaardig. Ik mocht van mijn oma niet met hen spelen. "Mengvolk", "tussenlaag", "misgeboorte" en "dommige Pollack" waren uitspraken die ik thuis weleens hoorde.'

'Maar... de eigenaar woont tegenwoordig toch in Belarus?'

'Klopt, maar hij is in Oost-Pruisen geboren. Zijn moeder was afkomstig uit de streek noordelijk van Grodno. Dat is niet ver van hier. Zij sprak zowel Pools als Russisch.'

'En was hij erbij tijdens de vlucht naar het westen?'

'Nee. Zijn vader was een week eerder door de nazi's opgehangen.'

'Opgehangen!?' Ik sla mijn hand voor mijn mond.

'Ja. Aan de brug die u passeert als u naar het landgoed rijdt.'

Mijn gedachten gaan naar de geboogde bakstenen spoorwegovergang, met links en rechts een holle weg met bloeiende lentebloemen in de bermen. Een idyllisch beeld. En daar is dus een man opgehangen?

'En waarom?' vraag ik. 'Wat had hij gedaan?'

'Hij was gedeserteerd uit de Wehrmacht en in de buurt ondergedoken, maar iemand had hem verraden. Hij bungelde tot aan onze vlucht aan die brug. Ik heb hem gezien toen we vertrokken. Er hing een bord om zijn nek met daarop het woord VERRADER.'

'Wat verschrikkelijk!'

Frau Kaufmann zucht.

'Ja, en ze dwongen zijn vrouw en zoon en enkele bewoners van het kasteel om toe te kijken. De SS'ers die het vonnis uitvoerden scholden de man en zijn vrouw en zoon ook uit.'

'Heftig.'

'Ja.'

'Was u erbij toen dat gebeurde?'

'Nee, maar mijn tante wel. Ze was in shock erna, want hij deed er lang over om te sterven. Na afloop moest mijn tante huilend kwijt wat ze had gezien. Ze vertelde ons de afschuwelijke details. Haar verhaal zit nu nog in mijn systeem.'

Ze stopt even, alsof ze twijfelt of ze mij die ellende wel wil toevertrouwen.

'Hij lachte, die SS'er. Echt. Dat heeft mijn tante nog het meeste geschokt. Het plezier dat die monsters hadden tijdens de executie. De SS'er beneden op de straat had de grootste lol toen hij de strop rond de nek van de arme man bond. Vervolgens gooide hij het touw omhoog. Zijn collega op de brug ving het op en hing het over een stalen balk, een paar meter boven de vader van Gregor. Hierna trokken twee SS'ers de arme man tergend langzaam aan dat touw omhoog en grapten om zijn doodsstrijd. Hij spartelde en stierf pas minuten later aan verstikking. Mijn tante verhaalde over zijn trappelende voeten, uitpuilende ogen en naar lucht happende mond. En die arme Gregor en zijn moeder moesten daar dus naar kijken. Een paar dagen later waren beiden ineens verdwenen. We dachten jarenlang dat ze niet meer leefden, totdat we hoorden dat hij na de val van de Sovjet-Unie fortuin had gemaakt en dit kasteel had gekocht. Hij heeft een privéappartement in de linkervleugel van het Schloß waar vroeger de graaf en de gravin hun woonvertrekken hadden. Elke zomer schijnt hij hier enkele weken te verblijven.'

'Wat verschrikkelijk!' Ik ervaar een nare druk op mijn buik. Die arme moeder. Die arme jongen. Zo'n brute moord blijft altijd bij je. Hij was bevriend met papa, en driekwart eeuw later wil hij met mij kennismaken… Maar hoe moet ik me verhouden tot een man die als tienjarig kind zoiets verschrikkelijks heeft meegemaakt? En papa, hoe ging hij hiermee om?

'En toen?' vraag ik. 'Wat deed de executie en de verdwijning met de jonge graaf?'

'Hij was duidelijk aangeslagen en bracht daarna veel tijd in huis door met zijn moeder en met Elize, zijn gouvernante.

Ik wip op.

'Ach, Frau Kaufmann, Elize? Die naam kwam ik tot nu nog niet tegen in de stukken. Kunt u mij iets meer over haar vertellen?'

'Jazeker. Zij kwam in oktober 1944 bij ons wonen en was zogenaamd afkomstig uit het Memelland. Dat was het meest oostelijke deel van Oost-Pruisen dat al door de Russen was veroverd. Ik gebruik het woord zogenaamd, omdat ik jaren later hoorde dat ze een ondergedoken Duits-Russische Jodin was. Elize bleek een goede vriendin van de gravin. Beiden waren in 1908 in Grodno geboren en daar ook samen opgegroeid. Alleen de butler wist wie zij werkelijk was en hij vertelde mij pas in 1955 over haar ware identiteit, inclusief het verhaal dat Elize arts was en tot oktober 1944 bij de Joodse partizanen in de bossen van Belarus had gewoond en tegen de nazi's had gevochten.

En natuurlijk geloofden wij allemaal het onzinverhaal van de hoogwelgeboren gravin over het verleden van Elize, want in de antisemitische standenmaatschappij van Oost-Pruisen was het ondenkbaar dat een adellijke dame een *Judensau* onderdak zou bieden.' Ze stoot de woorden uit, alsof ze haar minachting voor de nazi's wil beklemtonen.

'Wat bijzonder.' Ik vraag me ineens af of mijn aanpassingsproblemen soms een erfenis van mijn oma zijn.

'Ja. Weet u, zelfs nu nog kan ik de moed van de gravin bewonderen. De nazi's hadden zowel haar als Elize vermoord als ze was ontdekt.'

'En hoe ging dat met de vlucht?' vraag ik. 'Waren jullie voorbereid? Of kwam het vertrek voor u als een verrassing?'

'Ik was pas veertien, Frau Liebke. Dus nog een kind. De oorlog was voor mij lang een abstract begrip. Op het kasteel vielen immers geen bommen en we hadden genoeg te eten. Dat wij in oorlog waren met Rusland drong pas écht tot me door toen in de herfst van 1944 de eerste vluchtelingen arriveerden.'

Ze stopt even en gaat verzitten achter haar scherm.

'Ja. Dat moment weet ik nog precies. Ik lapte de ramen in de serre en zag ze naderen over de lange oprijlaan, strompelend, met peuters en bejaarden in rammelende karren. De bijna doodse blikken in de ogen van die sjofele mensen maakten me bang. Zo ook hun horrorverhalen over executies, martelingen en verkrachtingen die ik 's avonds in de schuur afluisterde. De Russen waren beesten, zo vernam ik. Het leidde in mijn hoofd tot verwarring, want de gravin was toch ook een halve Russin? En zij hield ons juist in leven. Diezelfde verwarring speelde bij meer mensen en dan met name bij de vrouwen. Hannelore, onze kokkin, vertelde inmiddels openlijk over de bestialiteiten van de nazi's aan het oostfront. Haar man had daar tijdens zijn laatste verlof huilend over verteld. Hij had in Belarus mee moeten doen met het uitmoorden en platbranden van hele dorpen, inclusief vrouwen en kinderen. Hannelore was ook degene die haar collega's opzweepte om naar het streng verboden nieuws van de geallieerden te luisteren. Dat deden we en zo begonnen we openlijk te twijfelen aan de opgeblazen overwinningsretoriek van de Führer.'

Ze zucht en laat een moment van stilte vallen.

'Weet u, bij veel vrouwen daalde het besef in dat de nazi's niet alleen hun zonen en mannen de dood in hadden gejaagd, maar ook de reputatie van de Duitsers hadden bezoedeld. Het Duitse volk had half Europa afgebrand en zulke afschuwelijke dingen gedaan. Dat kon niet ongestraft blijven. En een combinatie van schaamte en woede speelde vooral in de omgang met de Polen, die alomtegenwoordig waren in onze grensstreek. Zoals ik net al vertelde, hadden de nazi's de Slavische Polen vanaf 1939 als "*Untermenschen*" bestempeld en deze "minderwaardige mensen" waren nu de overwinnaars. Hoe breide je dát nou recht in je arische brein?'

'Hebben de Polen daarom alle herinneringen aan de Duitse geschiedenis weggehaald, denkt u?'

'Misschien.'

Ze neemt een slok uit een witte mok, waarna ze haar keel schraapt en verder vertelt.

'Weet u, Frau Liebke, in die laatste weken op Schloß Martsheim zagen zelfs kinderen zoals ik dat er geen eindoverwinning aanstaande was, zoals de nazi's de heroïsche *Endsieg* via de radio aankondigden. De gravin had dit al veel eerder onderkend en ze had in het geheim voorbereidingen getroffen voor onze vlucht. Ze had enkele intimi opdracht gegeven om ruime voorraden met eten aan te leggen en voer voor de paarden te verstoppen. Verder had ze al in de zomer van 1944 aan enkele oude mannen de opdracht gegeven om solide rijtuigen te bouwen, met zeil, zodat we ons proviand en onze kwetsbaren beschermd tegen sneeuw en wind konden vervoeren.'

Ze neemt haar bril af en wrijft in haar ogen.

'Ja, Frau Liebke, de dag van ons vertrek van Schloß Martsheim herinner ik me nog precies. De gravin had die ochtend gehoord dat de gouwleider en de SS waren gevlucht. Ze stormde de kasteelkeuken binnen en riep dat we alles uit onze handen moesten laten vallen en onze spullen moesten pakken. Vervolgens rende ze langs alle schuren en huizen en gaf opdracht om binnen twee uur klaar te staan voor vertrek. Het was januari. Het vroor en een snijdende wind joeg door de spleten van de ramen. En in die kou moesten wij gaan reizen? Ja dus, want even later hoorde ik al het opgewonden geschreeuw en zag ik hoe de karren met de voorraden uit de stallen werden getrokken en hoe de bewoners van het landgoed zich met hun koffers en kinderwagens verzamelden op de binnenplaats.'

'Dus de gravin nam de leiding?' vraag ik en ik probeer me een beeld te vormen van de chaos van dat moment.

'Ja. Zij was de baas. Haar wil was wet. Oost-Pruisen was een standenmaatschappij. Ik geef u een voorbeeld: toen ik naar de binnenplaats liep, hoorde ik bij de paardenstallen een gesprek tussen de gravin en onze rentmeester. Hij was een oudere man die al zijn hele leven voor de familie werkte. Ze hadden een discussie. De gravin vertelde dat zijzelf op haar paard het konvooi zou aanvoeren. Hij vond dat geen goed idee. Vooraan was een kwetsbare plek, zo redeneerde hij, en het was daarom beter dat zij met de jonge graaf in een wagen plaatsnam. Hij zou de groep wel leiden. Nee! Dát ging niet gebeuren. De jonge graaf en Elize zouden ook te paard gaan en waren de hekkensluiters. Hierna gaf ze hem resoluut de opdracht om de staart van de colonne regelmatig te controleren. Hij knikte en volgde de order op. Ja, zo ging dat, Frau Liebke. Ze duldde geen tegenspraak.'

Gertrude laat een stilte vallen, slaat haar lichte ogen neer en veegt met haar hand langs haar wang. Ze huilt geluidloos.

'En dat was het dan,' zegt ze en ze herpakt zich. 'Mijn gelukkige leven op Schloß Martsheim was voorbij, want we vertrokken nog vóór de middag. De oprijlaan was stampvol en zoemde van de paniek. De gravin en de jonge graaf verlieten het kasteel overigens niet via de eenvoudige zijdeur, zoals gebruikelijk in hun dagelijks leven, maar via de imposante hoofdingang met het statige bordes. De gravin wilde waardig vertrekken. Ze sloot de deur ook netjes af en stapte kalm de trappen af, waarna ze zich naar haar zoon boog en hem nog even knuffelde. Hierna stegen beiden op hun paard en reden in draf de oprijlaan op. Daar voegde de jonge graaf zich bij Elize en nam de gravin haar plaats in aan het hoofd van de groep. Vervolgens hief ze haar rechterarm in de lucht en riep 'We vertrekken!' en het konvooi zette zich in beweging. We waren met zeker honderd mensen met karren en paarden, wat betekent dat de afstand tussen de gravin voorin en ons achterin toch gauw een paar honderd meter was.

Onze trek begon over een hobbelig karrenpad en liep richting het zuiden, naar onze regionale hoofdstad, vanwaar we naar het westen zouden gaan. We kwamen amper vooruit, want we mochten niet op de goed begaanbare wegen komen, omdat deze door de terugtrekkende Wehrmacht werden gebruikt. Ik herinner me wel nog een kruising, waar wij ze zagen, die heldhaftige Duitse soldaten. Ze boden een armzalige aanblik, zoals ze daar liepen, sjokkend en voorovergebogen. Met een doffe blik in hun ogen. Zelfs ik, als meisje van veertien, begreep dat je van die betreurenswaardige figuren geen steun meer hoefde te verwachten. En ik begreep ook dat we waren overgeleverd aan de Russen.'

Ze laat weer een stilte vallen.

'Die eerste dag! Ik weet niet hoeveel kilometer we aflegden, maar het waren er niet genoeg, want het gebulder in het oosten werd luider en luider. We liepen door tot zonsondergang en sliepen een paar uur bij elkaar gepropt op de smerige vloer van verlaten stallen en trokken verder na zonsopkomst. Elize en de jonge graaf waren ook op de tweede dag de hekkensluiters en droegen die ochtend allebei witte lakens over hun gewone kleren. Zo waren ze minder zichtbaar voor de scherpschutters, vertelde Elize toen mijn moeder ernaar vroeg. Slim. De zon scheen op die ochtend en over het landschap lag een dun laagje sneeuw. We moesten onze ogen dichtknijpen tegen het felle licht, maar in de vroege middag waren daar al de eerste grijze wolken. De gravin draafde op en neer langs onze groep en riep dat we sneller moesten lopen, anders waren we niet voor de storm bij het eerstvolgende gehucht.'

Gertrude Kaufmann zucht en kijkt omhoog, alsof iets aan het plafond haar aandacht trekt.

'Ja, en toen gebeurde het, Frau Liebke. Elize was de eerste die ze hoorde: de Russische jachtvliegtuigen. Ze schreeuwde dat we dekking moesten zoeken, waarna zij en de jonge graaf over de bevroren maisakker naar het aangrenzende bos galoppeerden. Zelf dook ik met mijn moeder direct onder de wortels van een omgevallen boom. Ook mijn tante reageerde snel en schoot onder de wagen. Maar andere leden van de groep waren trager en bleken gemakkelijke schietschijven. Dat gold vooral voor de gravin die vooraan reed, op een stuk waar bomen noch bermen waren. Ze werd letterlijk voor onze ogen neergemaaid. Het beeld van haar schokkende borstkas toen de mitrailleurkogels insloegen, staat in mijn geheugen gegrift. Wonder boven wonder bleef haar paard gespaard. De hengst sloeg op de vlucht en galoppeerde naar de merrie van haar zoon. Het dode lichaam van de gravin viel daarbij op de grond, maar haar enkel bleef in de stijgbeugel haken. Het paard trok haar vervolgens mee over de bevroren maisstoppels en bereikte de bosrand, waar het stopte en gedesoriënteerd rondstapte. Elize en de jonge graaf sprongen van hun paard en renden naar het lichaam van de gravin, haalden haar voet uit de stijgbeugel en bogen zich over haar heen. Hierna zag ik hoe ze met snelle bewegingen sneeuw over de dode gravin schoven, totdat opnieuw het gebrom van de jachtvliegtuigen aanzwol. Ze waren terug! Elize sprong op haar ruin en de jonge graaf rende terug naar zijn merrie en ook hij stapte op. Hierna doken ze het bos in en verdwenen uit het zicht.'

Ze kucht en lijkt aan haar oor te friemelen. Iets met een gehoorapparaat?

'U kunt zich de toestanden wel voorstellen, Frau Liebke. Na de tweede beschieting was de paniek compleet, want overal lagen de doden. Bovendien ging het steeds harder waaien. De storm naderde al. De rentmeester nam meteen de leiding over de groep en gaf opdracht om de lijken op de karren te laden. Hierna vroeg hij mijn moeder en mij om met hem mee te komen. We moesten de gravin ophalen, terwijl hij zou checken wat er met Elize en de jonge graaf was gebeurd, want die waren niet meer uit het bos tevoorschijn gekomen.

Voorovergebogen tegen de snijdende wind liepen we naar de bosrand en zagen daar de dode gravin. Elize en de jonge graaf hadden haar gezicht en bovenlichaam bedekt met wat sneeuw en een kruis op haar borstkas getekend, maar haar geïmproviseerde graf kleurde rood van het bloed. De rentmeester gaf ons opdracht om het lijk van de gravin op haar hengst te leggen en haar naar de achterste kar te brengen. Hijzelf liep het bos in en zocht al roepend naar Elize en de jonge graaf. Toen we de gravin optilden, zagen we haar hoofd. We schrokken zo dat we haar lieten vallen. De bevroren maisstoppels hadden haar gezicht als messen bewerkt tot een onherkenbare homp vlees. Alleen aan de kleren en het blonde haar zag je dat zij een mens was. Dus stel u voor! Het laatste beeld dat die arme jongen van zijn moeder heeft gezien, was die bloederige hoop.'

'Wat verschrikkelijk.' De tranen rollen inmiddels langs mijn wangen en ik voel een neiging tot overgeven. Ach papa... Hoe kon hij dat ooit verwerken?

Gertrude Kaufmann mompelt iets. Ik check ondertussen of de opname nog loopt en probeer me weer op haar te concentreren.

'Gealarmeerd door ons gegil kwam de rentmeester weer terug en bond de shawl van de gravin over haar gezicht. Hierna tilden we haar lijk op de rug van het paard en sjokten met z'n drieën over de bevroren akker naar de laatste wagen. Het begon nu ook te sneeuwen en het zicht werd alsmaar slechter. Al lopend vroeg mijn moeder aan de rentmeester of hij dacht dat Elize en de jonge graaf nog leefden. Nee, want dan waren ze wel tevoorschijn gekomen, zei hij. Hij was er vrij stellig over. Op de plek waar ze hadden gestaan zag je in de sneeuw en de bomen de inslagen van de mitrailleurkogels van de tweede aanval. Hij vermoedde dat ze waren gedood en dat de paarden met hen op hol waren geslagen, zoals met de gravin was gebeurd. En er was helaas geen tijd om nog langer naar ze te zoeken, want het zou zo gaan schemeren. Hij moest de groep in veiligheid brengen.

En dus trokken we verder en bereikten enige tijd later een verlaten dorp met een kerk en begraafplaats, waar we onze doden naartoe brachten. Graven delven bleek niet mogelijk, want de bodem was stijf bevroren. Dus legden we onze overledenen naast elkaar op het kerkhof. Bij elk lijk legden we een stuk karton of hout met zijn of haar naam. We zeiden enkele gebeden en liepen in stilte naar de verlaten schuren.

De volgende dagen waren er gelukkig geen aanvallen meer, maar de uitputting sloeg toe en de eerste kinderen en bejaarden stierven. Pas in de tweede week stuitten we weer op de Russen en ondergingen we een serie verkrachtingen. Ik ontsprong de dans, maar mijn moeder niet. En toch overleefde ze ook dat. "Ik ben dezelfde vrouw als eergisteren," zei ze toen ze na afloop de stal in strompelde en zich fatsoeneerde en daarna schoonwaste. "Ze ramden ons niet dood!" riep ze tegen de jammerende vrouwen die haar voorgingen. "Ze gaven ons alleen een smerige herinnering! En die kun je vergeten!" De vrouwen knikten en herpakten zich. Ja, ook dát is me bijgebleven. Die collectieve veerkracht...

En we trokken verder. Toen we uiteindelijk Hamburg bereikten was een derde van onze groep overleden, door beschietingen, ziekte of uitputting. Aan Elize en de jonge graaf dacht ik niet meer tijdens die barre tocht. Ik dacht überhaupt nergens aan. Ik zette slechts stap na stap, na stap.'

Ze pauzeert even en slaat haar ogen neer. Weer glinsteren er tranen op haar wang. Dan pakt ze een geruite zakdoek en veegt over haar huid.

'Weet u, de tijd na de vlucht was bijna even erg als de tocht zelf. Tijdens onze mars naar het westen, had ik mijn emoties uitgeschakeld en voelde ik weinig. Honger en kou zetten een dierlijk mechanisme in werking. Je gedachten zijn alleen nog maar bezig met eten en warm blijven. Na de capitulatie trokken we twee jaar van opvang naar opvang. Tijdens deze periode daalde het besef in dat we ontheemden waren. Mensen zonder een thuis. Mensen zonder een gemeenschap. Vreemden. Zo zagen de West-Duitsers ons ook, als indringers. Daarom klonterden we regelmatig samen, zodat we herinneringen konden ophalen aan ons geliefde Oost-Pruisen.'

Frau Kaufmann neemt weer een slok en recht haar rug. Ik zwijg en wacht op wat gaat komen. Ze lijkt vermoeid.

'Ja, en jaren later tijdens zo'n reünie zat ik dus naast de butler. En ineens begon hij te praten over Elize en vertelde dat ze Joods was en dat zij tussen 1941 en 1944 lid was geweest van het Joods verzet en dus drie jaar in de bossen van Belarus had gewoond. Toen vielen voor mij de puzzelstukjes in elkaar, zoals die witte lakenjassen en haar uitpuilende rugzak en zadeltassen. Hij vertelde me dat Elize zich zorgen maakte over onze vlucht naar het westen, want er zou een moment van registratie komen met een mogelijke ontdekking van haar Joodse identiteit. Elize kon in januari 1945 immers nog niet weten dat Duitsland vier maanden later zou capituleren. Maar wat zij toen wel al wist, was dat de nazi's uit haar geboortestreek waren verdreven. Daar was zij als oud-partizane redelijk veilig. Volgens hem was het aannemelijk dat Elize al eerder had besloten om naar het oosten te vluchten. Hij vermoedde dat ze wachtte op het moment dat het konvooi dat grote bos zou passeren, want dat liep op die plek door tot diep in Belarus. Dat zou ook verklaren waarom Elize met de jonge graaf achteraan reed. Ja, en na de dood van de gravin vluchtte Elize met de zoon van haar gesneuvelde vriendin de bossen in. Maar misschien hadden beide vrouwen ook dát vooraf gepland. Wie weet. Want volgens de butler was Elize iemand die altijd tien stappen vooruit dacht en niemand vertrouwde, behalve de gravin.'

Gertrude Kaufmann leunt naar achteren en duwt haar iets afgezakte bril omhoog.

'Ja, zo was dat, Frau Liebke.'

'Wat een indrukwekkend verhaal, Frau Kaufmann,' zeg ik naar waarheid. 'Ik ben er stil van.'

Ze glimlacht.

'Hebt u nog vragen?'

Ik schud mijn hoofd.

'Nee. Nu even niet, Frau Kaufmann.'

'Dat begrijp ik. U kunt me op een later tijdstip gerust nog eens bellen. Hebt u iets om te schrijven?'

'Ja.'

Ze geeft me haar nummer en na enkele afsluitende algemeenheden verbreken we de verbinding. Na een diepe zucht sta ik langzaam op en staar een tijdje naar buiten, naar de toppen van de dennen in de verte. Zij markeren het begin van het uitgestrekte woud dat met enkele onderbrekingen helemaal doorloopt tot diep in Litouwen en Belarus. Het verhaal van Gertrude Kaufmann bracht me zowel een bevestiging als een lead: de verhalen van papa over zijn leven op Schloß Martsheim waren geen verzinsels. Hij galoppeerde inderdaad over de landerijen, hij wás met ene Elize en er wás een beschieting van een konvooi. Dus ik kan er ook van uitgaan dat hij met deze Elize het Augustów-kanaal naar het oosten heeft gevolgd. En het is aannemelijk dat papa een tijdje met haar hulp in de bossen overleefde en uiteindelijk het huidige Belarus bereikte en daar een nieuw leven startte. En dat nieuwe bestaan was met grote waarschijnlijkheid onder een andere identiteit, want de Sovjets hadden weinig compassie met een Duitse Junker.

Maandag spreek ik Vadim Smirnov, die in dezelfde goelag zat als papa tijdens dezelfde periode. Misschien kent hij zijn nieuwe naam en kan hij de puzzel verder aanvullen.

En dan de verrassing: papa had een vriend, een Mazurische jongen die de oorlog ook overleefde en eveneens in de USSR belandde. Maar hoe moet ik me die vriendschap voorstellen? De een was de zoon van een Pruisische Junker en de ander van een Mazurische arbeider, wat destijds een scheiding van werelden dicteerde. Ze waren niet aan elkaar gelijk en toch speelden ze samen. Kinderen... En deze Mazuriër maakte na de Wende fortuin en kocht dit kasteel. Maar waarom? Waarom ga je terug naar de plek waar je vader is verraden en vermoord? En welke herinneringen heeft die man aan papa? En zijn ze elkaar tijdens hun latere leven nog tegengekomen?

Ik pak nog maar eens een flesje water uit de minibar en realiseer me ineens iets. Die Mazuriër kocht dit kasteel en gaf het zijn naam: Kasteel Kayka. Eigenlijk is dat een provocatie naar het verleden en het kan niet anders of papa heeft dit geweten. Is hij daarom nooit meer teruggegaan naar Schloß Martsheim? Omdat hij bang was dat zijn jeugdvriend hier rondliep en hem zou herkennen? Waarna zijn identiteitsfraude bekend zou worden? Ja, dat zou zomaar kunnen. Dus ik moet oppassen en straks niet op bezoek gaan bij die man. Dus last minute met een smoes afzeggen en ook voorzichtig zijn tijdens mijn gesprek zo meteen met Maxim Loban, want hij zal Gregor Kayka wellicht kennen.

22

Zaterdag 26 juni 2021, namiddag en avond
In een vergaderruimte in hotel Kasteel Kayka

De voormalige bibliotheek baadt in het licht en biedt uitzicht op de glooiende tuin. De Russen hebben de duizenden boeken en de houten wandkasten al in 1945 opgestookt, maar de hoge ruitjesramen tonen nog een glimp van de oorspronkelijke grandeur. Het vertrek doet tegenwoordig dienst als vergaderruimte. In het midden staat een ronde glazen tafel en rechts naast een boekenkast is een loungehoek met roestbruine meubels. Ik zet mijn rugzak op het lage tafeltje naast een hippe fauteuil en bekijk de titels. De boeken zijn allemaal in het Pools en voor mij onleesbaar.

De antieke klok boven de witmarmeren open haard slaat vijf uur en net op dat moment gaat de deur open. De receptioniste en een lange rossige man komen binnen. Hij draagt zijn schouderlange haar in een staartje. Zijn gezicht is hartvormig met een korte baard en een gegroefd voorhoofd met diepliggende topaasblauwe ogen en lichte wenkbrauwen. Zijn armen zijn bedekt met sproeten en krulhaartjes. Hij doet me denken aan een oudere versie van de Schotse Jamie Fraser uit de serie *Outlander*. Zijn bruine linnen broek, olijfgroene T-shirt en grijze mocassins passen bij het beeld van de eenvoudige *highlander*. De receptioniste gaat naar een kast naast de deur en start haar uitleg over het gebruik van de drankjes in de minibar, waarna ze meldt dat we haar kunnen bellen als we nog iets nodig hebben. Hierna wijst ze naar de wandtelefoon en laat ons alleen.

De man doet een stap naar voren en het zonlicht valt op zijn haar dat koperrood oplicht.

'Frau Liebke! Aangenaam om kennis te maken,' zegt hij met een glimlach en in accentloos Duits. 'Ik ben Maxim Loban.'

'Hallo!' Ik knik vriendelijk.

Zijn ogen onderzoeken de mijne en een rare verlegenheid overvalt me. Ik wiebel van de ene voet op de andere. Mijn blik schiet naar de deur voor hulp, maar de receptioniste is al weg. Mijn onzekerheid groeit. Ik moet iets doen.

'Wat wilt u drinken?' vraag ik en ik open de deur van de koelkast.

'Water. Zonder bubbels.' Hij nadert me tot op een meter. Ik bekijk de verschillende waterflesjes, maar ik kan de Poolse etiketten niet lezen.

'Die daar is het.' Hij buigt zich langs me heen en pakt een fles met een blauw logo. Mijn blik valt daarbij op zijn onderarm en enkele diepe krassen met beginnende donkere korstjes.

'Een ongeluk?' Ik wijs naar de opbollende rode strepen.

Hij kucht.

'Nee. Is gebeurd tijdens het rooien van bramenstruiken in mijn tuin. Is gaan ontsteken. Maar het gaat al beter.'

'Gelukkig.' Ik kies weer appelsap.

'Zullen we dáár gaan zitten?' Ik wijs op de loungestoelen. Mijn lijf is toe aan een gemakkelijke houding na dat intensieve schermgesprek met Gertrude Kaufmann.

Maxim gaat met zijn rug naar het raam zitten en laat mij geen andere keus dan tegenover hem plaats te nemen.

Hij bestudeert me. Ziet hij mijn verwarring? *Blijven praten, Bienchen, dan ebt het weg...*

'Fijn dat u er bent. Hoe was uw reis?' vraag ik in een poging om tijd te winnen en mijn verwarrende emoties onder controle te krijgen. Ik zit nog te hoog in mijn ademhaling en ik veeg het zweet van mijn voorhoofd. Het is ineens warm.

'Goed, hoor.' Hij tilt zijn glas op.

Mijn aandacht gaat naar zijn handen. Zijn nagels verkeren in een betere staat dan de mijne – de zorgen om papa leiden tot nagelbijten. Hij draagt geen ring of andere sieraden, alleen een ouderwets analoog horloge met een verweerd bruinleren bandje. Papa heeft er ook zo een.

'U kwam uit Minsk? Toch?' vraag ik om maar wat te zeggen.

'Nee, ik was in mijn datsja. Daar ben ik veel in de zomer. Die ligt boven Grodno, net over de grens met Polen. Is niet ver van hier.'

'Een vakantiewoning in de bossen?' Mijn gedachten gaan naar de plattegrond met dat golvende groen.

'Ja. Maar die van mij ligt aan een meer.'

'Aha. Een Duitser in Belarus.'

Hij knikt en gaat verzitten.

'De hotelmanager stelde u voor als een Oost-Pruisendeskundige.'

'Nou ja...' Hij glimlacht bijna verlegen.

'Maar hoe komt u eigenlijk in Belarus terecht?'

Hij aarzelt.

'Ik ben cultureel antropoloog en deed in de jaren negentig als vrijwilliger onderzoek in Kurapaty. Ik ging van het land en de mensen houden en bleef. Ik doceer aan de Belarusian State University in Minsk.'

'Kurapaty?' vraag ik. 'Dat is toch dat massa-executieterrein in de bossen bij Minsk?'

'Ja. Stalin liet op die plek tussen 1937 en 1941 tienduizenden mensen vermoorden en in kuilen dumpen.'

'Ik las ergens dat er discussie is over de aantallen.'

'Klopt. We weten het exacte cijfer niet, omdat de regering de archieven niet openstelt. De schattingen lopen uiteen van 30.000 tot 250.000. Maar één ding is zeker: in dat bos ligt bijna de volledige intelligentsia van Belarus begraven. U moet dan denken aan academici, leraren, journalisten, mensen die actief waren in de cultuur, zoals schrijvers, kunstenaars. Alles wat dus kon nadenken en een mening vormen. Dag in, dag uit werden die mensen uit hun huis gehaald, 's nachts met vrachtwagens naar dat bos gereden, naast elkaar aan de rand van een vooraf gegraven kuil gezet, waarna ze een nekschot kregen en in dat gat werden geduwd. Het was productiewerk.'

'Niet te bevatten.' Ik val stil en kijk naar de man tegenover me. Hij oogt kalm en neemt nog een slok van zijn water. Wat doet dat met je als je een tijd op zo'n lugubere plek werkt? Iets in mij wil hem daarover bevragen, maar nu is niet het moment.

'En is dit uw eerste bezoek aan deze regio?' vraagt hij.

'Ja, aan Polen wel.' Ik moet mezelf naar het doel van dit gesprek leiden, waardoor hopelijk ook mijn onzekerheid afneemt. 'Alvast dank voor uw tijd, Herr Loban. Vanwaar trouwens uw interesse in Oost-Pruisen?'

Hij leunt naar achteren en slaat zijn benen over elkaar.

'Via mijn oma. Zij kwam uit deze streek en was zestien toen ze moest vluchten.'

'Dus zij was een Heimatvertriebene?'

'Ja, maar zij haatte de nazi's, want haar ouders waren overtuigde communisten. Ze werden nog voor de oorlog door de Gestapo opgepakt en belandden in concentratiekampen. Alleen haar vader overleefde. Mijn oma moest vervolgens naar een militair geleid tehuis.'

'Heftig!'

'Inderdaad. En na de oorlog raakte ze via haar werk bevriend met een Russische collega die als jongeman met het Rode Leger in Oost-Pruisen had gevochten. Hij kwam weleens bij ons op bezoek en ook hij vertelde dingen over dit gebied die me zijn bijgebleven.'

Zijn blik gaat naar zijn grijze mocassins.

'Zoals?'

Hij slaat zijn ogen weer naar me op.

'Zoals zijn verwarring over de rijkdom van de Duitsers vergeleken met de armoede van de Russen. Zelfs decennia later was zijn verbazing nog hoorbaar wanneer hij vertelde over de goed uitgeruste keukens met het porseleinen servies, de mooi ingerichte woonkamers, de hoge kasten met het glad gestreken linnengoed, de schone kleren en de solide schoenen... Die hij en zijn maten dus meteen aantrokken. Dat soort dingen. En toch had dat rijke volk de oorlog verloren? Hoe kon dat? Zijn conclusie was dat het communisme dus beter was dan het fascisme. Ik had zo mijn twijfels en zocht naar andere verklaringen.'

'En die vond u?'

'Misschien. Ons land had een slechte Führer. Hitler was een waardeloze militaire opperbevelhebber, maar een uitstekende volksmenner. Genoeg landgenoten lieten zich door hem meeslepen. Hitler begreep de tijdgeest en het feit dat de gewone Duitser na de Beurskrach van 1929 de grip op zijn leven had verloren. Zijn oude vertrouwde wereld was weg.'

Ik knik als aanmoediging om verder te vertellen.

'Kijk, Frau Liebke, net als ieder mens wil die gewone man niet graag onbeduidend zijn, want onmacht maakt bang. En hij wil ook stabiliteit en zekerheid. Maar in tijden van grote maatschappelijke veranderingen gaat nu eenmaal de houvast verloren. Velen kunnen de ontwikkelingen niet meer bijbenen en moeten vervolgens ook nog dealen met vernederingen zoals werkloosheid of lagere lonen. Door zich te identificeren met een autoritaire leider krijgen vooral de zwakkeren weer perspectief. Via hem kunnen ze het gevoel wegduwen dat ze eigenlijk niks zijn. Via die leider voelen ze zich een onderdeel van dat Ene Machtige Rijk. Hitler speelde geniaal in op die emotie. Trump in de USA trouwens ook met zijn *Make America Great Again*.'

'Interessante redenering,' zeg ik naar waarheid.

Een stilte valt en zijn ogen vangen weer de mijne. En weer raakt hij wat in me. Het is iets lichts. Mijn ademhaling stokt en dat kwetsbare is terug. Ik moet iets doen.

'Voor ik het straks vergeet, Herr Loban. Ik heb nog een cadeautje voor u. Als dank voor uw komst op zaterdag.' Ik open mijn rugzak en pak de spätburgunder.

'Deze is van een wijngaard uit de Harz.'

'Ach, wat attent.' Hij bestudeert het etiket.

'Fijn dat u gehoor gaf aan de vraag van het hotel om mij te helpen met mijn research.'

'Doe ik graag.'

'Kent u trouwens de eigenaar, Gregor Kayka?'

'Ja.'

Hij pakt zijn glas en neemt een slok water.

'O. Hoe dan?'

'Ik heb archeologisch onderzoek geleid op locaties waar hij vastgoedprojecten ontwikkelde. Voordat de bulldozers kwamen om de fundamenten te graven, keek mijn team of er objecten van archeologische waarde in de grond lagen.'

'Ah zo. En ontmoette u hem weleens?'

'Vroeger wel. Hij had belangstelling voor archeologie. Tegenwoordig minder.'

'Hoe komt dat?'

'Gregor is al in de tachtig en leeft teruggetrokken.'

'Wat is eigenlijk zijn achtergrond?' Ik buig me naar mijn tas en pak mijn notitieblok.

'Wat ik al zei. Hij handelt in vastgoed en verdiende zijn vermogen na het uiteenvallen van de Sovjet-Unie.'

'En wat deed hij voor 1991?'

'Hij was een hoge partijfunctionaris.'

'Nee maar.' Ik blader naar de eerste vrije pagina en noteer rechtsboven de datum. 'Dus hij was onderdeel van de Sovjetrepressie.'

'Ja. Volgens ons huidige denkkader wel, ja,' antwoordt hij en hij zet zijn glas weer neer. 'Maar Kayka was ideologisch gedreven. Hij vreesde voor een Amerikaanse vorm van het kapitalisme en was tegen de grote privatiseringen zoals je die in Rusland zag. Mede daarom ging hij investeren in betaalbare woningen voor de lagere inkomens van Minsk.'

'Dus hij steunt het regime.' Spot klinkt door in mijn stem.

'In de jaren negentig wel, ja, maar daarna trok hij zich terug uit het openbare leven. Wat ik al zei: hij is al ver in de tachtig.'

'En u? Wat is uw mening over de toestand in Belarus?'

Een stilte valt en zijn blik gaat naar mijn pen.

'Ik vraag het niet om u te citeren, maar om context te krijgen.'

Hij knikt.

'De situatie is duaal,' verzucht hij. 'Ondanks de economische malaise van de laatste jaren, is het dagelijks leven er best goed. Qua basisvoorzieningen, zoals de gezondheidszorg en het onderwijs. En het is er schoon en veilig op straat. De mensen doen veel samen en zijn gastvrij. En je kunt vrij reizen, want er staat geen hek om Belarus, zoals in de Sovjettijd. Nog niet, tenminste. En als je geen kritiek uit op de regering heb je geen probleem.'

'Maar doe je dat wel dan word je gevangengezet en gemarteld,' vul ik aan.

'Ja. Verschrikkelijk.' Hij pauzeert en recht zijn rug. 'En dat doet afbreuk aan het goede dat is bereikt.'

'Het goede?'

'Ja. Als Aleksandr Loekasjenko netjes na twee termijnen was vertrokken, hadden de geschiedenisboeken hem waarschijnlijk beschreven als een man die orde had gebracht in een tijd van chaos. Belarus staat er nu beter voor dan veel andere voormalige Sovjetrepublieken. Vooral als je bedenkt dat het land amper natuurlijke grondstoffen heeft en in 1991 begon met verouderde fabrieken. Bovendien was er een vervuild milieu en waren er vele zieken als gevolg van de radioactieve wolk van Tsjernobyl. Maar zijn beste besluit was om de grote staatsbedrijven tijdens de privatiseringen van de jaren negentig niet in de uitverkoop te doen. Tot aan de kredietcrisis in 2008 ging het economisch nog redelijk.'

Hij leunt naar achteren.

'Dus u verdedigt een dictatuur?'

'O, nee! Helemaal niet. Ik heb ook liever een democratie, Frau

Liebke, maar onze Russische buurman laat dat niet gebeuren. Poetin zal Belarus binnenvallen wanneer in Minsk een EU-vriendelijke regering aantreedt. Hij zal het niet toelaten dat de democratie verder naar het oosten oprukt. Hij vindt sowieso dat Belarus geen bestaansrecht heeft en gewoon bij Rusland hoort.'

'Zoals de Krim?' Ik denk aan de vlotte annexatie van dat schiereiland van Oekraïne na de invasie van de groene mannetjes. En de wereld keek toe en deed niks.

'Precies. Maar een prowesterse machtsovername zal leiden tot een oorlog en grote kans dat Rusland die wint. En dan?'

'Dan heb je Poetin als baas,' fluister ik.

'Exact! Het is niet voor niets dat de Belarussische taal aan populariteit wint. Ik ken genoeg mensen die dit zijn gaan spreken om zich zo af te zetten tegen Poetin. Die zoekt immers een reden om binnen te vallen, zoals het zogenaamd moeten redden van de Russischsprekende minderheid. Nou, er zijn tegenwoordig zelfs etnische Russen die via een spoedcursus Belarussisch leren. Die lui zijn ook niet gek. Die zien echt wel dat het in Belarus beter is dan daar en die snappen ook dat de corrupte vriendjes van Poetin al verlekkerd loeren naar de Belarussische staatsbedrijven en voorsorteren op het moment dat ze hier de boel kunnen leegroven. Ik heb in 2020 overwogen om politiek actief te worden en me aan te sluiten bij de oppositie, maar ik deed het niet. Primair vanwege mijn zorg om Poetin. Ik ben opgegroeid in de DDR en ik weet dus hoe het is om te leven onder de Russische knoet. En dat wil ik écht niet meer. Dan ben ik hier weg.'

'En secundair?' Ik ben enigszins in verwarring, want ik kan zijn redenering volgen, ondanks mijn weerzin tegen Loekasjenko.

'Is een complex verhaal,' zegt hij met een zucht.

'We hebben de tijd.'

Maxim Loban buigt zich naar voren en legt zijn handen op zijn dijbenen, als een leerling die zich gereedmaakt voor een spreekbeurt.

'Oké. Kent u de term Homo Sovieticus?'

Ik schud mijn hoofd.

'Nou, die uitdrukking verwijst naar het flegmatieke van sommige inwoners van het voormalige Oostblok. Dat apathische. En weet u, dat gedrag is zo gekweekt. Vrij letterlijk zelfs. Allereerst door de bevolking systematisch en van generatie op generatie te zuiveren van critici, en dat waren met name de intelligentsia en de kunstenaars. Ik noemde net al Kurapaty. Vervolgens bestookte men de overgebleven inwoners met een constante stroom van groteske leugens en alsmaar wisselende waarheden. Willekeur regeerde: willekeurige arrestaties, willekeurige promoties. Je kon op niks bouwen. Mensen werden hierdoor nomaden in hun eigen brein. Ze zwierven van de ene ideologie naar de andere. Er was geen houvast meer, ook niet in relaties. Je kon immers niemand vertrouwen. Zelfs niet je beste vriend, zelfs niet je kinderen. Overal waren de spionnen van de KGB, of de SB hier in Polen, of de Stasi in de DDR. En die verklikkers controleerden of je het actuele dogma volgde. En zo kon het gebeuren dat een uitspraak die in de ene maand nog netjes binnen de regels viel, in de volgende leidde tot een enkeltje goelag. Ja, Frau Liebke, zo was dat in deze contreien.'

Hij pakt weer zijn glas met water en drinkt, zijn voorhoofd in een frons.

'En weet u wat je dan hebt? Na driekwart eeuw leven in zo'n schizofreen systeem?'

Hij gaat steeds harder praten en een ingehouden woede klinkt door in zijn stem, alsof ook hij zo'n nomade was die doolde door wisselende doctrines.

'Dan heb je een wantrouwend volk dat verleerd is om zelf verantwoordelijkheid te nemen. Maar vanaf 1991 viel de Sovjet-Unie uit elkaar en verklaarden staten zich onafhankelijk, waaronder Litouwen en Belarus. Kort daarop waren veel staatsinstituties weg, veel banen weg, veel verenigingen weg. Dus de structuur was weg. En van de ene op de andere dag waren deze mensen geen onderdeel meer van een groep met een leider, maar individuen die zélf moesten denken en zélf moesten handelen. Ze moesten zélf geld verdienen. Ze moesten zélf een flatje zoeken. Maar hoe dan!?' Maxim Loban wordt steeds kwader. 'Die arme Homo Sovieticus wist zich überhaupt geen raad met de democratie, wat in Rusland dus leidde tot chaos en een maffia die erop los moordde. Nog steeds trouwens. En hierom zijn de nieuwe democratieën in het Oostblok zo gevoelig voor populisten. Vooral de oudere generaties doen wat hun is geleerd: de propagandamachine geloven en kiezen voor de orde en zekerheid die de sterke man hun belooft. En dat in ruil voor hun vrijheid. Kijk maar naar Hongarije en Polen.' Hij wijst naar buiten en maakt een zwaaibeweging. 'Hier in Polen is de onafhankelijke rechtspraak al om zeep geholpen. Het fenomeen democratie staat sowieso onder druk. Zelfs in de USA, want Trump is nog niet weg. Maar goed. Aleksandr Loekasjenko onderkende de zorgen van de Homo Sovieticus en schiep een tussenvariant. Een strak geleide staat met een kapitalistische saus. En dat werkte. Een derde van de bevolking steunt hem zelfs nu nog. Trouwens, een auteur die de Homo Sovieticus helder beschrijft is Nobelprijswinnaar Svetlana Alexsijevitsj. In haar boek *Het einde van de rode mens. Leven op de puinhopen van de Sovjet-Unie* leest u waarom de democratie hier maar niet van de grond komt. Kent u het?'

Ik staar hem aan. Onthutst. Ik wil zijn analyse ontkrachten, maar zijn verhaal resoneert. We leven inderdaad in de schemering van de democratie. Maar daarmee praat je een dictatuur toch niet goed? Ik denk aan die arme Pavel.

'Aha,' zeg ik, terwijl ik naar hem wijs. 'Dus ú vindt het normaal dat die strak geleide staat een passagiersvliegtuig met een smoes aan de grond zet om een dissident te arresteren?'

'Nee, natuurlijk niet! Die actie heeft Belarus grote schade toegebracht en het toont het probleem van autocraten die te lang aan de macht zijn: ze verliezen het contact met de realiteit en ontsporen. En dat speelt nu.'

'Om maar iets te noemen.'

'Wat een venijn! We bekijken Belarus gewoon van verschillende kanten. Ik van binnen en u van buiten en daar zit wel een verschil. Als de bommen van de Russen op ons vallen, dan kunt u na een halfuur ellende doorklikken naar een volgend tv-programma, maar wij niet.'

'Hmmm.' Ik ben nog niet overtuigd, maar ik stop de discussie en laat bewust een stilte vallen.

Maxim observeert me.

'Hoe ging dat trouwens?' vraagt hij dan. 'In dat vliegtuig, met Pavel Rybak? U zat naast hem, toch?'

Ik knipper met mijn ogen en de beelden van die bizarre vlucht komen weer voorbij.

'Het was net een film.' Ik begin te vertellen over het boarden, de vrije stoel aan het raam, het bericht van de piloot, de paniek van Pavel en mijn korte gesprek met hem.

'Zijn angst is me nog het meest bijgebleven. Die kon je bijna aanraken.'

Maxim knikt.

'Dat snap ik. Dus die kaping was de trigger om een reportage te maken over dit gebied?'

'Ja.'

'U maakt prachtige programma's, Frau Liebke. Ik heb ze allemaal bekeken. Mijn complimenten.'

Zijn plotse verandering van onderwerp verwart me.

'Dank u.' Mijn wangen worden warm.

'En waarom begint u hier, in Oost-Pruisen?' vraagt hij en hij strijkt met zijn wijsvinger langs het blauwe etiket van het waterflesje. 'Waarom niet in Belarus?'

'Omdat Pruisen er eerder was en omdat hier twee miljoen Duitsers woonden die in 1945 op drift raakten, waarna een ongekende vluchtelingencrisis volgde. Maar wie weet dat nog? Tot vorige maand was ík me daar in ieder geval niet van bewust. Bovendien is dit kasteel nog intact en dat werkt visueel mooi.' Ik wijs naar de imposante schouw.

'Interessant. Maar in uw programma's vertelt u altijd het verhaal aan de hand van iemands leven. Dat lijkt me lastig in dit geval, want de voormalige bewoners van dit kasteel zijn allemaal dood of gevlucht.'

Ik leg mijn notitieblok weg en twijfel over mijn antwoord. Zal ik vertellen dat ik Conrad von Stallenberg als lead neem? Ik moet wel, want ik heb info nodig over de vluchtroute en de situatie in Belarus.

'Klopt.' Ik buig me in zijn richting. 'Daarom begin ik mijn reportage met de laatste graaf. Zijn naam was Conrad von Stallenberg. Hij was in januari 1945 tien jaar oud en verdween tijdens de vlucht. Dat was na een luchtaanval van het Rode Leger. Ik onderzoek nu of hij had kunnen overleven en wat van hem had kunnen worden in die naoorlogse jaren.'

Maxim is even stil en lijkt over iets na te denken.

'U denkt dus dat er een kans is dat hij de oorlog heeft overleefd?'

Geschrokken sla ik mijn ogen naar hem op. Voelt hij soms aan dat Conrad von Stallenberg meer voor mij is dan een boeiende start van een programma?

'Weet u, Herr Loban,' zeg ik en ik probeer zo relaxed mogelijk te klinken. 'In mijn vak draait alles om het vasthouden van de aandacht en dat doe je via identificatie met een interessant persoon en via het opbouwen van spanning. Dus ik zoek altijd naar een personage dat zich daarvoor leent en ik brei daar vervolgens een avontuurlijke geschiedenis omheen. Conrad von Stallenberg past binnen dat profiel. Hij was tien toen zijn moeder in januari 1945 werd gedood. Hij vluchtte op zijn paard de bossen in en verdween. Hij was samen met ene Elize, een Duits-Belarussische Jodin en een jeugdvriendin van de gravin. Beiden kwamen uit Grodno. Elize zat op het kasteel ondergedoken en was de zogenaamde gouvernante van Conrad. Maar vóór haar vlucht uit Belarus had ze met de Joodse partizanen gevochten tegen de nazi's. Noch het lijk van deze Elize, noch dat van de jonge graaf zijn gevonden. Dus ik ga een vertelling bouwen rond de mogelijke route die deze Elize samen met de jonge graaf heeft gevolgd. Ik doe alsof Elize terugging naar huis, naar Belarus dus, en ondertussen interview ik mensen die aan de grens wonen.'

Maxim pakt zijn telefoon en zoekt iets op, waarna hij me een satellietplattegrond van Google Maps toont.

'Kijk, Frau Liebke, naar aanleiding van uw mail heb ik uitgezocht wat de vluchtroute was van de mensen uit dit deel van Oost-Pruisen. Ik zal u straks nog de kaart mailen, waarop ik de straten en paden heb gearceerd. Ze trokken dus via deze weg naar het zuidwesten.' Zijn vinger wijst naar een plek onder de locatie van het kasteel. 'En ze passeerden dit enorme bos.'

Ik buig me naar het scherm en ik herken de donkergroene vlek in de vorm van een liggende halvemaan.

'Ja! Dit bedoel ik dus,' roep ik enthousiast. 'Dit gaat door tot in Litouwen en Belarus.'

'Inderdaad. Tegenwoordig zijn in die band enkele gaten met weilanden en akkerbouw, maar in 1945 waren de openingen kleiner en was dit feitelijk één groot aaneengesloten woud. En die bossen waren slecht toegankelijk voor militair materieel, omdat de zware voertuigen zich konden vastrijden in de vele moerassen. Daarom waren ze ook zo'n ideale verstopplek voor gevluchte Joden.'

'Dus een kind kon hier overleven?'

'Misschien. Hij had immers hulp van die Joodse partizane.'

'Dát is mooi!'

Maxim schudt zijn hoofd.

'Temper uw enthousiasme, Frau Liebke. Er is inderdaad een kleine kans dat Conrad von Stallenberg Belarus bereikte. Maar dan? Geloof me: een Duitse Junker had weinig overlevingskansen tijdens de zuiveringen in het naoorlogse Rusland en ook voor Elize was het onder Stalin niet gemakkelijk, want hij had weinig sympathie voor de Joden.'

'En toch pak ik hem als lead.'

De ogen van Maxim Loban fonkelen. Ik lijk hem te amuseren.

'En wat zijn uw plannen voor de komende dagen?' vraagt hij.

'Het gebied verkennen. Waaronder de vluchtroute.' Ik wijs naar zijn telefoon. 'Morgen rij ik via het drielandenpunt naar Litouwen en overnacht in Druskininkai, waar ik maandag een interview heb.'

'Met wie?'

'Met Vadim Smirnov. Een schrijver. Hij woont in een gehucht op de grens met Belarus. Een paar kilometer van Druskininkai.'

Hij knikt.

'En u gaat dus niet naar Minsk?'

'Nee. Ik blijf steeds binnen vijftig kilometer van een drielandenpunt.'

'Apart.'

Hij slaat zijn ogen naar me op en terwijl we elkaar aankijken valt de namiddagzon via de hoge ramen de kamer binnen. Er vormt zich een aureool van licht achter zijn rossige haren. Een rilling loopt langs mijn nek en de geluiden verstommen. Mijn gedachten brengen me het beeld van die ondergaande zon van gisterenavond, toen de lucht boven dat rimpelloze meer van oranje naar violet kleurde en ik over papa maalde. En langzaam ontstaat er een onbestemde gedachte: deze man lijkt op papa! Niet uiterlijk, maar qua wezen. Ze hebben dezelfde energie. Ik wiebel op mijn stoel en in verwarring breng ik het glas naar mijn mond en drink van de appelsap. Wat lekker! Ik geniet en neem nog een slok. Mijn ademhaling gaat ritmisch. Ja, dat is het. Het voelt bijna als verwantschap. Niet in fysieke zin, zoals met papa, maar overdrachtelijk. We zitten op eenzelfde frequentie. Wij praten zonder te spreken. Dus daarom was ik net zo onzeker! Hij kan bij me naar binnen kijken...

V
Telefoongesprek via een beveiligde lijn
Zondag 27 juni 2021, ochtend

De twee mannen bellen elkaar weer via een beveiligde lijn. De man met de witte haren is op zijn kasteel in Polen en kijkt naar de zonsopkomst. De kale man is voor zaken in Warschau en verblijft in de prestigesuite van het Raffles Europejski Warsaw. Hij is net wakker en nog suf van de slaaptabletten. Het verblijf in een hotel leidt ertoe dat ze het gesprek kort houden en in cryptische bewoordingen praten over de actuele situatie. Hun geïnstitutionaliseerde argwaan vermoedt ook oren in de muren.

De man met de witte haren brengt allereerst verslag uit over de Romeo. Deze heeft succesvol contact gelegd met de Duitse vrouw. Hierop memoreert de kale man dat haar apparaten zijn gehackt. Het is inmiddels wel helder dat de vrouw geen weet heeft van de stick. Ze gaat helemaal op in haar nieuwe documentaire en de zorg voor haar dementerende vader. Die schijnt dingen te zeggen over zijn verleden waar ze geen weet van had, zo leiden ze af uit de afgetapte communicatie. De heren prijzen zich gelukkig dat ze geen alzheimer hebben, omdat ze allebei de nodige geheimen met zich meedragen.

Verder ergeren beiden zich mateloos aan het feit dat ze zich met operationele kwesties moeten bezighouden, zoals hun persoonlijke bemoeienis met de zoektocht naar die rode rugzak. De man met de witte haren liet vanochtend via zijn personal assistant bij de manager van de huurlingen navragen of de kofferbak van de auto van de Duitse vrouw wel was gecontroleerd. Dat bleek dus niet zo te zijn. De inbraak wordt op korte termijn uitgevoerd.

Hierna brengt de kale man hét probleem ter sprake: Pavel Rybak. Hij verkeert namelijk nog steeds onder de levenden, ofschoon hij goed reageert op de medicatie en met de dag zwakker wordt. Hierna mijmeren ze over hun jonge jaren bij de KGB van de USSR. Het was in hun tijd ondenkbaar dat het verwijderen van een ongewenst element zo traag zou verlopen. Maar ja, in hun tijd was de autopsie ook nog niet zo ver doorontwikkeld. Nog afgezien van het feit dat de nabestaanden de lijken van hun dierbaren überhaupt niet kregen als dit het regime onwelgevallig was.

Beiden bespreken of meer drastische maatregelen aangaande Pavel Rybak nodig zijn. De kale man geeft een terugkoppeling van een gesprek dat hij gisterenavond heeft gevoerd met zijn KGB-neef. Deze bezweert dat de situatie in de gevangenis onder controle is.

'Is dat zo?' vraagt de man met de witte haren.

Olga
Deel 8:

Kijken naar de grens

‘Litouwen, o mijn vaderland! Als levenskracht ben jij!
Hoe hoog je gewaardeerd wordt, dat beseft slechts hij
die je verloor – jouw schoonheid wil ik hier beschrijven,
want heimwee en verlangen zijn het die mij drijven.’

Adam Mickiewicz (1798-1855). Poolstalige romantische dichter. Geboren in Zaosie (nu Belarus). In het hedendaagse Litouwen ziet men hem als een groot Litouwer, ofschoon hij in het Pools schreef en in Belarus is geboren.

23
Zondag 27 juni 2021, einde ochtend
In Polen, bij het drielandenpunt met Litouwen en Belarus

Mijn maag knort en vertelt me dat het bijna lunchtijd is. Zojuist bezocht ik met Maxim het drielandenpunt. Toen we ons gesprek gisteren afrondden, bood hij spontaan aan om me vandaag te vergezellen op mijn reis naar Litouwen en me de route te tonen van de Duitse vluchtelingen in 1945. Deze lag immers op de weg naar zijn datsja in Belarus. Ik nam zijn aanbod aan, en niet alleen vanwege zijn kennis over het gebied, maar vooral vanwege het vooruitzicht van zijn gezelschap. Iets in mij wil bij hem zijn en verkennen of dat gevoel van verbondenheid waan is of feit.

Maxim nam me eerst mee naar de plek waar de gevechtsvliegtuigen van het Rode Leger het konvooi van Schloß Martsheim hadden beschoten. De glooiende akkerlanden met de gouden graanvelden, omzoomd door gekromde linden en bloeiende bermen oogden in het zomerse licht als een plaatje in een prentenboek. Maxim wees me ook op het bos dat het voormalige Oost-Pruisen met Belarus verbindt. En daar stond ik dan, op de plek waar ruim driekwart eeuw eerder mijn oma met kogels was doorzeefd en staarde naar het oosten, naar dat gekwelde Sovjetland waar papa naartoe vluchtte. En verwarring greep me, want niets wees op de slachtpartijen en het bloed dat over deze idyllische akkers was gevloeid. En ineens was daar het besef dat een mens zonder kennis van een verleden minder waarneemt.

'Het ruikt hier lekker,' zegt Maxim. We wandelen in een rustig tempo terug naar onze auto's. De parkeerplaats van het drielandenpunt is niet ver meer en ligt aan het einde van deze kaarsrechte landweg.

Ik snuif.

‘Ja! Je hebt gelijk! Als een sauna na de *Aufguss*.’

‘Precies!’ Hij lacht.

Onze route gaat dwars door een bos waar sparren en berken elkaar afwisselen. De zon brandt genadeloos na het onweer van vannacht en doet de regen verdampen. Aan het begin van onze wandeling voerden we een lang en boeiend gesprek over de dementie van papa en zijn geheugenexpedities naar de kinderjaren. We zijn elkaar toen ongemerkt gaan tutoyeren. Al wandelend denk ik na over zijn eerdere opmerking. Hij vertelde dat onze hersenen constant bezig zijn met het bespiegelen en het categoriseren van nieuwe belevenissen.

‘Maar dat verwerken doen ze wel met hulp van de ervaringen die éérder binnenkwamen, Olga, en precies dát maakt het zo lastig om als mens los te komen van een traumatisch verleden.’

We keken elkaar aan en er lag verdriet in zijn blik, alsof er ook ergens in zíjn brein een oude gebeurtenis lag die al het nieuwe maar met leed bleef besprenkelen.

‘Ben je teleurgesteld over dit drielandenpunt?’ vraagt Maxim wanneer we de parkeerplaats naderen. ‘Veel was er immers niet te zien.’

‘Nee, eigenlijk niet. Elke grens vertelt zijn eigen verhaal.’ Ik draai me om en maak de zoveelste foto van het brede en zanderige pad dat naar de grens voert.

‘Zelfs in dit bos kun je de actuele politieke verhoudingen tussen de drie landen zien.’

Ik scrol door de foto’s die ik zojuist heb gemaakt.

‘Kijk, hier zie je dat goed.’ Ik toon hem een panoramafoto met op de ene helft de idyllisch meanderende Marycha en op de andere helft een kale vlakte met prikkeldraad. ‘Links is het bevriende Litouwen en rechts het vijandige Belarus.’

Maxim buigt zich naar voren en bekijkt de foto. Hij is heel dichtbij en opnieuw is daar die knisperende energie.

‘Inderdaad.’

‘Was hier in 1945 ook een grens?’ Ik denk aan papa. Het bos dat hij in 1945 in het toenmalige Oost-Pruisen in vluchtte oogt op de kaart als een uitloper van dit. ‘Met een afscheiding.’

‘Dat zou ik moeten opzoeken.’

Ik hef mijn hoofd naar de toppen van de dennen. Ze bewegen zachtjes mee met het zomerse briesje en brengen mij de beelden van vroeger, van mijn dagenlange expedities door de bossen met papa. Ze waren een vast onderdeel van mijn bestaan en ze gingen altijd door. Weer of geen weer. En ze bleken een fantastische wegbereider voor mijn huidige beroep, want zelfs in de meest barre omstandigheden hield ik stand, omdat papa mij al jong leerde overleven in de natuur. Ik kan ook overal slapen, op elke ondergrond en met elk geluid, en ben niet bang voor dieren. Spinnen en slangen doen me niks. Ik beschouw ze en doe een stap terug. Ik voel eerder ongemak in een onbekende stad dan in een onbekende jungle. Ja, papa maakte me weerbaar. Pas toen hij begon te dementeren namen we gas terug. En al die jaren zag ik onze uitjes als spannende avonturen... maar dat waren ze niet. Ze waren een voorbereiding op dat mogelijke moment dat ook ík moest vluchten, waarna ook ík in de natuur moest zien te overleven. Net als hij ooit had gedaan, als jongen van tien en misschien ook later, als man, toen hij uit die goelag was ontsnapt.

We lopen door en onderweg observeer ik de struiken, de grassen, de kruiden, de mossen, de schimmels en de bomen van dit Baltische bos. Ja, ook hier zou ik me kunnen handhaven, want ook hier heb je eiwitrijke kikkers en insecten, eetbare bessen, voedzame champignons, voorraden noten van eekhoorntjes en nesten met eieren van vogels. En ook hier kun je vallen zetten, hutten bouwen en zonder lucifers vuur maken. Papa leerde me echt veel, maar het belangrijkste waarin hij me onderwees was het gebruiken van mijn zintuigen en met name het anticiperen op een naderend onheil. 'Een dreiging manifesteert zich al ruim vóór je haar ziet, Bienchen, in een emotie van onrust of onbehagen. Negeer dat gevoel nooit! Maak dat je wegkomt.' Ik snuif met korte ademteugen de lucht op. Ja, de aandrang is er en dijt uit. Het begon vorige week toen ik ontdekte dat ik niet Olga Liebke heet. Het was toen nog een vage onrust, maar gisteren op mijn hotelkamer rook ik het gevaar bijna letterlijk. En nu heb ik écht de neiging om dit bos in te vluchten en weg te rennen, weg, weg, weg!

Ik houd halt en kijk naar een meertje links van me. Enkele kaarsrechte berken spiegelen zich als witte lijnen in het rimpelloze water. Bérken. Ze doen wat met me en ik sluit mijn ogen. Herinneringen komen met beelden van een zomers berkenbos met duizenden blinkende stammen. De bodem is bedekt met varens en de blaadjes aan de bomen kleuren neongroen tegen de felblauwe hemel. De voetjes verschijnen weer, maar nu niet in roze laarsjes, maar in witte sandalen. En ze lopen niet in de sneeuw, maar op vochtige aarde en uitbottend groen. Ze sluipen door het hoge struikgewas. Ik concentreer me en de beelden worden scherper. Is dit een herinnering of een visioen? Het kinderlichaam duwt de kronkelende uitlopers van de varens opzij. De planten reiken tot aan de schouders en ik snuif hun vochtige aroma op en luister naar het drukke gesjirp van de vogels, maar ook naar klanken die me aantrekken. Het is een afwisseling van gelach en gekreun en ze zijn van een vrouw en een man.

'Waar denk je aan, Olga?'

Ik knipper met mijn ogen en wend me naar Maxim. Waar dacht ik aan?

'Aan een berkenbos.'

'Ja, mooi hè. In Belarus heb je die veel, hele bossen met zilverberken.' Hij wijst naar de grens. 'Als je op een zonnige zomerdag door zo'n bos wandelt dan doen die witte stammen bijna pijn aan je ogen vanwege de weerkaatsing van het licht. Zo fel.'

'Echt?'

Dat bos waar ik net aan dacht was niet de Harz. Onze berken groeien op hellingen. Je kijkt ofwel op ze neer, ofwel naar ze op. Maar dit bos lag op een vlakte en ook de bladeren van de varens waren anders.

'Weet jij of er een kaart of plattegrond is met de berkenbossen in Belarus?'

Maxim kijkt me vragend aan.

'Voor filmopnamen?'

Ik knik.

'Ja, dat lijkt me bijzonder.'

'Ik zal het navragen.'

We lopen door en Maxim begint te vertellen over de aangetaste berkenbossen in de zuidoostelijke zone van Belarus waar in 1986 de radioactieve wolk van Tsjernobyl leeg regende. De stammen waren even wit als voor de straling, maar als je ze omhakte, zag je precies het moment van de ramp in de gewijzigde kleur van de jaarringen die daarop volgden. En even flikkert zijn woede op wanneer hij verhaalt over de leugens die de DDR-top verspreidde over de ramp. In de media besteedde men amper aandacht aan de radioactieve wolk die over het land waaide en zette men de kwestie weg als iets onschuldigs. Toen in de DDR onrust ontstond, omdat de inwoners op de West-Duitse tv zagen dat de regering aldaar haar burgers waarschuwde om niets uit de tuin te eten, zette de Partij dit weg als antisocialistische propaganda en hield vol dat er niks aan de hand was. En Maxims ouders geloofden dat en aten dus de verse sla die ze in de Konsum kochten.

'Maar velen geloofden het niet,' zegt hij smalend, 'want toen ik voor mijn moeder naar de Konsum moest om melk te halen, zag ik een overschot aan groenten. Voor het eerst was er geen tekort. Integendeel: alles lag te verleppen in de winkel.'

Ook in zijn beeldende manier van vertellen lijkt hij op papa. Ook papa kan met zijn woorden bijzondere taferelen tot leven brengen. Zelfs nu zijn geheugen afbrokkelt. Zo praatte hij vanochtend aan de telefoon over een afgelegen datsja waar hij een tijdje woonde. Hij schetste alledaagse taferelen over zijn leven in het bos, waaronder het lostrekken van de huid van een haas die hij had gevangen. En ik luisterde zonder hem te onderbreken, omdat ik inmiddels wel weet dat hij stilvalt bij vragen en daarna de draad kwijt is.

De parkeerplaats komt in zicht en mijn aandacht schiet naar mijn auto. Enkele ramen zijn ingeslagen!

'Verdammt!'

Ik begin te rennen en Maxim volgt. Hijgend bereiken we de auto. Alle ruiten aan de chauffeurskant zijn aan diggelen en de achterbak is leeg. Mijn koffer is weg.

Maxim loopt zwijgend naar zijn mosgroene Volvo. Die is onbeschadigd. Met een woeste beweging schop ik tegen de achterste autoband.

'Ik wel en jij niet! Dat is vast vanwege mijn Duitse kenteken! Wedden? Verdomme.'

Ik pak mijn beurs uit mijn rugzak en zoek het kaartje van de wegenwacht. 'Ik ga nu eerst de ADAC bellen, dan aangifte doen en vervolgens naar een garage in Druskininkai.'

'Wat ben je kwijt?' Maxim staat weer naast me.

Ik strijk langs de bekleding van de lege kofferbak.

'Mijn handkoffer. Met daarin wat kleren en toiletartikelen. Niet veel.'

'En je laptop?'

'Nee. Die draag ik altijd bij me.' Ik klop op de band van mijn rugzak. 'Maar ik heb een ander probleem, bedenk ik nu. Dit is een leenauto. Mijn wegenwachtabonnement is voor een ander kenteken.'

'Deze is niet van jou?'

'Nee. Die is in reparatie.' Ik pak mijn telefoon om de ADAC te bellen, maar er is geen bereik. *Scheiße!*

'En waar is jouw eigen auto dan?'

'In de garage in Goslar, maar die is dicht op zondag.' Ik stop mijn telefoon weer in mijn broekzak. 'Heb jij hier bereik?'

Maxim pakt zijn telefoon, kijkt op het scherm en schudt zijn hoofd.

'Dit is echt balen!' Ik ruk het portier open. 'Het gaat morgenvroeg regenen. Ik kan niet rijden met kapotte ramen. Maar ik heb wel een auto nodig, ik heb een belangrijk interview.'

'Ik rij je wel. Ik heb vakantie.'

'Maar je zou morgen toch teruggaan naar je datsja?'

Hij haalt zijn schouders op.

'Ik ben vrij om mijn plannen aan te passen. En ik ben graag in Druskininkai.'

'Geweldig,' verzucht ik opgelucht. Vreugde borrelt in me op.

Terwijl ik het gebroken glas van mijn stoel veeg, is daar opnieuw dat akelige gevoel dat inmiddels schreeuwt dat ik moet vluchten. Zijn de dieven soms nog in de buurt?

'Kom, we gaan,' zeg ik. 'Deze plek geeft me de rillingen.'

24
Maandag 28 juni 2021, ochtend
In het hotel Europa Royale in Druskininkai in Litouwen

Ik open het raam van mijn hotelkamer en kijk naar buiten. Het weer is fris vandaag. De lucht is vochtig en regen lijkt in aantocht. Grauwe wolken hangen over de langzaam stromende Memel en in het kuurpark wandelt maar een enkele gast. Ik draag mijn vaste outfit voor wisselvallig weer: mijn wijde hemelsblauwe jeans met daarboven een wit T-shirt, mijn grijs geblokte hemd met de lange mouwen en mijn donkerblauwe hoody. Er valt dus wat uit te trekken als de zon weer verschijnt. Ik leg mijn voet op de stoel en doe enkele stretchoefeningen, terwijl ik voor de zoveelste keer het nummer van garage Bauer in Goslar bel. Ik probeer al sinds acht uur om contact te krijgen, maar de lijn is continu bezet. Inmiddels is het al kwart over negen. Wat een rommelige start van de dag! Gisterenavond was ook al zo chaotisch. Vanwege alle sores die volgden op de ingeslagen ruiten, kon ik me 's avonds maar moeilijk concentreren tijdens mijn etentje met Hauke Richter bij die chique Italiaan, ondanks de interessante onderwerpen. Zo spraken we een tijdje over zijn interview van zondag met een voormalige Sovjetofficier. Deze vertelde over de militaire macht die Rusland gestaag opbouwt in de enclave Kaliningrad. Hierna praatten we over de uitdagingen van onze collega-journalisten in Belarus en Rusland. Ze zijn ofwel de roeptoeter van een dictator ofwel ze zijn onafhankelijk en riskeren hun leven. Hauke en ik kwamen er niet uit wat wij in hun situatie zouden doen, maar negen naar vertrekken. Hauke blijft nog een dag in Druskininkai, wat op de weg naar Vilnius ligt. Hij bezoekt vandaag een spa. Dat doet hij regelmatig. Hij komt hier graag vanwege de ongedwongen sfeer, de goede restaurants en het rijke culturele programma. Dat snap ik wel. Mijn eerste indruk is die van een elegante en welvarende stad. Misschien dat ik straks nog even door het park en het centrum ga slenteren, want daar was door alle gedoe nog geen tijd voor. Mijn uren gingen gisterenmiddag op aan geregel, zoals met handen en voeten aangifte doen bij de Poolse politie en nieuwe kleren en toiletspullen kopen. Balen! Maxim hielp me waar hij kon. Eenmaal in Druskininkai bood ik hem aan om mij te vergezellen naar het etentje met Hauke, maar dat weigerde hij met een vriendelijke glimlach. Hij zou nog wat verder onderzoek doen naar de vlucht van de bewoners van Schloß Martsheim naar het westen, waarna we afspraken voor vanochtend.

Ik tik opnieuw op het nummer van de garage en luister hoe het toestel overgaat.

'Hans Bauer.'

Eindelijk!

'Herr Bauer, *Gutentag*. Met Olga Liebke.'

'Ja, hallo.'

'Ik heb slecht nieuws. Ik ben in Litouwen en gisteren zijn op de grens met Polen de ramen van uw Mitsubishi ingeslagen. Diefstal. Mijn koffer is gestolen. Ik bel om toestemming voor de reparatie.'

'O, Frau Liebke. Dat spijt me. Zeker. Regel maar. Hier is iets verschrikkelijks gebeurd. Ook bij ons is ingebroken. Vanochtend vroeg.' Hij is buiten adem, alsof hij net heeft gerend. 'Onze boekhouder is dood. Neergeschoten. Herbert was vroeg begonnen. Hij wilde nog wat zaken afwerken voor zijn vakantie. Maar er waren dieven op het terrein. Herbert zag ze, en riep wat. En toen volgde een schot. En nu is Herbert dood.'

'Neergeschoten?'

'Ja, op de beelden van de beveiliging zie je twee mannen. Ze droegen donkere kleren met bivakmutsen. Als in een film.'

'Maar, eh, dit is...' Ik weet niet wat te zeggen. Alweer een inbraak. En nu met een dode? Wat is er gaande?

'En waar bent u nu?' vraagt Bauer.

'In Litouwen,' herhaal ik.

'Maar wat zei u net? Wat was er gebeurd?'

Ik doe nogmaals mijn relaas.

'Mag ik opdracht geven tot reparatie?'

'Uiteraard. Laat maar weten wat u nodig heeft.'

'Bent u lid van de ADAC?'

'Ja. Ik app u zo de gegevens. Maar ik moet nu neerleggen, Frau

Liebke. Een collega heeft me nodig.'

'Is goed. Sterkte met alles, Herr Bauer.'

'Ja. U ook.'

Ontdaan loop ik naar de badkamer en vul een glas met water. Ik leun tegen de grijswitte marmeren wand en drink. Een man is dood. Zomaar. Verkeerde plaats, verkeerde tijd en *poef*: weg leven! En alweer een inbraak. Vorige week onze boerderij, gisteren de leenauto en vandaag de garage. Is dat normaal? Nee! Zeker niet! Maar is er een verband? Ik volg met mijn wijsvinger de grillige lijnen op de marmeren wasbak. Sommige strepen lopen dood, andere vloeien over in een breder lint.

'Alles kan.' Ik kijk vragend naar mijn spiegelbeeld. Maar is het waarschijnlijk? Ik haal mijn schouders op naar de vermoeide vrouw tegenover me. Ik weet het niet. Het waren vermoedelijk op zichzelf staande gebeurtenissen. En er viel ook niks te stelen. Want noch in de leenauto, noch in ons huis lagen spullen van waarde. De inbraak in onze hoeve was volgens de politie de zoveelste op rij en die op het drielandenpunt leek meer op 'Duitsertje pesten'. En de overval op de garage heeft al helemaal niks met mij van doen, maar met de dure auto's die daar staan. Het lijkt dus toeval. En die rare geur in mijn kamer? Er was niks gestolen. Ik zucht diep.

'Nee, nee. Mijn gevoel zegt me wat anders. Dit gaat om mij.' Mijn stem klinkt schel in de kale badkamer. En opnieuw is daar de neiging om weg te rennen, maar mijn pragmatisme zet me aan tot operationele actie. Ik bel de ADAC en maak afspraken over de reparatie van de ruiten. Terwijl ik vervolgens mijn regenjack pak, piept mijn telefoon in mijn broekzak. Een berichtje.

Ik sta op de parkeerplaats. Ben je al zover? :)

O jee. Maxim wacht! Het is al halftien! Ik ben te laat! Snel tik ik een antwoord.

Sorry! Ik kom!

Ik klik WhatsApp weg en check in een automatisme nog even het nieuws over Pavel en val stil. Alle headlines gaan weer over hem. '*Belarussische dissident Pavel Rybak overleden in hechtenis na hart-*

stilstand.' Hierna volgt een samenvatting van de kaping en een officiële verklaring van de staat. Zijn ouders spreken van moord, en mensenrechtenorganisaties wijzen op eerdere incidenten in Belarussische gevangenissen. Terwijl ik naar het scherm kijk rollen de tranen over mijn wangen. Hij is dood! Een hartstilstand. Wat een bullshit! Hij was een kerngezonde twintiger.

'Pavel Rybak is dood,' roep ik, terwijl ik het portier van de Volvo open.

'Wat!?'

'Ja, een hartstilstand.' Ik stap in. 'Dat kloteregime heeft 'm vermoord!'

Maxim draait zich naar me toe en schudt ongelovig zijn hoofd.

'Maar wat hebben ze daarmee te winnen? Nu komen er nóg meer sancties. En hoe zielig ben je wel niet als dictator? Een gevangene vermoorden is het ultieme teken van zwakte.'

'Zou hem dat wat boeien?' Ik maak een wegwuivende beweging en klik rukkend de veiligheidsriem vast. 'Ik las dat er recent meer gevangenen onder verdachte omstandigheden zijn gestorven.'

'Kan zijn, maar dat waren onbekende gevangenen. Rybak was wereldnieuws.'

'Maakt dat wat uit?'

'Jazeker. Autocraten zijn statusgevoelig. En Rybak was politiek niet écht belangrijk, wat sommige oppositieleden wel zijn.'

'Maar een twintiger sterft niet zomaar aan hartfalen.'

'Klopt, maar we kennen zijn medische staat niet en hij stond onder hoge druk.'

'Je bedoelt: hij werd gemarteld,' stoot ik uit. Mijn woede groeit.

'Ja. Dat is waarschijnlijk.'

'Dat is zeker!'

'Maar we kunnen niks doen, Olga. Wij zitten niet aan de knoppen. En je kunt niks meer voor Pavel doen. Of wel?'

Hij draait zich naar me toe en kijkt me aan. Zijn blik is intens.

Langzaam schud ik mijn hoofd.

'Nee.'

'We zijn laat,' zegt Maxim, terwijl hij op de klok in het dashboard wijst. 'Tik jij het adres van Vadim Smirnov in?'

'Wat is er?' vraagt Maxim, terwijl we Druskininkai uit rijden. Het regent en de ruitenwissers van zijn Volvo striemen piepend van links naar rechts. 'Je bent anders stil dan anders. Denk je aan Pavel?'

Ik ga verzitten en bestudeer zijn profiel.

'Ja.'

'Wil je erover praten?'

Ik kijk weer naar de kaarsrechte weg voor ons met aan weerszijden zompige akkerlanden. De tarwe is op meerdere plekken platgeslagen door de storm van vannacht. Ik vouw mijn handen in mijn schoot. Twee doden op één dag. Pavel en die arme boekhouder. Weg leven. Net als de vele levens in dit gekwelde grensland.

'Ach. Het is niet alleen Pavel. Het is ook dit gebied. Het doet me nadenken over de dood.'

'Hoe bedoel je?'

'Nou, de hele wrede geschiedenis, met al die massamoorden en deportaties.'

'Dat houdt je dus bezig?' vraagt Maxim en de auto zwiept naar links.

'Kijk uit!' roep ik.

Hij geeft een ruk aan het stuur. 'Sorry. Maar vertel.'

'Ja. Ik denk daarover na.' Het is de waarheid, maar niet de waarheid van dit moment.

'In welke zin?' Maxim remt af en draait zich naar mij. Zijn ogen staan bezorgd.

'Ik vraag me af of je kunt voelen dat de dood je nadert. En dan bedoel ik geen dood door een lang ziekbed, maar een dood door een ongeluk, of geweld, of een hartstilstand. Zoals met Pavel. Is je stemming bijvoorbeeld anders kort voor het gebeurt? Heb je op die dag al een raar voorgevoel? Heb je misschien de neiging om niet naar de plek te gaan waar het zal gebeuren? Vergelijk het met een hert dat zijn hoofd opheft wanneer een jager hem in het vizier neemt. Het dier vóélt instinctief dat de schutter de loop van het geweer op hem richt. Hebben wij mensen dat ook?'

De auto staat inmiddels stil langs de kant van de weg.

'Jezus,' zegt Maxim en onze ogen vinden elkaar. De regen roffelt op het dak en in de kleine ruimte ontstaat een vreemde intimiteit.

'Rij nou maar.' Ik observeer opnieuw de kaarsrechte straat met de laaghangende grauwe wolken aan de horizon. Over vergelijkbare wegen trokken in januari 1945 colonnes met Duitse vluchtelingen. Ze werden beschoten door de Russen. De meeste lichamen bleven liggen op het bevroren land, waarna ze vergingen toen de lente kwam. En de nieuw aangevoerde bewoners ploegden over de botten van de doden. Ik wrijf mijn klamme handen droog aan mijn jeans.

'Weet je, Maxim, de gruwelijkheden waren zo massaal en zo gecalculeerd. Het was alsof Hitler en Stalin ongedierte wilden uitroeien. Misschien voel ik dát wel. De collectieve doodsangst van die arme mensen.'

'Dit zijn wel erg donkere gedachten, Olga. Je bent journalist. Hou afstand, zoals je is geleerd.'

'Ik doe mijn best, maar het is lastig, want hier zie je het effect van totalitaire regimes op het individu nog goed.' Met een zwaaibeweging wijs ik naar buiten. De ramen zijn inmiddels beslagen. 'In deze contreien hebben bijna alle inwoners voorouders die slachtoffer waren van ofwel de nazi's ofwel de Sovjets. En in Belarus draait de onderdrukkingsmachine nog steeds volop. Wat doet dat met je? Dat wordt straks ook mijn belangrijkste vraag aan Vadim Smirnov.'

Maxim knikt.

'Waarom koos je eigenlijk voor hem?' vraagt hij en hij gaat verzitten. 'Zo bekend is hij niet.'

Opnieuw maken onze ogen contact en opnieuw is het alsof we bij elkaar naar binnen kijken.

'Omdat hij tijdens zijn leven met schuivende grenzen is geconfronteerd.' Met de palm van mijn hand veeg ik de condens van de voorruit.

Er valt weer een stilte. Het is opnieuw een prettig zwijgen. Hij start de auto en draait de weg weer op, waarna we een tijdje langs glooiende weilanden en donkere dennenbossen rijden. Hier en daar staan kleine houten huisjes in bonte kleuren. Ze geven het eentonige landschap een vrolijk accent. Borden langs de weg melden dat we opnieuw de grens met Belarus naderen, maar nu niet vanuit het Poolse oosten, maar vanuit het Litouwse noorden. Het golvende landschap oogt hetzelfde als gisteren, maar de moerassen breiden zich uit.

Maxim lijkt in gedachten verzonken. Naar buiten starend mijmer ik over de man naast me. Hij heeft me nog geen enkele vraag gesteld over mijn privéleven. Hij houdt afstand en ik volg zijn voorbeeld, terwijl ik zo graag méér van hem wil weten. Hij fascineert me en vannacht heb ik zelfs van hem gedroomd. Het waren chaotische beelden en ze toonden fragmenten van onze lichamen. Dan waren onze wangen tegen elkaar, dan hielden we handen vast, dan was er huid op huid, dan been over been. Toen ik wakker schrok, gloeiden mijn wangen van de opwinding.

'Hé, Maxim, mag ik jou een persoonlijke vraag stellen?'

Even verstart hij.

'Waarom?' Hij gaat iets rechter zitten.

'Gewoon, omdat die in me opkwam.'

'Oké. Vraag maar.'

'Leven je ouders nog?'

Hij aarzelt.

'Nee.'

'Val je op vrouwen of op mannen?'

'Vrouwen.'

'Heb jij een relatie? En kinderen?' Zijn handen lijken zich strakker rond het stuur te klemmen. Deze vraag vindt hij niet leuk.

'Nee, ik ben single en ik heb geen kinderen.'

'En je was ook nooit getrouwd?'

'Nee,' antwoordt hij meteen.

'En relaties, heb je die wel gehad?'

'Ja.'

'Hoelang geleden?'

'Hallo!?'

'Ik mocht je toch persoonlijke vragen stellen?'

'Eén vraag. Dit is een verhoor.'

'Maar vertel? Hoelang geleden?'

'Vijf jaar.'

'Aha. Dus je bent nu alweer vijf jaar single.'

'Ja.'

'En waarom?'

'Olga! Zoiets vraag je niet.'

'Wie zegt dat? Vertel.'

Hij maakt een weigerachtige beweging.

'Nou?' vraag ik.

'Nou, heel simpel. Na de vele mislukkingen besloot ik beter te selecteren en daarna was er niemand meer die door de keuring kwam.'

'Wat cynisch.'

'Ja. Misschien. En jij? Ik las in een artikel dat je single bent.'

'Klopt.' Het voelt alsof ik schoorvoetend toegeef dat er iets mis is met me. Onzin natuurlijk.

'En waarom ben jij alleen? Je hebt alles mee.'

Ik haal mijn schouders op.

'Een relatie bleek lastig te combineren met mijn beroep.' Het is een antwoord dat ik al eens eerder heb gegeven tijdens een interview.

'Dus je hebt ze wel gehad?' Hij lijkt zijn woorden zorgvuldig te kiezen.

'Ja.' Ik probeer me de gezichten te herinneren, maar alleen Marco en Rudolf verschijnen in een heldere vorm. Bij de anderen komen slechts vage beelden en is het alsof ik inzoom op verre objecten met een kleine beeldsensor.

'En heb je samengewoond?'

'Ja.'

'En toen?'

'En toen wat?'

'Waarom ging het mis?'

'Waarom ging het bij jou mis?'

Maxim lacht en ik lach mee. De Litouwse navigatie meldt dat we een afslag naderen en ons vragenvuurtje dooft uit. Een stilte valt en ik denk weer aan de mannen in mijn leven. Alleen met Marco en Rudolf heb ik nog contact. Ik herinner me fragmenten van onze gesprekken, onze aanrakingen, onze rituelen, onze ruzies en onze verzoeningen. Het waren mooie tijden. Ja, het waren allebei lieve en interessante mannen en ook de seks was goed, maar ik trok verder. Bij Marco was de breuk logisch, want ik was nog niet klaar voor het door hem gedroomde huisje, boompje, beestje. Maar bij Rudolf lag dat anders. Toen ik hem ontmoette was ik uitgeraasd en was ik klaar om te settelen en een gezin stichten. En we hadden ook een fijne relatie. Desondanks ontbrak er iets. Terwijl ik zoek naar de essentie van het gemis, breekt voor ons de zon door de wolken van die eindeloze Baltische horizon. Talloze tinten groen lichten op. Wauw! Wat mooi!

'Kun je even stoppen, Maxim? Dit is prachtig. Ik wil er een foto van maken.'

Hij parkeert de Volvo langs de weg en ik stap uit. Stampend door het drassige weiland schiet ik meerdere plaatjes en bekijk vervolgens het resultaat. Nee, dit komt zelfs niet in de buurt van de echte beleving. De zon verdwijnt weer achter de wolken en het groen kleurt dof. Ik adem in en uit en voel een diepe teleurstelling. De prachtige scène is weg, maar ik genoot er niet volop van, omdat ik ze bekeek via de lens van mijn camera. Via een filter. De wind streelt mijn huid en brengt me de geur van vochtige aarde. Maxim is inmiddels ook uitgestapt. Hij stopt zijn handen in de zakken van zijn bruine linnen broek en kijkt omhoog naar de passerende wolken. Ik denk weer aan zijn vraag. *Waarom ging het bij jou mis?* Ja, waarom trok ik verder? Tja, eigenlijk waren Rudolf en ik niet meer dan twee individuen die af en toe gebruikmaakten van het lichaam en de geest van de ander. En op die punten was onze relatie prima. Maar steeds was daar een onzichtbare barrière waarachter onze ware wezens huisden en die hebben nooit contact gemaakt. Het lukte gewoon niet, hoezeer we ook ons best deden. We bekeken elkaar altijd via een lens. Wij waren niet in staat de hele persoon te zien. Een deel van ons viel buiten beeld. Dat deel dat écht voelt, dat herkent, dat weet. Of wat het ook is.

'Ik hou van deze weidse luchten,' zegt Maxim en hij wijst naar boven. 'Van dit wolkenspel tussen hemel en aarde.'

Ik draai me naar hem toe en onze ogen maken contact. Enkele eenden vliegen kwakend over. En terwijl we daar zo staan, ontspringt een vreugde in mijn binnenste. We blijven elkaar aankijken en alles in me tintelt.

'Ja, Maxim, dit is prachtig!' De tranen prikken achter mijn ogen.

'Olga! Waarom huil je? Voel je weer de dood?'

Ik schud mijn hoofd en veeg het vocht van mijn wangen.

'Nee, Maxim, ik voel het leven.'

25

Maandag 28 juni 2021, einde ochtend
In het gehucht Gerdašiai, nabij Druskininkai

'We zijn er bijna,' zegt Maxim en hij wijst naar de rode pointer op het scherm van de navigatie.

'Ja, fijn! En nog net op tijd.'

Na de donkere dennenbossen oogt het landschap hier opvallend open, met bonte stroken akkerland achter lage lintbebouwing. De boerenwoningen zijn van hout en hebben daken van golfplaten. Sommige zijn in fleurige kleuren geschilderd.

Maxim mindert vaart.

'Hier woont Vadim Smirnov.' Hij wijst naar links.

Het huis is ambergeel en heeft twee verdiepingen: een begane grond en een zolder met dakkapellen. De vensters hebben kleine ruitjes en worden omlijst door witte kozijnen met frivole tierlantijnen. Wat een zonnig contrast met het ongetwijfeld sombere verhaal dat binnen op me wacht.

'Dus je appt me als je klaar bent?' vraagt Maxim.

'Ja.' Ik wijs op de klok in het dashboard. 'Ik schat rond twaalf uur.'

'Dan hou ik mijn telefoon in de gaten.'

'Mooi, en geniet van je wandeling!'

Hij stopt even voorbij het huis.

'Ik parkeer de auto dáár en wacht dan op je. Dat is veiliger.' Hij wijst op een betonnen strook honderd meter verderop.

'Waarom zou je dat doen? Zoveel auto's komen hier niet.' Ik observeer de verlaten straat. 'Maar oké, jouw keus.'

Ik stap uit en pak mijn rugzak en de fles wijn voor Vadim Smirnov uit de kofferbak. De auto zet zich in beweging en terwijl ik Maxim uitzwaai, valt mijn blik op een donkergroene strook met dennen. Ze staan in het verlengde van de achtertuin van de woning van Vadim.

Ik zet de riesling even naast me neer, pak mijn telefoon uit mijn buiktasje en bekijk mijn locatie. Inderdaad, bij dat bos stroomt de Memel en begint Belarus! Hoever zou de grens vanaf hier zijn? Vijfhonderd meter? Zoiets. Dus als ik een paar minuten die kant op wandel, ben ik in de dictatuur waar ze de taal spreken die ik herkende. Bizar.

Terwijl ik naar de bossen staar, trilt mijn telefoon in mijn hand. Monika! Mijn maag knijpt zich samen. Papa had gisterenavond weer een paniekaanval. Mijn schuld, want ik bevroeg hem over Gregor Kayka. Toen ik een uur geleden belde in de hoop dat het weer beter ging, sliep hij nog. Snel neem ik op.

'Monika! En, is hij wakker?'

'Ja.'

'En hoe is het met hem?'

'Beter, maar nog wat suf van de medicatie.'

'Gelukkig!' Opluchting stroomt door me heen.

'Maar hij praatte net over ene Gregor. Weer een nieuwe naam. Ging over een ruzie. Is dat iemand uit zijn jeugd?'

'Ja, Gregor was een speelkameraad van de lagere school,' zeg ik zo nonchalant mogelijk. 'Is papa goed genoeg voor de fysio?'

'Jazeker. We vertrekken zo.'

'Fijn. En wat ga je straks verder nog met hem doen?'

Monika vertelt met de nodige details over haar plannen voor de dag. Ik luister maar half, want mijn aandacht zoeft terug naar dat nare videogesprek van gisterenavond. Papa zat aan de keukentafel voor de laptop van Monika. We zouden een halfuurtje zoomen, terwijl Monika buiten in de tuin de was ging ophangen. We begonnen over de tomaten en bonen in de moestuin, maar na enkele minuten veranderde hij van onderwerp en vroeg waar ik was. Hij miste me. Ik vertelde dat ik in Litouwen was en ik liep met mijn scherm naar het raam en toonde mijn uitzicht op de langzaam stromende Memel. Het beeld deed wat met hem en ineens begon hij weer te praten over het leven op Schloß Martsheim. Hij mijmerde over die heerlijke zomers en hoeveel hij hield van zwemmen in het kraakheldere meer naast het kasteel. Daarop vroeg ik hem vrij impulsief of hij nog herinneringen had aan zijn toenmalige vriend Gregor Kayka. En bij het noemen van die naam verkrampte zijn gezicht.

'Gregor?' vroeg hij hijgerig.

'Ja. Ken je hem nog?'

'Ja.' Tranen schoten in zijn ogen.

En ineens begon papa te ratelen over een bemodderde man die zich had verstopt in de vervallen jachthut in het bos. Hij had hem gezien toen hij op een ijskoude januaridag door het bevroren landschap wandelde en zag hoe rook kronkelde uit de schoorsteen van de verlaten stal. Papa vreesde voor de Russen, sloop dichterbij en spotte de man. Hij droeg vodden en had een donkere baard en lange besmeurde haren. Hij had hem niet meteen herkend als de vader van Gregor. Hij dacht dat het een Rus was. Daarom had hij zijn Mutti even later over de man verteld. Het was geen verraad. En Mutti had de SS een paar dagen later naar de schuur gestuurd. Niet hij. Dat was toen de SS het terrein van het Schloß op reed en een deserteur in ons huis wilde zoeken. Mutti raakte in paniek, want ze mochten niet naar binnen. Daarom vertelde ze over de zwerver in het bos. De soldaten vertrokken en arresteerden de man, die dus de vader van Gregor bleek te zijn. De volgende dag hing de man aan een touw aan de spoorbrug. Dood. Gregor was in shock en schold papa uit voor verrader. Maar dat was hij niet! Mutti was de verrader! Waarna papa steeds emotioneler ging vertellen. Je kon dus niemand vertrouwen. Helemaal niemand. Hij huilde en zijn lichaam schokte. Ik probeerde van onderwerp te veranderen door naar het stervende bos te vragen, maar het lukte niet om hem tot rust te brengen. Op een bepaald moment sprong hij op, wankelde en begon vervolgens tegen de keukenkastjes te trappen. Daarop greep ik mijn telefoon en belde Monika in de tuin. Papa draaide door en was gewelddadig. Monika kwam en wist hem te kalmeren.

Vanwege dat uit de hand gelopen gesprek kon ik gisteren maar moeilijk in slaap komen. Was het waar wat papa zei? Had zijn moeder – mijn oma – een man verraden? Dat gedrag paste helemaal niet bij de verhalen die Gertrude Kaufmann over haar vertelde. Wilde mijn oma soms iemand beschermen? Elize? Of wilde ze vooral voorkomen dat de nazi's de stallen zouden uitkammen en bewijs zouden vinden voor de geplande vlucht? Waarna zijzelf de kogel zou krijgen? Hoe dan ook: Gregor Kayka leefde in de veronderstelling dat papa zijn vader een gruwelijke dood in had gejaagd. Was dit incident de reden dat papa na de Wende niet meer terugkeerde naar Schloß Martsheim? Wilde hij de confrontatie met Gregor Kayka vermijden?

'Olga? Ben je er nog?' vraagt Monika aarzelend.

'Jazeker. Sorry. Hoe laat zal ik vanavond bellen?'

'Doe maar voor het eten. Vijf uur?'

'Is goed.'

We beëindigen ons gesprek en ik realiseer me dat Monika ook steeds meer te weten komt over het verleden van papa. Kan ze daar wat mee? Nee, nog niet. Je kunt een puzzel alleen leggen als je alle stukjes hebt en als je ongeveer weet wat je moet maken. Ze weet niet van de identiteitsfraude en ze weet niet van zijn adellijke achtergrond. Maar dit is wel een aandachtspunt. Vanaf nu moet ik mijn contact met papa oppervlakkig houden als zij in de buurt is.

'Frau Liebke?' Een man roept me. Ik herken Vadim Smirnov in de deuropening van zijn huis.

'Ja, Herr Smirnov?'

'Jazeker, welkom.'

Ik loop naar hem toe en na een korte begroetingsceremonie volg ik hem naar binnen. Maar net wanneer we de keuken bereiken, realiseer ik me dat de fles wijn nog buiten staat. Ik haast me terug naar de voordeur, en zie nog net hoe een donkergrijze BMW SUV langzaam het huis passeert en ineens vol gas geeft wanneer ik op de drempel verschijn. In een flits heb ik de associatie met een kind dat wegrent na het belletje trekken. Mijn blik schiet naar het kenteken en ik kan nog net een rood-groene vlag met de letters BY herkennen. Hè? Die dikke bak kwam uit Belarus! Hoofdschuddend haal ik de riesling op en speur de straat af waarin de BMW verdween. Moet ik hier wat van denken? Mijn benen beginnen ineens ongecontroleerd te trillen en weer is daar die akelige angst en de neiging om weg te rennen.

'Doe normaal!' roep ik tegen mezelf. 'Ja. Ja. Doe ik.' Mijn brein zet nu de aanval in. Nein! Ik ben verdorie nog nooit weggedoken voor netelige situaties, en die waren er genoeg tijdens mijn vele reizen. Ik rechtte mijn rug, viel aan, en won. Als jong meisje was dat al mijn aard. Ik sloeg altijd terug wanneer die pestende krengen mij stiekem knepen of aan mijn haren trokken, waarna ze zich weer even stilhielden. Maar tegen wie moet ik nu vechten? Het gevaar is onzichtbaar en wortelt in het verleden van papa.

'Frau Liebke?'

De stem van Vadim Smirnov.

'Ja, sorry, ik had uw cadeau op het gazon laten staan.'

'Ach.' Hij glimlacht.

'Een vraag, Herr Smirnov. Passeren hier vaker auto's uit Belarus?'

'Uit Belarus? Nee, bijna nooit. Er is hier geen grensovergang en er woont geen kip. Hier komen sowieso zelden auto's. Hoezo?'

'Ik zag net een dikke BMW met geblindeerde ramen.'

Hij haalt zijn schouders op. 'Het was misschien een verdwaalde toerist. Wilt u koffie? Of liever thee?'

'Thee,' antwoord ik gedachteloos. Als ik hem naar binnen volg, check ik opnieuw de straat. Het is doodstil.

26
Maandag 28 juni 2021, einde ochtend
Bij Vadim Smirnov in het gehucht Gerdašiai

Vadim Smirnov en ik zitten in de schaduw op zijn veranda en drinken thee. In de verte zijn de bossen die de grens met Belarus markeren, dichtbij is een moestuin met enkele appelbomen die een topoogst beloven. Het is een mooi beeld, alleen wordt het bijpassende gesjirp van vogels overstemd door de buurman die zijn uitgestrekte gazon maait en daarbij een monotone herrie produceert, met af en toe een schril snerpende uitschieter wanneer de messen een steen raken. Vadim lijkt het kabaal niet te horen en vertelt geanimeerd over de verschillende groenten die hier groeien. Hij straalt iets jeugdigs uit met zijn volle bos zwartgrijs haar en wakkere blik. Ook zijn pezige lichaam is nog fit, bleek toen hij met soepele bewegingen muntblaadjes uit zijn kruidenperkje plukte. Alleen uit de donkere levervlekken op zijn spitse en ingevallen gezicht kun je opmaken dat hij een tachtigplusser is. Hield dat sterke gestel hem in leven tijdens zijn jaren in Perm-36? Dat moet haast wel.

Ik pak mijn schrijfblok en pen uit mijn tas en schuif mijn stoel naar de tafel, zodat ik goed zit om aantekeningen te maken. Vadim verhaalt inmiddels over aardappelziekten. Zijn Duits is redelijk, ondanks het zware accent.

‘Waar hebt u Duits geleerd?’ vraag ik, terwijl hij een schaaltje met koekjes naar me toe schuift.

‘Van mijn moeder. Zij was half-Duits, half-Litouws.’ Hij wijst naar een zwart-witfoto van een prachtige volslanke blondine.

‘Dus u spreekt niet het Belarussisch dialect van dit gebied?’

‘Nee, mijn vader sprak dat, maar ik heb hem niet gekend. Hij is in 1940 van zijn bed gelicht tijdens een razzia van de Sovjets, waarna we niks meer van hem hebben vernomen. Mijn moeder voedde me alleen op tijdens de oorlogsjaren. En dat ging ook goed, zelfs toen de Duitsers in 1941 hier de boel overnamen. Ze haatte de nazi's, maar ze was pragmatisch en profiteerde van haar Duitse achtergrond. Dat kantelde in 1944 toen de Russen weer binnenvielen, waarna ze zich met haar Litouwse genen profileerde. Mijn moeder was mooi en een getalenteerde kok en daarmee wist ze zich in beeld te spelen bij een hoge Russische apparatsjik, Sergej Smirnov, mijn latere stiefvader. Ze hadden een deal. Híj bood ons comfort en zíj leverde lekker eten, een gewillig lichaam en een huishouden op rolletjes.'

'Heftig.'

'Tja, zo ging dat toen. Mensen waren bezig met overleven. Vooral de vrouwen. Mijn moeder sloot een verstandshuwelijk. Ze had feilloos in de gaten dat de Sovjets niet meer zouden vertrekken en ze wist dat mijn achternaam met haar jawoord Russisch zou worden, waarmee ik betere toekomstkansen had dan met een Poolse naam. En zo geschiedde. Mijn stiefvader gedroeg zich thuis trouwens correct. Hij dronk zelden zware alcohol en dát was uitzonderlijk. Alcoholmisbruik was en is een probleem bij veel Russen en niet zelden waren het de vrouwen die dan de klappen kregen. Dus mijn moeder en ik prezen ons gelukkig met Sergej. Zolang we ons aan zijn regels hielden, leefden we goed.'

Ik knik en ik moet denken aan papa die geen alcohol drinkt. Waarom is dat? Die vraag heb ik hem nooit gesteld.

Vadim pakt een koekje en knabbelt erop met wat hem nog rest aan tanden.

'En hebt u nog een broer of zus?' Ik probeer de beelden weg te duwen van die knappe vrouw die op verzoek haar benen spreidt voor een man voor wie ze niks voelt.

'Nee. Ze kon na mij geen kinderen meer krijgen en daar was ze blij om. Ze wilde geen Rus baren.'

'Wat confronterend.'

'Ja.' Hij slaat zijn ogen neer.

'Dus ze haatte de Russen?'

Er valt een stilte, waarna hij me weer aankijkt.

'Mijn moeder had eerder een afkeer van het gedrág dat voortvloeide uit het orwelliaanse Sovjetsysteem. Datzelfde gedrag zag je ook in de andere communistische staten. De DDR voorop, en daar woonden Duitsers.'

'En over welk gedrag hebben we het dan?' vraag ik.

'Dingen zoals de culturele leegte, het ja-knikken en het nee-doen, de initiatiefloosheid, het meelopen, de xenofobie, de wanorde, de willekeur, de corruptie en natuurlijk het onderlinge wantrouwen.'

'Dat is nogal wat.'

'Het is nog lang niet alles! Vooral hier aan de grens was het erg. Hier hadden we binnen een paar decennia het ene regime na het andere, met ook nog eens wisselende ideologieën. Eerst de Russische tsaar, toen de Poolse militairen, toen de nazi's, toen de Sovjets... Nou, dan leer je snel genoeg om je kop te houden, want als je de ene potentaat had gesteund, zag de volgende je als een verrader. En mijn stiefvader was dus een exponent van het Sovjetabsurdisme. Hij was een hoge functionaris binnen de communistische partij en gaf in ruil voor zijn privileges rücksichtslos uitvoering aan de meest bizarre opdrachten van Moskou.'

'Wat verschrikkelijk!' zeg ik, waarna we een tijdje praten over het dagelijks leven in een grensgebied. Zijn analyse is vergelijkbaar met de situatie in veel andere grensstreken. Inwoners plooien zich voor de bühne naar de wetten van de wisselende heersers uit de verre hoofdstad, maar cultiveren achter de schermen hun regionale identiteit. En het is voor de buitenstaander maar gissen wat ze werkelijk denken achter hun maskers van onderdanige vriendelijkheid.

Vadim leunt naar achteren en vertelt over zijn jeugd en hoe hij van zijn moeder leerde om te zwijgen over zijn werkelijke gedachten, hoe hij op school leerde om zich te voegen naar de communistische-partijcultus, hoe hij op de universiteit leerde om onderzoek te manipuleren bij ongewenste resultaten en hoe hij als jonge onderwijzer leerde om bij kinderen haat te zaaien tegen het kapitalistische Westen.

'Maar de kanteling kwam eind jaren zeventig. Ik kreeg toen een reprimande, nadat ik in de klas had gesproken over het verzet van de Joodse partizanen tegen de nazi's. Deze gevluchte Joden vochten tussen 1941 en 1944 vanuit de bossen van Belarus en waren de wegbereiders voor de Russische overwinning.' Hij wijst in de richting van de Memel. 'Maar dát had ik dus niet mogen vertellen. Nee, nee, want het glorierijke Rode Leger had toch geen Joden nodig gehad om in Belarus een overwinning te behalen? Het antisemitisme en de hypocrisie waren stuitend. Opnieuw boog ik mee, totdat ik een paar maanden later een bevriende oud-studiegenoot sprak. Hij stond ineens voor mijn deur en was in alle staten. Hij moest zijn hart luchten. Zijn vader had hem een paar dagen eerder op zijn sterfbed verteld dat hij tussen 1937 en 1941 had meegewerkt aan de liquidatie van tienduizenden onschuldige burgers in het bos van Kurapaty, bij Minsk. Zijn vader was verantwoordelijk geweest voor de logistiek van de massaexecuties. En dat vroeg om een goede organisatie, want elke nacht reden er vrachtwagens met gevangenen het bos in. Daar aangekomen kregen ze een nekschot en werden in kuilen gegooid. Uitvoerder van deze Grote Zuivering was de NKVD, het ministerie van Binnenlandse Zaken, met Stalin als opdrachtgever. Mijn vriend was er kapot van. Maar ondanks mijn dringende advies om te zwijgen, ging hij een week later toch naar de autoriteiten en deed als een brave kameraad melding van de bekentenis van zijn pa. Ook gaf hij het bewijsmateriaal af. De volgende dag was hij verdwenen en we hebben hem nooit meer gezien.'

Vadim zucht en buigt zich in mijn richting. De woede is er nog steeds, na zoveel jaren.

'Weet u, Frau Liebke, meer nog dan over het gelieg van die Partijkliek, was ik woedend over de domheid van mensen zoals deze vriend. De massa gelooft de overduidelijke onzin die dag in, dag uit over ze wordt uitgestort.'

Hij schudt zijn hoofd.

'Maar in 1988 tijdens de glasnost van Gorbatsjov ging de beerput van Kurapaty dan toch open. Eerst probeerden de Sovjets nog om de nazi's de schuld te geven, maar de bewijslast was zó overweldigend dat ze uiteindelijk moesten toegeven dat dit het werk was van Stalin en consorten. Idem bij de ontploffing van Tsjernobyl in 1986. De kerncentrale lag op de grens met Belarus en de radioactieve wolk dreef dus onze kant op. Ook dát probeerden ze in de doofpot te stoppen. Pas toen Zweden alarm sloeg, gaven ze toe dat er wat was gebeurd. Toen waren we in Belarus al radioactief besmet. Stel u voor: kinderen speelden gewoon in de radioactieve regen!'

'Verschrikkelijk.' Ik herken in hem eenzelfde weerzin voor instituties als bij papa. En het is een aversie die hij aan mij doorgaf. Ik moest overheidsberichten nooit vertrouwen en altijd naar de achterkant van een waarheid zoeken. Ja, en mede vanwege zijn argwaan koos ik voor de journalistiek en ik ontdekte dat hij gelijk had. Veel zogenaamde waarheden bleken – en blijken – leugens.

'Ja, Frau Liebke, maar met de verdwijning van die vriend knakte er iets in me. Eindelijk kwam ik in verzet en ik schreef mijn eerste roman waarin ik het communistische systeem van de USSR tot op het bot fileerde. Het voelde als een bevrijding om eindelijk mijn werkelijke gedachten uit te spreken. Maar opsluiting volgde toen mijn boek in 1982 in het Westen werd uitgegeven. Ze voerden me af naar Perm-36 vanwege staatsvijandelijke activiteiten.'

Ik veer op, want nu is hij aangekomen waar ik hem wil hebben.

'Ja, ik heb de Duitse vertaling van uw eerste boek gelezen. Indrukwekkend. Zo ook het artikel in de *National Geographic* over die goelag. Een afschuwelijke plek. Kunt u me daar meer over vertellen?'

Vadim knikt en verhaalt over zijn verblijf in de hel en over zijn constante zorgen over zijn vrouw en dochter. Beiden waren vanwege zijn veroordeling van hun werk en school gestuurd en gedegradeerd tot paria. Hij zou zijn vrouw na zijn arrestatie nooit meer terugzien. Hij vecht tegen zijn tranen wanneer hij vertelt hoe de huisbaas haar op last van de Sovjets uit hun appartement zette en hoe ze na lange omzwervingen met haar dochtertje in een beschimmelde woning zonder riool en zonder stromend water onderdak vond. Hier zou ze uiteindelijk zonder pijnstillers en onder slechte hygiënische omstandigheden binnen een paar maanden creperen aan de kanker die ze van Tsjernobyl kreeg.

Hij veegt met een snelle handbeweging over zijn wangen en de knoop in mijn buik groeit. Gebeurde dat uitsluiten en vernederen soms ook met mijn onbekende moeder toen papa in Perm-36 belandde?

'En vluchten? Was dat geen optie?' Ik houd mijn pen al in de aanslag. 'Is er überhaupt ooit iemand ontsnapt uit Perm-36?'

Vadim kijkt me aan en zijn ogen lichten op.

'Ja! Eén man is dat gelukt. Te ontsnappen, bedoel ik. Maar of hij zijn tocht naar de vrijheid heeft overleefd, is niet bekend. Hij vluchtte tijdens een sneeuwstorm en dat was geniaal, want noch de bewakers noch de honden vonden de volgende dagen sporen van hem. Maar ja, wat gebeurde daarna? Hoe overleef je in die eindeloze Siberische bossen in de winter? Of beter: aan het begin van de lente, want als ik het me goed herinner vluchtte hij half maart. Ik heb na de val van de USSR nog naar hem gezocht. Ik wilde weten of hij het gered had, want zijn moed fascineerde me. Hij deed wat ik niet durfde. Maar hij was van de aardbodem verdwenen.'

Ik verbijt mijn opwinding op de achterkant van mijn pen.

'Wat interessant. En wie was die man?' vraag ik op nonchalante toon.

'Boris Gobulev.'

'Boris Gobulev, met een v?'

'Ja, G O B U L E V.'

Ik schrijf de letters in kapitalen en kijk ernaar.

'En waarom zat hij daar?'

'Hij was een KGB'er die als zogenaamde ambassademedewerker in Berlijn was gestationeerd. Hij was van spionage beschuldigd.'

'Een KGB'er?' roep ik en ik slik nog net op tijd de woorden 'dat kan niet' in.

'Ja, maar hij liep tegen de lamp. Hij bleek een dubbelspion en werkte voor MI6. Tenminste, dat was de aanklacht.'

Ik weet even niets te zeggen.

'Hij zou eigenlijk de doodstraf krijgen, maar men stuurde hem naar Perm-36. Waarom is niet bekend. Ik vermoed omdat men na het aantreden van Gorbatsjov gevoeliger was voor de reputatie in het buitenland.'

'En u kende Boris Gobulev goed?'

'Ik weet het niet. Hij was een sfinx. Je kon hem niet doorgronden. Ik was de enige met wie hij contact had, vermoedelijk omdat we allebei uit Belarus kwamen en omdat we de twee oudsten waren.'

'Uit welk deel van Belarus kwam hij?'

'Hij was van hier.' Vadim wijst naar de bossen, waarachter Belarus begint. 'Hij kwam uit het dorp Nemnovo. Dat ligt vijftien kilometer verderop aan het Augustów-kanaal.'

'Nemnovo?' Ik graai ondertussen in mijn tas, pak mijn telefoon en tik Nemnovo in op Google Maps. Inderdaad. Dichtbij. 'En hoe zat het met het gezin van deze Boris Gobulev? Sprak hij daar weleens over?'

'Nee. En een bewaker vertelde me later dat hij nooit post kreeg. Hij heeft ook nooit bezoek gehad.'

'Wat erg! Was dat bewust? Hielden ze zijn contacten met de buitenwereld tegen?'

'Dat kan.'

'Is er een foto van deze Boris Gobulev?'

'Ja. Die heb ik. Na de val van de Sovjet-Unie heb ik onderzoek naar hem gedaan. Zijn vlucht hield me nog steeds bezig. De foto kreeg ik via een voormalige medewerker van de ambassade in Berlijn. Boris stond op een groepsfoto.'

Vadim staat op en loopt het huis in. Ik kan mijn opwinding maar met moeite bedwingen en googel ondertussen op mijn mobiel naar informatie over Nemnovo. Het dorp is tegenwoordig een toeristische hotspot tussen de Memel en het Augustów-kanaal. Er is een klein museum over de geschiedenis van het kanaal. Daar moet ik heen. Terwijl ik Romy de link met info over de visumvrije zone van Grodno app, bereikt de grasmaaier het hekwerk van de tuin van Vadim. De messen raken de zoveelste steen en de machine begint alweer te janken. Ik duw mijn vingers tegen mijn oren. Vadim voegt zich ondertussen weer bij me op het terras en gaat zitten.

'Wat een lawaai, hè?' zegt hij met stemverheffing.

'Ja!'

De machine valt weer terug in zijn normale stand, waarna ik mijn handen van mijn oren haal.

'Het lijkt wel wat op de herrie van het omzagen van bomen dat we in Perm-36 moesten doen,' zegt Vadim en hij wijst naar het terrein van zijn buurman. 'Ook op dat punt was Boris slim. Hij droeg als enige zelfgemaakte oordoppen. Aan die motorzaag heb ik een constante piep overgehouden.' Al pratend legt hij een bruinleren map op de tafel, pakt er een blaadje uit en schuift het in mijn richting.

'Dit is de kopie van een foto, Frau Liebke. Genomen in Berlijn in 1980.'

Ik pak het document van hem aan en kijk. Vijf mannen van verschillende leeftijden staan op een strak gemaaid gazon met op de achtergrond een roodbruine gemetselde muur en kijken vriendelijk in de camera. Ze zijn allemaal geschoren en netjes gecoiffeerd en dragen een donker pak met stropdas. Mijn adem stokt als ik hem herken, uiterst rechts. Papa! Ik bijt op mijn lip en probeer mijn emoties in bedwang te houden. Om Vadim af te leiden produceer ik een hoestbui.

'Restant van een airco-verkoudheid,' zeg ik verontschuldigend en duw mezelf weer in het gareel. Mijn blik gaat opnieuw naar de afbeelding en ik pak mijn mobiele telefoon om de foto te scannen. Hierna zoom ik in en bekijk papa's markante gezicht. Hij heeft op de afbeelding geen baard en ook geen lange golvende haren, maar zijn heldere blik, hoge voorhoofd en smalle neus zijn onveranderd. Als gebiologeerd blijf ik naar hem staren. Onvoorstelbaar. Papa noemde zich dus Boris Gobulev en was een dubbelspion. Ik heb de afgelopen dagen vele beroepen bij hem gedacht: fotograaf, natuurwetenschapper, bosbouwingenieur, maar niet dit. Geen KGB'er die de carrièreladder van een totalitair regime opklom. Vanwaar die foute inschatting? 'Hij was een sfinx,' zei Vadim zojuist. Die woorden blijven door mijn hoofd galmen. Was hij dat ook tijdens ónze jaren samen? Zag ik dan wel zijn echte persoon, of ook een creatie? Maar wat als hij níét echt was, ben ik dan wél echt? Want door mijn geïsoleerde jeugd nam ik zíjn waarden over, zíjn levenshouding, zíjn gedrag. Maar als zíjn persoonlijkheid niet echt was, dan is míjn persoonlijkheid dat ook niet.

'Wat is er, Frau Liebke. Voelt u zich wel goed? U ziet bleek.'

'Ja, ja, alles is goed. Ik ben alleen moe. Ik heb vannacht nauwelijks geslapen vanwege muggen op mijn kamer.' Hoewel mijn woorden waar zijn, vormen ze toch een leugen. Zoals mijn leven waar is, maar toch een leugen. Ik krab demonstratief over een muggenbult bij mijn enkels. De plek jeukt weer.

'In Siberië waren pas veel muggen. Hier valt dat wel mee,' zegt Vadim en hij gaat verzitten. 'Soms waren onze gezichten helemaal zwart van de muggen als we in het bos bomen moesten kappen. Nadat Boris in Perm-36 was aangekomen, toonde hij ons meteen een oplossing voor dit muggenprobleem. Hij trok de buitenste schors van een berk, maakte gaten voor de ogen en bond die schil dan voor zijn hoofd. Het werkte. En wij volgden zijn voorbeeld.'

Ik knik, want al deze trucs ken ik. Via papa. Of Boris Gobulev. Of Conrad von Stallenberg. Of? Of? Of? Diplomaat. Grodno. Moskou. Berlijn. Verraad. Kayka. Perm. Gevangene. Berkenschors. Oordoppen. De woorden buitelen over elkaar. Ik moet ordenen en schema's maken. Zaken uitzoeken. Invullen. Een voor een, anders ontploft mijn hoofd. Rangschikken. Doe je best! O, papa! Wat is dit? Help me! Papa!

'Frau Liebke? Gaat het echt wel?' Een hand duwt tegen mijn onderarm.

'Ja, ja, *Entschuldigung*. Ik verdraag die herrie slecht.' Ik wijs naar de grasmaaier. *Ga ordenen!* roept een stem in mijn hoofd. Ik zet mijn beide voeten naast elkaar en ik recht mijn rug. Zo. En nu nadenken! Niet voelen, maar de feiten op een rij zetten. Ik moet zaken ontrafelen. Ik adem in en uit en richt me tot Vadim.

'Wat een boeiende man. Hebt u nog meer informatie over deze Boris?'

'Nee, niet veel. Alleen wat administratieve gegevens.' Hij slaat zijn leren map weer open, bladert tussen de papieren en vindt een gelig vel, waarop iets in cyrillisch schrift staat.

'Nou,' zegt hij en hij legt het blaadje op de tafel. 'Wat ik kon achterhalen is de informatie die een oudere vrouw uit Nemnovo me in 1990 gaf. Volgens haar was Boris in 1935 geboren in Nemnovo als enige zoon van Igor en Anna Gobulev. Zijn vader werkte als sluiswachter bij het Augustów-kanaal en stierf tijdens de inval van de nazi's in 1941. Zijn moeder was verpleegster en sloot zich in datzelfde jaar aan bij het Rode Leger. Boris bleef achter bij zijn opa. Anna Gobulev diende tot het einde van de oorlog aan het front en is in 1945 door Stalin onderscheiden met de Orde van Lenin vanwege haar heldhaftige handelen in vijandelijk gebied. Na de oorlog trad ze toe tot de Communistische Partij en werd een prominent lid. Moeder en zoon verhuisden in 1946 naar Grodno, waar Anna een hoge positie in een districtsziekenhuis kreeg. Boris bleek een uitstekende leerling en de heldenstatus van zijn moeder was vervolgens een goede wegbereider voor zijn daaropvolgende studie en carrière binnen de KGB. Ze kon me niet vertellen of hij een gezin had. Wat ik zelf nog kon achterhalen, is dat hij na enkele posten in bevriende socialistische landen in 1980 naar Berlijn ging en daar werkte als hooggeplaatste secretaris van de ambassadeur. Hij had die functie totdat men hem beschuldigde van verraad en hij in Perm-36 belandde. Dat was in september 1986. Hij vluchtte in maart 1987, waarna er niks meer van hem is vernomen.'

Zeven maanden in de hel, reken ik en ik probeer om dit hele verhaal te matchen met de geschiedenis van Conrad von Stallenberg. Ja, dit zijn feiten waar ik wat mee kan, want ik had zelf ook al geconcludeerd dat het aannemelijk is dat Elize samen met papa Belarus heeft bereikt in het voorjaar van 1945. En misschien was Elize wel bevriend met Anna Gobulev? Beide vrouwen waren vechters. De ene in de bossen, de andere in de lazaretten. En het is ook goed mogelijk dat het zoontje van Anna Gobulev stierf tijdens de oorlog. In Belarus zijn immers hele dorpen uitgemoord door de nazi's en vervolgens waren er ziekten en hongersnoden. Minder aannemelijk is het gegeven dat een Sovjetcommuniste een kind van de vijand als zoon aannam.

Maar toch gebeurde dit, want papa droeg haar naam. Waarom deed ze dat? Dát moet ik uitzoeken en ook wat er van haar is geworden. Ik moet dringend naar Nemnovo en daar navraag doen naar Anna Gobulev. Zij zal waarschijnlijk niet meer leven, maar wellicht zijn er nog oudjes die zich iets over haar en papa herinneren.

'Excuseer me. Ik moet even naar de wc,' zegt Vadim en hij staat op.

Wanneer Vadim naar binnen is gelopen, grijp ik snel het blaadje van de tafel, maak een scan en leg het terug op dezelfde plek. En terwijl ik het document naar de map 'Belarus' verplaats, piept mijn telefoon. Een berichtje van Romy. Ze heeft voor morgen een dagvisum geregeld via een door de staat erkende touroperator. Het zit al in mijn mail. Echter, ze kon geen auto vinden. De verhuurbedrijven in Druskininkai geven geen toestemming voor het passeren van de grens. Hetzelfde geldt voor de taxibedrijven. Bovendien hebben ze geen beschikbaarheid vanwege een groot congres. Ik zucht. Wie vraag ik? Hauke? Veel keus heb ik niet. Maxim was vandaag al mijn redder in nood. En Hauke bood gisterenavond tijdens ons diner bij die stijlvolle Italiaan zijn hulp aan. Ik app Hauke de uitleg van Romy en vraag of hij me morgenvroeg naar Nemnovo kan rijden. Hij reageert direct.

Zeker. Wel in ruil voor een etentje. Vanavond?
Ik weet nog een leuk adresje...

Ik lach. Wat een charmeur!

VI

Telefoongesprek via een beveiligde lijn
Dinsdag 29 juni 2021, ochtend

Het is weer tijd om de stand van zaken door te nemen, en dus wordt er gebeld. De kale man is nog steeds in het hotel in Warschau en zit uitgeblust in zijn kamerjas op de rode designbank. Hij heeft een slecht humeur, want de twee luxe prostituees die hij voor de nacht had ingehuurd, moesten zojuist onverrichter zake de suite verlaten. Hij had verwacht dat een pilletje en wat variatie in het seksaanbod de zaak daarbeneden weer kon activeren, maar dat bleek ijdele hoop. De stress van die coup is hem in de broek gezakt.

De man met de witte haren heeft sinds het laatste gesprek niet gereisd en heeft net zijn dagelijkse ochtendwandeling gemaakt rond zijn kasteel in Polen. Hij voelt zich fit en zit achter zijn Louis XIV-bureau. Maar ook hij is geïrriteerd, want de fouten stapelen zich inmiddels op.

Allereerst bespreken ze de dood van Pavel Rybak.

'Eindelijk, die kwestie is opgelost,' jubelt de kale man.

Hierna bediscussiëren ze de inbraak in de jeep van de Duitse vrouw en de ongeplande moord op een medewerker van de garage.

'Een onaangename misser,' verzucht de man met de witte haren.

De Duitse politie doet inmiddels onderzoek en dat is buitengewoon onprettig, zo stelt hij. Vooral ook omdat de inbraak zonder resultaat was. Er bleek geen rode rugzak in haar auto te liggen. En de Romeo heeft ook al een steek laten vallen. Hij slaagde er niet in om het gesprek van de Duitse vrouw met Vadim Smirnov te registreren. Hij had zijn auto in de buurt geparkeerd, en zich in bosjes dicht bij de tuin geïnstalleerd, maar de grasmaaier van de buren verstoorde de opname, zo was zijn weerwoord.

'Allemaal smoesjes,' foetert de kale man en hij meldt dat hij inmiddels genoeg heeft van de voorzichtige route. Dat bewijsmateriaal moet vernietigd worden. Nu de Duitse vrouw onderweg is naar Belarus, oppert hij om haar aldaar te ontvoeren en dan te martelen om te achterhalen waar die rugzak en stick zijn gebleven. Haar lijk kunnen ze in een moeras dumpen. Niemand die haar vindt. In ieder geval voorlopig niet. Dat gedoe met die Romeo duurt allemaal te lang. Actie is nodig en een tweede kans als deze komt er niet meer.

De man met de witte haren twijfelt. De vrouw is tenslotte een bekende Duitser en haar verdwijning zal de internationale gemoederen verder verhitten, want enkele personen binnen haar contactenkring weten immers dat ze vandaag naar Belarus gaat. Bovendien zal de grenspost van Litouwen dat ook registreren. De onwetende regering-Loekasjenko zal verwijten krijgen en dan een zoektocht opzetten, ook digitaal. De risico's nemen zo alleen maar toe.

De kale man reageert kribbig. Ze hadden die vrouw allang moeten elimineren. Terwijl hij praat, gaat hij verzitten. Zijn kamerjas valt open en zijn oog valt op zijn treurige mannelijkheid. Die jammerlijke aanblik maakt hem boos en activeert zijn dadendrang op het geestelijk vlak. Het kan wel zo zijn dat zijn onderste kop actie weigert, maar zijn bovenste kop werkt nog uitstekend en dat zal hij bewijzen ook. Hij zal nu geestelijke daadkracht tonen. Een gloedvol betoog volgt en heeft effect. De man met de witte haren gaat akkoord. Hij zal via zijn personal assistant een nieuwe opdracht voor de huurlingen formuleren.

Olga

Deel 9:

In het land van de schuivende grenzen

'Een grotere waarheid is een waarheid waarvan het tegenovergestelde nog steeds een waarheid is.'

Thomas Mann (1875-1955). Uit: *Die Stellung Freuds in der modernen Geistesgeschichte* (1929).

27
Dinsdag 29 juni 2021, ochtend
Op weg naar Nemnovo in Belarus

We zitten op de A4 van Druskininkai naar de grensovergang van Raigardas. Ik puf, want het is warm in de Audi van Hauke. Ik rits mijn donkerblauwe vest open, trek het uit en prop het in mijn rugzak bij mijn regenjack. Hierna rol ik mijn jeans iets op bij de enkels. Zo. Dit is beter.

'Zal ik de airco dan toch maar aanzetten?' vraagt Hauke lachend.

'Nee, daar word ik verkouden van.'

'Jouw keus.'

Ik kijk weer naar buiten. De weg is kaarsrecht en saai met aan beide kanten hoge donkere dennen die alle uitzicht blokkeren. Op de vluchtstrook naast ons ontstaat een file van vrachtauto's. Die merken dus al de EU-sancties die volgden op de kaping. Ik pak mijn telefoon en zoek online naar nieuws over Pavel. De berichten over zijn dood nemen alweer af en ander nieuws domineert de headlines. Ik zucht en probeer mijn woede over dit zoveelste onrecht weg te ademen. Voor ons flitsen de remlichten op rood. Hauke schakelt terug en we sluiten aan bij het langzaam rijdende verkeer. Ik dwing me om aan iets anders te denken en check de tijd. De rit van Druskininkai naar hier was nog geen tien minuten, maar afgaande op de auto's voor ons, gaat het passeren van die slagboom langer duren.

'Ik ben benieuwd hoelang Belarus zijn grenzen nog openhoudt.' Ik wijs naar een bord langs de weg dat de afstand tot de grens meldt. 'Hoogopgeleide jongeren vertrekken, las ik. Vooral IT-talent.'

Hauke knikt.

'Klopt. Maar afsluiten heeft weinig zin,' zegt hij dan. 'Mensen die weg willen, vluchten via de bossen. Belarus heeft geen ingenieuze grensbewaking zoals de DDR. Wie weg wil, komt weg.'

'Dat is waar. Maar hoe was dat eigenlijk voor jou? Opgroeien in zo'n openluchtgevangenis? Hoe heb je dat ervaren?'

Er valt een korte stilte.

'De DDR was één groot theaterstuk, Olga,' zegt hij met een zucht. 'Een show. De inwoners stonden op de planken en speelden toneel. Sommigen gingen helemaal op in hun rol en werden hun personage: de socialistische modelburger. Anderen vonden dat acteerwerk maar niks. Maar allemaal wisten we dat er Stasirecensenten in de zaal zaten die je performance beoordeelden. Alleen als je sliep, zat je niet in de voorstelling.'

'Heftig. En wat was jij? Een modelburger of iemand die dat acteren niks vond?'

Hauke draait zich naar me toe en barst in lachen uit.

'Dat vind ik nou zo leuk aan jou, Olga,' roept hij enthousiast. 'Dat alerte!'

'Dank je. En?'

'En wat?'

'Wat was je?'

'Een modelburger.'

'Echt?'

'Ja. Maar gelukkig viel het doek voor de DDR. Ik was in 1989 nog jong genoeg om een nieuwe rol te leren.' Emotie klinkt door in zijn stem. En alweer houdt hij zijn antwoorden algemeen, net als Maxim. Waarom is dat? Zit hij nu in zijn rol van de journalist? Of is dat geslotene een restant van opgroeien in Stasiland? Hoelang werkt zo'n opvoeding in je door?

'Wat zijn eigenlijk je hobby's?' vraag ik. 'Ons beroep leidt immers tot beperkingen. Meedoen met verenigingen zit er voor mij bijvoorbeeld niet in.'

'Voor mij ook niet. Ik golf in de zomer en als de sneeuw valt ga ik wandelen. En dingen zoals lezen, musea, theater, uit eten.'

'En met wie doe je dat?' Ik ben benieuwd naar zijn privésituatie.

'Vrienden. Ik ben vrijgezel. Net als jij.' Hij draait zich naar me toe en glimlacht samenzweerderig.

'O.' Mijn wangen worden warm. Ander onderwerp! Ik wijs naar de dennen en breng het gesprek op de stervende bossen in de Harz. Hauke haakt in en vertelt over een herinnering uit zijn jeugd, toen hij als tiener tijdens een vakantie in Thüringen door een bos wandelde dat was aangetast door de zure regen. Overal waren zieke en dode bomen, zo ver als hij kon kijken. Het was een maanlandschap. Het beeld schokte hem en leidde tot het besef dat de door de DDR gesmoorde verhalen over grote milieuproblemen misschien toch wel waar waren. Ik wil doorvragen maar Hauke krijgt een telefoontje en begint te praten in het Russisch.

Ik bekijk ondertussen het landschap. Ja, dit gebied is voor mij het zoveelste bewijs dat het de mensen zijn die de verschillen maken. Dat zag ik ook toen ik zondag de grens tussen Polen en Litouwen passeerde. Meteen was er sprake van ander asfalt, andere bermen, andere elektriciteitsmasten, andere bebouwing, een andere taal, andere kleding en een ander gedrag, want uiteindelijk worden de fysieke grenzen ook doorgetrokken naar de hoofden van de mensen, waarna zij nationalistisch gaan denken. Er volgt een 'wij' en 'zij'. Geldt dat ook voor mij? Denk ik als een Duitse? Een goede vraag. Waarschijnlijk wel, want ik ben altijd weer blij als ik thuiskom na een verblijf in het buitenland. Ik observeer dan de orde en de netheid en ik voel de opluchting dat ik in een land woon waar geen afval in de bermen wordt gestort en waar je geen figuren hoeft om te kopen om zaken te regelen. Die vreugde hangt ook samen met het weerzien met papa en de belofte van rust in onze hoeve. Maar papa is stervende. De tranen prikken achter mijn ogen en dat akelige verdriet drukt weer op mijn buik. O, papa... *Denken gaat beter als je rechtop zit, Bienchen. Voelen gaat beter als je achteroverleunt.* Met een ruwe beweging duw ik tegen de hendel van mijn stoel en zet de leuning wat rechterop. Hauke kijkt even opzij.

Ja, papa was mijn thuis. Hij vormde me. Ik nam zijn vrije denken over, zijn logische manier van redeneren, zijn liefde voor de natuur, zijn weerzin tegen vooroordelen, zijn kosmopolitische instelling, zijn weigering om ergens bij te horen, zijn artistieke blik, zijn desinteresse in bezit, en ga zo maar door. Ik ben zijn kopie. Qua karakter dan. Uiterlijk heb ik alleen zijn lange, slanke bouw, maar zijn motoriek is hoekiger dan die van mij. Op het scherm oog ik eerder broos en gracieus. Mijn fijne gelaatstrekken, witte huid en grijsblauwe ogen komen van mijn moeder. Wie was ze? Waar kwam ze vandaan?

Zo meteen rijden we Belarus binnen en ben ik in het gebied waar ze dat dialect spreken dat ik bij Pavel herkende. Haar land? Een vreemde spanning bouwt zich op. Dat tintelende gevoel begon al vanochtend bij het ontbijt. Het is een combinatie van angst en nieuwsgierigheid. Ik ben op een vreemde manier bang om deze grens te passeren, maar ik ben ook benieuwd naar wat ik in Nemnovo ga ontdekken. En dat laatste overheerst want ik móét weten wie ik ben.

Hauke beëindigt zijn telefoontje.

'Wat is eigenlijk de mooiste plek die je ooit hebt bezocht?' vraagt hij en hij schakelt terug in z'n één. Blij met een veilige vraag schiet ik in de rol van journalist en antwoord geanimeerd dat er veel prachtige plekken waren, waarna ik er een paar noem.

'En ga je altijd eerst alleen op verkenning? Zonder cameraman, zoals nu, bedoel ik.'

Mijn hoofd zwiept zijn kant op. Deze vraag is tricky, want ik doe zelden vooronderzoek op locatie. Vermoedt hij iets?

'Soms,' zeg ik op nonchalante toon. 'Bij een complex gebied en als ik twijfel of er wel een verhaal is.'

'Snap ik. Enne, wat drijft jou? Je bent zelden thuis. Altijd op reis.'

'Wat drijft me?'

Het is een standaardvraag die mij al door velen is gesteld, in talloze gesprekken en mijn antwoord floept er dan ook direct uit.

'Die vraag kan ik beantwoorden met een citaat van Goethe: "*Ook al heeft men duizend keer over een bepaald onderwerp gehoord, het karakteristieke ervan spreekt slechts tot ons wanneer wij er oog in oog mee staan.*" Uit zijn klassieker *Italiaanse reis*.'

'Aha. Nieuwsgierigheid dus?'

'Ja.'

'En, is je nieuwsgierigheid al wat bevredigd?' Hij trekt vragend zijn wenkbrauwen op.

'Nog niet. Anders was ik niet hier, hè?'

Hij knikt en rijdt weer enkele meters. Nog een tiental auto's voor ons. We naderen de grens. De barrière doet iets met me. Hoeveel slagbomen ben ik wel niet gepasseerd? En altijd weer was er die drang om te weten wat het land áchter het prikkeldraad met me zou doen. Wat zou het oproepen? Verbondenheid of afstoting? Ik doe het raam open en ik snuif de kruidige geur van de dampende dennen op. Heerlijk! Desondanks groeit mijn onrust en deze is anders dan normaal. Inténser. Voorheen waren het nieuwsgierigheid, activisme en de hang naar avontuur die mij voortdreven, maar er was ook iets anders. Mijn reizen waren ook een queeste naar míjn plek. En daarom ben ik nu ook zo hyper, want ik ben in de buurt. Ik bespeur het, bijna als een dier. Ja, in deze contreien waren de jachtgronden van mijn voorouders.

Mijn telefoon piept. Een berichtje van Maxim.

Succes in Nemnovo. Ik zie je vanavond.

Joehoe! Hij dacht aan me. Dat zoete gevoel roert zich weer. Die man doet écht wat met me, want ik word al week als ik zijn naam zie. Dit is zo nieuw voor me en het verwart me. Volgen die emotionele turbulenties soms op die grote schok dat mijn hele bestaan is gebouwd op een leugen? Ben ik zo in de war door dat bedrog dat mijn gevoelsbarometer uitslaat? Ik gluur naar het profiel van Hauke. Hij is écht een aantrekkelijke en boeiende man, en vroeger was hij een topkandidaat voor een avontuurtje geweest. Hij is easy going en deed ook niet moeilijk toen bleek dat we via deze grensovergang naar Nemnovo moesten rijden; een omweg van een uur. Maar nu wil ik niks met hem, want Maxim kruiste mijn pad... Ik hoop maar dat ik morgen de leenauto weer kan ophalen. Ik haat afhankelijkheid.

Ik probeer mijn onrust te dempen door mijn notitieblok te pakken en de vragen langs te lopen die ik heb voorbereid. Op advies van Hauke maakte ik me niet bekend als journalist, want dan had het bestuur me vast eerst langs de instituties geleid en was er voorlopig geen afspraak gepland. Dus verzon hij zonder overleg de dekmantel van een Duitse historicus met interesse in transnationale waterwegen. Het was nog een hele toer om een Engelssprekend persoon te vinden die me kon rondleiden, want niemand bij het museum sprak Engels of Duits. Uiteindelijk is het met hulp van Hauke gelukt om een historica uit Grodno te charteren die twee jaar geleden promoveerde op het Augustów-kanaal. En nu maar hopen dat ze ook kennis heeft van de mensen die vroeger in Nemnovo woonden of dat ze ter plekke contacten kan leggen.

'Eindelijk,' verzucht Hauke. Hij voegt in op de baan voor EU-inwoners en rijdt tot aan een beige controlehok. Hij pakt zijn paspoort uit het vak naast zijn stoel. Ik volg en geef hem met trillende vingers mijn 'schone' paspoort.

'Geen zorgen, Olga,' zegt Hauke bemoedigend. 'In de zomer is het aan deze grens altijd druk met toeristen die naar Grodno en het

Augustów-kanaal willen. Kijk maar,' en hij wijst naar de zijspiegel en de lange rij auto's achter ons. 'De controles zijn maar oppervlakkig.'

Hauke lijkt gelijk te krijgen, want de Litouwse grenswacht werpt slechts een vluchtige blik op onze documenten. We rijden door naar het blauw-witte hok van Belarus en ook deze douanier heeft amper interesse voor onze papieren en laat ons na een korte check passeren.

'Dat ging gemakkelijk!' roep ik opgelucht en Hauke lacht, terwijl hij de snelheid opvoert.

De weg voor ons is al even recht als de laatste kilometers voor de grens, alleen zijn er nu geen open stukken meer. De donkere dennenbossen lopen door tot aan de rijbaan en lijken ons in te sluiten. Dit is dus dat desolate golvende groen waar Pavel me op wees, kort voor we van Athene opstegen. Is dat alweer ruim een maand geleden? *In een andere tijd.* Mijn telefoon piept. Ik kijk. '*Geachte klant, welkom in Belarus...*' Kort daarop begint mijn telefoon te tetteren. Een Duits nummer.

'Olga Liebke.'

'Hallo, Frau Liebke, met Bauer van Auto-Bauer. Ik heb bericht gekregen van de ADAC.'

'En?'

'U kunt de Mitsubishi vandaag tussen vijf en zes uur ophalen. Anders morgen vanaf acht uur.'

'Gelukkig. Dank. En hoe gaat het met u?' vraag ik, denkend aan de arme boekhouder.

'We zijn nog steeds in shock en de garage blijft voorlopig gesloten.'

'Begrijpelijk. En is er nog nieuws?' vraag ik uit beleefdheid.

'Ja. We hoorden vanochtend dat de daders uit Belarus kwamen.'

'Wat?' roep ik. 'Maar hoe weet u dat?'

'Van de politie. De recherche stelde ons vragen. Of we klanten hadden uit dat land. Nee, dus. Ik wist zelfs niet waar het lag.'

'Dat snap ik.'

Ik wil meer zeggen, maar het lukt me niet. Uit Belarus. Mijn vingers grijpen de draagband van mijn rugzak en ik kijk om naar de grenspost achter ons. De blauw-witte stip is niet meer te zien. Fuck. Ze kwamen uit Belarus. Maar waarom? Wat is dit? Bauer praat ondertussen verder over nieuwe beveiligingsapparatuur en hogere hekwerken. Het gaat mijn ene oor in en het andere uit. Ik antwoord werktuigelijk met 'Bedankt' en 'Sterkte' en beëindig het gesprek. Ik slik en kijk naar de weg voor me. Ik moet hier weg! Mijn hart begint te bonzen en het asfalt voor me begint te bewegen. De auto vertraagt, we naderen een kruising. Kom op! Olga! Herpak jezelf. Ik adem diep in en uit. Voor me verschijnen de voorstadjes van Grodno. We zijn weer in de bewoonde wereld. Goddank! Ik laat mijn rugzak los en neem de omgeving in me op. Modern. Net als Litouwen.

'Wie was dat?' klinkt het naast me. 'Klonk niet gezellig. Is er wat? Je bent ineens zo stil.'

Ik wend me naar Hauke.

'O. De garage. Mijn auto is aan het einde van de middag klaar. Werd tijd.'

'Ach, wat jammer.'

'Wie bitte?'

'Ja, ik ben graag jouw chauffeur.'

'Tuurlijk.' Ik maak een wegwuivende beweging en negeer zijn avances.

Ze kwamen uit Belarus. En nu?

28
Dinsdag 29 juni 2021, ochtend
In Nemnovo, Belarus

Ik bedank Hauke voor de zoveelste keer, duw het portier dicht en zwaai hem met mijn liefste glimlach uit. Hij wilde me graag vergezellen naar het museum, want misschien vond hij binnen nog interessante informatie voor zijn verhaal over de Suwałki-corridor, maar dat heb ik resoluut geweigerd, met een zwamverhaal over een verminderde concentratie. Blablabla. Hij kon niet anders dan mijn besluit accepteren en gaat nu wat shoppen in Grodno, dat een halfuur verderop ligt. Ik moet 'm appen wanneer mijn interview ten einde loopt.

Wanneer hij optrekt, draai ik rond mijn as en observeer de omgeving. Is er iets wat niet klopt? Het lijkt er niet op. Het open terrein met de strak gemaaide gazons oogt druk. Op het naastgelegen meertje peddelen kanoërs en aan de overkant van het kanaal passeren fietsers. Normaal ben ik geen fan van toeristische hotspots, maar nu voelt die reuring prettig. Het domein rond de markante witte sluisbrug lijkt op een openluchtmuseum. Het is uitstekend onderhouden met overal vrolijke bloemperkjes en nette bordjes met daarop cyrillische teksten die vermoedelijk uitleg geven over deze monumentale plek. De zon breekt door en versterkt die geconstrueerde authenticiteit die historische sites tegenwoordig zo kenmerkt. Alles is erop gericht om de toerist dát te tonen wat hij verwacht te zien. De gebouwen zijn weliswaar echt, maar de sfeer is nep, want toen papa hier in 1945 arriveerde, stonden er geen gele afrikaantjes en roze rozen. In mijn hoofd vormen zich al de documentairebeelden met shots van toen naast nu. Dat geeft vast een mooi contrast.

Ik loop over de kinderkopjes naar het museum, honderd meter verderop. Het is een laag, okerbruin bakstenen gebouw dat in vroegere tijden dienstdeed als de directiewoning van het sluisbedrijf. Onderweg analyseer ik de verspreide boerenhuizen rond het kanaal. Er wonen mensen, want de moestuintjes zien er verzorgd uit. Voordat ik de deur naar het museum open, kijk ik nog even om me heen. Alles lijkt normaal, en tóch is daar weer die vluchtdrang. Maar ik móét naar binnen. Ik móét informatie krijgen over papa, alias Boris Gobulev.

Ik open de deur en bots bijna tegen het ontvangstcomité van drie personen. De jongste en enige dame stapt naar me toe en stelt zich voor als de historica die me gaat rondleiden en noemt haar naam: Elizabeta Teresmirovna. Ze vertelt met enige trots dat ze werkt op de Yanka Kupala State University in Grodno. Ze is eind twintig, lang en slank en heeft hemelsblauwe ogen en een bijna doorschijnend witte huid. Haar bleke verschijning contrasteert met haar zwarte hoornen bril en haar donkerbruine haren die ze met gel in een strakke staart naar achteren heeft gebonden. Haar Engels is uitstekend en inmiddels presenteert ze mij de twee gezette heren van het bestuur. Ze zijn van middelbare leeftijd en vertellen met blije gezichten dat ze het een eer vinden dat een Duitse historicus interesse heeft in hun museum. Ze spreken en passant de hoop uit dat er via mijn onderzoek meer Duitse belangstelling komt voor het Augustów-kanaal, wat dan wellicht zou kunnen leiden tot toeristen uit Duitsland, zo vertaalt Elizabeta. Deze kanteling in denken over de Duitsers fascineert me, want het volk dat in 1941 dit land in de as legde, is tachtig jaar later een graag geziene gast. Na het begroetingsceremonieel maken de heren kenbaar dat ze mij overdragen aan Elizabeta. Ik knik en terwijl we handen schudden en Elizabeta me meevoert naar een wand met een oude kaart, beginnen de mannen met elkaar te babbelen. Met een ruk hef ik mijn hoofd, zet een pas naar achteren en raak met mijn billen de lage vitrinekast met daarin enkele oorkonden. En opnieuw produceert mijn brein geluiden en beelden, maar nu rommeliger.

'Welke taal spreken de bestuursleden?' vraag ik hakkelend aan Elizabeta en hap naar lucht.

Ze lijkt mijn verwarring niet op te merken en geeft met een vriendelijke glimlach antwoord.

'Dat is het Belarussische dialect dat in deze streek wordt gesproken. Het is anders dan het Russisch. Ik versta het niet, want ik kom uit Minsk.'

'Ja, je hoort echt een verschil,' weet ik nog te zeggen. En terwijl de bestuursleden vriendelijk knikkend de ruimte verlaten, start Elizabeta haar uitleg en wijst naar plekken op de plattegrond. Ik luister maar half en probeer mezelf weer in het gareel te krijgen. Dat is lastig, want het besef dat ik daadwerkelijk banden heb met dit gebied verwart me. Elizabeta loopt nu naar een hoge glazen kast en voert me met anekdoten langs foto's en voorwerpen die over de bouw en het gebruik van het Augustów-kanaal vertellen. Inmiddels is ze aangekomen bij de start van de Tweede Wereldoorlog en mijn drang om meer te weten over die periode leidt mijn bewustzijn weer naar het gesprek. Ja, ik moet nu opletten. We naderen immers het moment dat papa met ene Elize door de bossen galoppeerde. Dat dialect is voor later. Elizabeta neemt me nu mee naar een wand met informatie over de naoorlogse wederopbouw. Ik grijp mijn kans en vertel dat ik vooral geïnteresseerd ben in de persoonlijke inkleuring van ooggetuigen. Kent zij wellicht een oudere dame of heer die mij iets kan vertellen over het dagelijks leven in Nemnovo na de oorlog? Elizabeta knikt en meldt dat vijfhonderd meter verderop een aardige mevrouw woont die onder de Sovjets lerares was en nog geholpen heeft bij het aanleveren van materiaal voor de exposities. Elizabeta stelt voor om haar meteen te bezoeken, waarop ik enthousiast reageer. We verlaten het museum en lopen via een onverharde weg naar haar huis. Ondertussen is mijn onrust weer terug en speur ik naar figuren die zich verdacht gedragen en me angst inboezemen... Die zijn er niet.

We zitten in een functionele jarenvijftigkeuken aan een grijze formicatafel. De muren waren ooit pastelgroen, maar de rook van het koken en sigaretten vormt een pisgele aanslag, die bij het plafond donkerder kleurt dan bij de vloer. De oude, maar robuuste vrouw heeft duidelijk geen last van de naargeestige ruimte. Lachend schenkt ze zelfgemaakte appelsap in onze glazen en kletst over ditjes en datjes met Elizabeta. Wanneer ik mijn notitieblok uit mijn rugzak pak, leidt Elizabeta het gesprek naar mijn aanwezigheid en begint te vertalen. Ze meldt dat ik interesse heb in de periode direct na de oorlog. Ik haak vervolgens in en vraag of er nog interessante mensen hebben gewoond in Nemnovo, hopende dat ze de naam van Boris Gobulev noemt. En inderdaad begint ze trots te vertellen over het feit dat in Nemnovo een vrouw woonde die drager was van de Orde van Lenin. Haar naam was Anna Gobulev. Ik knik en vraag of deze bijzondere vrouw ook kinderen had.

'Ja, ze had een zoon, Boris.'

‘Interessant. En hebt u hem gekend?’

De vrouw knikt en schuift haar stoel aan.

‘Ja, van een afstand. Van incidentele bezoeken, samen met zijn moeder. Anna vertrok na de oorlog met Boris naar Grodno, maar ze kwam elke zomer terug.’

Ik glimlach en knik om haar aan te moedigen verder te vertellen. Hierna verhaalt ze over de heldendaden van Anna Gobulev tijdens de Tweede Wereldoorlog. Elizabeta vertaalt snel en geanimeerd.

‘Maar waar was Boris dan in de tijd dat Anna aan het front diende?’ vraag ik, zoekend naar een verklaring voor de persoonswissel van haar zoon met papa.

‘Bij zijn opa, Anna’s vader. Toen de nazi’s ons dorp binnenvielen, doodden ze de echtgenoot van Anna. Zij vluchtte toen met haar vader en zoon de bossen in, waar hun datsja verscholen lag. Anna wilde de moord op haar man wreken en trad toe tot het leger. Aangezien de Duitsers dit gebied bezet hielden, kon ze Boris en haar vader niet opzoeken. Daarom bleef hij tijdens de oorlogsjaren met zijn opa in de datsja van de Gobulevs. Na de capitulatie haalde Anna hem op. Haar vader was kort daarvoor overleden.’

‘Heftig,’ zeg ik en beelden van de donkere dennenbossen rond Nemnovo verschijnen, met de hoge varens en de dampende moerassen. Daarin overleven is een uitdaging, maar het kan. En toch stierf de zoon van Anna, want anders had papa zijn plek niet kunnen innemen. Was hij al dood toen papa in het voorjaar van 1945 in die datsja arriveerde? Dat is niet ondenkbaar, want de Duitsers waren een halfjaar eerder al weggejaagd door het Rode Leger. Als beiden nog hadden geleefd, waren ze vast teruggekeerd naar Nemnovo. Dus Anna vond een andere jongen in die hut? Of geloofde ze dat papa haar zoon was? Nee, onzin.

‘En hoe ging het met Boris na vier jaar in die bossen? Is daar iets van bekend?’

‘Nee.’ De oud-lerares kijkt naar Elizabeta en ook zij schudt haar hoofd.

‘En jullie weten ook niet of hij een leerachterstand had?’

‘Nee,’ zeggen ze in koor.

‘En als dat al zo was, dan heeft hij dat ingehaald, want hij heeft gestudeerd aan de universiteit van Minsk.’

‘Echt? Welke studie deed hij dan?’ vraag ik.

‘Geen idee. Hij was hier alleen in de zomer,’ vervolgt de vrouw. ‘Zo ken ik hem. Anna stierf medio jaren zeventig en is hier begraven. Na haar dood werden zijn bezoeken korter, soms bleef hij maar een paar dagen, maar vanaf de jaren tachtig was hij weer langer hier. Waarschijnlijk omdat hij in het buitenland woonde en van ver moest komen. En tijdens elke vakantie nam hij het graf van Anna onder handen en plantte nieuwe bloemen.’

‘Ach, wat lief! En in welk land was hij gestationeerd?’

De vrouw schudt haar hoofd. Ze weet het niet meer.

‘En in 1986 was hij nog hier?’

‘Ja. Een paar weken. Dat was kort voor zijn arrestatie.’

‘En wat weet u van zijn arrestatie?’

‘Niks. Hij was ineens weg. We dachten dat hij weer naar huis was. We hoorden pas maanden later dat hij veroordeeld was voor spionage en uit gevangenschap was gevlucht. De KGB kwam hier vragen stellen. Of we hem hadden gezien. Zo hoorden we ervan.’

‘En wat denkt u? Was hij een spion?’

‘Tuurlijk niet!’ roept ze. ‘Zijn moeder droeg de Orde van Lenin!’

‘En zijn gezin? Hoe zat het daarmee? Kwamen die mee naar Nemnovo? In 1986?’ vraag ik, denkend aan mij en mijn moeder.

‘Nee. Hij kwam alleen.’

De vrouw ratelt ondertussen door over de hechte relatie tussen moeder en zoon Gobulev. Elizabeta vertaalt met anekdoten over hoe ze zij aan zij meewerkten op het land tijdens die zware naoorlogse opbouwjaren. Ik luister maar half, want mijn gedachten blijven cirkelen rond zijn huwelijkse staat. Waarom nam hij me niet mee? Was mijn moeder daar soms op tegen en wilde zij thuisblijven? *In het buitenland*. Kan. Reizen naar deze uithoek van de USSR was in die jaren geen pretje. Geen treinverbindingen en amper auto’s. Dat deed je niet voor de lol en al zeker niet met een kind. En misschien was zijn verblijf in Nemnovo in 1986 wel een tussenstop? Op weg naar Moskou? Of misschien wilde hij het graf van Anna bezoeken? Dat zou heel goed kunnen, want papa is een man van principes. Hij voelde zich vast verplicht tegenover Anna. Hij was immers pas elf toen zij hem vond en hem als haar eigen zoon aannam. Feitelijk redde zij zijn leven. Heeft ze geweten dat papa een kind was van de vijand? Natuurlijk! En papa heeft geweten dat zij vocht bij het Rode Leger. En toch sloten ze een pact van liefde en geborgenheid.

'Hebt u toevallig een foto van Anna en Boris?' vraag ik, ineens nieuwsgierig naar deze mogelijke symbiose.

'Misschien. Ik haal het album.'

De vrouw staat op en loopt de keuken uit en is even later weer terug met een verweerde bruinleren map met daarin tientallen losse foto's. Ze pakt ze een voor een en bekijkt van elke foto de voor- en achterzijde. Dan schuift ze een plaatje naar me toe en vertelt erover. Elizabeta vertaalt. Het betreft een opname van een feestelijk diner in de zomer van 1972.

'Hier. Ze zitten aan het einde van de tafel. Links.' Ze wijst met haar pink.

Een verbleekte kleurenfoto toont zes vrolijke personen aan een houten picknicktafel aan de rand van een bos. En inderdaad. Papa zit tussen twee oudere dames en kijkt gereserveerd in de camera. Ja, dit is hem ten voeten uit. De rechtse vrouw is slank en heeft haar bruine haar opgebonden in een knot. De linkse is mollig en heeft een kortgeknipte coupe met grijsblonde krullen. Beide vrouwen lachen en hebben duidelijk plezier.

'Dit is Anna Gobulev,' zegt de oud-lerares en wijst op de gezette vrouw.

'Aha.'

Ik pak mijn telefoon en scan de foto. Verder inzoomend op het tafereel, valt mijn blik op papa's hand. Die rust op die van de donkerharige vrouw naast hem. Vanwaar die intimiteit?

'En wie is dat?' vraag ik.

'Ik weet haar naam niet meer.' Ze leunt naar achteren. 'Zij was een vriendin van Anna. Zij woonde ook in Grodno en ze logeerde elke zomer bij Anna en Boris. Maar dit was haar laatste bezoek, want ze maakte gebruik van een emigratieregeling voor Joden en verhuisde naar Afrika. Dit was haar afscheidsetentje.'

'Een Jodin? Naar Afrika?' roep ik. 'Waar in Afrika?'

Ze heft haar handen op. Ze weet het niet.

Ik wend me naar Elizabeta.

'Is er in het dorp nog iemand die haar naam kent?' vraag ik, want mijn instinct schreeuwt dat dit Elize is.

De oud-lerares kijkt vragend naar Elizabeta.

'Misschien vind ik iets in de archieven van Grodno,' zegt ze. 'Ik vraag het na.' Ze maakt een notitie.

Mijn blik gaat weer naar de foto en de hand van papa en de woorden van Ulrich resoneren door mijn brein: Je vader heeft destijds hulp gehad van iemand in Namibië. Er is vast fors betaald. Door Elize? Ja. Alles wijst in die richting. Dit is een lead! Er zijn in Israël of Namibië vast archieven met de namen van de Joden die uit de USSR emigreerden. Wat zal ik nu doen? Als ik Ulrich vraag om dit voor me uit te zoeken, zuig ik hem dieper in het geheime verleden van papa en krijgt hij misschien toegang tot informatie die ik achteraf liever voor mezelf had gehouden. Immers, het enige wat hij nu weet is dat ik niet Olga Liebke ben. Maar als ik Ulrich níét vraag moet ik zelf in Namibië contacten gaan leggen en zaken uitzoeken. Dat kost tijd en die heb ik niet. Bovendien krijgt een vreemde dan toegang tot gevoelige data en dat is al even tricky. Nee, Ulrich is de betere optie. Ik grijp mijn telefoon en tik een bericht.

Ulli. Spoed. Kun je iets navragen? Is in 1972 een Jodin met voornaam Elize vanuit de USSR naar N. geëmigreerd? Wellicht via Israël? Geboren rond 1908 in Grodno. Dat ligt nu in Belarus. Ze was arts.

Ik tik op verzenden. De vrouwen tegenover me praten inmiddels geanimeerd over een foto van het pand waarin nu het museum is gevestigd. Ulrich reageert.

Heeft dit van doen met De Zaak waar we laatst over spraken?

Ja.

OK. Ik pak het NU op.

Ik stuur nog een opgestoken duim naar Ulrich en wend me weer naar de oude vrouw. Ze sorteert weer foto's, tilt er eentje op en zegt dan iets in het Russisch.

'Hier nog een met Boris. Uit juni 1986,' vertaalt Elizabeta. 'Hij staat er toevallig op.'

Ik neem de foto aan. Het is een kleurenopname van een ouderwetse kermis in een weiland. Mensen slenteren langs geïmproviseerde kraampjes en spelletjes. De zon staat laag en in de verte meandert een rivier. Papa staat wijdbeens op het gras en heeft zijn camera losjes in zijn rechterhand, alsof hij net enkele opnamen heeft gemaakt. Hij lacht naar een gracieuze blonde vrouw in een gele zomerjurk die rond haar ranke lijf wappert. Ze balanceert bevallig op hoge knalgele hakken en houdt een kleuter in toom die haar met beide handen weg probeert te trekken. Zowel de vrouw als het meisje staan met de rug naar de camera. Van de blondine zie je alleen een fractie van haar profiel.

'Waar is dit?' vraag ik.

Elizabeta vertaalt.

'Aan de Memel. Iets verderop. Het was een dorpsfeest.'

'Aha.' Snel maak ik een scan van de foto en zoom in op het gezicht van papa. Er is iets mee. Hij is zo... ánders. Hij oogt nog opvallend jong, ofschoon hij toen al begin vijftig was. Maar er is meer: die speelse blik, die verleidelijke glimlach, die stralende ogen. Zo heb ik hem nooit gezien! Zo gelukkig en verliefd... Ja, want zo ziet hij eruit: stapelverliefd! Al zijn aandacht is gericht op die vrouw! Ik leun naar achteren en een gedachte vormt zich. Had hij soms een affaire? En nam hij ons dáárom niet mee naar Nemnovo?

'Wie is zij?' vraag ik ineens nieuwsgierig. 'Kent u haar?'

'Jazeker. Dat is Irina Saroka. Zij was de dochter van Alena Saroka, een vriendin van mijn moeder.'

'Was? Dus ze leeft niet meer?'

'Nee. Ze stierf jong.'

'Ach, wat verdrietig. En zij was ook afkomstig uit Nemnovo?' Ik wijs met mijn pen naar de witte vrouw.

'Min of meer. Haar ouders waren allebei van hier, maar ze zijn na de oorlog gedeporteerd naar Siberië. Zogenaamd vanwege antisocialistische activiteiten. Onzin natuurlijk. Stalin had gratis arbeiders nodig voor de industrie en liet willekeurige mensen oppakken. Zij hadden pech en werden midden in de nacht uit hun huis gehaald en na ondervragen en martelen afgevoerd naar een goelag in de regio Tomsk. Irina is daar in maart 1953 geboren, in de week dat Stalin stierf. Alena jubelde elk jaar weer over beide gebeurtenissen en hing demonstratief de vlag uit. Ik zou het niet durven. Na de dood van Stalin kregen veel gedeporteerden gratie. Zo ook Alena en haar man. Ze keerden terug naar Nemnovo en gingen werken bij het staatsbosbedrijf. Irina groeide hier op, maar vertrok op haar achttiende naar Minsk en trouwde een paar jaar later met een hoge apparatsjik. Ze verhuisde met hem naar de DDR.'

'Ze was dus getrouwd.'

'Ja.'

'En staat haar man ook ergens op een foto?'

'Nee. Hij zette haar hier af en vertrok weer. Irina was hier elke zomer vanwege haar astma. Ze kreeg tijdens de hete maanden geen lucht in die Duitse stad.'

'Hoe heette haar man?'

'Geen idee.'

'Weet u ook waaraan ze is overleden?'

'Een auto-ongeluk. Gebeurde in Oost-Duitsland. Irina was tegen een boom gereden. Haar dochtertje was bij haar. Zij waren allebei op slag dood en zijn hier begraven, op verzoek van Alena. De kisten met hun lijken zijn hierheen gebracht.'

'Verschrikkelijk.'

'En had deze vrouw nog andere kinderen?' vraag ik.

Ze schudt haar hoofd.

'En hebt u nog andere foto's van haar? Met haar gezicht?'

Ze sorteert haar collectie.

'Nee, helaas.' Ze slaat haar ogen naar me op en overlegt met Elizabeta.

'Ze leek wel wat op u,' vertaalt ze. 'Zij had ook dat frêle en die broze botten.' Ze wijst naar mijn ranke nek en sierlijke handen.

De oud-lerares knikt.

'Haar type zag je hier niet veel. Volgens Alena had Irina haar bouw van haar oma uit Litouwen.'

'Ja, dat herken ik.' Ik glimlach en wijs naar mijn gezicht. 'In Vilnius zag ik wel meer kopieën van mezelf.'

De vrouwen lachen en mijn blik gaat weer naar de foto. Ik wil meer weten over deze Irina, vanwege die blije blik van papa. Op haar grafsteen staat vast ook de naam van haar man.

'Kan ik straks haar graf bezoeken?'

De oud-lerares schudt haar hoofd.

'Nee, de oude begraafplaats is een paar jaar geleden geruimd toen de Memel haar loop verlegde.'

'Wat erg.'

De vrouw haalt haar schouders op.

'Alena heeft dat gelukkig niet meer meegemaakt.'

Ik denk na. Ze is verongelukt in de DDR. Misschien kan ik haar opsporen in een van de archieven, maar dan heb ik meer informatie nodig.

'Weet u nog de naam van de stad waar Irina woonde?'

De oud-lerares valt stil en lijkt na te denken.

'Misschien.' Ze staat op en loopt naar het dressoir. 'Ik heb een keer een ansichtkaart van haar gekregen.' Ze opent de middelste la. 'Die arriveerde pas na haar dood. Daarom heb ik 'm bewaard.' Ze rommelt ondertussen in de la en slaakt een enthousiast kreetje, waarna ze zich weer naar de tafel draait en de ansichtkaart voor me neerlegt. De foto toont een brede allee met rechts gigantische betonnen woonblokken en links enkele bomen die iel ogen naast de lelijke kolossen. In de blauwe lucht boven het groen staat MAGDEBURG. Ze woonde dus in Magdeburg. Hadden ze daar destijds smog? Ik bekijk het poststempel: 8 februari 1988.

'Wat schrijft ze?'

Elizabeta pakt de ansichtkaart en leest voor: 'De zomers bij jullie verwarmen voor altijd mijn hart.'

'Poëtische tekst,' zeg ik.

'Ja, het is alsof ze haar dood al aanvoelde.'

'En hoe was deze Irina?' vraag ik en ik wend me weer naar de oud-lerares. 'Hoe was haar karakter en wat was haar achtergrond? Wat voor werk deed ze? Had ze gestudeerd?'

De vrouw kijkt naar de vertalende Elizabeta en antwoordt.

'Lastige vraag. Ze bleef op de achtergrond en ze was altijd aan het tekenen of kleien. Of ze sneed sculpturen uit hout. Ze was een creatief en dromerig meisje. Ze wilde naar de kunstacademie in Moskou, maar die vlieger ging niet op. Dat etiket van de goelag zat natuurlijk op haar geplakt. In de USSR bleven dan vele deuren voor je dicht. Dus deed ze een opleiding tot secretaresse en in die hoedanigheid ontmoette ze haar man. Ze werkte voor hem. Hij was ouder en vrijgezel. Alena was aanvankelijk tegen de relatie vanwege het leeftijdsverschil, maar ze stelde haar mening bij en jubelde telkens weer dat Irina zoveel geluk had gehad met hem. Hij was idolaat van zijn vrouw en dochtertje. Dat zag je ook. Ik heb hem één keer ontmoet toen hij hen bij Alena afzette. Dat was tijdens haar laatste bezoek, in de zomer van

1987. We zaten op onze schommelstoel op het overdekte terras en zagen ze aankomen. Hij parkeerde, stapte uit de auto en maakte het portier open voor Irina. Zo galant. Hij dartelde als een verliefde tiener om haar heen. Droeg koffers, sprak kooswoordjes, streelde haar arm. En zij liet het zich welgevallen. En de kleine Maya was zo dol op hem. Ze huilde toen hij weer moest vertrekken en wilde hem niet loslaten. Irina moest haar van hem lostrekken. Ik heb nog vaak aan die arme man gedacht. Dat ongeluk heeft vast ook zijn leven verwoest.'

'En hoe zag hij eruit?'

Elizabeta en de oud-lerares overleggen.

'Lang en slank,' vertaalt Elizabeta. 'Een mooie man met een beschaafd voorkomen. Hij had witgrijs haar. Je zag dat hij al ouder was.'

Wat heftig. Wie was hij? Hij moet vindbaar zijn met de informatie die ik nu heb. Misschien kan Ulrich daar wat mee? Hij heeft overal connecties. Ik grijp mijn telefoon van de tafel en tik een bericht.

Hé, Ulli, nog een vraag. Ken jij iemand die zaken in DDR-archieven voor me kan opzoeken? Moet de naam hebben van de echtgenoot – in 1988 – van ene Irina Saroka. Beiden burgers USSR. Hij was een hoge pief. Werkzaam/wonend in Magdeburg. Zij is geboren 3/1953 in Tomsk USSR. Overleed in DDR met dochter Maya van 4 in 2/1988. Autoongeluk. DANK.

Gaat dit over De Zaak?

Ja. Indirect.

OK.

Een zucht ontsnapt me en mijn blaas begint zich te roeren.

'Mag ik even van uw toilet gebruikmaken?' vraag ik, terwijl ik opsta en mijn rugzak pak. Die wil ik toch niet laten staan. Met een glimlach gebaar ik naar het lege glas. 'Ik heb wat veel gedronken van uw heerlijke appelsap.'

24 mei 2024: Première van de documentaire *De Grensman*

'We waren bij het moment waarop uw collega u op de grens onder schot hield. Wat gebeurde hierna?'
De man lijkt zich te herpakken. Hij neemt een slok water en zet het glas neer. '*Op een gegeven moment hoorden we in de verte de legerjeeps. Een groep uit de kazerne was in aantocht, maar de voertuigen kwamen amper vooruit. Op de colonneweg lag natuurlijk een pak sneeuw.*'

Op het scherm verschijnen beelden van een colonneweg. Een mannelijke voice-over vertelt dat deze verharde paden deel uitmaakten van de grensversterkingen van de DDR. Ze liepen parallel aan de grens met de drie meter hoge staalplaten. Het wegdek was gemaakt van uniforme, weerbestendige betonnen platen met daarin kleine openingen. Door deze gaten konden gras en planten groeien, waardoor de platen stevig aan de grond vastzaten. De grenstroepen van de DDR gebruikten deze colonnewegen om zich snel met hun voertuigen langs de grens te verplaatsen.

De camera zoomt weer in op de man die zijn verhaal vervolgt.

'*Mijn lichaam vocht ondertussen tegen onderkoeling en ik kon niet meer nadenken. Wat ik nog weet, is dat ik het beeld van de dode vrouw naast me onder de sneeuw maar niet weg kreeg. Wat had ik gedaan? En het kind!? Ik spitste mijn oren om elk ander geluid dan de suizende wind op te vangen. Maar er was niks. En wat ik me ook nog herinner is mijn vreugde toen de eenheid arriveerde. Eindelijk! Ze zouden Klaus tot de orde roepen en het kind redden. Maar zo ging het niet!*'

De man verheft zijn stem en je hoort zijn woede.

'*Die idioot van een Klaus vertelde dat hij mij onder schot hield omdat ik had willen vluchten. Ik ontkende ferm. De vrouw was niet alleen geweest. Haar kind was aan de andere kant naar beneden gevallen. Ik wilde het terughalen. De commandant greep de touwladder vast en klom vervolgens met een sergeant over het stalen hekwerk en kwam pas na een tijdje weer terug. Hij deed de zakelijke mededeling dat er geen kind was gevonden. Aan zijn blik kon ik aflezen dat hij Klaus geloofde. Dus ook hij dacht dat ik het verhaal had verzonnen. De angst greep me.'*

De man begint nu te hijgen.

'Ondertussen tilden twee Grenzers de dode engel naast me op. En toen zagen we het bewijs, want onder de vrouw lag een sneeuwvrij roze kinderlaarsje, afgezet met een schapenbontje. Het was dus een meisje! Haar laarsje was uitgevallen toen ze de touwladder omhoogklom. Ik dook ernaartoe, tilde het op en schreeuwde tegen de commandant: "Ziet u! Het was een meisje! Dit heeft ze verloren toen ze over het hekwerk klom." En ik zwaaide met het schoeisel. Het hoofd van de commandant schoot met een verontruste blik naar de wand.'

'Dus men geloofde u, dat de dode vrouw met een kind naar het westen had willen vluchten.'

'Daar leek het wel op. Ik mocht mijn wapen pakken en teruggaan naar de kazerne. Alles was normaal, totdat ik na onze avondmaaltijd de opdracht kreeg om me bij mijn meerdere te melden. Ik liep de hal in, waar twee onbekende mannen met lange grijze winterjassen me opwachtten en me verzochten om met hen mee te lopen. Eenmaal buiten haalden beiden een pistool tevoorschijn en dwongen me om plaats te nemen in een busje met geblindeerde ramen dat naast de kazerne met een draaiende motor gereedstond. Ik had nog het domme lef om te vragen wat er aan de hand was, maar kreeg meteen een stomp in mijn buik. Hierna sloegen ze me in de boeien en voerden me af.'

'En welke reden gaven ze voor uw arrestatie?'

'Republiekvlucht. Ik belandde in een surreële wereld. Men stelde dat er helemaal geen vrouw was doodgeschoten aan de grens op die bewuste ochtend en dat ik waanvoorstellingen had. Er lag wel een verklaring van mijn collega Klaus, die stelde dat ik geprobeerd had om te vluchten met details die glashard waren gelogen. Toen ik bleef volhouden dat hier niks van klopte, vertelde de ondervrager dat ik de keus had tussen twee locaties waar ze me zouden opsluiten: ofwel in een gewone gevangenis, ofwel in een psychiatrische inrichting. Als ik toegaf dat ik had willen vluchten, ging ik naar de gewone gevangenis

en dan stond ik over een paar jaar weer buiten en kon ik mijn leven vervolgen. Als ik bij mijn verhaal bleef over die vrouw en dat kind, zouden ze me voor de rest van mijn leven in een instelling opsluiten en moest ik behandelingen ondergaan die mij weer geestelijk "gezond" moesten maken. Aan mij de keus. Ja, nou, dan is de keus snel gemaakt. Bij ons thuis had de psychiatrie een gruwelijke reputatie. Daar wilde je niet in belanden. Ik had nog net de tegenwoordigheid van geest om dát te beseffen. Dus ik tekende het formulier en verklaarde dat ik tijdens mijn dienst als grenssoldaat naar het westen had willen vluchten. Geheel conform het verzonnen verhaal van mijn collega Klaus. Vervolgens zat ik anderhalf jaar opgesloten. Ik kwam weer vrij toen de Muur viel. Dat was mijn geluk. Als het langer had geduurd, was ik doorgedraaid.'

'Dus men veroordeelde u voor een republiekvlucht die überhaupt niet had plaatsgevonden. Wat ging er door u heen?'

'Ik was negentien en een kind van trouwe communistische burgers. Mijn hoofd was gevuld met twee decennia indoctrinatie. Dat wat de Partij verkondigde, was al mijn hele leven de waarheid. Dus ik verkeerde in totale verwarring en de opsluiting versterkte dat. Mijn hart was vol schuldgevoelens over de dood van de vrouw. Die uren in de sneeuw waren zo écht. Haar verbaasde blik was echt. Haar zoete geur was echt. Het gegil van het kind was echt. Het roze laarsje was echt. Vooral het meisje hield me bezig. Het voelde alsof ze bij me was in de cel en me gezelschap hield. Maar de Partij zei dat er geen vrouw was doodgeschoten en dat er geen kind was geweest. Wat was echt? Klopten mijn herinneringen wel? Of waren de blonde engel en het gehuil van het kind hallucinaties?'

De man pakt het boek en slaat het open.

'Ik wil u wat voorlezen,' zegt hij.

***'Dat is goed,'* antwoordt de interviewer.**

Hij pakt zijn leesbril uit de brillenkoker.

'Het is een passage uit de dystopische roman 1984 van George Orwell. Dit boek verscheen in 1949 en is een waarschuwing tegen totalitaire regimes en was natuurlijk verboden in de DDR. Ik las het pas na de val van de Muur en het was alsof ik ineens begreep wat me was overkomen.'

Op de witte wand verschijnen beelden van de Britse auteur en journalist George Orwell, gevolgd door de covers van enkele andere bekende boeken, zoals *Animal Farm*, een antistalinistische satire. Een mannelijke voice-over geeft een toelichting op de achtergronden. George Orwell haalde vooral inspiratie uit de Sovjet-Unie.

De camera gaat weer naar de man. Hij bladert naar een bladzijde in het boek *1984* en neemt weer het woord.

'Het gaat om de passage waarin het hoofdpersonage Winston wordt ondervraagd en gemarteld, omdat hij twijfelde aan de Waarheid zoals de Partij die verkondigt. De ondervrager is aan het woord en geeft Winston uitleg over zijn situatie.'

Hij ademt diep in en leest dan voor: *'Alles wat de Partij voor waar houdt, is waar. Het is onmogelijk om de werkelijkheid anders te zien dan via de ogen van de Partij. En dat feit zul je opnieuw moeten leren, Winston. Dat vereist een daad van zelfvernietiging, en volharding. Pas als je jezelf vernedert, kun je geestelijk gezond worden.'*

De man slaat het boek weer dicht en zucht.

'Zo ging dat ook bij mij. De waarheid van de Partij was dat er geen vrouw aan de grens was doodgeschoten en de waarheid van de Partij was ook dat er geen kind aan de andere kant van de grens naar beneden was gevallen. Maar omdat ik in mijn eigen waarheid bleef geloven, sloten ze me op. Ik moest opnieuw leren zien. Ik moest mezelf vernietigen. Ik moest mezelf vernederen. Pas dan zou ik geestelijk gezond worden en erkennen dat er geen vrouw en kind aan die grens waren geweest.'

Olga

Deel 10:

Over de grens

'Stilte, je bent het mooiste wat ik ooit heb gehoord.'

Boris Pasternak (1890-1960). Russisch dichter, schrijver en componist.
Nobelprijswinnaar Literatuur in 1958.

29
Dinsdag 29 juni 2021, middaguur
In Nemnovo, Belarus

De oud-lerares gaat me voor de gang in en loopt naar een aanbouw die als bijkeuken dienstdoet. De vloeren zijn van beton en de wanden van hout. Er is een afbladderende deur die opent naar de moestuin en het aangrenzende bos. Links in de hoek is een hok met een plastic schuifdeur. De oude vrouw wijst, zegt *tualet* en hobbelt vervolgens weer terug naar de keuken. Terwijl ik de vochtige ruimte binnenga, cirkelen mijn gedachten weer rond die gelukzalige glimlach van papa. Zijn uitstraling op die foto is zó anders dan die van de man die mij opvoedde. Dit andere perspectief op hem verwart me, want mijn hele leven was hij mijn stille en bedachtzame vader. Maar de afgelopen periode was daar de confrontatie met zijn andere rollen: de vluchtende Junker, de aangenomen Sovjetzoon, de KGB'er, de spion, de goelaggevangene en nu dan de man die als een verliefde puber naar een blonde vrouw lachte, terwijl thuis zijn gezin op hem wachtte... En natuurlijk weet ik dat papa seks had met mijn moeder, anders was ik niet geboren. Maar ik heb die wetenschap nooit gekoppeld aan lust. In mijn hoofd voltrok zich mijn conceptie als in een heimatfilm: het verliefde stel loopt gearmd de slaapkamer in en sluit de deur. Einde scène. Maar de afgelopen periode ging dat verhevene van papa verloren en daarvoor in de plaats kwam een intrigerende man van vlees en bloed van wie ik alles wil weten.

Na mijn toiletbezoek hang ik mijn rugzak om en ga weer richting de keuken. Ondertussen denk ik na over de vragen die ik nog wil stellen. Maar bij het passeren van het raam in de hal trekt een cognackleurig jack mijn aandacht. Ik duik achter de gordijnen en gluur naar buiten. En ja hoor: dat is 'm. Bij die oude spar staat de blonde kleerkast uit het gekaapte Ryanair-vliegtuig! Hij leunt tegen de boom en rookt een sigaret, terwijl hij met een verveelde blik naar de voordeur van de boerderij kijkt.

Mijn ademhaling stokt en mijn hart begint ongecontroleerd te bonzen. Scheiße! Mijn gevoel zat dus goed. Ze volgen me! Hoelang al? En waarom? Doet er niet toe. Ik moet hier weg. Snel analyseer ik mijn situatie. Ik zit in Belarus. Hier verdwijnen mensen of krijgen zogenaamde ongelukken...

Maar ze kunnen je overal ter wereld in een busje duwen! roept mijn brein.

Dat klopt, maar dat vraagt organisatie en bovendien volgen er dan onderzoeken met conclusies die hun kant op kunnen wijzen en die vervolgens tot nóg meer sancties kunnen leiden. Dus ik moet weg uit dit land! Snel grijp ik mijn telefoon en bekijk mijn locatie op Google Maps. De grens met Litouwen is in het noorden en hemelsbreed nog geen drie kilometer hiervandaan. Ik moet links van het Augustówkanaal blijven, tot ik de Memel bereik, dan links van de rivier blijven, totdat ik bij een zijstroom kom. Die moet ik oversteken en iets verderop is Litouwen. Ja! En nu maar hopen dat Maxim gelijk heeft en dat er geen hekwerk is. Op de satellietopname zie je in ieder geval niks van een afscheiding. En verdwalen zal ik niet, want de zon staat nu op het hoogste punt in het zuiden. Ik moet dus de tegenovergestelde richting aanhouden. Ik schakel mijn gps uit, zet mijn telefoon op de vliegtuigstand en stop 'm in mijn nieuwe signaalwerende rugzak. En nu maar hopen dat de verkooppraatjes van Ulrich kloppen en ik onzichtbaar blijf voor traceerapparaten. En zo niet, dan zijn mijn kansen om Litouwen te bereiken ook nog redelijk. Ze moeten me immers met de benenwagen achternakomen, want met een quad of helikopter kunnen ze niks op dit terrein. Als ze zoiets al tot hun beschikking hebben. En wanneer ze me al rennend volgen, hebben ze een uitdaging, want ik ben een keigoede hardloopster op oneffen terrein. Die drie kilometer doe ik in een kwartiertje en ik ben al halverwege voordat die verveelde spierbundel in de gaten heeft dat deze vogel is gevlogen.

Zachtjes open ik de achterdeur van de aanbouw en schiet de moestuin in. Ik kruip langs de tomatenplanten en tuinbonen richting het bos. Wanneer de dennen het felle zonlicht breken, kom ik omhoog en begin te rennen. Razendsnel beweeg ik me langs kronkelende varens en stekelige struiken. Ondertussen snuif ik de geuren van de vegetatie op en probeer veranderingen te traceren. Het open terrein bij de weg zal ongetwijfeld andere geuren mijn kant op waaien. En inderdaad, op een bepaald moment wordt de lucht droger en is daar de straat. Ik buig af en bereik een bos met een zachte mossige ondergrond. Hier stop ik even en observeer hijgend de grillige vormen van de woudreuzen. Ik luister. Zijn er dissonanten? De bladeren van de struiken ritselen en iets verderop hoor je het monotone geklater van een beekje. Maar er is iets en de angst grijpt me weer. Ik hap naar adem, kijk om me heen, op zoek naar glurende ogen. Ik sta stil en luister opnieuw. Mijn neusvleugels trillen. Ja! Een zacht aanzwellend gebrom nadert vanuit het zuiden: een drone! De woorden van papa weerklinken: *In een woud valt vooral dát op wat zich verroert, Bienchen. Daarom ook drijven jagers hun prooi op. Ze willen dat ze gaat bewegen, want dan komt ze in hun vizier. Kies dan voor verstoppen. En liefst onder de grond, want dan ben je beter beschermd tegen thermocamera's.* Hij heeft gelijk! Hijgend verken ik mijn omgeving. Links voor me is een zachte glooiing met enkele oude door de storm gevelde sparren met diepe kuilen op de plek waar hun wortels waren. Ja! Die gaten zijn ideale verstopplekken. Ook omdat in hun vochtige omgeving al snel varens omhoogschieten. Ik luister opnieuw en bepaal de richting vanwaar het gezoem van de drone komt. Het ding zit nu zuidwestelijk van mij en het gebrom wordt luider. Ik val op de grond en tijger zigzaggend langs hulst, bramen, varens en jonge dennen naar het talud. Hier stop ik even, kom wat omhoog en check opnieuw het terrein. Verderop ligt een enorme spar met een overwoekerde stam. Die moet ik hebben! Ik zet een sprint in en bereik de kolos. Net wanneer ik neerhurk, schieten links van me twee herten langs en rennen in de richting van de drone. Top, dat geeft wat afleiding op hun scherm. Snel kruip ik in het gat onder de uitstekende wortels van de omgewaaide boom. De holte heeft een doorsnee van zo'n twee meter en is toch zeker een meter diep. Ik duw me zo ver als mogelijk onder de wortels, ga vervolgens op mijn rug liggen en bedek mijn lichaam met een graaiende beweging met de afgebroken takken en de vochtige bladeren die zich met de seizoenen in de holte hebben verzameld.

Hierna probeer ik mijn opgefokte geest stil te krijgen door me te richten op mijn omgeving. De wortels en de aarde weren het licht en het zicht. De geuren zijn des te sterker en ik snuif het olieachtige aroma van de composterende bladeren op, waarna ik mijn aandacht verplaats naar de geluiden van het bos. De grotachtige vorm van de kuil dempt de klanken, maar toch hoor ik de drone naderen. Hij cirkelt nu boven me, want ik herken dat typische cyclische gebrom van het apparaat. De klanken worden nog even luider, waarna ze weer geleidelijk afnemen en zich richting noorden verplaatsen. Oei. Daar moet ik heen. Wat doe ik nu? Met elke minuut dat ik hier lig, komen de mannen dichterbij, maar als ik uit mijn schuilplaats kom, zien ze me via de drone. 'Geen paniek,' fluister ik tegen mezelf. 'Niet bewegen. Heb geduld. Er is nog tijd. Je hebt een ruime voorsprong.' Ik adem diep in en uit en ik negeer de vochtige kou die via mijn dunne kleren mijn huid binnendringt. Ik dirigeer mijn geest naar die andere modus, naar die stille wereld waarin ik loskom van mijn angsten. Ik sluit mijn ogen en doe wat papa me van jongs af aan leerde: mezelf verbinden met de bodem waarop ik lig en visualiseren hoe minuscule draadjes uit mijn lichaam groeien en contact maken met de aarde. *Wees als de hazelnoot die zijn harde huls van binnenuit openperst, Bienchen, waarna haar jonge wortels zich door de humus vertakken en grip vinden.* Ja. Ik adem in en uit en in en uit en in en uit en met elke zucht ontkiemen nieuwe strengen uit mijn huid, die zich kronkelend in de vochtige aarde duwen...

Dichtbij hoor ik twijgjes kraken en bladeren ritselen en ik herken de voorzichtige passen van een ree. Dat is een goed teken, want dat duidt erop dat er geen mensen in de buurt zijn. De zonnestralen duwen zich door de gaten van mijn hol en ik check mijn horloge. Vijf minuten zijn verstreken. Voorzichtig kruip ik uit mijn schuilplaats en luister naar de montere klanken van het zomerse bos. Wanneer ik uit mijn hol omhoogklim, beweeg ik mijn oor naar het zuiden. Ja, daar is wat. Roepende mannen. En het zijn geen wandelaars, want dit deel van het bos loopt dood tegen de rivier bij de grens. Ze volgen me, maar Litouwen is niet ver meer. Dus doorlopen. Terwijl ik zigzaggend langs bramen en varens richting het noorden ren, is daar ineens weer het zachte gesnor van de drone. Opnieuw zoek ik beschutting tussen de struiken, maar dan schallen er in het zuiden twee schoten. In een reflex duik ik in elkaar en bescherm mijn hoofd met mijn armen. Het gezoem van de drone verandert in een gejank gevolgd door een klap iets verderop. Ik blik op. Het apparaat is uit de lucht gevallen en hangt in een spar. De geluiden achter me verstommen. Wat gebeurt daar? Geen idee! Weg. Weg. Weg.

Ik kom omhoog en begin weer te rennen, zo snel als ik kan op de drassige bodem. Op een gegeven moment bereik ik inderdaad een meanderende rivier van zo'n vijf meter breed. De stroom is circa een meter diep en dus doorwaadbaar. Ik doe mijn rugzak af, houd die omhoog, ga het water in en bagger stap voor stap naar de overkant. Hier aangekomen hang ik 'm weer om en kruip razendsnel op handen en voeten de uitgesleten en modderige oever omhoog en hervat het rennen. Het water klotst in mijn schoenen en de natte kleren schuren langs mijn huid, maar ik blijf in een hoog tempo het noorden aanhouden, passeer een oud hekwerk van prikkeldraad en bereik uiteindelijk een smalle onverharde straat met daarachter open landbouwgrond en in de verte enkele verspreid liggende boerderijen. Ja! Ik ben in Litouwen, want in Belarus waren noordelijk van Nemnovo geen huizen meer. Mijn argwaan houdt echter aan en ik vervolg mijn route parallel aan de weg, zo veel mogelijk onder de bomen en tussen de bosschages met miniberkjes, totdat ik een bewegwijzeringsbord zie met daarop een Litouwse plaatsnaam. Eindelijk. Ik ben nu écht in Litouwen, want in Belarus is het schrift cyrillisch. Maar dit is nog geen bewoonde wereld, wat betekent dat ze me nog ongezien kunnen kidnappen en terugslepen naar Belarus. Ik moet naar een plek waar mensen zijn en ik zet een laatste sprint in naar het buurtschap. Ik bereik een mooi gerenoveerde houten boerderij, stuif de oprit op en bel aan.

Terwijl ik wiebelend op beide benen wacht tot iemand opendoet, denk ik aan papa. Paniek borrelt op. Zou de hoeve nog wel veilig zijn? Of is die te afgelegen en moet papa daar weg? En moet ik Maxim vragen of hij me kan ophalen? Druskininkai is dichtbij. Hauke zit in Grodno en dat is ruim een uur rijden, want hij moet weer terug via de grensovergang van Raigardas. Een taxi bestellen kan ook, maar ik ben inmiddels zodanig op mijn hoede dat ik in elke onbekende een gevaar vermoed.

30
Dinsdag 29 juni 2021, namiddag
Varviškė

Ik zit op de bloemetjesbank in de woonkamer van een ouder echtpaar dat in de keuken bezig is. Mijn natte kleren draaien in de droger. Het wachten is op Maxim. Toen ik had aangebeld en met handen en voeten begon te vertellen dat ik was verdwaald en uitgegleden bij de rivier, antwoordde het stel in redelijk Engels en nodigde me meteen uit om binnen te komen. En nu zit ik hier in een badjas aan de kruidenthee en eet een sandwich. De terrasdeur staat open. Het is stil buiten. Geen nieuwe schoten.

De wijzer van de kersenhouten pendule op de schouw springt naar twee uur. Monika is inmiddels met papa onderweg naar Bad Harzburg. Ik gaf haar de opdracht om wat kleren in te pakken en onmiddellijk met hem naar de praktijk van Rudolf te rijden. Daar moest ze aan hem vragen om via zijn contacten opvang te regelen. Bij voorkeur in het verpleeghuis Krugwiese in Goslar waar papa verbleef toen ik in 2019 op de woestijngrens van Tripartito tussen Bolivia en Peru opnamen maakte en Monika onverwachts griep kreeg. Dat was hem redelijk bevallen. 'Komt in orde,' was haar kordate reactie. Ze stelde geen verdere vragen, omdat ze kennelijk wel begreep dat er geen antwoord zou komen.

De achtervolging blijft door me heen spoken, net als de repeterende vraag wat ze van me moeten. Ik neem een volgende hap van mijn brood en knabbel op de karwijzaadjes die door de Litouwse kwarkkaas zijn gemengd. Lekker, maar een aparte combi. De bijzondere anijsachtige smaak zet me aan het denken. Misschien moet ik de gebeurtenissen van de afgelopen weken eens opnieuw gaan combineren en kijken of er verbanden zijn die ik eerder niet zag. Ik pak mijn pen en notitieblok uit mijn rugzak en blader naar een leeg vel. Goed. Welke voorvallen waren er de afgelopen maanden? En wat is wanneer gebeurd? *Schrijf alles op!* Met hulp van mijn Outlook-agenda begin ik met noteren en het verwachte patroon toont zich al snel. Zie je wel! Alle rare dingen gebeurden toch echt ná de kaping. Dus wat viel me die dag allemaal op? Ik speel de film in gedachten af: het inchecken, het boarden, het plaatsnemen naast Pavel, onze kennismaking, ons gesprek, de militairen, de arrestatie, zijn blik, de kleerkast uit het vliegtuig die meeliep met de agenten, het wachten en de wereldwijde verontwaardiging. En dan dat tikken op zijn laptop na het bericht van de omleiding. Hij was als een bezetene bezig met zijn bestanden. Beschikte hij soms over belastende informatie en vermoeden ze dat hij die aan mij heeft gegeven? Vandaar soms die inbraken? Maar hij heeft me niks meegegeven of stiekem toegestopt, want in mijn kapotte rode rugzak zat niks belangrijks toen ik de nieuwe in gebruik nam. En Pavel is dood.

Ik zucht. En toch moeten ze iets van me. Maar wat? Ik weet het echt niet. Het kan natuurlijk ook zijn dat Pavel zijn ondervragers heeft voorgelogen. En dan? Ik trek de badjas strakker om me heen. Wat nu? Een bezoek brengen aan de politie in Litouwen? Nee! Ik ben zojuist illegaal uit Belarus vertrokken, want ik ben niet uitgecheckt aan de grens en dat is tricky. Nog even afgezien van het taalprobleem. Dus ik moet zo snel mogelijk terug naar de Harz en wel met de auto van Bauer, want vanaf vijf uur zijn de ramen eindelijk gerepareerd. Dus ik ga in de nacht rijden!? Nee! Dat trek ik fysiek niet. Ik ben nu al doodmoe en ik kan niet nog eens zoveel uur opblijven en over de Poolse snelwegen gaan jakkeren. Bovendien kunnen eventuele achtervolgers me dan in het donker ongezien van de weg halen. Precies. Ik vertrek morgen na zonsopkomst en probeer eerst nog een paar uur te slapen. Ja, zo doen we dat. Ik ga straks de leenauto ophalen en tot mijn vertrek afgelegen plekken mijden en in het hotel blijven. En mezelf afleiden, want die paniek maakt me gek. Alles in me wil opspringen en rennen. Weg, weg, weg...

Ik blader terug naar de notities van mijn gesprek met de oud-lerares en Elizabeta. Het is afwachten wat ik terugkrijg op mijn vragen aan Ulrich over de mogelijke emigratie van Elize naar Namibië en de onbekende echtgenoot van Irina Saroka. Verder bracht de ontmoeting me gelukkig nog enkele leads die ik kan opvolgen, zoals het checken van de huwelijkse staat van papa alias Boris Gobulev en het verloop van zijn diplomatieke carrière. Administratief krijg ik zijn verleden wel boven water. De vraag is alleen hoelang het gaat duren en welke detaillering de Russische archieven me gaan geven. Voorzichtigheid blijft geboden, want er moet een gegronde reden zijn waarom papa onze ware identiteit verborgen hield.

Ik buig mijn hoofd en ruik mezelf. Is dit nu de geur van angst? Vast, maar er is meer dan angst. Een gemis dat er nog niet eerder was. Nu de dood naar me knipoogde, is daar die vreemde melancholie. Het is alsof ik niet mijn ware leven leefde, alsof ik altijd aan de oppervlakte van mijn menselijke 'zijn' bleef. En dat gemis bevindt zich op het niveau van mijn relaties met anderen. Ik trok over de planeet en had vele boeiende ervaringen, maar ik maakte nooit een diepe connectie met de mensen die mijn pad kruisten. Ik toonde me nooit helemaal aan een ander en daarom ging het ook mis met Rudolf. Zelfs bij Ulrich ben ik op mijn hoede. Ik laat niemand toe tot mijn kern, want altijd is daar die innerlijke rem die me stopt wanneer ik over dát wil praten wat me écht bezighoudt. Waarom is dat eigenlijk? Waarom leef ik achter een masker? Ik knoop de ceintuur van de kamerjas nog wat vaster om me heen en ga verzitten. Bang voor veroordeling? Ja, zoiets. Angst voor verlies van houvast? Dat zeker. Is er soms een relatie met de Grote Leugen van papa? Heeft mijn onderbewuste geweten dat hij me beloog over onze identiteit? Ben ik erfelijk belast? Kan. Maxim verwoordde het goed toen hij het had over de bewoners van dit getormenteerde grensland en hoe het bedrog van de wisselende machthebbers ertoe leidde dat velen een wal van wantrouwen opwierpen. Is dat bij mij net zo?

'Uw kleren zijn droog en liggen in de badkamer.'

Ik kijk op. De oudere vrouw staat in de deuropening en glimlacht naar me.

'*Thank you*. Dan ga ik me meteen omkleden.' Als ik opsta valt mijn blik op de oprijlaan. De mosgroene Volvo van Maxim nadert en mijn hart maakt een vreugdesprongetje.

We stappen in en maken onze riemen vast. Maxim is zijn stille zelf, maar zo zullen de vragen komen en die ga ik beantwoorden, want ik heb hulp nodig. Hij weet vast hoe de Belarussische overheid tikt en kan me wellicht adviseren.

'Dank, Maxim, dat je me ophaalt,' zeg ik wanneer we een kaarsrechte en onverharde weg in rijden die dwars door een donker dennenwoud voert. Het zonlicht valt weg achter de hoge bomen.

'Geen probleem. Maar, eh, waar is Hauke Richter? Je was toch met hem op pad?'

'Hij is nog in Grodno en wacht op een appje om me in Nemnovo op te halen.'

'Maar hoe kom je dan hier?'

'Lopend. Door het bos.' Ik wijs met mijn linkerduim naar achteren, in de richting van de Memel.

Maxim draait zich naar me toe.

'Hoezo...' Hij kijkt me niet-begrijpend aan en remt af.

'Ze achtervolgen me en ik weet niet waarom.'

'Achtervolgen?' Hij verheft zijn stem.

'Ja, mannen.' En ik begin te vertellen, over de gekaapte Ryanairvlucht en de blonde kleerkast. 'En diezelfde gemillimeterde man met datzelfde cognackleurige jack stond daarstraks naast een boom en hield de boerderij in de gaten waar ik me op dat moment bevond. Toen ik hem zag, sloeg de paniek toe en besloot ik te vluchten. En net viel het kwartje en was het me duidelijk dat ook al die andere rare gebeurtenissen van de laatste weken begonnen na de kaping.'

'Welke rare gebeurtenissen?' vraagt Maxim ineens op fluisterende toon, alsof de vijand meeluistert.

'De inbraak in mijn huis, de ingeslagen ruiten van de leenauto, de haperende laptop. Dát dus! Ze moeten iets van me, maar ik weet niet wat.'

'Aber...' zegt Maxim en hij manoeuvreert de auto naar de kant van de weg. Hij gaat verzitten en kijkt me onderzoekend aan. Bij zijn ogen trilt een spiertje. 'Heeft Pavel soms iets in je spullen gestopt? Zonder dat je het wist?'

Ik schud mijn hoofd. 'Nee! Zeker niet! Mijn Samsonite lag verderop in het bagagevak en was afgesloten. En mijn handbagage hield ik de hele reis tussen mijn benen of op mijn schoot.' Ik klop op de zwarte stof van mijn rugzak. 'Bovendien heb ik beide leeggemaakt toen ik thuiskwam. Er zat niks in wat niet van mij was. En alles wat hij me heeft verteld, is al openbaar. Dus...'

'En in je kleren?'

'Ook niet. Die heb ik na aankomst in mijn hotel in Vilnius laten reinigen. Dus als er al wat in zat, dan is het weg.'

'En toch denken ze dat jij iets hebt en zolang dat zo is, laten ze niet los,' zegt hij afgemeten.

Een rilling trekt langs mijn rug, want de media staan vol berichten over verdachte verdwijningen, zelfmoorden en ongelukken van tegenstanders van autocraten.

'Maar het feit dat je nog leeft, is positief.' Hij glimlacht bemoedigend. 'En je Duitse nationaliteit en je bekendheid als documentairemaker bieden bescherming.'

Ik slik en kan ineens niet goed meer praten. De angst blijft in mijn keel steken.

'En jij, Maxim, ben je niet bang dat je in hun vizier komt doordat je met mij omgaat?' piep ik.

Maxim kijkt me verrast aan.

'Nee. En als dat wel zo is, dan is het toch al te laat.'

'En... nu...?'

'Lastig. We moeten uitzoeken wat er aan de hand is.'

'Maar hoe doen we dat?'

'Allereerst moet iemand met de juiste contacten binnen regeringskringen navraag doen of men daar wat weet.'

'En ken jij zo'n persoon?'

Even is hij stil.

'Misschien,' zegt hij dan. 'Gregor Kayka geniet aanzien in dat milieu.'

'Kayka!?' roep ik geschrokken.

Maxim kijkt me vragend aan en ik wend mijn hoofd af. Op de ruit zitten veel dode insecten. Mijn gedachten tuimelen over elkaar, want met de hulpvraag zal Gregor Kayka zich in mij gaan verdiepen, waarna hij papa op het spoor kan komen, alias Conrad von Stallenberg. En dan? Geen idee. Vergeleken met de actuele dreiging voelt het onheil dat papa vreest als iets uit een verleden wat verdween onder de nieuwe tijd. Ik moet nú overleven. Onrustig ga ik verzitten en denk aan de weinig elegante wijze waarop ik ons kennismakingsgesprek heb geannuleerd.

'Het kan zijn dat Kayka zich überhaupt niet in deze kwestie wíl mengen,' zegt Maxim, terwijl hij het raam opent. 'Maar zo niet, dan kan hij me vast tips geven.'

'En waarom vertrouw je hem?' Ik kijk hem weer aan.

'Hij is een integere man. Hij heeft me nog nooit teleurgesteld.'

'Kom op! Integriteit en een ex-Sovjetapparatsjik gaan niet samen.'

'Hoe kun jij dat weten? Jij hebt nooit in een communistische dictatuur gewoond.'

'Ik heb erover gelezen.'

'Aha. Je lijkt op de lui die roepen dat een liveconcert bagger was, terwijl ze het via de radio beluisterden.'

'Dat is waar!' Ik glimlach.

'Gregor is een stille revolutionair, Olga. Hij opereert al zijn hele leven op de achtergrond en loopt de macht niet voor de voeten. Hij vertelde me ooit dat hij al jong erkende dat hij "het verknipte Sovjetsysteem" toch niet kon veranderen, maar wat hij wel kon doen was binnen de gegeven marges werken aan een betere samenleving. En dat is wat hij al decennia doet en het bracht hem respect in hoge kringen.'

Een stille revolutionair. Een mooie paradox. Wat doe ik? Ik heb drie opties: de eerste is afwachten en niks doen. De tweede is vluchten en onderduiken en de derde is Kayka betrekken en via hem uitzoeken wat er aan de hand is. Aan elke optie zitten voor- en nadelen, maar alleen optie drie leidt misschien tot een antwoord. Ik adem in en uit en mijn gedachten brengen me de beelden van papa's paniek toen ik hem in onze woonkeuken vertelde dat ik ontdekt had dat we niet Liebke heten. Een permanente angst voor ontdekking wacht mij ook als ik nu niet uitzoek wat hier speelt. Wil ik dat? Ik schud mijn hoofd. Nee, mijn vrijheid was altijd mijn hoogste goed. Ik kan niet onder de radar leven zoals papa. Dus ik neem het risico.

'Vraag hem om hulp, Maxim.'

Hij knikt.

'Goed. Ik ga hem nu meteen bellen.'

'Heb je bereik?'

Hij pakt zijn mobiel en blikt op zijn scherm.

'Ja.' Hij stapt uit, tikt wat in en brengt het toestel naar zijn oor. Ik stap ook uit de auto en vestig mijn blik op Maxim. Er wordt opgenomen en een gesprek in het Russisch start. Maxim praat en loopt ondertussen als een mediterende monnik rondjes rond een omgezaagde spar. Het gesprek begint vriendelijk, maar al snel wijzigt de toon en is een oplopende spanning voelbaar. Na enkele minuten ronden ze af, waarna Maxim weer naar de auto beent. Zijn gezichtsuitdrukking is niet goed te peilen.

'Hij gaat je helpen,' zegt hij, terwijl hij weer instapt. Ik volg.

Ik grijp in een automatische reflex de veiligheidsriem en klik ’m vast.

‘En hij stuurt je privébewaking. Drie professionals van zijn eigen team. Ze zijn aan het einde van de middag in Druskininkai. En tot die tijd blijf ik bij je.’

‘Beveiliging? Maar…’ Mijn stem stokt. Mannen met wapens! Zo’n escorte heb ik in 2018 nog gehad tijdens het maken van die documentaire over de grensperikelen tussen Ivoorkust en Burkina Faso. Dat was akelig. Want als de ene kant ze kan kopen, kan de andere kant dat ook. En waarom zou Gregor Kayka mij helpen? Is dit soms een val? Ik bijt op de nagel van mijn duim. Nee, nee, dat is onwaarschijnlijk, want ík legde het eerste contact. Niet Kayka. Niet Maxim.

‘Olga?’

Ik sla mijn ogen naar hem op.

‘Waarom… waarom doet hij dat? We hebben nog niet eens kennisgemaakt.’

‘Geen idee. Zo is hij gewoon. Waarschijnlijk speelt die kaping mee. Dat incident maakt hem nog steeds kwaad. Toen de beelden vorige maand voorbijkwamen, voorspelde hij al dat die “idiote actie” tot sancties zou leiden en dat het hele land eronder zou lijden. En hij kreeg gelijk.’

‘Maar ik rij morgenvroeg weer terug naar huis. Wat gebeurt er dan met die mannen?’

‘Die blijven bij je, totdat Gregor meer weet.’

‘Bizar.’

‘Dit is wat ik bedoelde, toen ik hem daarstraks beschreef,’ zegt hij en hij klikt zijn veiligheidsriem vast.

‘Als de stille revolutionair.’

‘Precies. Gregor is een bijzonder mens. En hoe voel jij je nu?’ Maxim kijkt me aan en start de Volvo.

‘Nog steeds bang, maar minder.’

‘Mooi. Over een halfuur zijn we al in Druskininkai. En ik ben bij je. De kennismaking met de beveiligers is trouwens in het huisje waar ik logeer. Is net iets meer privé dan de lobby van het hotel.’

‘Spreken ze Engels?’

‘Geen idee. Zo niet, dan kan ik vertalen.’

Ik leun naar achteren en denk na over wat er net gebeurde. Ik gaf mijn vertrouwen aan een vreemde.

Tijdens de rit door desolate bossen schieten mijn gedachten alle kanten op. Ik raakte via mijn werk al eerder verzeild in netelige situaties en stuitte bijvoorbeeld op corrupte politieagenten of gewelddadige straatbendes. Maar die nare situaties hadden één ding gemeen: ik was een random keuze en de dreiging stond letterlijk voor me. Je kon ermee onderhandelen. En dat is nu anders, want deze keer ben ík het doelwit. Nu gaat het om mij en mijn opponent is onzichtbaar. En juist dát maakt dit gevaar persoonlijker en de angst intenser, waardoor mijn hoofd in een primaire reactiemodus belandt.

'We zijn er zo,' zegt Maxim.

We naderen een berkenbos met vochtige varens. De witte stammen glanzen in het zomerse licht en de jonge blaadjes lichten neongroen op. Maxim draait de Volvo een smalle weg in die dwars door het witte woud voert. Rijdend langs de blinkende bomen word ik overvallen door herinneringen aan dat ándere berkenbos, en zijn daar opnieuw mijn kinderhandjes die varens opzijduwen en naar een gekreun sluipen. Het gehijg en gesteun voor me wordt luider en luider en valt dan stil. Ik kruip verder en ik herken een jonge en blote papa. Hij ligt op een vrouw en duwt zijn gezicht in haar witblonde haren. Haar gezicht is van me afgewend en onherkenbaar. Het tafereel doet mijn kinderlichaam bevriezen en een primitieve angst sluipt naar binnen. Ik duik in elkaar en druk me tegen de vochtige bodem, ineens bang dat papa me ziet. Maar dan gebeurt er iets achter me, ergens op het pad waar ik net was. Stemmen en voetstappen! De lichamen bewegen en de varens ritselen. Ik verroer me niet en wacht, en wacht, en wacht... en dan is het beeld weer weg.

'Daar is het!' zegt Maxim.

Ik kijk op. Voor ons verschijnt een vakantiepark met snoeperige houten datsja's omringd door tuintjes met een oprit van grind en een gazon met bonte bloemenborders. Mijn ogen moeten wennen aan de heldere tinten en knijpen zich samen. De zonnestralen vallen op de onderarmen van Maxim, die op het stuur leunen. De rossige krulhaartjes lichten op en glanzen als opgepoetst koper. Wat een aparte kleur! Ach, alles aan hem is bijzonder. En ineens is daar die plotse drang om zijn sproetige huid aan te raken, en nog zoveel meer. Een dierlijke lust ontwaakt en ik zet mijn voeten iets uit elkaar. Ik doe alsof ik de omgeving bekijk, maar gluur naar zijn profiel en registreer hoe de spieren van zijn dijbenen opbollen, wanneer hij in z'n één terugschakelt en de omheinde tuin van zijn huisje in rijdt. Ik snuif zijn geur op en ik beweeg mijn tong langs mijn lippen. Hij parkeert de auto en mijn aandacht gaat naar zijn hand die zich rond de pook plooit. Mijn erotische honger groeit en duwt zich langs mijn trots. Ik hef mijn hand op en met mijn wijsvinger streel ik over de rug van zijn hand, vanaf het kootje van zijn middelvinger tot aan het verweerde leren bandje van zijn horloge. Zijn handspieren spannen zich aan en de auto valt met een schok stil. Even blijft hij bewegingloos zitten, maar dan draait hij zich naar me toe en kijken we elkaar in de ogen. Zijn ademhaling gaat zwaar en zijn lichaam spant zich aan. Ik krijg associaties met een soldaat in een loopgraaf die wacht op het fluitje dat hem tot actie dwingt.

'Maxim,' fluister ik haast onhoorbaar en hij grijpt me vast en brengt zijn lippen naar de mijne.

24 mei 2024: Première van de documentaire *De Grensman*

Op het scherm verschijnen beelden van de val van de Muur op 9 november 1989. Je ziet mensen blij en verbaasd de grensovergang in Berlijn passeren en anderen feesten bij de Muur. Een mannelijke voice-over geeft uitleg over de achtergronden die tot het einde van het SED-regime voerden. Hierna volgen enkele gesprekken met vrijgelaten politieke gevangenen die een huiveringwekkend beeld schetsen van hun leven in de Stasigevangenissen. Ze beschrijven vernederingen, fysiek geweld en vooral subtiele psychologische martelingen. De camera zweeft ondertussen door donkere gangen en kleine cellen.

De interviewer neemt weer het woord. *'Ik wil nog even terug naar het moment van uw arrestatie. Toen ze u in dat busje duwden. Wat gebeurde er daarna?'*
De man gaat verzitten. Je hoort de stoelpoten over de betonnen vloer schuren. *'Nu weet ik dat ze me afvoerden naar een onderzoeksgevangenis van de Stasi, maar op die avond had ik geen idee waar ze me heen brachten. De mannen zeiden geen woord. Ik mocht ook niet praten. Toen ik kort na vertrek een vraag stelde, kreeg ik een klap tegen mijn hoofd. Ik herinner me nog de kou, want ik had geen jas aan, en natuurlijk de totale paniek. Wat was me overkomen? Wat gingen ze met me doen? Eenmaal aangekomen in de gevangenis plaatsten ze me in een kleine cel en volgde het psychische martelen. De Stasi beschikte over speciaal opgeleide psychologen. Die werkten op een subtiele manier. Die eerste dagen moest ik bijvoorbeeld in een kleine ruimte staan of zitten in een bepaalde houding. Bewoog ik ook maar iets, dan kreeg ik een stomp met een knuppel. Ook de douche was gruwelijk. Die kreeg ik meteen na aankomst. Ik moest me uitkleden "voor een wasbeurt". Hierna duwden ze me in een natte cel, waarna ze een keiharde en ijskoude straal op me lanceerden. Alles deed pijn. Maar het ergste van alles was het gebrek aan slaap. Ze zorgden ervoor dat ik nog geen paar minuten achter elkaar kon slapen. Dag na dag. Nacht na nacht. Ze deden telkens het licht aan en uit en ramden met een stalen pook op mijn deur. Dat geluid was keihard en trilde*

door mijn hele lijf. Mijn hoofd en lichaam raakten totaal ontregeld. Ik verloor elk idee van tijd en plaats. Mijn evenwichtsorgaan raakte verstoord. Ik kon niet meer normaal op mijn benen staan. De cel draaide om me heen. Ook mijn maag en darmen werkten niet meer goed, wat leidde tot heftige buikkrampen. En ik ging dubbelzien en had voortdurend allerlei vormen van hoofdpijn. Nu eens kloppend. Dan stekend. En al die tijd had ik geen mens gesproken en geen idee waarom ik daar zat.'

De man valt even stil. Hierna vervolgt hij zijn verhaal. *'Er waren vlagen van zulke intense angst dat ik geen lucht meer kreeg en flauwviel. Er waren dagen dat ik niet meer wilde leven. Mijn schuldgevoel speelde continu op. De blonde vrouw en het meisje gingen maar niet uit mijn systeem. In die periode hallucineerde ik ook veel. Door de verstoorde slaap en vermoedelijk ook door de troep die ze door mijn eten mengden. Dat smaakte namelijk chemisch.*

En toen begonnen de gesprekken met mijn ondervrager. Die voelden bijna als een opluchting, want er gebeurde eindelijk iets. Al was het niet wat ik hoopte. Namelijk dat dit alles een vergissing was. Hij vertelde dat ze me hadden gearresteerd omdat ik uit het socialistische boeren- en arbeidersparadijs had willen vluchten. Hij beschreef tot in detail mijn misdaad op die gure ochtend en toonde me de verklaring van Klaus. Aanvankelijk hield ik voet bij stuk en bleef ik bij mijn verhaal over de vrouw en het kind, maar na een tijdje raakte ik zodanig murw dat de twijfel toesloeg. Was het soms waar? Had ik willen vluchten? Hadden de blonde vrouw en het huilende kind überhaupt wel bestaan? Of waren ze waanvoorstellingen geweest, net als de wanen die ik nu in mijn cel had? Was ik soms op die winterse ochtend al gek? Zat ik daarom hier? De psychologische druk had effect. Ze kregen me bijna zover dat ik hun waarheid ging geloven. Bizar hoe je brein werkt onder extreme omstandigheden.'

'U verbleef enkele maanden in de onderzoeksgevangenis van de Stasi. Aan welke ruimte hebt u de sterkste herinnering?'

Er valt een stilte.

'De kooi.'

De man stoot de woorden uit.

'En wat was de kooi?'
'Dat was de plek waar ze me eens per week een kwartier frisse lucht lieten happen.'

De man fluistert nu. *'Ja. Die ruimte maakte de meeste indruk op me. De kooi was een vierkante binnenplaats van zo'n vijf bij vijf meter, met hoge betonnen muren en helemaal boven een soort kippengaas. Je zag de lucht door de gaatjes en die was altijd grauw. Ik vermoed vanwege de grijze reflectie. Ik heb al die tijd de zon niet gezien. Of een plant aangeraakt. Of een vogel gehoord. Of de wind gevoeld. De natuur bestond niet meer. Dát was het ergste van alles. En dat is raar, want voor mijn opsluiting nam ik de natuur nauwelijks waar. Ik was een kind van de* Plattenbau. *Rond onze flat stond maar een enkele boom en vanuit ons appartement keek je op de grijze kolos aan de overkant. Ik kwam alleen in een bos tijdens de vakantie.'*

Op het scherm verschijnen luchtbeelden van uitgestrekte woonwijken met de monotone *Plattenbauten*. Hierna zie je het kale en grauwe straatbeeld, gevolgd door de donkere gangen en de kleine en gehorige appartementen met de identieke inrichting. De mannelijke voice-over vertelt dat het DDR-regime deze woongebieden na de oorlog uit de grond stampte op terreinen buiten de stad om zo de nijpende woningnood op te lossen. Aangezien maar weinig DDR-burgers over een auto beschikten en het openbaar vervoer vooral gericht was op het transport van en naar de fabrieken, speelde het sociale leven van de bewoners zich grotendeels af in hun wijk. Het regime bouwde daarbij allerlei mechanismen in om het leven van de flatbewoners conform de DDR-ideologie te organiseren.

'U vertelde eerder dat u de waarheid van de Partij niet ging geloven. U bleef zich dus bewust van het feit dat u géén republiekvlucht had gepleegd en dat u een vrouw had doodgeschoten?'
'Klopt. Ze hebben me niet gebroken.'

'Wat maakte dat u niet brak?'
De man schuift wat heen en weer op zijn stoel. Hij lijkt te twijfelen over een antwoord. *'De blonde engel bezocht me in mijn dromen. Ineens was ze daar. Ze vertelde dat ze naar me toe was*

gekomen om me te kalmeren. Het zou allemaal goed komen, zei ze. Ik moest vertrouwen hebben. Het was alsof haar wezen om me heen zweefde. Ze was er altijd. Dag en nacht. Ik vroeg haar om vergeving. Letterlijk zelfs, op mijn knieën. En ik praatte met haar. Ik had zelfs hele fluisterende gesprekken met haar in mijn kleine cel. En ik werd niet gek, omdat de blonde engel me een doel gaf. Ze zei dat ik het meisje moest vinden: ooit zou ik weer vrij zijn en dan moest ik haar gaan zoeken. Ja, het meisje opsporen was de zin van mijn leven geworden. Door haar begon ik te veranderen en ging ik niet meer in discussie met mijn ondervrager, want hij dreigde me met een levenslange opname in een psychiatrische kliniek. Ik zweeg over mijn waarheid en over de vrouw en het kind en ik kletste mee met mijn ondervrager. Ik deed alsof en ik tekende uiteindelijk de schuldverklaring met daarin een onzinverhaal over een republiekvlucht tijdens de dienst.

Hierna kwam ik terecht in een gevangenis waar met name politieke gevangenen hun straf uitzaten. Aanvankelijk voelde dat onwennig, want ik had tot dan maandenlang in eenzame opsluiting gezeten en niemand gezien of gesproken, behalve mijn ondervrager en de bewakers op mijn gang, maar die zeiden niks en keken je ook niet aan. De oogkleppen waren al van me af gevallen tijdens het voorarrest. Ik had al ervaren dat de Partij en alles daaromheen een criminele en leugenachtige kliek was. Maar na de gesprekken met mijn medegevangenen kreeg ik meer details en volgde een ongekende woede. Ik was kwaad op alles: de Staat, de Stasi, mijn ouders en vooral op mezelf. Hoe had ik zo stom kunnen zijn? Waarom had ik mijn geest zo laten vervuilen door die ridicule Partijretoriek? Hoe had ik al die onzin kunnen geloven? Ondertussen probeerde ik te overleven zonder gek te worden. Ergens in het voorjaar van 1989 kwam de kanteling. We hoorden binnen over de maandagdemonstraties in enkele grote steden. En in de zomer kwamen de berichten dat Hongarije zijn grenzen niet meer controleerde en dat mensen massaal via die grens de DDR *uit vluchtten. Ook vernamen we dat* DDR*-burgers zich verschansten in buitenlandse ambassades. Het gonsde door de gevangenis:* het regime wankelt! *We kregen hoop en dat kan veel doen met je hoofd. Hoop kan je zoveel kracht geven.'*

'En toen viel de Muur. Politieke gevangenen zoals u werden vrijgelaten. Ineens was daar de vrijheid. Wat kunt u ons vertellen over uw ontslag uit de gevangenis?'

De man gaat verzitten en trekt zijn hoody wat verder over zijn gezicht. '*Nou. Op een ochtend moest ik meekomen naar een onbekende vleugel van de gevangenis. Ik werd een kleine ruimte binnengeleid. Er stond alleen een stalen tafel. Daarop lagen zwarte schoenen, zwarte sokken, wit ondergoed, een wit* T-*shirt, een bruine ribbroek, een grijze trui en een blauwe regenjas. Oudemannenkleren.*

"Aankleden!" was het commando van de bewaker.

Rillend van angst trok ik mijn gevangenistenue uit en mijn nieuwe kleren aan. Wat gingen ze met me doen? Na een halfuur wachten in dat hok namen twee bewakers me mee naar een kantoor. Een bewaker met een hogere rang gebood me vervolgens om enkele papieren te tekenen. Hierna gaf hij me een envelop met wat geld en officiële documenten. Mijn gevangenisstraf was ten einde, zo zei hij. Ik was wantrouwend en geloofde hem niet. Wat stak hierachter?

Vervolgens werd ik onder escorte van twee bewakers naar een overdekte binnenplaats gebracht. Aan de overkant was een hoge poort met daarin een deur. We staken de cour over. Ik keek telkens achterom. Ik verwachtte een schot in mijn rug. We bereikten de andere kant en een van de bewakers opende de deur.

"Je bent vrij," zei hij en hij porde met zijn wapen in mijn rug. Ik liep naar buiten, en daar stond ik dan, aan de rand van een stad. Ik had geen idee waar ik was.'

'Ik neem aan dat u op dat moment wel wist dat de Muur was gevallen?'

'*Ja. Maar de* DDR *bestond nog. Het voelde nog niet als voorbij.*'

'En wat deed u toen? Waar ging u naartoe?'

'*Ik ging naar mijn ouders. Of eigenlijk naar mijn vader. Mijn moeder was tijdens mijn gevangenschap aan een lang slepende ziekte overleden. Ik was er nog steeds kapot van dat ik haar niet meer had gezien. Mijn lieve moeder was mijn alles en ik had haar in vertrouwen willen nemen over de blonde vrouw en het meisje. Maar dat lukte niet, want ik mocht geen bezoek ontvangen. Maar ja. Bij mijn vader bleek ik niet welkom na mijn ontslag uit de gevangenis. Nadat ik had aangebeld, deed hij open en begon een tirade. Ik had schuld aan de dood van mijn moeder, want mijn republiekvlucht had tot een versnelling van haar aftakeling geleid. Ze was weggeteerd van schaamte en verdriet, want haar zoon was een landverrader. Een ongekende woede borrelde op en ik gilde tegen hem dat mama was gestorven vanwege "dat kloteregime" dat verantwoordelijk was voor het vervuilde milieu en de belabberde staat van de apparatuur in de ziekenhuizen. Als mama in West-Duitsland had gewoond, had ze nog geleefd! Mijn vader balde zijn vuisten, haalde uit en gaf me een stoot tegen mijn gezicht. Ik zag sterretjes en zakte door mijn benen, waarna hij mij schreeuwend dood wenste en de deur dichtsloeg. Ja, de Partij bezorgde haar leugens tot in de woonkamer.'*

De man pulkt aan een nagel. *'Ik heb nog overwogen om hem een brief te schrijven met daarin de waarheid over de krankzinnige situatie waarin ik was beland. Maar ik deed het niet, want toen ik het bloed van mijn gehavende neus doorslikte, herkende ik een akelige waarheid: de jarenlange indoctrinatie had mijn vader gemaakt tot een man die liever een moordenaar als zoon had dan een republiekvluchteling. Zijn wereldbeeld stond haaks op het mijne.'*

De man valt stil.

'Hebt u uw vader in de jaren daarna nog gesproken?'

'Ja, één keer. Bijna twintig jaar na de val van de Muur. Ik kreeg een telefoontje uit het ziekenhuis. Mijn vader lag op sterven en hij wilde afscheid van me nemen. Ik ging en vroeg me tijdens de reis af of twee decennia leven in vrijheid tot een andere houding ten opzichte van het DDR-regime had geleid, maar dat was niet zo. Hij was nog steeds de rode mens. Ik hoorde zijn geklaag aan over het leven in het nieuwe Duitsland, maar ik ging niet in discussie. Ik pakte slechts zijn hand vast en ik probeerde me de behulpzame vader uit mijn jeugd te herinneren.'

De man gaat verzitten en ademt even diep in en uit. *'Maar... eh... na zijn overlijden kwam de mokerslag. Ik ontdekte dat hij zijn hele volwassen leven met de Stasi had gecollaboreerd. Hij was een zogenaamde IM geweest.'*

'Kunt u uitleggen wat een IM was? En wat uw vader precies deed?'

De man begint nu te hijgen. Zijn woede is duidelijk hoorbaar. *'De term IM staat voor Inofficiële Medewerker van de Stasi. Deze perso-*

nen waren meestal gewone burgers die een normaal leven leidden, en ondertussen periodiek aan de Stasi rapporteerden over de politieke houding van mensen in hun omgeving. Dus terwijl ze hun leven leefden, bespioneerden ze actief hun buren, hun collega's en zelfs hun vrienden en familieleden. Ze lokten soms ook situaties uit waarin ze mensen aan het praten brachten over het regime. Die informatie gaven ze dan door aan de Stasi.'

De man snuift. *'Ik weet niet wat de beweegredenen van mijn vader waren om als een Stasiverklikker te gaan werken. Ideologie? Geld? Chantage? Het gevoel dat je macht had over iets? Betere carrièrekansen? Hunkeren naar respect van de Partij? Geen idee. Maar toen ik het las, draaide mijn maag zich om. De IM's waren het fundament waar de macht van dat schrikbewind op was gebouwd. De inwoners van de DDR wisten namelijk dat er overal IM's zaten. En vanwege hen durfden we niet met anderen te praten over de dramatische situatie in ons land. We kropten onze frustraties op en er heerste een collectief wantrouwen tegen alles en iedereen. Stel je voor: de Stasi rekruteerde zelfs IM's op scholen en leerde kinderen om te spioneren! En vanwege deze IM's leefden we achter maskers en waren we constant op onze hoede. Ook ik. En dat wantrouwen bleef, ook na de val van de Muur. Als een litteken na een diepe snee.'*

'En waar ging u naartoe, nadat uw vader u had weggestuurd?'

'Ik vond onderdak bij de Evangelische Kerk en met hulp van lieve vrijwilligers pakte ik mijn leven weer op en niet veel later startte ik mijn zoektocht naar het meisje. Ook ging ik naar de locatie waar ik de blonde engel had doodgeschoten. De grens was verlaten en de natuur rukte al op en overwoekerde de doodsstrip, de kale vlakte voor de grens met de staalplaten. Het moment dat ik daar voor het eerst weer stond, herinner ik me nog scherp, vanwege de keiharde confrontatie met mijn eigen domheid. Opnieuw was daar die vraag: hoe was het mogelijk dat ik bij de grenstroepen had gewerkt als de handlanger van dat misdadige regime? Ik kende de antwoorden wel – opvoeding, indoctrinatie, angst – maar toch verweet ik mezelf mijn volgzaamheid onder de DDR-dictatuur. Dat schuldgevoel vrat aan me en ik keek om me heen en ik zag hoe in het hele land de inwoners begonnen met het verwijderen van de omheiningen en de wachttorens. Dat idee maakte me bang, want de locatie waar de blonde

engel was overleden moest zichtbaar blijven. Ik maakte daarom een gedenkplek voor haar, die ik inmiddels al drie decennia onderhoud en die ik elk jaar op de dag van haar dood bezoek.'

Olga

Deel 11:

Twijfelen aan de liefde

'Er is bijna geen activiteit, geen onderneming, die gestart wordt met zo verschrikkelijk veel hoop en verwachtingen en die toch zo vaak mislukt, als de liefde.'

Erich Fromm (1900-1980). Duits-Amerikaans psycholoog, sociaal psycholoog en filosoof.

31
Dinsdag 29 juni 2021, namiddag
Druskininkai

Het raam van de slaapkamer staat wijd open en een zacht zomers windje laat de blaadjes van de berkenbomen ruisen. Het is een repeterend geluid dat doet denken aan een kalme zee. Maxim en ik liggen na onze erotische explosie uitgeput tegen elkaar aan. Zijn borstkas gaat ritmisch op en neer en de adem die hij uitblaast strijkt langs het kuiltje achter mijn oor. Ik was even helemaal weg, in een andere dimensie, zonder gevaar. Het samenzijn met hem was anders dan met andere mannen. Harmonischer, maar ook intenser en gulziger. Maar inmiddels besluipt de realiteit van deze dag me weer, vergezeld van die akelige dreiging. Ook denk ik aan papa. Is het gelukt om hem in een gesloten afdeling onder te brengen? En zo ja, hoe reageerde hij daarop? Een blik op de witte IKEA-klok aan de muur leert me dat het bijna vijf uur is. De ploeg van Gregor Kayka is dus in aantocht. Mijn onrust groeit, net als mijn drang om weg te rennen.

Maxim trekt zijn arm onder mij vandaan, geeft me een kus op mijn schouder, gaat rechtop zitten en duwt een kussen in zijn rug. Ik ga ook zitten en strijk met mijn vingers langs zijn korte rossige baard. Maxim lacht en slaat zijn rechterbeen met een claimende beweging over het mijne. Met de grote teen van mijn vrije voet streel ik langs zijn kuit.

'Waar denk je aan?' Hij pakt mijn hand en knijpt er bemoedigend in.

'Aan mijn vader.'

'Je vader?'

'Ja, ik wil zijn verzorgster bellen en informeren of alles goed met hem is, maar ik twijfel. Wat als mijn signaal wordt opgepikt en die blonde kleerkast hier opduikt.'

'Wacht. Ik kijk even.'

Maxim laat mijn hand los en pakt zijn telefoon van het nachtkastje. Hij tikt wat in, waarna berichtjes binnenkomen.

'We moeten ons aankleden! De beveiligers zijn er zo. Dus je kunt bellen.'

'Dat is snel. Waren ze soms al in de buurt?'

Maxim haalt zijn schouders op. We schieten uit bed, gaan naar de woonkamer en rapen daar onze kleren bij elkaar. Ik grijp mijn rugzak van de stoel en huppel met mijn spullen naar de eenvoudige badkamer en ga naar de wc. Ondertussen pak ik mijn telefoon uit het zijvak en zet hem aan. Dan bel ik Monika en verneem na een korte intro dat Rudolf inderdaad een plek voor papa kon regelen in het verpleeghuis Krugwiese. Zijn tijdelijke kamer heeft goddank zicht op een groene wand met struiken en jonge bomen. Monika blijft bij hem, om zo de overgang met thuis te verkleinen. Tijdens de intake was hij even opstandig, maar inmiddels is hij kalm en observeert de vogels. Hij vroeg meermaals naar me, maar Monika kon zijn aandacht afleiden. Ik bedank haar en zeg dat ik vanavond nog zal bellen, want nu is niet het moment. Vervolgens antwoord ik op de rits bezorgde appjes van Hauke. Hij vraagt waar ik ben. Met excuses meld ik dat er onvoorziene omstandigheden waren die mij dwongen om eerder te vertrekken. Binnenkort volgt nadere uitleg. Ik klik op verzenden, kleed me aan en loop naar de woonkamer. Maxim is bezig op zijn telefoon.

'Jij kunt.' Ik wijs met een glimlach naar de gang.

Hij knikt afwezig, maakt zich los van zijn mobiel en beent naar de badkamer.

Ik kijk hem na. Wat zou er zijn? Hij lijkt ineens zo anders. Ik ga op de stoel in de woonkamer zitten om mijn schoenen aan te trekken. Maar eerst scrol ik nog even over het scherm. Een appje van Romy trekt mijn aandacht. Mijn adem stokt wanneer ik de tekst lees: de advocate van Pavel Rybak heeft contact gezocht. *Haar naam is Hanna Ivanova*, schrijft Romy, met haar mobiele nummer eronder.

'Nee maar!' stoot ik uit en ik spring op.

'Wat is er?' klinkt het uit de badkamer.

'De advocate van Pavel Rybak vraagt of ik haar wil terugbellen! Het is urgent.'

'Hè, maar Pavel leeft toch niet meer!?' Maxim verschijnt in de deuropening en kijkt me geschrokken aan.

'Ja, raar.'

'Bel haar nu meteen!' roept Maxim. 'Hoe eerder je weet wat er speelt, hoe beter.'

Ik tik het nummer in en er wordt contact gemaakt. Ondertussen googel ik haar naam en er verschijnen afbeeldingen van een magere brunette van midden veertig. Ze draagt op alle foto's zwarte kleren en een saaie hoornen bril. Een hese vrouwenstem neemt op en begroet me in het Russisch.

'Hello, *this is Olga Liebke from Germany*. Spreek ik met Hanna Ivanova?'

'Yes!' klinkt het. 'Fijn dat u mij terugbelt, Miss Liebke. Ik moet u dringend spreken in verband met mijn overleden cliënt, Pavel Rybak, maar dat kan niet over de telefoon. Bent u nog in Litouwen?'

Ik aarzel. Wat als dit fake is? Maar dan denk ik aan de beveiligers die in aantocht zijn.

'Yes.'

'Kunnen we morgenvroeg afspreken?' vraagt ze. 'In een stad naar uw keuze? Buiten graag. Zodat niemand kan meeluisteren? Maar niet te afgelegen. Een park bijvoorbeeld.'

'En vanavond? Zou dat ook nog lukken?' vraag ik hoopvol.

'Nee, helaas. Dat lukt me niet.'

'En wat is het eerste moment dat u kunt?' vraag ik.

'Morgenvroeg om zeven uur? In welk deel van Litouwen bent u?'

'In Druskininkai.'

'*Stop here*, Miss Liebke! Noem de locatie van onze ontmoeting níét over de telefoon. App 'm via Telegram. Dat is veiliger. Ik stuur u zo mijn gegevens.'

'O. Yes. Doe ik,' antwoord ik onthutst.

'*Perfect. Well.* Tot morgen. En praat met niemand over onze ontmoeting. Dat is écht belangrijk. En mocht er nog iets wijzigen dan appen we. U hebt mijn gegevens.'

'Goed. En u kunt me nu niks vertellen over de inhoud van ons gesprek?' dring ik aan.

'No! Dat is niet veilig!' zegt ze resoluut. 'Noch voor mij, noch voor u.'

En na het uitwisselen van enkele beleefdheden, verbreken we de verbinding en gaat mijn blik naar Maxim.

Hij staat als een houten paal voor me en zijn gezicht oogt verkrampt.

‘Ze komt naar jou?’

Ik knik en wil de details vertellen, maar mijn aandacht gaat naar het knarsende geluid van een auto op grind.

‘Zijn ze dat?’ vraag ik.

Zijn blik schiet naar de oprit.

‘Ja.’

Maxim beent via de terrasdeur naar buiten.

Ik kijk naar mijn blote voeten, loop haastig naar de stoel en trek met trillende vingers mijn sokken en schoenen aan. Terwijl ik mijn veters strik zie ik hoe drie sportieve, maar sober geklede mannen uit de auto stappen. Ze zijn rond de dertig, dragen jeans met nette overhemden en aan hun voeten eenvoudige zwartleren schoenen. Ze hebben geen tattoos en hun haren zijn middelbruin en keurig geknipt en gekamd. Ze doen me denken aan de kantoorslaven die je veel ziet rond de overheidsgebouwen in Berlijn. En misschien is dat onopvallende ook wel de bedoeling. Maxim begroet ze kameraadschappelijk. Hè? Het is alsof ze elkaar kennen. Maar nee, dat kan niet. Dit is gewoon enthousiasme, omdat zij bescherming brengen.

Net als ik opsta en naar de voordeur loop, rinkelt mijn telefoon. Hauke! Die man laat niet los. Opnemen? Ja of nee? Nee!

32
Woensdag 30 juni 2021, vroege ochtend
In het Kurpark van Druskininkai

De zon staat al hoog op deze vroege ochtend waardoor de bloemenpracht in het Kurpark bont oplicht. Mijn bankje bevindt zich in het verlengde van het barokke geelgeverfde drinkhuisje en biedt een weids uitzicht over de meanderende Memel. Ik draag weer mijn blauwe laagjestenue, want volgens de weersites drijven na de zonnige start weer wolken over het noordoosten van Europa. Het is best druk in dit deel van Druskininkai, het drinkhuisje blijkt een kruispunt van joggers en wandelaars. Hierdoor vallen de bewakers van Kayka niet op, want ze zijn in de buurt en houden mijn plek in de gaten. Maxim staat op het terras van het hotel Europa Royale en observeert het park. Ik voel de neiging om hem kushandjes toe te zwaaien, maar houd me in. Alles in me vibreert van de endorfine en ik moet me écht dwingen om mijn aandacht van hem weg te trekken. Wat een slechte timing is dit! Om net nu de liefde toe te laten, wanneer mijn leven op z'n kop staat. Of is dat normaal? Probeert mijn onderbewuste zo mijn angst te verlichten?

'Kom op! Concentreer je!' zeg ik tegen mezelf en rommel wat in mijn rugzak. Heb ik alles? Volgens mij wel. Ik ben uitgecheckt en mijn handkoffer ligt al in de gisteren opgehaalde leenauto die naast het Kurpark staat geparkeerd. Alles is netjes afgewikkeld, behalve mijn relatie met Hauke en juist dát zit me niet lekker, want ik heb niet meer gereageerd op zijn bezorgde verzoeken om contact. Hij is immers journalist en als hij ontdekt wat mij is overkomen, gaat hij daarover publiceren en dan zijn de rapen gaar. Wanneer dit alles voorbij is, maak ik het wel goed met hem. Focus is nu het devies en mijn focus ligt op achterhalen wat hier speelt.

Terwijl mijn blik enkele passerende joggers volgt piept mijn telefoon. Een appje van Ulrich. Ook hij is zoals altijd vroeg op! Snel open ik zijn bericht en lees.

In 1972 is een Joodse arts met voornaam Elize vanuit de USSR naar N. geëmigreerd (via tussenstop in Israël). Volledige naam was Elize Feldman, geboren in 1908 in Grodno. Meer info en een foto in je mail. Ulli.

Ik klik eerst op een plechtige zwart-witfoto uit 1978 die hij heeft bijgevoegd. Een oudere donkerharige vrouw in een doktersjas kijkt strak in de camera. Ja, hoor! Dat is ze! De Joodse Elize Feldman. Voor de zekerheid scrol ik naar de foto uit 1972 die de oud-lerares uit Nemnovo me liet zien en waar ik een scan van maakte. Inderdaad. Er is geen twijfel mogelijk. De dame die hier naast papa zit is Elize Feldman. Snel open ik het Word-document en vlieg over de kale data. Al scrollend door haar turbulente leven, begin ik me te realiseren dat zij telkens net op tijd ontsnapte aan enkele grote dreigingen: ze ontkwam aan een Poolse pogrom in 1935, ze vluchtte voor de nazi's in 1941, ze galoppeerde met papa naar de bossen in 1945 en ze ontliep de geplande zuiveringen van Stalin in 1953. Gertrude Kaufmann zei het al: 'Elize was iemand die altijd tien stappen vooruitdacht en niemand vertrouwde.' *Net als papa.* Ik swipe weer naar de foto uit 1972 en mijn blik gaat naar de hand van papa die zich zo liefdevol rond die van deze Elize plooit en een gedachte vormt zich: was zij degene die hem leerde dat je alleen overleeft als argwaan je hele zijn domineert?

De foto blijft aan me trekken. Volgens Vadim Smirnov zat papa in Perm-36 omdat hij voor MI6 zou werken, maar alles wijst erop dat niet de Britten, maar deze Elize ons aan een nieuwe identiteit hielp. Immers, zij woonde in 1988 in Windhoek en ze had het geld en de connecties. Waarom ging hij naar haar? Was hij soms bang voor verraad door het Westen? Dat kan natuurlijk. Maar het blijft raar dat hij na de val van de Sovjet-Unie in 1991 niet zijn ware identiteit oppakte. Het lijkt er dus op dat er meer speelde dan spionage. En misschien ging hij daarom wel niet naar de Britse MI6 om hulp te vragen bij zijn ontsnapping uit de USSR. Daar hadden de Britten immers programma's voor, heb ik gelezen. Papa vluchtte op eigen houtje naar het Westen en organiseerde daarna zelf zijn nieuwe naam. Maar er was iets wat hem tot op de dag van vandaag angst aanjoeg. *Hij gaat komen.* Wat is er destijds gebeurd? Ik zucht en staar naar de witte kiezels rond mijn bankje en daar zijn ze weer: de beelden van die witte wereld, met de rennende voetjes, het witte licht, de witte wand en de witte vrouw. Wie was ze? Mijn moeder? Kan. Zij is het puzzelstukje dat nog ontbreekt. Dus mijn volgende stap is het uitvlooien van zijn burgerlijke staat in de jaren tachtig. In die totalitaire USSR registreerde men alles van de burgers en al helemaal van een kameraad van de KGB. Dus ergens in die archieven staat genoteerd met wie Boris Gobulev een dochter heeft gekregen. Oké, maar nu eerst dat gesprek met Hanna Ivanova.

Ik sluit het bericht van Ulrich en check de tijd. Het is vijf voor zeven. Na een besmuikte blik richting Maxim, zie ik hoe een spichtige vrouw in een grijs mantelpakje mijn bankje nadert. Ik sta op. Ze versnelt haar pas en voegt zich bij me.

Nadat we elkaar hebben begroet wijst ze naar een geasfalteerd pad dat de Memel volgt.

'Laten we wat op en neer wandelen,' zegt ze met een zakelijke glimlach. 'Dan kan ik mijn benen even strekken.'

'Goed idee.' Ik meen het, met het vooruitzicht van mijn rit van twaalf uur naar Goslar die zo meteen start.

We beginnen te slenteren.

'Komt er een onderzoek naar de dood van Pavel?' vraag ik na een paar meter.

'Daar lopen nog gesprekken over.'

Ik slik. Zie je wel. Het regime wil zijn lijk niet afgeven. Ze zijn bang voor de autopsie.

'Nou, ik steek maar meteen van wal,' zegt ze. 'Want we hebben niet veel tijd.'

Ik zwijg.

'Welnu, Miss Liebke, Pavel kreeg via een inmiddels vermoorde Belarussische journaliste documenten uit Cyprus toegespeeld waaruit blijkt dat Fjodor Baranov, een oude vriend en naaste vertrouweling van de president, zich decennialang via corruptie heeft verrijkt en sinds de protesten in 2020 vele miljoenen heeft weggesluisd naar een bank op Cyprus. Deze Fjodor en een neef die een topfunctie bekleedt bij de KGB hebben de afgelopen maanden in het geheim nauwe contacten opgebouwd met de Servische baas van een berucht huurlingenleger, Turner International, en daar grote bedragen naar overgeboekt. Op diezelfde rekening kwamen ook gelden binnen van een brievenbusfirma uit de Russische Federatie. Hebt u al eens van Turner International gehoord?'

'Nee.'

'Turner International presenteert zich als een beveiligingsbedrijf, maar in de praktijk is het een obscuur particulier huurlingenleger dat wereldwijd opereert en volgens de geruchten betrokken is bij aanslagen en staatsgrepen. De organisatie is in 1994 opgericht in Minsk. Op papier is een voormalige Servische warlord de baas van Turner, maar hij heeft geen meerderheidsbelang. Door een kerstboomconstructie is de naam van de feitelijke eigenaar afgeschermd. We weten dus niet wie dat is.'

'O? Geld wegsluizen. Contacten met een huurlingenleger opbouwen... Dat klinkt als een samenzwering.'

'Precies. Uit de Cyprus-documenten kun je afleiden dat Fjodor Baranov samen met zijn neef en de onbekende eigenaar van Turner International een coup tegen Aleksandr Loekasjenko voorbereidt. Met geld van een obscure firma uit de Russische Federatie.'

'Dat is nogal wat, zeg. Dus de kaping was vanwege die documenten?'

'Nee. Voor zover we konden nagaan, weet onze president hier niks van. We vermoeden dat Loekasjenko het vliegtuig aan de grond zette in een opwelling. Om Pavel te pakken. Of om een signaal af te geven aan de oppositie.'

'Maar ik begrijp het niet. Wat heeft dit met mij te maken?'

'Pavel had op de luchthaven van Vilnius een afspraak gepland met Igor Kot. Hij is het hoofd van het juridisch team van een Belarussisch oppositieleidster. Meteen na de landing zou hij de Cyprusdocumenten aan Kot overdragen. Pavel ontdekte namelijk pas op de luchthaven dat de onderzoeksjournaliste deze explosieve bestanden naar hém had gemaild. Dat was ook het moment dat hij hoorde dat diezelfde journaliste vroeg in de ochtend van een flatgebouw was geduwd. Pavel vermoedde dus dat ze achter hem aan zaten.'

'En met "ze" doelt u op die samenzweerders.'

'Precies.'

Mijn gedachten gaan weer naar het boarden en naar het nerveuze gedrag van Pavel. 'Ik ben bang,' zei hij aan de telefoon, in dat Belarussische dialect dat mij liet wankelen.

'En waarom heeft hij ze niet voor het opstijgen naar deze Igor Kot gemaild?'

'Dat heeft hij wel geprobeerd, maar ze bleken te zwaar voor zijn telefoon. Het duurde te lang. Tijdens de vlucht heeft hij ze opgeknipt om ze meteen na de landing in Vilnius te mailen, maar daar kwam hij nooit aan en op de luchthaven in Minsk was geen bereik.'

'De blokjes verschenen niet,' mompel ik en ik vertraag mijn pas.

'Ja, en omdat Pavel al vermoedde dat de regering het signaal zou verstoren, heeft hij de bestanden in het vliegtuig op een minuscule USB-stick gezet. Na de arrestatie vertelde hij de dienstdoende officier van de KGB dat hij belangrijke informatie had voor de president en maakte melding van de Cyprus-documenten. Pavel hoopte dat het martelen dan zou stoppen. Hij had het regime immers een dienst bewezen. Maar die officier was corrupt en ging naar de baas van Turner International.'

Ik herinner me weer de beelden van zijn vingers die over het toetsenbord schieten. In mijn buik vormt zich een nare druk.

'Ja. Maar, eh... wat heeft dit met mij te maken?' vraag ik opnieuw.

'Pavel stopte deze USB-stick met de documenten in een zijvak van uw rugzak en schreef het wachtwoord op een papiertje en legde dat in uw boek.'

'No, no!' roep ik in een bange reflex. 'Ik heb niks!' En de beelden van de kaping verschijnen weer, scène voor scène. Nee, ik heb mijn rugzak steeds bij me gehad. Noem het beroepsdeformatie. Zelfs toen ik opstond om mijn laptop uit mijn rolkoffer te halen, hing ik 'm nog om. Maar shit! Dat boek van Márquez lag wel op de vrije stoel tussen hem en mij in! *Liefde in tijden van cholera*. Ik had het net uitgelezen en bij vertrek overwoog ik nog om die dikke pil in het vliegtuig achter te laten, omdat mijn rugzak zo overvol was. Maar ik deed het niet. Ik kón het niet. Maar waar is dat boek nu? Nog steeds in mijn kapotte rode rugzak! In mijn jeep, bij de garage van Bauer.

'Nee!' zeg ik nu heel stellig. 'Er zát geen stick in mijn rugzak.'

'Jawel. Een compacte mini-USB van het merk SanDisk. Het ding is zwart en niet groter dan de nagel van uw duim.'

Mijn blik schiet naar mijn vingers.

'Zo klein?'

Ik wend me naar Hanna Ivanova. We kijken elkaar aan en ze knikt.

'Yes, Miss Liebke. Pavel stopte de mini-USB in uw rugzak en hoopte dat u de USB en het blaadje met het wachtwoord na aankomst in Vilnius zou vinden en dat u als journalist snel zou schakelen en contact zou opnemen met de oppositie of de Duitse autoriteiten. Maar dat gebeurde dus niet en daarom ben ik hier.'

'Maar ik héb niks!' herhaal ik met stemverheffing en zet een pas terug. 'Ik droeg mijn rugzak steeds bij me. Net als nu.' Ik raak demonstratief de banden aan. 'Hij is er niet aan geweest.'

'Toch wel. Het gebeurde tijdens het verlaten van het vliegtuig.'

Ik stop en staar haar aan. Mijn gedachten gaan naar de laatste minuten in het gangpad en het geduw achter me, waarna de fluisterende woorden van Pavel. 'Wees vanaf nu extra voorzichtig, Olga. En vertrouw niemand.' Ja, het kan dat hij toen wat in mijn rugzak stopte.

'Maar hoe weet u dit alles?' Ik pin mijn blik op haar ogen.

'Toen Pavel na het vertellen van dit verhaal in de isoleercel werd geplaatst en hij geen contacten meer mocht hebben met bewakers ging hij vermoeden dat de KGB-officier corrupt was en dat de informatie dus niet was doorgespeeld. Ik was toen al een tijdje met het regime in conclaaf over toestemming voor een gesprek met mijn cliënt. Toen het akkoord kwam, kon men in de gevangenis niet anders dan dat overleg toestaan. Pavel werd gehaald en was duidelijk ziek. Uiteraard werden we afgeluisterd en via camera's geobserveerd. Ik zat nog maar net op mijn stoel of Pavel greep mijn pen en scheurde een blaadje uit mijn notitieblok en schreef met een trillende hand wat ik u net vertelde. Ik las de inhoud en stak direct daarna het vel papier met mijn sigaret in brand.'

'En daarna kreeg hij een hartstilstand.'

'Ja, een paar uur na mijn vertrek. Ik was toen al in Litouwen ondergedoken, want ik wist dat ik in gevaar was. Maar ik kwam tot de conclusie dat je zo niet kunt leven… op de vlucht. En alles in me schreeuwde dat ik u moest waarschuwen, want ze zitten ook achter u aan. Vanwege die stick. Die KGB-officier weet al twee weken dat u dat ding heeft,' zegt Hanna.

'Al twee weken!?' Ik hap naar lucht.

'Ja, Pavel vertelde het op 16 juni.'

'Dus… daarom… de… inbraken,' stamel ik en ik sla mijn hand voor de mond.

'Er is bij u ingebroken?' Ze trekt ongerust haar wenkbrauwen op.
Ik vertraag mijn pas en knik.

'Eerst mijn ouderlijk huis, toen mijn auto...'

Verdammt! Het is waar wat ze zegt en ik denk aan mijn vermoorde Wilhelm. Ze hielden me al langer in de gaten, maar pas na 16 juni kwamen ze in actie. En ik herinner me weer de overhoopgehaalde bibliotheek, de ingeslagen ruiten op het drielandenpunt, de doodgeschoten boekhouder, de achtervolging bij Nemnovo... Ik hap naar lucht... Ze zochten de stick en het wachtwoord. Ik sta stil en mijn benen beginnen ongecontroleerd te trillen. Maar hoe ging dat ook alweer met die rugzak? Na de aankoop van mijn nieuwe in Vilnius heb ik al wachtend bij de gate mijn spullen omgewisseld, met uitzondering van die roman van Márquez, want die had ik net uitgelezen. Mijn oude rugzak heb ik vervolgens inclusief boek in mijn handkoffer gepropt. Na de landing in Berlijn ben ik naar mijn auto in de parkeergarage gelopen en daar heb ik mijn koffer weer geopend om een schoon vest te pakken. De rode rugzak heb ik er toen uit gehaald en in de kofferbak van mijn jeep gelegd. Ja, en daar ligt-ie nu nog. Het kán inderdaad zijn dat ik die mini-USB niet heb gevoeld bij het omwisselen van mijn spullen, want ik gebruik dat zijvak alleen voor zakdoekjes en pepermuntjes. Niks belangrijks, dacht ik... O, Pavel...

Hanna en ik slenteren weer verder.

'Maar ze vonden niks,' fluister ik en ik zet stap na stap na stap. 'De rugzak was daar niet.'

'Waar dan wel?'

Ik schud opnieuw mijn hoofd en een naar gevoel welt op. Alleen Maxim wist dat ik in een leenauto reed. Ik vertelde het op het drielandenpunt toen we de ingeslagen ruiten zagen. En de volgende ochtend was de inbraak bij Garage Bauer in Goslar en werd die arme boekhouder doodgeschoten. Ik vertraag opnieuw mijn pas.

Hanna Ivanova pakt mijn arm vast en gaat voor me staan. We houden halt en we kijken elkaar aan. Een vreemde verbondenheid vormt zich.

'Miss Liebke! Wij tweeën kunnen dit alleen overleven als u de Cyprus-documenten naar Igor Kot mailt, want als die info op straat ligt, dan breekt de hel los in het presidentiële paleis in Minsk. Fjodor Baranov en zijn neef worden opgepakt of verdwijnen. Of ze krijgen een ongeluk. Of ze vluchten. Zoiets. Turner International zal zich waarschijnlijk in zwijgen hullen. En de onbekende eigenaar zal vast ook z'n hielen lichten en in een westers land onderduiken. En met u zullen ze voorzichtig zijn, want als u iets overkomt zullen de Duitse veiligheidsdiensten in actie komen en die hebben hier een reputatie.'

Langzaam beweeg ik mijn hoofd op en neer.

'Ja, dat zou zomaar kunnen.' Mijn gedachten schieten naar de vermoorde boekhouder en de opmerking van Bauer dat de politie hem vroeg of hij wellicht connecties had met Belarus. Binnen een dag hadden ze al een lead.

'Trouwens,' vervolgt ze met lichte stemverheffing. 'Er is nog wat!'

'En dat is?'

'Het zou me niet verbazen als ze een agent op u hebben gezet, om uw vertrouwen te winnen en langs die weg de stick te krijgen. Zoals de Stasi deed met de Romeo's. Ik zag laatst de serie *The Same Sky*. Keigoed. Ging over zo'n Romeo.'

Ik staar haar niet-begrijpend aan en schud dan mijn hoofd.

'Een Romeo?' vraag ik.

'Sorry. Ik dacht dat u als Duitse de term kende. De Romeo's waren mannelijke Stasi-agenten. Ze moesten de liefde winnen van alleenstaande vrouwen op strategische posities bij de NAVO en de West-Duitse overheid en zo toegang krijgen tot geheime informatie. Die lui waren topacteurs. Ook in bed.'

'Maar...' Mijn vertrouwen winnen? Mijn blik schiet naar het terras van het hotel Europa Royale en mijn benen worden slap. Maar... nee... dat kan niet... Maxim... Nee... Zijn lieve woorden klonken zo echt en zijn aanrakingen waren zo teder. Zoveel liefde kun je niet faken. Of toch? De woorden van papa weerklinken: *Vertrouw niemand, Bienchen*. Gevolgd door de dwingende fluistering van Pavel. *Vertrouw niemand*. Maar ik deed het toch, want mijn hart zei dat het kon. *Die lui waren topacteurs. Ook in bed*. Is Maxim een topacteur? Heeft hij onze liefde in scène gezet? Met een ruk wend ik me af en staar moeizaam ademend naar de langzaam stromende Memel. Onze relatie kronkelde inderdaad niet traag naar de liefde, maar verliep onstuimig. Hij veroverde mijn hart als een kolkende rivier die alles meesleurt en waar geen verzet tegen mogelijk is. Hij was er ineens! *Poef*. Maar hoe ging dat ook alweer? Wat zei Hanna net? Dat ze me al sinds 16 juni op de hielen zitten. Maar wanneer gaf de manager van Hotel Kayka me ook alweer zijn naam? Ik grijp mijn telefoon, open

Outlook en scrol naar de datum: maandag 21 juni. Het antwoord kwam een halve dag na mijn mail waarin ik om iemand vroeg met kennis van Oost-Pruisen. En die 21e juni was drie dagen ná de mislukte inbraak in onze hoeve, op 18 juni. Pffff. Maar het hotel stuurde me geen historicus, maar een archeoloog, een 'kennis' van de eigenaar Gregor Kayka. Maar is Maxim wel een deskundige op het dossier Oost-Pruisen? Enigszins. Maar vaak genoeg had hij geen antwoord op mijn vragen en zei dan: 'Ik zoek het uit.' En ik knikte, want hij fascineerde me al vanaf het moment dat hij de voormalige bibliotheek van Schloß Martsheim in liep en me aankeek. Toen was ik al verloren.

Ineens duizelig zet ik enkele stappen naar een oude witte els en leun tegen de stam. Is Maxim een Romeo? Kan een mens wel zo goed liefde voorwenden? Met zijn energie, met zijn lichaam, met zijn woorden en met zijn blikken? Ik wrijf met mijn hand langs de ribbelige bast van de boom. *Die lui waren topacteurs. Ook in bed.* Tijdens de Koude Oorlog gebeurde het wel.

'Miss Liebke. *Are you okay?*' Hanna pakt mijn bovenarm vast. 'Wilt u misschien wat drinken?' Ze wijst op het flesje water in het netje van mijn rugzak.

'No. Thank you.' Ik adem in en uit en probeer vat te krijgen op mijn denken dat als een mantra de woorden *vertrouw niemand* blijft herhalen. Maar ik deed het toch. Dom, want Maxim is aangedragen door de manager van hotel Kasteel Kayka en dat is eigendom van Gregor Kayka, een ex-USSR-partijfunctionaris, die in 1994 de huidige dictator mee in het zadel hielp. Dat alleen al had me toch moeten waarschuwen?

'Kent u Gregor Kayka?' vraag ik en ik merk hoe hoog ik in mijn adem zit.

'Alleen van naam. Hij is een oligarch. Hij zit in vastgoed en particuliere beveiliging. Hij is iemand die op de achtergrond functioneert. Hij verschijnt nooit in het openbaar. Ik zou niet weten hoe hij eruitziet.'

'Beveiliging!?'

'Ja, toen de maffia begin jaren negentig de boel overnam, kon je daar goed geld mee verdienen. Kayka was een van de eersten die in dat gat sprongen en later was hij ook een van de eersten die investeerden in informatietechnologie.'

Bei Gott. Kayka zit in de beveiliging en in de IT. En ineens herinner ik me de bewegende cursor op mijn laptop. Wanneer begon dat ook alweer? Ook rond half juni! En diezelfde Gregor Kayka bracht me in contact met Maxim. Een Romeo. Of toch niet? O, Maxim... Ik wrijf het zweet van mijn voorhoofd en voel weer zijn tedere aanrakingen. Nee, nee, nee! Dit is niet waar. Maxim is echt! Onze connectie is echt! Ik weet het zeker! Inmiddels vecht ik tegen mijn tranen. *Die lui waren topacteurs. Ook in bed.* Nee! Dat was geen acteren! 'Vertrouw niemand, Bienchen.' O, papa! Help me! Papa! De wereld begint om me heen te draaien en ik hap naar lucht.

'Miss Liebke! Gaat het?'

Ik doe mijn rugzak af, pak mijn waterflesje en neem een slok. De geur van versgemaaid gras bereikt me. Ik adem in en uit en kom weer een beetje bij mijn positieven en het besef dringt door dat ik hier weg moet en mijn oude rugzak moet ophalen. En hoe dan ook zonder Maxim! Ofwel hij is in gevaar, ofwel hij ís het gevaar. Met mijn knokkels veeg ik mijn tranen weg en kijk om me heen. Een enorme groep wandelaars trekt mijn aandacht. Het zijn er tientallen! De stokken klikklakken op het asfalt en ze naderen ons als een militaire colonne. Als ze dit pad blijven volgen, passeren ze de met buxus omzoomde plek waar mijn auto staat. En ineens ben ik alert. Mijn ogen zoeken de beveiligers van Kayka. Ze staan bij de menshoge rododendrons die de groep net passeerde.

'Kom!' roep ik tegen Hanna en ik schiet het pad op en meng me tussen de wandelaars.

'Wat is er?' vraagt ze verbaasd en ze voegt zich bij me.

'We worden gevolgd, Miss Ivanova. Ik moet hier weg, maar zonder dat ze me zien vertrekken. Zo meteen passeren we mijn auto. U loopt dan nog een tijdje mee, zichtbaar naast de wandelaars, maar ik stap dan in en vertrek. Met wat geluk volgen ze u en win ik tijd.'

'Eh... goed.'

En terwijl we zachtjes pratend met de groep mee marcheren, zet ik mijn telefoon uit, stop hem in mijn speciale rugzak en pak mijn autosleutels.

'Maar, waar is die rode rugzak nu?' vraagt Hanna opnieuw wanneer we de parkeerplaats naderen. 'En waar is het boek?'

Ik schud mijn hoofd en geef geen antwoord.

'Uiterlijk morgen zal ik u nader berichten,' zeg ik stellig. 'Wat heeft uw voorkeur? Mailen? Bellen? Appen?'

'Appen via Telegram.'

'Prima. Morgen hebben we weer contact. En blijf tot die tijd in Litouwen en duik onder!'

'Doe ik. Thank you. En wees voorzichtig, Miss Liebke.'

Wanneer we de parkeerplaats passeren, schiet ik langs de bosjes en ren naar de leenauto.

VII
Woensdag 30 juni 2021, middag
In de tuin van een datsja, gelegen in een bos oostelijk van Minsk, Belarus

De kale heer wandelt met zijn KGB-neef door de uitgestrekte tuin bij zijn datsja. Er is een familietreffen ter gelegenheid van zijn vijfentachtigste verjaardag. Maar van enige feeststemming is geen sprake. Recente ontwikkelingen baren hem zorgen en hij bespreekt de kwestie met zijn neef. De man met de witte haren is niet aanwezig op het feest.

Al lopend uit de kale man zijn woede over het feit dat de neef niet kon voorkomen dat de advocate een gesprek voerde met de zieke Pavel. De neef komt met de gebruikelijke smoesjes. De kale man heeft inmiddels serieuze twijfels over zijn neef en overweegt om hem op een zijspoor te zetten. Immers, hoe kan een persoon de baas van een land worden als diezelfde persoon er nog niet eens in slaagt om tijdig een gevangene te liquideren en een ontmoeting met een advocate te voorkomen? De kale man heeft ook geen boodschap meer aan de repeterende uitleg dat de neef geen jurisdictie heeft over de gevangenis en dat hij een ongewenste aandacht op zich zou hebben gevestigd met een nog actievere bemoeienis. Ook de toelichting dat de neef zelf ook pas van de ontmoeting hoorde nadat die al had plaatsgevonden, vindt hij zorgwekkend. Hij heeft duidelijk geen controle over de mensen onder hem. Gelukkig is Pavel kort na het gesprek overleden. Dus dat probleem is opgelost.

Maar de kale man blijft morren.

Daarop countert de neef dat de huurlingen die de Duitse vrouw in Nemnovo moesten kidnappen ook niet bepaald succesvol waren. Is al bekend hoe dat kon gebeuren? De kale man antwoordt kribbig dat de Duitse vrouw klaarblijkelijk onraad rook en naar Litouwen vluchtte, kort voor men haar bij het afscheid van het museum kon oppakken.

Dat ontsnappen deed ze handig. Klaarblijkelijk heeft ze ooit geleerd om door de bossen te navigeren. Ze had een beschermengel en zoiets kon je natuurlijk niet voorzien.

Hierna uit de neef kritiek op het feit dat de Romeo evenmin kon voorkomen dat de Duitse vrouw in dat park een gesprek voerde met de advocate en inmiddels met grote waarschijnlijkheid weet heeft van de stick. Ook op dit punt stelt de kale man dat de Romeo alles had voorbereid voor het afvangen van beide dames aan het einde van hun ontmoeting. Maar opnieuw bleek de Duitse vrouw hem te snel af. Het is inmiddels wel duidelijk dat de Romeo is ontmaskerd. De man met de witte haren was duidelijk teleurgesteld in zijn performance en heeft dat ook via zijn assistent aan hem laten weten. Maar goed, volgens de tracker rijdt zij nu naar Duitsland. De Romeo is inmiddels per vliegtuig onderweg naar de Harz en zal haar daar opwachten. Hij is erop gebrand om deze opdracht alsnog tot een goed einde te brengen. Zijn reputatie staat immers op het spel.

De heren naderen de tennisbaan. Een dochter van de neef en een kleinzoon van de kale man spelen een wedstrijdje. Beide mannen kijken toe.

'Ik zal blij zijn als deze kwestie is afgerond,' zegt de neef.

'Ik ook. Als alles volgens plan gaat, kunnen we vanavond eindelijk weer rustig slapen.'

Olga

Deel 12:

De vijand valt aan

'Wanneer men moedige mensen ergens toe wil overhalen, moet men de zaak gevaarlijker voorstellen dan ze is.'

Friedrich Nietzsche (1844-1900). Duits filosoof, cultuurcriticus, componist, dichter en filoloog. Uit: *Menschliches, Allzumenschliches. Ein Buch für freie Geister.*

33
Woensdag 30 juni 2021, middag
Bij een wegrestaurant op de E40 in Polen

Ulli, Ulli, neem op! Bitte, bitte! schreeuwt mijn brein, terwijl de telefoon een eeuwigheid lijkt over te gaan.

'Ulrich Wallheim.'

'Ulli!' roep ik opgelucht. 'Ik ben het.'

'Olli?'

'Ja, ik bel vanaf een tankstation in Polen.'

'Vandaar dat rare nummer. Bel je soms over die Sovjetvrouw? Die van dat auto-ongeluk? Daar ben ik nog mee bezig.'

'Nee, nee. Iets héél anders.'

'Wat dan? Je klinkt gejaagd.'

'Dat ben ik ook. Ik zit in de problemen, Ulli, en ik heb je hulp nodig.'

'Hoe dan!?'

Na een diepe inademing doe ik mijn relaas, vanaf mijn kennismaking met Pavel in het vliegtuig tot de nare gebeurtenissen die volgden. Maar ik zwijg over de stick.

'Ze denken dat Pavel mij bewijs toestopte over een geplande staatsgreep in Belarus.'

'Wat?! En heb je dat bewijs?' Zijn stem schiet omhoog.

'Nee, maar ik weet waar het is. En ik moet vaart maken om het te krijgen en openbaar te maken. Die lui moorden erop los. De advocate van Pavel is ook al dood.'

'Hoe bedoel je?'

'Ja, ze is kort na onze afspraak tegen een boom gereden. Was op het nieuws hier in Polen.' Ik denk weer aan mijn tweede sanitaire stop, waar ik ook meteen een fles water en een broodje kocht. Toen ik bij de kassa in de rij stond, zag ik op een videoscherm boven de rookwaren een nieuwsflits. Ik kon de Poolse tekst niet lezen, maar ik herkende Hanna Ivanova en de beelden van Pavel en het Ryanair-toestel. Ik stootte een tiener naast me aan en vroeg haar waar het item over ging. Het meisje vertelde in redelijk Engels dat de vrouw op een landweg in Litouwen was overleden na een frontale botsing met een boom. Ik schudde mijn hoofd. 'Ze is dus vermoord,' mompelde ik binnensmonds, waarna ik in een noodgang naar mijn auto rende en met gierende banden wegscheurde. En terwijl ik mijn snelheid naar gevaarlijke hoogten opvoerde, was daar opnieuw dat verdrietige besef dat de rotonde van mijn leven me nog maar twee afslagen bood: vluchten of aanvallen. Vluchten stond gelijk aan onderduiken en dus dezelfde route volgen als papa. Ook ik zou dan een nieuwe identiteit moeten aannemen. En bovenal: dat zaadje van wantrouwen dat papa al jong in mij had geplant, zou mijn hele bestaan gaan overwoekeren en mij veroordelen tot eenzaamheid, want achter elke nieuwe ontmoeting zou ook ík gevaar vermoeden.

Dus ik koos voor de aanval.

'Maar je moet meteen naar de politie!' roept Ulrich. 'En bescherming vragen.'

'Ja, daarom bel ik. Je moet iets voor me uitzoeken. Ik kan dat nu niet doen. Mijn apparaten zijn misschien gehackt en het kost me te veel tijd. Ik moet mijn voorsprong vasthouden.'

'Je voorsprong? Maar Olli! Reken maar dat ze met een helikopter of privévliegtuig deze kant op komen en al op je wachten.'

'Hoe moeten ze weten wat mijn eindbestemming is? Die heb ik niemand verteld.'

'Die lui hebben een state-of-the-arttechniek om alles te volgen wat je doet. Die leggen snel genoeg de link.'

'Dat is waar! Ik weet het! Ik weet het!' roep ik. 'Maar ik heb je advies opgevolgd en zo'n Faraday-rugzak gekocht.'

'Prima! Maar Olli! Dat is niet afdoende! Je moet meteen naar de politie!'

'Ja!' schreeuw ik nu. 'Dat weet ik toch ook. Maar, verdomme, Ulli, ik ben in Polen! Lees je geen kranten!? Het is hier zo corrupt als wat. Ik moet zélf dat bewijs veiligstellen, want onze politie is ook niet onfeilbaar. Ik vertrouw ze niet.'

'Ik kan dat bewijs voor je halen, Olli. Dan ga jij meteen na het passeren van de Duitse grens naar de politie.'

'Nee!' roep ik.
'Vertrouw je me niet!'
Ik aarzel.
'Tuurlijk wel, maar die lui zijn levensgevaarlijk. Straks ben jij ook een doelwit. En dan?'
'Dan is dat mijn verantwoordelijkheid. Ik ben je oudste vriend. Ik wil je helpen.'
'Dat weet ik. Maar dit doe ik zelf,' roep ik resoluut. 'Zo gauw ik dat bewijs heb, ga ik naar de dienst die de moord op de boekhouder van Auto-Bauer onderzoekt. Die weet al van de connectie met Belarus en kan snel schakelen. Weet jij waar die zit?'
'Ja, in Hannover.'
'In Hannover!? O. Nóg een uur.'
'Je kunt in elk politiekantoor terecht voor bescherming. In Goslar is er ook een. In de Heinrich-Pieper-Straße.'
'In die nieuwe wijk naast het industrieterrein Kattenberg?'
'Ja, daar!'
Ik zucht. Eindelijk een meevaller. Dat is niet ver van Auto-Bauer.
'En dan nog iets, Ulli.'
'En dat is?'
'Je moet het e-mailadres voor me vinden van Igor Kot. Hij werkt als hoofd van het juridisch team van de Belarussische oppositieleidster in Litouwen. Pavel zou hem na de landing in Vilnius de stukken mailen. Maar door de kaping ging dat niet door. Hij weet van het bestaan van de Cyprus-documenten.'
'Igor Kot. Doe ik. Maar Olli... luister naar me... Doe niet zo eigenwijs. Ga meteen na het passeren van de grens naar de politie...'
'En alles mailen naar mijn Gmail. Niet appen. Danke, Ulli.'
'Maar Olli...'
Ik verbreek de verbinding, want de tijd dringt. Ik bel meteen Auto-Bauer. De dame van de balie neemt op en verbindt me door.
'Hans Bauer.'
'Herr Bauer, met Olga Liebke. Ik ben onderweg met de leenauto en moet vanavond dringend mijn jeep hebben. Kunt u wachten totdat ik er ben?'
'En hoe laat is dat?'
'Rond zeven uur. Hangt af van het verkeer rond Berlijn.'
'Is goed. Ik ben dan toch nog aan het werk. Ik wacht op u.'

34
Woensdag 30 juni 2021, avond
Auto-Bauer in Goslar

Kwart over zeven. Ik stop voor het gesloten stijlenhekwerk van Auto-Bauer. Het ruim opgezette industrieterrein oogt verlaten na sluitingstijd. Ik doe het raam open en toeter om Hans Bauer te signaleren dat ik er ben. Uit automatisme kijk ik weer in de achteruitkijkspiegel. Geen auto's. Geen achtervolgers. Ik heb de afgelopen uren meerdere trucs uitgehaald om dat te testen. Maar dat zegt niet alles. Wie weet welke hightech snufjes die lui gebruiken. Met beide handen masseer ik de nekspieren onder mijn oren. Alles is verkrampt vanwege die constante dreiging.

De zwaarlijvige Hans Bauer opent de deur van de showroom, zwaait naar me en sjokt met de sleutelbos mijn kant op. Ik wrijf in mijn ogen en gaap. Bei Gott, wat ben ik moe. Niet alleen van de lange rit, maar ook van het piekeren over papa en Maxim. Mijn gedachten sprongen van de een naar de ander en mijn geest greep telkens fragmenten van gebeurtenissen en probeerde ze tot een geheel te rijgen.

Denkend aan papa was daar het besef dat mijn reis en alle nieuwe informatie hem in een ander perspectief hadden geplaatst. Voor vandaag zag ik hem vooral als de vader die me zo liefdevol heeft opgevoed, maar inmiddels zie ik ook die andere man: de Junker, de Sovjetzoon, de KGB'er, de goelaggevangene. En de associatie kwam met een hologram: eerst was daar alleen zijn vaderlijke verschijningsvorm, maar met mijn onderzoek veranderde de lichtinval en toonde zich de man van vlees en bloed, een mens met zijn eigen dromen, idealen, liefdes, angsten en mislukkingen. En ik kwam tot de schokkende conclusie dat ik als dochter maar bar weinig wist van datgene wat hem werkelijk heeft voortgedreven. Feitelijk had ik me een leven lang gespiegeld aan een fantoom. Maar hoe kon ik zelf echt zijn als het onechte mijn voorbeeld was? En hoeveel tijd is er nog om het echte van hem te ontdekken?

Ook Maxim hield me bezig, want je veert terug naar dat wat je raakt. Mijn herinneringen bleven onze gesprekken en aanrakingen maar herhalen en herhalen. Waarna mijn verliefdheid weer opbloeide en de twijfel toenam. Mijn gevoel overschreeuwde mijn verstand. Wat nou als hij geen Romeo is?! Waarop de angst voor verlies volgde, want met mijn vlucht had ik ons prille liefdesvuur met wantrouwen overgoten. Maar kan een gedoofde vonk wel weer opvlammen?

Hans Bauer opent de poort en wijst naar een vrije plek naast mijn oude jeep, links van de showroom. Ik parkeer de leenauto en stap uit. Ondertussen controleer ik de brede toegangsweg op verdachte personen of voertuigen. De situatie is ongewijzigd. Het industrieterrein oogt nog even leeg. Ik begroet Hans Bauer en informeer hoe het met hem gaat na het drama met de boekhouder. Met tranen in zijn ogen verhaalt hij opnieuw over de gebeurtenissen en vertelt dat hij nog steeds niet kan bevatten dat die hardwerkende Herbert er niet meer is.

'Hij laat een groot gat achter, niet alleen thuis bij zijn vrouw, maar ook hier op de zaak. Daarom ben ik nog aan het werk.'

'Het is allemaal niet te bevatten.' Ik raak troostend zijn bovenarm aan. 'En weet de politie al wat meer over de daders?'

'Nee, maar ik hoop zo dat ze die lui pakken. En tot dan gaat het leven door,' verzucht hij en hij klopt met zijn hand op de motorkap van de jeep. 'Hij is rijklaar, Frau Liebke. Het portier is open en de sleutel steekt in het slot. De factuur volgt later wel per mail.'

'Fijn.' Haastig open ik eerst de kofferbak.

'Maar hij is leeg!' roep ik geschrokken. 'Mijn rode rugzak is weg!'

'Ach, nee, het spijt me,' zegt Hans Bauer. 'Was ik helemaal vergeten. Die ligt binnen in een kast bij de receptie. Dat vond ons hoofd werkplaats toch veiliger. In mei hadden we gedoe met een klant over een handkoffer die vies was geworden toen we zijn spullen moesten verplaatsen.'

'Gelukkig.'

Ik volg Hans Bauer naar de showroom waar hij een hoge witte archiefkast opent en er het enige rode object van de plank tilt.

'Deze is het? Toch?'

'Ja!' Opgelucht grijp ik de draagband vast en voel het lichte gewicht. En een onverwachte urgentie dringt zich op. Het is die bekende onrust die me tot handelen aanzet. Nee, ik mag geen tijd meer verliezen. Dit moet nú uit mijn systeem. Die documenten moet ik nú bekijken. Nú! Nú! Ik wil mijn laptop pakken, maar bedenk me. Dat is te gevaarlijk. Dan beter een apparaat waarvan ik niet zeker weet of het wel goed beveiligd is, maar waarvan ik wel zeker weet dat het niet gehackt is.

'Mag ik nog even gebruikmaken van een computer?' vraag ik. 'Ik moet dringend een mail versturen.'

'Maar natuurlijk.' Hij wijst naar het bureau van de receptioniste en tilt vervolgens een laptop uit de kast en geeft deze aan me. 'Er zit geen wachtwoord op. We lenen 'm weleens aan wachtende klanten.'

'Dank u,' zeg ik en ik ga zitten.

Terwijl Hans Bauer naar zijn kantoor loopt, klap ik het scherm open en druk op de powerknop. Ondertussen check ik weer de toegangsweg. Die oogt nog steeds verlaten. Ik open mijn rugzak, terwijl het apparaat blazend opstart. Hierna grijp ik het boek van Márquez en vind inderdaad een klein wit blaadje met het handgeschreven wachtwoord. Het is een lange en onsamenhangende combinatie van letters, cijfers en tekens. Met trillende vingers leg ik het velletje naast de laptop en rits het zijvak open. Ik ruk een doosje met pepermuntjes en een verfrommelde zakdoek uit de tas en smijt beide in de prullenbak onder het bureau. Hierna betast ik de stof en voel inderdaad helemaal onderin in een hoek iets hards: de mini-USB! Met sjorrende bewegingen friemel ik het ding uit het zijvak en stop het in de USB-poort van de inmiddels opgestarte laptop. Na enkele veiligheidsmeldingen verschijnt het verzoek van SanDisk om het wachtwoord in te tikken, wat ik in één keer foutloos doe. De bestanden verschijnen en geroutineerd scrol ik door het materiaal: bankafschriften, mails, en foto's van ontmoetingen tussen drie mannen. Al snel vind ik een document met een samenvattend verhaal van zo'n duizend woorden in cyrillisch schrift. De vormgeving doet denken aan een persbericht. Ik kopieer de tekst naar DeepL en mijn maag knijpt zich samen wanneer ik de inhoud lees. Het is waar, de vermoorde Belarussische onderzoeksjournaliste werkte aan een nieuwsitem met als kop *'Samenzwering tegen dictator Belarus'*. Het artikel oogt aardig compleet, dus waarom maakte zij dit niet openbaar? Of was zij dat wel van plan, maar wilde zij eerst nog overleggen met de oppositie over de timing? Geen idee. Maar hoe dan ook: dit is explosief!

Mijn blik schiet weer naar de toegangsweg. Nog steeds rustig. Maar hoelang nog? En wat doe ik met dit materiaal? Sowieso naar de juridische man van de Belarussische oppositieleidster, maar is dat voldoende? Maken zij dit wel meteen wereldkundig? Of gaan ze eerst vergaderen over de beste route? Ja, dat zou zomaar kunnen, maar die tijd heb ik niet. Mijn enige kans om te overleven is de publicatie van dit materiaal, want alleen dan verlies ik hopelijk mijn relevantie en is er een kans dat de baas van Turner International zijn mannen terugroept van de jacht. Dus dit moet nú naar buiten. Maar naar wie stuur ik het? Welk kanaal heeft de meeste impact? De FAZ natuurlijk! Wat de *Frankfurter Allgemeine Zeitung* publiceert wordt direct opgepakt door de grote persbureaus en bereikt in no time Minsk. Ja, mijn beste optie is mijn oude baas Rudi Tasman, de hoofdredacteur buitenland van de *Frankfurter Allgemeine Zeitung*. Rudi handelde altijd razendsnel en durfde risico's te nemen. Hij weet ook dat ik solide ben en met zijn ervaring kan hij de documenten van de vermoorde journalist binnen een uur verifiëren en publiceren en dan ben ik *off the hook*. Ondertussen kan de Belarussische oppositie haar eigen politieke ding doen. Hopelijk heeft Rudi geen vakantie.

Via de vaste lijn van Auto-Bauer bel ik de FAZ. Terwijl de vrouw van de avonddienst me in de wacht zet, open ik mijn Gmail en lees het overzichtelijke bericht van Ulrich. In de eerste alinea staan de door hem geverifieerde gegevens van Igor Kot, de manager van het juridische team van de Belarussische oppositieleidster.

'Rudi Tasman.'

Yes! Hij werkt!

'Hé, Rudi, met Olga Liebke.'

'Olga! Hallo! Hoe gaat het met je?' klinkt het enthousiast.

Ik sla de beleefdheidsbabbel over en steek meteen van wal.

'Dus,' zeg ik na enkele minuten afrondend. 'Je redt mijn leven en je krijgt een wereldprimeur, maar wel onder de voorwaarde dat je binnen een uur publiceert, anders moet ik naar de concurrent.'

Even is het stil. 'Stuur me die mail maar,' zegt hij dan. 'En pas na publicatie mag het door naar de Belarussische oppositie.'

'Deal!'

'Perfect. En wat ga je nu doen?' vraagt hij, terwijl ik zijn e-mailadres in WeTransfer intik en de bijlagen toevoeg.

'Ik ga nu naar het dichtstbijzijnde politiekantoor en vraag bescherming voor mij en mijn vader.' Ik klik op verzenden.

'Verstandig. Waar? In de Harz?'

'Ja. Rudi, ik moet ophangen. Doe je best.'

'Komt in orde,' zegt hij en ik verbreek de verbinding.

WeTransfer meldt dat het bestand succesvol is verzonden.

Ik sluit de laptop af, gooi mijn spullen in de rugzak en spring op.

35
Woensdag 30 juni 2021, avond, kort voor zonsondergang
Politie Goslar

Ik rijd het omheinde terrein van de politie in Goslar op en parkeer mijn jeep op een vrije plek naast de ingang. Het witte bakstenen gebouw heeft drie verdiepingen en een plat dak. Rondom is functioneel groen dat de parkeerplaatsen omzoomt. Opluchting stroomt door me heen. Eindelijk! Bijna veilig. Voor de zoveelste keer check ik de straat en kijk of iemand me heeft gevolgd. Nee. Niks. Met een zucht stap ik uit en sluit het portier af. Wanneer ik de sleutel in het vertrouwde vakje van mijn rugzak prop, valt mijn blik op mijn telefoon. Op de automatische piloot grijp ik het toestel en druk op de aanknop. Terwijl ik naar de bezoekersentree loop, klinken de piepjes van inkomende berichten. Ik stop even en open nieuwsgierig WhatsApp. De naam van Monika verschijnt met meerdere paniekerige boodschappen. Snel lees ik wat ze schrijft. Papa is gevallen en buiten bewustzijn. Ik moet nu meteen naar Krugwiese komen. De dienstdoende arts is bij hem. Papa is naar de medische behandelkamer gebracht. Die ligt op de begane grond en bereik ik het snelste via de personeelsingang. Ik check wanneer ze haar berichtje stuurde: acht uur. Dat is al een halfuur geleden! In mijn hoofd ontstaat kortsluiting. O, nee! Papa! Ik moet naar hem toe! Met een ruk draai ik me om, ren naar de jeep, gris ondertussen de sleutel uit de rugzak, stap in, start met trillende vingers de motor en scheur in een paar minuten naar Krugwiese.

Ik parkeer de jeep illegaal op de plek van de directeur, pal naast de personeelsingang van het moderne verpleeghuis, schiet de auto uit en stuif naar de glazen deur. Die staat op een kier. Snel storm ik het lage gebouw binnen en zie links halverwege de gang Monika. Ze staat in de deuropening van een kamer, zwaait kort naar me en gaat dan weer naar binnen. Ze oogt bang. Is hij soms al overleden? Ik sprint de hal door, ruk de deur open en kijk in de loop van een pistool. Een hand grijpt mijn arm, trekt me naar binnen en duwt me tegen de muur. Ik slaak een gil en zie twee mannen met zwarte bivakmutsen. Degene in een zwarte jeans, een zwartleren jack en zwarte schoenen propt een stuk stof in Monika's mond en plakt er grijze bouwtape overheen. En dan zie ik papa. Hij leeft!

'Papa!' roep ik. Hij zit in een rolstoel die in een hoek is geparkeerd, naast een kruk en een bed op wieltjes. Hij heeft een prop in zijn mond die is vastgeplakt met dezelfde grijze bouwtape. Zijn polsen en enkels zijn met knalrode tiewraps vastgebonden. Zijn jeans kleurt donkerblauw rond zijn kruis en de geur van urine hangt al in de ruimte. Zijn ogen staan wijd open van paniek. Hij kreunt en beweegt als een bezetene met zijn lichaam in een zinloze poging om los te komen. Mijn blik schiet van papa naar de andere man, die ik onmiddellijk herken aan zijn reebruine ogen en saffierblauwe sneakers: Hauke! De in het zwart geklede spierbundel heb ik nog niet eerder gezien; die grijpt inmiddels Monika bij de haren, rukt haar hoofd naar achteren en duwt haar met een ruwe beweging op de grond en bindt haar enkels vast. Monika slaat ondertussen woest om zich heen en kermt van de pijn. Duidelijk geïrriteerd geeft de man haar een klap tegen haar hoofd. Verdoofd door de mep staakt ze haar verzet. Hierna sleept hij haar aan haar arm naar de verwarming en bindt haar polsen vast aan een verwarmingsbuis. Mijn lichaam leunt tegen de muur. De paniek en mijn hoge ademhaling leiden tot hyperventileren en de behandelkamer wordt wazig.

'Meekomen! En als je dwars bent, jaag ik een kogel door de kop van die twee,' snauwt Hauke.

Happend naar lucht beweeg ik mijn hoofd, want praten lukt niet. Terwijl Hauke de deur opent, schiet mijn blik weer naar papa. Er is iets met hem. Zijn ogen zijn gesloten en hij hangt voorover in zijn stoel. Een beroerte?!

'Papa!' schreeuw ik in paniek.

'Bek houden,' sist Hauke en hij geeft me een klap tegen mijn wang.

Sterretjes verschijnen en een duizeling overvalt me. Hauke omklemt mijn hand en trekt me de kamer uit. We lopen de gang door. Mijn bewustzijn registreert een stekende pijn in mijn hoofd en vage beelden van mijn omgeving. We passeren de personeelsingang met de glazen deur en na nog enkele meters over een kiezelpad naderen we een zilveren Mercedes met geblindeerde ramen. Een echte pooierbak, schiet het door me heen. Hauke laat me los, opent het achterportier en duwt me ruw de auto in. Hierna wil hij mijn handen vastbinden. Ondanks mijn verdwaasde staat probeer ik me te verweren, waarna hij mijn keel dichtknijpt en ik happend naar lucht meewerk. Hij trekt het plastic snoer zo strak rond mijn polsen dat er een snijwond ontstaat. Hierna doet hij hetzelfde met mijn enkels en zet me vervolgens recht op de stoel. Hij gromt tevreden, gooit het portier dicht, loopt om de auto en komt aan de andere kant naast me zitten. Zijn compagnon heeft ondertussen al achter het stuur plaatsgenomen en drukt op de centrale vergrendelknop. Onder de waas van de klap explodeert de paniek en die rolt als een tsunami over mijn huid. Mijn lijf begint ongecontroleerd te rillen en mijn hart bonkt in mijn oren. Harder en harder. Nee! Ik wil hier weg! Ik moet naar papa! Maar hoe? Denk! Denk!

Ondertussen trekken de mannen allebei hun bivakmuts af. De helper van Hauke blijkt een jonge man met een kaalgeschoren kop, een zongebruinde huid, gitzwarte wenkbrauwen en bruine ogen. Ik heb hem inderdaad nog nooit gezien. Zowel hij als Hauke negeert me en ze overleggen in het Russisch. De auto zet zich in beweging en al snel zitten we op de B241 richting het zuiden. Waar gaan we heen? We klimmen van het open dal naar de donkere bossen van de desolate hoge Harz. De pijn verandert van bonzend naar suizend en ik beweeg mijn hoofd in een poging het brommen te minderen. Hoe kom ik hier weg? Ik wil leven! O, Maxim! Hoe kon ik denken dat je een Romeo was? Was ik maar bij hem gebleven! Had ik maar naar mijn hart geluisterd! En papa! Het beeld van zijn slap hangende lichaam blijft me kwellen. En die arme Monika! Hoe kon ik zo impulsief zijn en zomaar naar dat verpleeghuis rijden? Waar zat mijn verstand? Alles in me wil slaan en stampen, maar mijn handen en voeten kunnen niets. Ik moet iets doen! Maar wat? *Er is altijd een keuze, Bienchen.* Wat kan wel? Mijn ogen en mond werken nog! Ja! Ja! Precies. Praten en kijken gaan nog. De tranen rollen langs mijn wangen en mijn ademhaling is kort en hortend. Maar praten waarover? Over dat wat ze zoeken, natuurlijk! De stick! Ze weten nog niet van de publicatie. Mijn blik gaat naar het dashboard. Het is vijf over acht. O, Rudi! Is je verhaal al online? Ja, dat moet ik zeggen, dat hij het nieuws moet checken! Nog voor de woorden zich vormen tettert de telefoon van Hauke. Een geagiteerd gesprek in het Russisch volgt. Terwijl hij praat, flitsen zijn ogen mijn kant op. Zijn blik is vijandig en woede klinkt door in het vervolg van zijn relaas. Hij lijkt te onderhandelen en dan volgt er een glimlach, waarna hij iets roept naar de man voorin. Dan pakt Hauke een tablet en tikt wat in. Ik rek mijn nek en gluur naar het scherm, maar kan door het tegenlicht niks zien.

Ik knipper met mijn ogen en proef het zout van mijn tranen. De kale man voorin gaat verzitten en zet zijn stoel wat rechter. Met zijn beweging dringt zijn gore lucht mijn neus binnen. Het is een smerige combi van oud zweet en goedkope aftershave. Mijn walging groeit en ik probeer me los te maken van het dwingende gezoem in mijn hoofd. Ging dat telefoontje soms over de publicatie? En zo ja, wat gaat Hauke dan doen? De angst piekt en mijn ademhaling stokt.

'Dus... het... artikel... staat... online?' De woorden komen hortend uit mijn mond.

'Ja!' stoot hij uit.

'En nu?' We kijken elkaar aan. Een koude rilling trekt over mijn rug.

'Jij hebt mijn reputatie verkloot! Dus wat denk je?' De toon en gemene blik laten geen twijfel bestaan over zijn voornemen. Hij gaat me vermoorden en niet omdat de opdrachtgever dat nog wil, maar omdat hij dat wil...

36

Woensdag 30 juni 2021, avond, kort voor zonsondergang
In de bossen van de Harz

De gemillimeterde man voorin zet de richtingaanwijzer aan en neemt een afslag naar een modderige bosweg waar de brede afdrukken van vrachtwagens recente kapactiviteiten verraden. We zitten inmiddels in het hart van het afgestorven woud en de karkassen van die eens zo imposante dennen domineren het beeld zo ver als je kunt kijken. Vooraan is al begonnen met het kappen van de bomen. Vanwege de vele regen van de afgelopen weken is het terrein verworden tot één grote blubber met rechts en links op elkaar gestapelde boomstammen. De schemering en het grauwe landschap roepen associaties op met het omgewoelde niemandsland tussen de loopgraven van de Eerste Wereldoorlog. Mijn gedachten zijn chaotisch en wervelen door mijn hoofd als sneeuwvlokken tijdens een winterse storm.

Hauke kijkt op zijn tablet en geeft instructies. Ik gluur weer naar het scherm in de hoop iets te zien, maar helaas. Het eerste kwartier na ons vertrek uit Goslar heb ik mijn journalistieke ervaring ingezet om met hem in gesprek te raken en een zwakke plek te vinden. Het leverde me een stofprop in mijn mond op die ze vastbonden met twee aan elkaar geknoopte sokken, de rol met tape lag nog in Goslar. Met elke ademhaling snuif ik nu de stank op van zweetvoeten. Mijn vragenvuur leverde helaas weinig op. Uiteindelijk liet hij alleen los dat zijn journalistieke profiel jaren geleden in scène is gezet en dat hij zijn oorspronkelijke voornemen om me te bellen voor een diepte-interview wijzigde toen hij de oproep van Romy zag. Hij schamperde dat dit het mooie is van de dekmantel van journalist. Je vindt altijd wel een aanknopingspunt om met iemand in gesprek te raken. En in dit geval werd de bal hem direct voor de voeten gelegd door het LinkedIn-bericht waarin Romy Oost-Pruisendeskundigen opriep om te reageren.

'Maar, waarom heb je dit, eh... beroep?' vroeg ik vervolgens.

Hij stootte een honende lach uit en vertelde dat hij ooit als tiener in de DDR een verboden film met James Bond had gekeken en vanaf dat moment wist dat ook hij geheim agent zou worden, een spion die over de wereld zou reizen, veel vrouwen zou pakken, in luxe hotels zou wonen, en ondertussen zijn geliefde socialistische arbeidersparadijs zou dienen. En zo geschiedde. Hij werd een bevlogen Stasi die bereid was om te liegen en te moorden om het kapitalisme te bestrijden. Maar toen de Muur viel verloor hij zijn land en zijn illusies, waarna hij zijn talent inzette voor de eigen zaak.

Mijn gedachten gingen weer naar papa. Hij werkte voor de KGB. Heeft papa ook mensen vermoord? Nee! Of toch wel? Wie was hij? Ik vouwde mijn handen in mijn schoot en deed het gebedje van dank en hoop dat hij me als kind leerde. Laat me leven! mompelde ik in mezelf, terwijl we dieper het dode bos in reden. Papa en ik spraken de woorden altijd samen uit, wanneer hij me naar bed bracht. Hierna volgde het overdenken van onze dag. Het was een dierbare ceremonie, die we volhielden totdat ik naar Berlijn vertrok om te studeren. Pas tijdens mijn zoektocht naar mijn identiteit, kwam het inzicht dat ons avondgebed een restant was van zijn protestantse opvoeding als Junker, waarna de Sovjets de woorden van Marx en Lenin als de Ware Boodschap verkondigden. Heeft hij die geloofd? Misschien, want papa was in veel duaal. Hij was een overtuigd atheïst, maar hij hechtte wel aan ons dagelijkse gebed. Papa sprak met flarden positief over het collectieve denken onder het communisme, maar hij haatte het dictatoriale systeem. Papa filosofeerde met me over zijn visie op het leven, maar hij zweeg over de essentie van zijn eigen bestaan. Hij was zowel de Junker als de Sovjet. Hij dwaalde langs wisselende denkbeelden en hij leerde me dat de mensen fluïde zijn en dat je ze daarom moet wantrouwen. Wat ik ook deed; ik vertrouwde vervolgens nog maar één mens: hem...

'Een spion,' zei ik hardop. 'Je bent goed in je vak, want ik geloofde je.'

'Dat weet ik.' En hij lachte met koude ogen en zijn mooie gelaat oogde zeldzaam lelijk.

'En hoe heb je me eigenlijk gevonden? Een tracker op de leenauto?' vroeg ik.

'Ja.'

'Maar ik had een voorsprong... Hoe komen jullie dan zo snel hier?'

'Vliegen. *Flughafen* Braunschweig ligt drie kwartier van Goslar, maar we stonden in een file vanwege een gekantelde vrachtwagen, dus ik was te laat bij die garage. En daar verloren we het signaal toen je met de jeep vertrok. Maar ik schatte goed in dat je naar je stervende pappie zou komen.' Een stuitende zelfgenoegzaamheid sprak uit zijn woorden.

'Maar hoe wist je dat mijn vader in Krugwiese zat?'

'Je telefoontje gisteren vanuit Varviškė, na je vlucht uit Nemnovo. Je vroeg aan ene Monika of hij daar ondergebracht kon worden.'

O, Ulli, dacht ik. En alweer had je gelijk.

Hierna zei Hauke op botte toon dat ik moest zwijgen. Hij wendde zich van me af en werkte stug door op zijn tablet. Zijn irritatie kon je bijna aanraken. Mijn gedachten keerden ondertussen terug naar papa en naar die rolstoel met zijn slap hangende lichaam. Ik negeerde het zwijgbevel en probeerde opnieuw het gesprek op te starten, waarop Hauke zijn collega opdracht gaf om de auto te stoppen en mij letterlijk de mond te snoeren.

De man voorin mindert inmiddels vaart en overlegt met Hauke. Deze buigt zich naar voren en wijst naar een smal en modderig bospad dat iets verderop naar een laag liggend terrein leidt waar nieuwe aanplant groeit. Gaat het daar gebeuren? Mijn strak vastgebonden enkels en polsen veroorzaakten inmiddels een kloppende kramp in mijn benen en schouders en de prop in mijn mond bemoeilijkt het ademhalen en leidt opnieuw tot hyperventileren en duizelingen. Mijn strijd om nú lucht te krijgen en nú die pulserende pijn te bestrijden verbindt zich met de angst voor de aanstaande dood. Ik kronkel mijn lichaam in alle standen die de beperkingen toelaten, om maar zuurstof op te zuigen en de steken te kanaliseren.

Hauke werkt ondertussen met een toenemende onrust door op zijn scherm en kijkt om de zoveel minuten achterom. Hij roept iets tegen de kleerkast voorin, die op hectische toon antwoordt en nu weer steeds harder gaat rijden. Hij kan daarbij de vele gaten in de weg niet ontwijken. Door het gerammel val ik regelmatig tegen de stoel voor me. De auto glibbert inmiddels op hoge snelheid de heuvel af en maakt bij een scherpe bocht een onvoorziene uitglijder. En net wanneer de man de Mercedes weer naar het pad loodst, klinken er buiten twee schoten. De man probeert verder te rijden, maar de auto beweegt niet. Het geloei van doorslippende wielen weerklinkt. Zijn de banden geraakt? Hauke kijkt naar achteren en vloekt. Hij schreeuwt tegen zijn maat, waarna beiden hun jack openen en hun pistool grijpen. Na wat geschuif op de stoel zit mijn lichaam in de positie om in de zijspiegel te kijken. Op zo'n tweehonderd meter van ons vandaan staat een grote zwarte terreinwagen met geblindeerde ramen. Vier mannen schieten uit de auto, duiken in een dichtbegroeide berm en nemen de Mercedes onder vuur. Een nieuwe knal klinkt.

Hauke schreeuwt iets in het Russisch, waarna zijn maat een stiletto uit het voorvakje bij het dashboard pakt en die aan Hauke geeft. Met een handige beweging snijdt hij de tiewrap bij mijn enkels los en zet dan de loop van zijn pistool tegen mijn hoofd. Dan snauwt hij dat we samen gaan uitstappen, heel rustig, en dat ik het portier moet openen en bij de auto moet blijven staan. Doe ik dat niet en maak ik ook maar één verkeerde beweging dan zal hij een kogel door mijn kop jagen. Ik knik ten teken dat ik het bevel heb begrepen en beweeg fanatiek mijn bevrijde voeten. Ondertussen drukt de kale man op een knop en deblokkeert de sloten. Hauke klikt zijn veiligheidsriem los en schuift naar me toe. Ik ga verzitten en trek met mijn wijsvinger aan de hendel van het portier, waarna Hauke zich langs me heen wringt en de deur een duw geeft waardoor deze openzwaait. Ik moet bijna kokhalzen van zijn brakke adem. Hij heeft de afgelopen uren duidelijk veel gerookt.

'Uitstappen!' Hij drukt de ronde loop van zijn wapen tegen mijn oor. 'En wachten tot we allebei uit de auto zijn!'

Ik doe wat hij zegt en staand naast het portier kijk ik in de richting van de zwarte terreinwagen maar zie niks. De bosjes naast de weg zijn dichtbegroeid met lage dennen en bramen. Waar zijn ze? Hauke volgt me razendsnel de auto uit en schreeuwt iets in het Russisch tegen de mannen in de berm. Ik hoor mijn naam. 'Olga.' Hierna duwt hij het wapen nog wat harder tegen mijn oor, waardoor mijn hoofd meebuigt. Ook de kale man is uitgestapt en houdt zijn pistool op de onzichtbare mannen in de berm gericht. Een van hen antwoordt. Hij is niet te zien, maar ik herken de stem van Maxim. Mijn lichaam reageert en spant zich aan. Hij is er! Met het team van Kayka!? Hoop ontspringt in mijn binnenste. Mijn ademhaling versnelt en mijn neusvleugels bewegen mee met het heftige opsnuiven van lucht. Een van de mannen komt nu tevoorschijn uit de struiken. Ik herken hem. Hij is inderdaad een van de beveiligers van Kayka. Hij rent naar de terreinwagen, start 'm en draait het voertuig in no time in de richting van de weg waar we oorspronkelijk vandaan kwamen. Hierna stapt hij weer uit en duikt opnieuw in de struiken.

'En nu naar die auto,' commandeert Hauke. Ik verken het terrein. Hauke loopt schuin achter me, zodat hij uit het vizier blijft van de schutters in de bosjes. Mijn brein redeneert over mogelijkheden om te ontsnappen. De loop van het pistool duwt niet meer tegen mijn hoofd, waarschijnlijk omdat dit Hauke belemmert bij het lopen. Mijn voeten zijn nog wat wankel van het strakke vastgebonden zijn en zetten stap na stap.

We hebben inmiddels een kwart van de route afgelegd en naderen een deel met veel gaten in de onverharde weg. Ze zijn volgelopen met water waardoor je de diepte van de kuilen niet kunt inschatten. Je hebt de neiging om ze te mijden, wat betekent dat je naar beneden kijkt en oplet waar je loopt. Dat zal ook gelden voor Hauke! Hij zal meer op de weg letten en minder op mij! Ja! Dít is mijn kans. Wanneer we het stuk passeren met de meeste kuilen, versnel ik mijn pas en doe dan alsof ik me verstap en laat me vallen. Meteen klinken er kort achter elkaar twee schoten, gevolgd door het doffe geluid van iets zwaars dat achter me neerploft. Ik duw me verder tegen de grond. Twee mannen van Kayka schieten tevoorschijn en rennen met hun geweren in de aanslag onze kant op. Achter me gebeurt iets en ik draai mijn hoofd over de vochtige aarde om te kijken. Hauke is gevallen, maar hij komt weer overeind en probeert zijn pistool te grijpen. Een nieuw schot klinkt en de modder bij zijn voeten spat op. Vloekend houdt hij zijn handen op zijn plaats. Rennende voetstappen naderen. Het is Maxim! Hij draagt dezelfde kleren als vanochtend en haast zich met zijn geweer in de aanslag naar me toe. Ik wurm me omhoog en kijk naar de gemillimeterde man. Die staat nog overeind, maar ook zijn pistool ligt op de grond. Hij houdt zijn handen in de lucht ten teken van zijn overgave. Zijn rechterhand bloedt hevig, waarna het besef doordringt dat iemand de wapens uit hun handen heeft geschoten. Maxim?

'Jij klootzak,' schreeuwt Hauke, die inmiddels door een van de mannen van Kayka onder schot wordt gehouden.

Maxim reageert niet, haalt een stiletto uit een houder aan zijn riem, hurkt bij me neer, snijdt de plastic banden bij mijn handen door en drukt me vervolgens stevig tegen zich aan. Ik voel zijn bonkende hart.

'Olga,' verzucht hij.

Wanneer we elkaar even vastpakken, klinkt achter ons een kreet en een schot. Maxim duwt me op de grond en we kijken. Een van de beveiligers ligt kreunend en met een bloedende beenwond op de weg en Hauke blijkt ontsnapt. Hij dook de bossen in en is niet meer te zien. De gemillimeterde man is er nog. Hij leunt met gespreide benen en armen tegen een boom naast de weg. Een beveiliger knoopt razendsnel een doek voor zijn ogen en bindt zijn handen en zijn enkels vast. Vervolgens duwt hij hem op de grond met zijn gezicht naar beneden. De man ligt als een betonblok op de weg en is uitgeschakeld.

'En nu?' roep ik en ik wijs in de richting van de gevluchte Hauke. Hoe deed hij dat?

Het gezicht van Maxim oogt verkrampt. Hij komt iets omhoog en hij overlegt in het Russisch met de beveiligers.

'Hij is werk voor de politie,' zegt hij dan. 'We brengen je nu eerst naar een veilige locatie. Kom, snel naar de auto. En bukken, want hij heeft een wapen.'

Voorovergebogen rennen we naar de terreinwagen. Maxim opent het achterportier en ik stap in.

'Ga op de bank liggen en hou je hoofd laag,' zegt Maxim. Ik doe wat hij zegt. Via de spiegel zie ik hoe hij naar de gewonde beveiliger snelt en deze samen met een collega naar de auto draagt. De man gaat voorin zitten, zodat hij zijn bloedende been kan strekken. De twee overgebleven beveiligers duiken weer in de berm naast de auto en bewaken het terrein en de kleerkast. Maxim komt naast mij zitten en belt met zijn mobiel het alarmnummer. Er wordt direct opgenomen en hij legt in korte bewoordingen uit wat er is gebeurd, vraagt om een ambulance en versterking. Hij waarschuwt dat er een vuurwapengevaarlijke man voortvluchtig is, waarna hij bevestigt dat hij zal wachten op de agenten die de plaats delict van hem zullen overnemen. Hierna geeft hij de coördinaten van onze locatie en beschrijft de achtergrond en fysieke kenmerken van Hauke. Zijn daadkracht en professionaliteit verbazen me. Zat hij soms in het leger?

'Wat gaat Hauke doen?' vraag ik happend naar lucht. Mijn ademhaling zit hoog.

We kijken elkaar aan en zijn bezorgde blik laat me huiveren.

24 mei 2024: Première van de documentaire *De Grensman*

De toeschouwers kijken naar de festiviteiten van de Duitse eenwording in 1991, waarna foto's volgen van de krantenkoppen over de zogenaamde *Mauerschützenprozesse*. De voice-over geeft een neutrale toelichting. De Mauerschützenprozesse waren de rechtszaken tegen zowel de grenssoldaten die republiekvluchtelingen hadden doodgeschoten als hun meerderen die daartoe opdracht hadden gegeven. Deze begonnen in 1991 en leidden onder andere tot juridische discussies over de positie van de dienstplichtige militairen.

Een eerste deskundige verschijnt voor de camera en stelt zich de vraag in hoeverre het überhaupt legitiem was om deze jongemannen voor het gerecht te dagen in het nieuwe Duitsland. Ze hadden immers gehandeld in opdracht van hun meerdere in het oude Duitsland, in de DDR dus, een land dat geen dienstweigering kende. Bovendien hadden zij niet vrijwillig voor dat werk aan de grens gekozen. De Staat besliste immers waar ze heen gingen en wat ze daar moesten doen. Schieten op een republiekvluchteling was een duidelijke opdracht.

Een tweede expert licht toe dat de voormalige dienstplichtige grenssoldaten wel degelijk terecht konden staan voor de rechtbank van het nieuwe verenigde Duitsland. Immers, de Universele Verklaring van de Internationale Rechten van de Mens was ook van toepassing op de DDR.

Een derde specialist beargumenteert dat het binnen de repressieve DDR-dictatuur onwaarschijnlijk was dat jongens die net van de middelbare school kwamen en in dienst moesten, onderzoek deden naar hun juridische positie onder het internationaal recht. Het was niet alleen lastig om die informatie te vinden, maar ook nog gevaarlijk.

Een vierde deskundige stelt dat elke soldaat ook een individu is met een eigen oordeelsvermogen, wat betekent dat elke Mauerschütze ook het besluit had kunnen nemen om mis te schieten.

Hierna zoomt de camera in op de man in de kleine ruimte met de vaalgele wanden. Zijn handen zijn in elkaar gevouwen en liggen op het stalen bureaublad.

De interviewer neemt weer het woord. *'Wat betekenden deze rechtszaken voor u?'*

'Verwarring. Paniek. In 1991 had ik mijn leven net weer een beetje op de rit. Ik studeerde en had verkering. Mijn pogingen om te achterhalen wat er met het meisje was gebeurd, waren op niets uitgelopen. En toen kwam het nieuws over de Mauerschützenprozesse. Wat zouden ze met me doen? Ze hadden me al gevangengezet voor een leugen. Dus ze konden me ook gevangenzetten voor de waarheid. Uit angst voor wat kon komen, vluchtte ik het land uit. Ik vertelde niemand waar ik heen ging, want ik vertrouwde niemand, zelfs niet mijn lieve vriendin. Ook al zo'n erfenis van de DDR. Ik vertrok met de noorderzon en kwam een jaar later pas terug. Dat was vanwege de nieuwe Stasiarchiefwet. Die was in 1992 in werking getreden. Hiermee kregen burgers het recht om hun Stasidossier in te kijken. Misschien vond ik nu eindelijk een antwoord op de vraag waarom de dood van de blonde vrouw in de doofpot moest. En misschien was er ook informatie over het kind. Ja, mijn drang om het meisje te vinden won het van mijn angst voor arrestatie. Ik reisde terug naar Berlijn en vroeg mijn akte op.'

Olga

Deel 13:

Zoeken naar de waarheid

'Herinneringen zijn gemaakt van wonderlijk materiaal, bedrieglijk en toch dwingend, machtig en vaag. Men kan geen staat maken op zijn herinneringen en toch bestaat er geen andere werkelijkheid dan die welke wij in ons geheugen dragen.'

Klaus Mann (1906-1949). Duits schrijver. Citaat uit de autobiografie *Het keerpunt.*

37
Woensdag 30 juni 2021, middernacht
Asklepios Harzkliniek Goslar

Het lichaam van papa is verbonden met slangen en snoeren. Dat hij nog leeft valt af te lezen van het scherm naast zijn bed. De repeterende piep en de opflikkerende lijn vertellen me dat zijn hart nog klopt. Zijn hand voelt klam en lauw, alsof het bloed al wegstroomt uit de periferie van zijn lijf. Zijn hoofd ligt naar achteren, waardoor zijn adamsappel omhoog wordt geduwd en zijn mond iets openstaat. Ik zie zijn tandeloze mond. Waar is zijn gebit? Op het tafeltje naast het bed ligt niks. Eigenlijk wel logisch, want hier is alles steriel. Zo ruikt het ook.

De arts die ik net sprak vertelde dat een beroerte met regelmaat voorkomt bij patiënten met dementie. Hij kon nog weinig zeggen over het verdere verloop, meer onderzoeken morgenvroeg zouden duidelijkheid moeten brengen. De resultaten zouden we morgenmiddag bespreken. Mijn telefoon piept. Ik grijp in mijn broekzak en kijk. Monika! Ze reageert op mijn appje van net waarin ik uitleg gaf over de situatie van papa.

> Ben al in het ziekenhuis en onderweg naar boven. Ik neem het stokje zo van je over. Ik doe de nacht en bel je als er wat wijzigt.
> PS: ik wil geen discussie.

Ach. Wat bof ik toch met haar. En ik ga geen discussie voeren. Ik ga naar Monika luisteren, want ik ben totaal uitgeput. Maar kan ik wel slapen? Mijn geweten schreeuwt dat papa die attaque in dat kamertje kreeg vanwege zijn stress om mij. Het is mijn schuld! Mijn wantrouwen bracht hem in deze situatie. Als ik Ulrich de stick had laten ophalen, was dit niet gebeurd. Evenmin als ik niet was weggevlucht voor mijn lieve Maxim en de beveiligers van Kayka.

Ik til mijn mondkapje iets op en veeg mijn tranen weg. Hierna buig ik me naar zijn oor.

'Hé, papa, ik ben het, Bienchen, alles is goed met me,' zeg ik op een geruststellende toon. Hij ruikt metaalachtig. Is dit de lucht van de dood? 'Papa! Blijf bij me!'

Ik ga weer rechtop zitten en kijk of hij reageert. Nee, niks. Ik trek het plastic handschoentje van mijn rechterhand en streel met mijn vingers over zijn ingevallen wangen. Ondertussen probeer ik me de boeiende man voor te stellen die mij een leven lang inspireerde en imponeerde, want dát beeld van hem moet bij me blijven. Maar dat blijkt lastig, want pas met het afsterven van zijn geheugen kwamen zijn ware herinneringen tevoorschijn en was daar ineens die andere man, met dat andere leven. Ik zucht en leun naar achteren. Waarom zweeg hij over zijn jeugd op Schloß Martsheim en zijn jaren in de USSR? Waarom loog hij over mijn moeder? Wie was ze? Eigenlijk bestaat daarop maar één antwoord: hij vertrouwde me niet, en juist dát raakt me zo. Hij wilde de waarheid niet vertellen, zelfs niet aan zijn eigen dochter. Waarom was dat? Die vraag blijft me achtervolgen, net als mijn telkens weer opflakkerende woede daarover.

De deur van de kamer gaat open. Monika!

Ik sta op en loop naar haar toe.

Fluisterend bespreken we de situatie van papa, waarna ze naar de deur wijst.

'Ga maar slapen, Olga. Ik bel je als er ook maar iets verandert.'

'Dank je, Monika!'

Ik gaap en kan mijn ogen bijna niet meer openhouden. Ik stap terug naar papa, streel opnieuw zijn wang en breng mijn lippen weer naar zijn oor.

'Dag papa, tot morgen!' fluister ik. 'Und bitte, bitte, word wakker!'

Terwijl ik me om de meter weer omdraai om nog een blik op hem te werpen, loop ik de ruimte uit en ga naar de omkleedkamer. Ik haal de schoenhoezen van mijn sneakers, trek het turquoise pak uit en gooi het materiaal met de plastic handschoentjes in de gereedstaande emmer. Hierna ontsmet ik mijn handen, pak mijn rugzak uit het kluisje en been naar de liften van het ziekenhuis. Toen ik daarstraks met Ulrich belde, zei hij dat de dood papa nadert en dat ik me moet voorbereiden op een afscheid. Maar hoe doe je dat? Vaarwelzeggen tegen je eigen schaduw? Want hij stond mijn hele leven voor me, achter me of naast me. De lange gangen en de uitgangbordjes roepen herinneringen op aan dat intens verdrietige moment van vier jaar geleden, toen we de praktijk van de geriater in Bad Harzburg verlieten. Het was nog vroeg in de ochtend en eindelijk zonnig na weken met druilerig weer. De hemel was staalblauw en de natuur ontwaakte uit haar winterslaap. We stonden op de parkeerplaats bij het Kurpark naast enkele bloeiende seringenbomen. Papa hief zijn hoofd naar de zon, sloot zijn ogen en snoof de heerlijke bloemengeur op. Ik volgde zijn voorbeeld en voelde de warme stralen op mijn huid. Daarna begon ik te huilen en vertelde dat ik niet zonder hem kon leven. Dat ik bang was voor het alleen-zijn.

'De essentie van het bestaan is verandering, Bienchen.' Hij nam me in zijn armen. 'Verdriet en vreugde wisselen elkaar altijd af, mein Schatz, net als dag en nacht elkaar afwisselen, en net als de seizoenen. Kijk maar, het is weer voorjaar!' En hij plukte een overhangende purperen sering en gaf die aan me. 'Onthou dat. Eeuwig donker bestaat niet. En geloof me. Ik weet wat het is om in het donker te leven. Maar ook mijn zon kwam weer op. Met jou, Bienchen. Jij bent mijn zon. En zo zal het ook bij jou gaan, mijn engel, ook jouw zon zal weer opkomen.'

Ik zucht en ervaar ineens troost in die woorden van toen, want zijn leven kende inderdaad gitzwarte momenten. En toch gloorde er altijd weer licht aan zijn horizon. 'Eeuwig donker bestaat niet,' zeg ik hardop om mezelf te troosten. 'De zon komt altijd weer op.' En ik denk aan Maxim.

38
Donderdag 1 juli 2021, einde middag
Ommuurde tuin van een huis in Braunlage

De zonnige dag staat in schril contrast tot de sombere omstandigheden. Ik slenter maar wat langs de bonte bloemenborders van de vakantiewoning die Ulrich voor ons regelde. Het nostalgische vakwerkpand ligt aan de rand van een villawijk in Braunlage en heeft een ommuurde tuin en is daarom goed te beveiligen. Mijn hoeve was dat niet. En zolang Hauke voortvluchtig is, houdt Gregor Kayka mijn beveiliging in stand. Ook de politie patrouilleert inmiddels door de straat.

Ik probeer mijn stress weg te ademen door me te concentreren op de mooie details in de oude tuin. Iets verderop sluipt een jonge gestreepte kat over de laaghangende takken van een kersenboom en doet me denken aan mijn avontuurlijke Wilhelm. Ik mis mijn eigenwijze wolbal. Hij was altijd bij me als ik door de tuin liep en streek langs mijn blote benen. Hij dartelde dan als een verliefde puber om me heen en miauwde op een babbelende toon. De woede over zijn zinloze dood steekt weer de kop op. Mijn emoties vliegen sowieso alle kanten uit. Ze gaan van '*Hemelhoog juichend*' naar '*van droefheid ontzind*' om Von Goethe te citeren, afhankelijk van de persoon aan wie ik denk: Maxim of papa.

Hij ligt nog steeds in coma, in die schemerzone tussen leven en dood, een fase die ook mijn tijd vertraagt, want als je op iets wacht, ga je de minuten bewuster beleven en gaan ze langer duren. Ik was vanochtend al vroeg bij hem om Monika af te lossen. Zij ging naar huis om te slapen en nam een uur geleden het stokje weer van me over. Volgens de arts die de resultaten van de onderzoeken met ons besprak is zijn toestand stabiel. Over zijn overlevingskansen kon hij niets zeggen. Er was wel een plaats op een verpleegafdeling voor hem aangevraagd.

'Nou, Olga. Die overplaatsing betekent dat ze een lang traject verwachten. En dat verbaast me niks. Jouw pa is een overlever,' zei Monika en ze kneep me bemoedigend in mijn onderarm. 'Het heeft dus geen zin om in het ziekenhuis te bivakkeren. Mijn advies? Pak tussen de bezoeken door je oude leven weer op. Anders hou je dit niet vol.'

Ze heeft gelijk, maar mijn oude leven is weg.

Ik bereik het verhoogde overdekte terras. Bij het trapje naar de veranda valt mijn blik op de bakken met knalrode geraniums die aan de balustrade hangen. Ze herinneren me weer aan de verminkte duimen van papa, zo zichtbaar laatst tijdens het verwijderen van de uitgebloeide bloemen. Toen ik vanochtend in het ziekenhuis zijn handen streelde, was daar ineens het besef dat ik milder ben nu ik kennis heb van zijn ellendige verleden. Het element ontroering voegde zich bij al die andere gevoelens die hij bij me oproept en dempte mijn woede over zijn leugens. Of is het de verliefdheid die me zachter maakt? Maxim toonde begrip voor mijn plotse vertrek uit Druskininkai. 'Wij mensen zijn als de dieren, Olga. Als er gevaar dreigt, slaan we op de vlucht.' Ik knikte in verwondering, want onze omgang is zo natuurlijk. Het voelt alsof we al langer naar elkaar onderweg waren, maar op onze reis meerdere afslagen hebben gemist. En toch praten we niet over wat nog voor ons ligt. Als de dood zo dichtbij komt, voelt de toekomst als kijken in de afgrond.

Een beveiliger van Gregor Kayka komt met een kop koffie het huis uit, knikt beleefd naar me en neemt opnieuw zijn plek in aan de rand van de tuin. Zijn collega die verderop de oprit controleert is vanaf hier niet te zien en de derde slaapt nog, want hij draaide het laatste deel van de nachtdienst. Er loopt een internationaal opsporingsbevel tegen Hauke en men doet onderzoek naar zijn mogelijke opdrachtgevers, maar over de voortgang vertellen ze me niets. Toen Maxim me uitleg gaf over het milieu van de oligarchen, was het alsof hij een parallelle wereld beschreef; een duister universum van losse potentaten met ieder hun eigen wetten en eigen netwerken. En Gregor Kayka gaat na of mijn naam nog ergens op een briefje staat binnen dat ondoorzichtige vlechtwerk van de machtigen van Belarus.

Iemand rijdt de oprit op. Ulrich! Hij appte me net dat hij zo meteen even langs zou komen. Dat berichtje verbaasde me, want we hebben elkaar vanochtend voor de ingang van het ziekenhuis nog gesproken. Hij was langsgekomen om me te troosten en kennis te maken met Maxim, die zich op een bankje bij de ingang had geïnstalleerd om zo in de buurt te zijn voor het geval er iets zou gebeuren.

'Leuke vent, past bij je,' zei hij toen ik hem even later naar de parkeerplaats begeleidde en om zijn oordeel vroeg. Het ontlokte me een glimlach.

De beveiliger opent de poort.

'Ulli,' roep ik blij en we lopen naar elkaar toe en omhelzen elkaar.

'Nog nieuws over je pa?' vraagt hij dan.

'Nee. Monika is nu bij hem.'

We kijken elkaar aan en er is iets in zijn ogen wat me alarmeert.

'Kom, we gaan even de tuin in.'

'Heb je iets ontdekt?' fluister ik en ik raak zijn arm aan. We hebben een hotline en zochten de afgelopen uren allebei naar informatie over de Sovjets in de DDR. Ik op mijn laptop zittend aan het bed van papa, hij op zijn kantoor bellend met deskundigen.

'Ja. Ik vertel het zo. Waar is Maxim?'

'Binnen, hij werkt. Videovergadering.'

'Goed.'

We bereiken het met rozen begroeide prieeltje. Ulrich vertraagt zijn pas en draait zich naar me toe. We stoppen en kijken elkaar aan. Angst ontspringt in mijn binnenste.

'Nou, Olli. Ik heb nieuws over Irina Saroka.'

'O. Via wie?'

'Een onderzoeker die werkt voor het Duits-Russische Museum in Berlin-Karlshorst.'

'En?'

'Irina Saroka woonde inderdaad in Magdeburg en de gegevens die je me gaf kloppen. En nu komt het: ze was getrouwd met Gregor Kayka en beiden...'

'Nee?!' Ik deins naar achteren en struikel bijna over mijn eigen voeten. Ulrich grijpt mijn arm en leidt me naar het bankje naast het prieeltje.

'Ja, Olga, Irina Saroka was de vrouw van dezelfde Gregor Kayka die jouw beveiliging heeft geregeld.' En hij wijst naar de man links in de tuin.

Mijn hart begint te bonzen in mijn oren.

'En dat is nog niet alles.' Hij kijkt om zich heen, alsof hij wil checken dat we nog alleen zijn. 'Diezelfde Gregor Kayka was een hoge USSR-functionaris in het DDR-district Magdeburg, een strategisch belangrijke provincie, omdat die grensde aan West-Duitsland. En de DDR zat onder de knoet van de Sovjet-Unie. En deze machtige man en Irina Kayka hadden een dochter, Maya. Geboren op 5 maart 1984 in Magdeburg.'

Ik wiebel op mijn voeten en heb de neiging om weg te rennen.

'Olli.' Ulrich hapert en zijn ogen zoeken de mijne. 'En er is nog iets: Irina en Maya kwamen te overlijden op 14 februari 1988.'

'Wat?! Op 14 februari!?' Mijn gedachten schieten naar de foto's die papa en ik elk jaar namen op diezelfde dag, bij ons panoramapunt, met uitzicht op het voormalige IJzeren Gordijn van de Oberharz. Wat is hier aan de hand? Ademloos plof ik neer op het bankje.

'Bei Gott!'

'Precies, Olli. Op júllie 14 februari.'

Ulrich gaat nu ook zitten en draait zijn hoofd naar me toe.

'Ze overleden tijdens een auto-ongeluk in de bossen van de Harz, niet ver van de plaats Elbingerode. De auto brandde volledig uit en de lichamen werden aan de USSR overgedragen.'

Ik staar hem aan en breng mijn hand naar m'n mond.

'Een auto-ongeluk,' fluister ik. 'Zoals die oude lerares in Nemnovo vertelde.'

'Ja, en er is meer, Olli.' Hij pakt zijn mobiel uit zijn broekzak. 'Ik vroeg die onderzoeker van het Duits-Russische Museum in Berlin-Karlshorst of hij misschien een foto had van Irina Saroka. Dat had hij niet, maar hij verwees me naar een collega van de Gedenkstätte Moritzplatz in Magdeburg. Dat is een museum in een voormalige Stasigevangenis. En hij kon me wel helpen. Zij hebben recentelijk beeldmateriaal gedigitaliseerd en de naam Irina Kayka-Saroka had een treffer. Ze stond op een groepsfoto van 7 oktober 1987, genomen tijdens de Dag der Republiek, de belangrijkste feestdag van de DDR. Zij had met drie andere vrouwen uit de USSR een wandkleed gemaakt dat de festiviteiten moest opluisteren. Kijk, hier is ze.'

Hij scrolt door mappen en toont me dan het scherm. Ik neem de telefoon van hem over en zie haar meteen, uiterst links op de foto. Met mijn vingers zoom ik verder op haar in. De kleine blonde vrouw kijkt vriendelijk in de camera. Ik slik.

'Jullie lijken op elkaar,' zegt Ulrich. 'Vooral qua houding, bedoel ik.

Zie je haar kaarsrechte en gracieuze gestalte? Met de dunne kuiten en de lange armen. En haar slanke hals?'

En ineens hoor ik weer die woorden van papa in de NDR-studio in Hannover, jaren geleden, toen we een documentaire monteerden. *Je hebt wel iets van een ballerina. Net als je moeder...*

Mijn ademhaling versnelt en ik schuif met mijn sneakers heen en weer over de kiezels.

'Wat ga je nu doen?' vraagt Ulrich en hij duwt met zijn voet tegen mijn enkel.

'Een afspraak maken met Gregor Kayka.'

39
Vrijdag 2 juli 2021, einde ochtend
Vakantiewoning Braunlage

Maxim en ik zitten tegenover elkaar aan de keukentafel en staren naar onze laptops. Hij is aan het werk en ik doe research naar de oligarchen in Belarus en de Russische Federatie. Mijn hoofd duizelt van alle informatie en eigenlijk zou ik een wandeling moeten maken om de boel daarboven te resetten, maar dat is niet verstandig. Hauke loopt nog vrij rond. Dat geldt niet meer voor Fjodor Baranov en zijn neef, een hoge KGB-officier. Vanochtend was in het nieuws dat het vliegtuig met de vermeende coupplegers boven Rusland is neergestort. Vanwege 'technisch falen' was de officiële verklaring.

'Wat zei ik je?' was de reactie van Maxim, die gelooft dat de Russische Federatie bij de samenzwering betrokken was en nu snel alle actoren uit de weg ruimt. De Servische zetbaas van Turner International heeft ondertussen de wijk genomen naar zijn geboorteland, maar volgens Maxim is het een kwestie van tijd voordat ook hij uit een flatgebouw valt of onder een auto komt. Hetzelfde lot wacht volgens hem de nog onbekende eigenaar van Turner International.

'Zijn identiteit gaat uitlekken, want met zijn naam valt geld te verdienen,' was zijn droge commentaar. 'In dat milieu hebben verliezers geen vrienden, en ze sterven zelden in bed.'

'En hoe zit dat met Hauke?' vroeg ik en ik voelde de spanning in mijn lijf weer toenemen.

'Hij is een huurmoordenaar. Dat is anders. Hij gaat door naar de volgende klus.'

'Maar gaat de politie hem vinden? Wat denk je?'

'Geen idee. In de natuur kunnen kleine dieren zich beter verstoppen dan grote. Dus ik ben er niet gerust op. Daarom ook dit circus.' En hij wees naar de beveiliger op de veranda.

Ik zucht en klap mijn laptop dicht. Maxim kijkt op, legt zijn hand op de mijne en glimlacht naar me. Zijn aanraking luwt voor even mijn gepieker over Hauke, Irina en vooral papa. Vanochtend was ik in het ziekenhuis en heb urenlang aan zijn bed gezeten. Ik aaide zijn arm en ook al ligt hij in coma, toch praatte ik met hem. Ik verhaalde over mijn herinneringen aan vroeger, over onze leerzame wandelingen door de bossen, over onze gezellige leesavonden bij het haardvuur, over ons geanimeerde geploeter in de moestuin... En ik vertelde hem naar waarheid dat zijn onvoorwaardelijke liefde altijd mijn belangrijkste bron van kracht was. Want wat er ook gebeurde: hij was er gewoon, die robuuste en wijze man die mij leerde dat tegenslagen bij het leven horen en je sterker maken.

'En waar je ook heen gaat, pap, een deel van jou zal altijd bij mij blijven,' fluisterde ik huilend, terwijl een verpleegster geroutineerd zijn sondevoeding checkte. Het beeld van die ooit zo sterke en onafhankelijke man die nu via apparaten en druppelsystemen in leven bleef, raakte me diep. 'Je Bienchen houdt veel van je, pap,' zei ik, maar er kwam geen reactie. Noch op mijn kusjes en strelingen, noch op mijn woorden. Er was geen piep die hoger klonk. Geen pols die sneller ging. Geen oogleden die anders trilden. Niks. En toch was daar die zekerheid dat hij me hoorde, dat hij mijn liefde voelde. Ja, hij reist met me mee door het leven.

De verpleegster verliet weer zijn kamer. Ik wreef over mijn vermoeide ogen. Ik dacht aan Irina Saroka en ik hoorde weer de stem van Ulrich. '*Jullie lijken wel wat op elkaar.*' Gevolgd door de woorden van de oud-lerares in Nemnovo. '*Ze leek wel wat op u.*' In mijn hoofd begon het speculeren en ontstonden verwarrende gedachten. Het leidde tot een nadere analyse van zijn lichaam en ik zocht naar bewijs dat hij wel degelijk mijn biologische vader is. Sommige fysieke kenmerken van hem waren duidelijk anders, zoals de kleur van zijn ogen, de vorm van zijn gezicht, de stand van zijn tanden, het weerbarstige van zijn haren en het stugge van zijn motoriek. Andere eigenschappen leken wel weer op die van mij, zoals de bleke huid en de lange gestalte. Maar dat zijn elementen die we delen met veel inwoners uit het noordoosten van Europa, zo was mij in Vilnius al opgevallen. Hierna bestudeerde ik zijn voeten. Ze staken onder het ziekenhuislaken uit. Ik trok mijn sneakers en sokjes uit en hield mijn blote voet naast de zijne en analyseerde vervolgens de botstructuur en de vorm van onze teennagels. Ze leken op elkaar, dacht ik eerst, maar later ging ik twijfelen.

'Is hij wel mijn vader?' De vraag was er ineens en borrelde op uit dat al langer gistende moeras met zijn verzonnen verhalen. Liegen over je identiteit is al erg, maar liegen over je bloed gaat nog een stap verder. 'Maar natuurlijk is hij dat,' zei ik en ik dacht weer aan mijn opvoeding. Hij leerde me juist om mijn rug recht te houden en de waarheid te spreken, ook al waren de gevolgen stevig. *Alleen als de waarheid tot onheil leidt, heb je een excuus om te liegen*, was een uitspraak die hij weleens deed. En toch is daar die zwendel. Hij componeerde een leven vol bedrog. Of was er maar die ene essentiële leugen die zo diep wortelde in zijn jeugd, dat hij zich daar niet meer van kon losrukken? Was zijn wezen soms te zeer vergroeid met de identiteit van de zoon van Anna Gobulev? Waren alle leugens die daarop volgden slechts een aftakking van die ene Grote Leugen? Was hij verder wél echt? *Hij was een sfinx. Je kon hem niet doorgronden*, zei Vadim Smirnov over papa. Een raadselachtig wezen...

'En? Waar ben je nu?' vraagt Maxim en hij observeert me.

Ik ruk me los van mijn overpeinzingen en kijk hem aan. Ja, ook in zijn rustige manier van waarnemen heeft hij wel wat van papa.

Ik haal mijn schouders op.

'Bij mijn vader.'

'Dat snap ik.' Hij streelt opnieuw mijn hand.

Ik pak mijn telefoon en kijk of er al nieuws is van Gregor Kayka. Ik heb gisteren via Maxim contact met hem gezocht en om een gesprek gevraagd. Bijvoorbeeld via Teams of WhatsApp. Maxim vroeg waarom en ik wilde losgaan over hun gezamenlijke jeugd op Schloß Martsheim en over Irina Saroka, op wie ik lijk, en die in hetzelfde dorp opgroeide als mijn vader. Maar iets in mij blokkeerde, want met dit verhaal moest ik ook dat andere verhaal aan hem vertellen, namelijk dat André en Olga Liebke al in 1988 zijn overleden en dat mijn vader ons de identiteit van twee doden gaf. Was het daarvoor niet te vroeg? En was dat wel correct tegenover Gregor Kayka? Was het niet beter om eerst de feiten te checken? Iets waar Ulrich voor pleitte toen hij me vanochtend in het ziekenhuis een DNA-kit gaf met daarin een zelftest. Een uur later had ik al wangslijm bij papa afgenomen en de envelop op de bus gedaan naar het DNA-lab. Over een week heb ik uitsluitsel of hij mijn biologische vader is. Alles in me hoopt hierop. Ook denk ik na over Irina. Misschien heeft Gregor Kayka wel foto's van haar en wil hij me meer over haar vertellen? Misschien zijn er nog gegevens die ik niet ken? Ja, misschien... En dus vertelde ik Maxim dat ik de man wilde ontmoeten die zo genereus over mijn leven waakte. Het was de waarheid, maar niet de hele waarheid.

Mijn telefoon gaat over. Ik neem op en het is de personal assistant van Gregor Kayka. Hij meldt dat Gregor Kayka met zijn privéjet onderweg is naar de Harz.

'Wie bitte? Maar ik had toch om een videogesprek gevraagd?'

'Inderdaad. Maar de heer Kayka wil u graag persoonlijk ontmoeten. De beveiligers gaan u zo meteen naar de plek van de ontmoeting brengen.'

'O? Maar hij kan toch ook hiernaartoe komen?' Het idee om dit goed bewaakte huis te verlaten maakt me bang.

'Mijn excuses, maar de heer Kayka gaf me andere instructies.'

'En waar gaan we heen?'

'Niet ver van uw huidige locatie. Details heb ik niet.'

'Mag ik Maxim meenemen?'

'Helaas, de heer Kayka wil u graag alleen spreken.'

'O. Nou. Goed dan.'

Na nog enkele beleefdheden verbreken we de verbinding. Maxim kijkt me aan.

'Wie was dat?'

'De personal assistant van Gregor Kayka. Kayka is onderweg naar de Harz. Hij wil me in levenden lijve ontmoeten. Alleen. Vind je dat niet raar?'

Hij haalt zijn schouders op.

'Gregor is Gregor. En het was toch jouw wens om hem persoonlijk te spreken?'

'Ja, via videobellen, lekker veilig boven op mijn kamer.'

Na een korte klop zwaait de deur van de keuken open en een van de beveiligers komt binnen. Hij knikt naar Maxim en komt dan voor me staan.

'Miss Liebke, Mister Kayka vraagt me om u naar hem toe te brengen,' zegt hij in het Engels.

'Yes, thank you!' Ik sta op en strijk over mijn gekreukelde linnen broek.

‘Nou. Tot straks,’ zegt Maxim en ook hij komt omhoog. Zijn blik staat bezorgd. Dus hij vindt dit ook niks.

‘En wat ga jij nu doen?’ vraag ik.

‘Mezelf afleiden. Wat werken.’ Hij neemt me in zijn armen en geeft me een stevige knuffel.

‘Je bent gespannen,’ zegt Maxim en alweer is daar die analyserende blik. ‘Is niet nodig, Olga. De mannen zijn bij je.’ Hij trekt me nog een keer tegen zich aan en geeft me een innige kus. ‘En je gaat een bijzondere man ontmoeten.’

‘Ja.’

VIII
Vrijdag 2 juli 2021, einde ochtend
Berlijn, Duitsland

De man met de witte haren is in Hotel Adlon Kempinski en staat voor het raam van zijn suite. Hij kijkt uit op de Brandenburger Tor, terwijl herinneringen bovenkomen aan zijn KGB-jaren in de DDR, en specifieker aan een bijeenkomst in Oost-Berlijn kort voor de val van de Muur. Hij was destijds de enige van het gezelschap die voorzag dat het einde van een tijdperk naderde. Hij behoorde toen tot de partijelite die al decennia meer met zichzelf bezig was dan met dat ooit zo machtige Sovjetrijk dat economisch inmiddels aan de afgrond stond en zijn vijanden alleen nog angst inboezemde vanwege een imago dat Stalin met dood en verderf had opgebouwd. Een imago dat niks meer van doen had met de werkelijkheid, want de Rode Reus was stervende. Omdat hij uit een streek kwam met schuivende grenzen, waar de ene Grote Heerser de andere had afgewisseld, wist hij dat ook de almachtigen kunnen vallen. De Russische tsaar was gevallen, de Poolse militairen waren gevallen, Hitler was gevallen en nu zou de USSR vallen. En hij wist ook waarom deze potentaten ten onder waren gegaan. Mensen die te lang aan de macht zijn, raken zo gewend aan hun aardse God-zijn dat ze alleen nog luisteren naar jaknikkers en hielenlikkers en hierdoor de connectie met de realiteit verliezen. En omdat niemand in hun entourage het nog durft om de échte cijfers en de échte gevaren te benoemen, stapelen ze fout op fout, waarna hun bolwerk gaat wankelen en uiteindelijk omkiept.

En die wetenschap voelt nu als een troost voor de man met de witte haren, nu de coup is mislukt. Zijn geliefde Belarus moet helaas nog wat langer zuchten onder de wankelende tiran, maar het is een wetmatigheid dat ook hij zal omvallen, net zoals de strompelende top van de DDR in 1989 omviel, waarna de Oost-Duitsers de Muur wegsloegen en daarbeneden jubelend de Brandenburger Tor passeerden.

Er wordt op de deur geklopt en de trouwe personal assistant van de man met de witte haren komt binnen. Allereerst deelt hij de laatste informatie over het neergestorte vliegtuig van de kale man, waarbij ook de neef de dood vond. De man met de witte haren schudt meewarig zijn hoofd, want opnieuw kreeg hij gelijk. Hij had hem geadviseerd om vooral niet naar de Russische Federatie te vluchten, en wees daarbij op die andere wetmatigheid die zich telkens weer openbaart in de wereld van de oppermachtigen: een verliezer verliest ook zijn vrienden.

Hierna maakt de personal assistant melding van een gesprek met de Romeo. Deze blijft volhouden dat hij de Duitse vrouw wil uitschakelen. Hij heeft een reputatie hoog te houden. Hij wil zijn falen corrigeren, zo was zijn uitleg. Immers, tot nu toe heeft hij elke opdracht tot een goed einde gebracht. Dit bericht wekt de irritatie van de man met de witte haren. Het is toch bekend dat hij tegen zinloze moorden is? De personal assistant bevestigt dat hij de Romeo met klem heeft verzocht om zich terug te trekken, maar deze weigerde, ook toen de PA dreigde niet te betalen voor de tot dusver geleverde diensten. Echter, geld speelde in dit geval geen rol, zo argumenteerde de Romeo. De liquidatie was volgens hem een kwestie van persoonlijke eer. De man met de witte haren geeft zijn assistent een nieuwe opdracht. Deze verlaat de kamer. En terwijl de man zich een glas water inschenkt en naar de terrasdeur loopt, wordt er op de deur geklopt.

Olga

Deel 14:

Mijn lieve papa

'In ieders leven komt onvermijdelijk het moment dat men zijn eigen vader weer terugziet als spiegelbeeld van zijn eigen wezen.'

Stefan Zweig (1881-1942). Oostenrijks dichter, schrijver en journalist.

40
Vrijdag 2 juli 2021, middag
Aan de voormalige DDR-grens bij Sorge in de Harz

De terreinwagen rijdt over de 242 naar het oosten. De twee beveiligers die me vergezellen zijn stil. De chauffeur concentreert zich op de bochtige weg en zijn collega is bezig op zijn telefoon. Ik zit achterin en denk aan Hauke Richter. Waar ging hij heen? Mijn ogen verkennen het weidse plateau. Zwerft hij ergens door dat eindeloze woud en wacht hij op een geschikt moment om zijn klus af te maken? Of vluchtte hij naar het buitenland en begint daar opnieuw? Geen idee. Ik zucht en observeer de stervende dennenbossen die het golvende landschap bruingrijs kleuren. Hier en daar komt de nieuwe aanplant alweer op en demonstreert de kracht van de natuur. Ja, de drang tot leven is zo sterk. Ook bij mij. Vooral mijn prille liefde voor Maxim voedt mijn levenshonger. Nog niet eerder was er die passie en alles in me wil dat ervaren, wil voelen, wil zijn... En toch zit ik in deze auto en laat me vervoeren naar een onbekende plek en een onbekende man, die toch zo nauw met mij verbonden lijkt.

De chauffeur neemt de afslag naar Sorge en mijn lichaam schiet rechtop. Maar na dat dorp is de vroegere grens! Een paar kilometer verderop! Waar veel er nog precies zo uitziet als in 1989, omdat enkele fanatieke burgers de grensconstructie in stand hielden, inclusief een bunker, de wachttoren, de colonneweg, het prikkeldraad en de staalplaten. Mijn kennis over het IJzeren Gordijn is goed, want op de middelbare school was de DDR een geliefd studieonderwerp. Maar ofschoon we decennia in de Harz wonen, hebben papa en ik het openluchtmuseum van Sorge nog nooit bezocht. Misschien omdat de grens in Hohegeiß nog lang na de val van de Muur zichtbaar was en we wel wisten hoe die afscheiding eruitzag? En misschien omdat de vlakke colonneweg zich ontpopte tot een populaire wandelroute voor toeristen en we geen zin hadden in die drukte? Maar vooral omdat papa er niet heen wilde.

De auto passeert het dorp, volgt de stroom van de rivier en gaat onder een oude spoorweg door. De bestuurder negeert het verbodsbord en draait links omhoog richting het museumterrein en passeert het zogenaamde signaalhekwerk, een twee meter hoge omheining die is afgebiesd met prikkeldraad. Veel republiekvluchtelingen dachten destijds dat dit al de grens was, maar dat was niet zo. Dit was slechts de eerste hindernis. Wanneer ze over deze barrière klommen of de afrastering doorknipten, ging in de kazerne een paar kilometer verderop het alarm af en kwamen de grenssoldaten in ijltempo naar deze grenssectie om de vluchtelingen al op te vangen nog voor ze de tweede en veel hogere omheining van de drie meter hoge staalplaten zouden bereiken. Dat was pas de échte grens. Nu is het stuk tussen het signaalhekwerk en staalplaten onbegroeid vanwege de afgestorven en gerooide dennen, maar in de DDR-tijd was dit nog een bos.

De auto hobbelt verder over de colonneweg die hier en daar iets is verzakt. In de verte doemt al de grijswitte wachttoren op. Tijdens het DDR-regime stonden deze kolossen om de zoveel kilometer langs de hele grens, van het noorden aan de Oostzee tot aan het zuiden bij het toenmalige Tsjechoslowakije. Het hoge gebouw steekt dreigend af tegen de blauwe hemel en staat op zo'n dertig meter van de staalplaten. Tussen deze torens en de grens waren vroeger alle bomen en struiken gerooid; het was letterlijk een kale vlakte, die in sommige zones na zonsondergang ook nog eens helverlicht werd. Dus de vluchtelingen die de signaalhekwerken waren gepasseerd en al rennend voor hun leven door het dichte bos de echte grens bereikten, bevonden zich ineens op de zogenaamde doodsstrip. Hier doemden voor hun ogen de drie meter hoge staalplaten op waarachter enkele meters verderop hun vrijheid lag. En dat vrije West-Duitsland konden ze door de ruitjesvormige gaten in de staalplaten al zien, maar om aan die andere kant te komen moesten ze eerst over dat naakte terrein rennen in het volle zicht van de grenssoldaten in de wachttorens. En op deze doodsstrip wachtte de vluchtelingen vanaf 1971 nóg een gruwelijke verrassing, namelijk de landmijnen en de zogenaamde zelfschietsystemen. Dit waren vernuftige apparaten die aan de staalplaten waren bevestigd en die lukraak ijzersplinters afvuurden wanneer iemand de detectiedraad aanraakte. Velen die de moed hadden om die blote lap grond over te steken werden vervolgens letterlijk bij het beklimmen van de laatste omheining aan flarden geschoten. Pas in 1983 besloot het DDR-regime onder internationale druk en in ruil voor deviezen uit West-Duitsland om zowel de zelfschietsystemen als de landmijnen te verwijderen.

Mijn blik fixeert zich nu op de grijze kolos in de verte. De vorm en het beeld doen wat met me. Mijn ademhaling gaat steeds sneller en ik hap naar lucht. Ineens duizelig sluit ik mijn ogen en de beelden van mijn rennende voetjes in die winterse wereld zijn er weer, maar met nieuwe details. Alles om me heen is nu wit. Er is geen bos meer. Alleen de wervelende sneeuw en de fluitende wind. En dan tilt iemand me op met krachtige handen. Mijn voetjes verliezen het contact met de grond en ik ga omhoog, maar mijn laarsje blijft aan iets haken en laat los. Het valt naar beneden en verdwijnt in de witte diepte. Hierna zit ik boven op iets hards. De witte vrouw is onder me en haar handen porren tegen mijn billen. Ik moet iets van haar doen, maar ik ben bang en ik durf niet. Met een hijgende en dwingende stem spreekt ze liefkozende woordjes. Hierna is er een nieuw geluid. Het komt uit de verte en het waait ons tegemoet. Een man roept iets onverstaanbaars wat klinkt als een commando. Hij blijft diezelfde woorden maar herhalen en herhalen, terwijl de intonatie verandert en van bevelend naar smekend gaat. Zijn roepen wordt steeds luider, want hij nadert ons gestaag. Ik ben over de harde rand gekropen en mijn voetjes zoeken de treden van een ladder, terwijl de vrouw mijn handen vasthoudt. Maar dan klinkt er een schot. De vrouw laat me los en ik val in de witte diepte.

Mijn handen grijpen mijn hoofd om een plotse en stekende hoofdpijn op te vangen. Ik kreun van de pijn.

'Are you okay?' informeert de beveiliger rechts voorin. Hij duwt tegen mijn knie.

Ik open mijn ogen en kijk hem aan. Hij zit gedraaid op zijn stoel en observeert me met een bezorgde blik.

'Yes, yes.' Ik veeg mijn kletsnatte handen droog aan mijn hemelsblauwe linnen broek. Donkere vochtplekken verschijnen. Ik adem een paar keer in en uit om mijn plotse paniek te kanaliseren. Het beeld is weer weg. Ruw trek ik mijn blauwe vest uit en open het raam. Met diepe teugen zuig ik de frisse lucht op om het hyperventileren te stoppen. Wat gebeurde er?

De auto rijdt inmiddels op de colonneweg die naar de wachttoren voert. De hobbelige landweg is gemaakt van betonplaten en zorgde er destijds voor dat de jeeps met de Grenzers zich snel langs de doodsstrip konden verplaatsen. Nu is het een wandelroute die de bouwwerken op het museumterrein met elkaar verbindt. We passeren nog enkele toeristen en bereiken de toren. De beveiliger parkeert de auto achter een grote zilveren SUV die links op het gras staat. Wanneer de auto stilstaat, ruk ik mijn veiligheidsriem los en schiet de auto uit. Verdwaasd en met trillende benen sta ik op het gras. Happend naar frisse lucht observeer ik mijn omgeving en mijn blik gaat naar de dikke bak voor ons. Een chauffeur in een zwart pak stapt uit en opent met een elegante beweging het achterportier. Een lange slanke heer met sneeuwwitte haren en een gerimpelde bleke huid stapt uit. Hij draagt een nachtblauw pak met daaronder een wit overhemd en grijze stropdas. Hij lijkt zo weggelopen uit een directiekamer op Wall Street. Zijn rug is kaarsrecht en zijn armen hangen los langs zijn lichaam. Hij straalt waardigheid en kracht uit. De man doet wat met me. Iets in mij reageert en wil naar hem toe.

41
Vrijdag 2 juli 2021, middag
Aan de voormalige DDR-grens bij Sorge in de Harz

De zon schijnt fel en met blubber in mijn benen zet ik stap na stap na stap naar de man met de witte haren en passeer daarbij de schaduw van de wachttoren. Het zonlicht valt weg en ik hef mijn hoofd naar de ramen hoog boven in de kolos en ik krijg het gevoel alsof een camera op mij inzoomt en alsof ik nu de ooggetuige ben die uitleg gaat geven over een krankzinnige plek, die de uitwassen toont van een vals regime. Een staat die zijn inwoners op een gewelddadige wijze gevangenhield. Ik knipper met mijn ogen, wend me af van het hoge gebouw en zet weer stap na stap na stap. Wanneer ik de man op één meter ben genaderd, val ik stil en sla ik mijn hand voor mijn mond, want de mens die daar met een betraand gezicht en bibberende lippen voor me staat, heeft mijn grijsblauwe ogen...

'Maya!'

Zijn stem trilt en hij opent zijn armen voor me. Ik kan niet bewegen en sta stil als een houten paal. Hij komt op me af en neemt me in zijn armen.

'O, Maya.'

Hij houdt me stevig vast en blijft mijn naam herhalen, terwijl zijn lichaam begint te schokken van het huilen. Maya. Maya. Ook mijn tranen komen nu. Hij drukt me nog vaster tegen zich aan. Hij ruikt lekker en fris. Een combinatie van cederhout en varens. Denken lukt niet en mijn lichaam geeft zich aan hem over. Ook ik sla mijn armen om hem heen. Na een tijdje laten we elkaar los en bekijken elkaar van dichtbij. Hij analyseert me als een uniek schilderij: met volle aandacht en grote verwondering. En dan veegt hij met zijn wijsvinger het vocht van mijn tranen voorzichtig van mijn wangen en glimlacht teder naar me.

'Ach, Maya. Dit moet allemaal heel verwarrend voor je zijn. Net als voor mij.'

Zijn Duits is uitstekend. Zijn betraande ogen onderzoeken de mijne.

'Ja, we lijken op elkaar...' Mijn stem stokt.

'Klopt. Je bent een echte Kayka. Ik ben je vader.'

Ik schud mijn hoofd.

'Ach, mijn meisje. Noem me maar Gregor. Goed?'

'Ja,' fluister ik. 'Gregor.'

'Ik heb je zoveel te vertellen,' zegt hij met stralende ogen. 'We nemen gewoon de tijd.'

In verwarring analyseer ik zijn lachende mond. Zijn hoektanden hebben dezelfde vorm als die van mij. En ook hij heeft dat kleine spleetje midden tussen zijn voortanden. Mijn vinger heeft de neiging om zijn lippen aan te raken.

De beveiligers hebben zich inmiddels rondom ons opgesteld. Eentje laat een minidrone opstijgen en een andere houdt het scherm van een tablet in de gaten. Het gevoel van dreiging geeft een duw aan mijn bewustzijn en mijn gedachten starten weer op.

'Is het hier wel veilig?' Ik wijs op de mannen.

'Zeker. Het zijn professionals en ze hebben de modernste apparatuur.'

Ik herinner me het moment waarop Hauke aan een van de beveiligers wist te ontsnappen en twijfel popt op.

'Maar waarom wilde u op deze plek afspreken?'

'Omdat we hier van elkaar werden gescheiden.' Hij wijst naar jonge aanplant in de verte.

Ik volg zijn blik en de beelden van mijn rennende voetjes en de witte wand verschijnen weer en de waarheid die ik al voorvoelde, rolt me nu vol tegemoet, als een tsunami. Onvermijdelijk en verwoestend.

'Dus het auto-ongeluk was gelogen?'

'Ja. De Stasi zette hun dood in scène om geen gedoe met de USSR te krijgen. Ik was in 1988 namelijk een hoge Sovjetfunctionaris en gestationeerd in Magdeburg. De DDR-top vreesde politieke problemen als zou blijken dat ze mijn vrouw aan de grens hadden doodgeschoten en dat mijn dochter bij die actie was verdwenen.'

'Maar hoe weet u dat Irina hier is overleden? Wij vonden niks over haar in de Stasiarchieven.'

'Zullen we elkaar tutoyeren, Maya?'
'Oké.' Ik maak een wuifbeweging. 'Dus hoe ging dat?'
'De grenssoldaat die haar doodschoot, gaf me die informatie.'
'Wat?!'
'Ja. Hij bezocht me in 1995 in Minsk. Hij stond ineens voor mijn deur en deed zijn verhaal.'
'Opmerkelijk. Hoe ging dat dan?'
'Hij was destijds negentien en als dienstplichtig militair in Sorge gestationeerd. Op de ochtend van 14 februari 1988 zat de jongeman samen met zijn meerdere, een beroepsmilitair, boven in die toren.' Hij wijst omhoog. 'Het sneeuwde en het stormde. Noodweer dus. Kort voor zonsopkomst kwam van de kazerne het bericht dat er in hun sectie een republiekvlucht gaande was. Samen begonnen ze met de controle. De beroepsmilitair was traag, want hij was grieperig. Hij raakte steeds meer achterop. De dienstplichtige soldaat liep dus vooruit en stuitte op je moeder. Zij klom een touwladder omhoog. Conrad was al over het hekwerk.'
'Conrad!?'
'Ja, Conrad von Stallenberg, ofwel Boris Gobulev, ofwel André Liebke. De man die zich voordoet als jouw vader.'
Mijn mond valt open en mijn buik knijpt zich samen. Ik wil wat zeggen, maar mijn stem blokkeert. Gregor praat ondertussen verder.
'Overigens heeft de soldaat nooit geweten dat Conrad ook bij de vlucht betrokken was en zich al aan de andere kant bevond. Door de vele sneeuw en de strenge vorst waren de gaatjes in de staalplaten dichtgesneeuwd. Men zag alleen een witte wand. Door de enorme sneeuwval zag hij jou ook niet. Hij hield de witte bobbel boven op het hekwerk voor een tas.'
In mijn herinneringen ben ik weer in de witte wereld en ik knik.
'De jongeman richtte zijn geweer op je moeder en riep meermaals dat ze haar vlucht moest staken, maar ze luisterde niet. Hij wilde haar niet doodschieten en negeerde dus het schietbevel. Maar terwijl hij naar haar toe liep, en maar bleef roepen dat ze moest stoppen, verstapte hij zich. Zijn geweer ging daarbij onbedoeld af en Irina werd in de rug geraakt. Ze stierf enkele minuten later. Toen de kogel je moeder trof, had ze jou net over het hekwerk getild. Ze liet je los, je viel naar beneden en je begon te huilen. Dat was het moment dat de jongeman zich realiseerde dat er een kind bij de vluchtpoging

betrokken was. Hij wilde de touwladder omhoogklimmen en je in veiligheid brengen, maar inmiddels had zijn meerdere de plek ook bereikt en liet dit niet toe. Hij dacht dat het verhaal van het huilende kind een smoes was om naar het westen te vluchten. Hij nam de jongeman onder schot. Toen een halfuur later de versterking arriveerde en de commandant de westkant van het hekwerk checkte, was je weg. Conrad had je opgetild en meegenomen.'

Gregor kucht.

'De jongeman bleef bij zijn verhaal dat hij een kind had horen huilen. Aanvankelijk wilde de commandant hem niet geloven, want hij had bij de controle geen kind gevonden en door de enorme sneeuwval waren er ook geen voetstappen meer te zien. Maar toen men Irina even later optilde, vond men onder haar lichaam een roze meisjeslaarsje.'

'Afgezet met een schapenvachtje,' fluister ik.

'Precies. Je weet dat nog?' Hij kijkt me verrast aan.

'Ja, het zijn maar losse beelden. En wat gebeurde er toen?'

'De commandant geloofde de soldaat en men ging terug naar de kazerne. Alles leek normaal tot aan de avond. De jongeman werd door de Stasi opgehaald en afgevoerd. Tot aan de val van de Muur sloten ze hem op voor republiekvlucht.'

'Maar dat was helemaal niet waar!'

'Klopt, maar de Stasi wilde voorkomen dat hij met iemand praatte over de gebeurtenissen op die 14e februari. Dus zetten ze hem gevangen en lieten hem papieren tekenen waarin hij verklaarde dat hij op die bewuste ochtend had willen vluchten.'

'Verschrikkelijk.'

'Ja, maar na de val van de Muur startte de grenssoldaat een onderzoek. Hij stuitte op een doofpotaffaire. Want toen de Stasi tegen de middag ontdekte dat de vrouw in het mortuarium mijn echtgenote was, brak de paniek uit binnen de top van de DDR. Allereerst werd in het logboek van Sorge niks opgeschreven over de gebeurtenissen van die dag. Vervolgens werd met hoge spoed een lijkje geregeld van een andere kleuter. Waarschijnlijk een meisje dat in de dagen ervoor ergens in de DDR was overleden. Ook haalden ze de dodelijke kogel uit het lichaam van Irina. Hierna ensceneerde de Stasi een auto-ongeluk, waarbij men ervoor zorgde dat het voertuig volledig uitbrandde en dat er niets anders overbleef dan twee verkoolde lijken. Ik bezocht de volgende ochtend pas de plek van de crash en geloofde het verhaal. Ik gaf opdracht tot repatriëring van mijn vrouw en vermeende dochter.'

'Wat afschuwelijk allemaal.'

'Ja, zo ging dat in de socialistische broederstaten.'

'Maar er waren toch meer Grenzers die de dode vrouw hadden gezien? Wat gebeurde er met hen?'

'Dat waren allemaal beroepsmilitairen die in ruil voor hun zwijgen promotie kregen. En die mannen kenden het systeem en begrepen maar al te goed dat er represailles volgden als ze over de zaak zouden praten. Maar de Stasi achtte de dienstplichtige soldaat terecht een te groot risico. Hij zou niet zwijgen. Vandaar dat ze hem opsloten.'

Ik overdenk zijn verhaal, scène voor scène en een vraag duwt zich naar voren.

'Maar hoe weet je dat mijn vader bij de vlucht betrokken was? Sorry. Ik bedoel... Conrad.'

'Geen excuses, Maya. Hij voelt als jouw vader. Nou, ik wist het via Irina. Dat ze samen waren gevlucht. Ze had thuis in mijn bureau een brief achtergelaten. Hierin stond dat ze besloten had om met hem naar het Westen te gaan. Ze nam jou mee, maar ze zou me op de hoogte stellen over jullie nieuwe leven. Ze hoopte dat er een dag zou komen dat we elkaar gewoon konden bezoeken. Ik heb de brief bewaard.'

'Maar waarom deed ze dat?'

'Ze was verliefd. En ze wilde vrij zijn. Vooral dat laatste. Het Sovjetsysteem maakte haar ziek. En ze wilde dat jij in vrijheid zou opgroeien. Het idee dat jij in diezelfde beknelling moest leven als zij, kon ze niet verdragen.'

'Dus dat stond in die brief.'

'Ja, maar dat was voor mij geen nieuws. Ze sprak er vaak over. Ze was geboren in een goelag in Siberië, uit ouders die daar via de pure willekeur van Stalin waren beland. Ze hadden helemaal niks gedaan, maar hielden de rest van hun leven wel de angsten en de gezondheidsproblemen van hun verblijf daar. Irina had kunstenaar willen worden. Ze was waanzinnig getalenteerd, maar vanwege haar voorgeschiedenis in de goelag werd ze niet toegelaten tot de kunstacademie. Dus deed ze een administratieve opleiding en ging werken als secretaresse. Schilderen deed ze in haar vrije tijd. Maar ook exposeren bleek lastig. De censuur was strikt. Ze klaagde regelmatig dat ze niet kon schilderen wat ze wilde, dat ze niet kon zeggen wat ze wilde, dat ze niet kon wonen waar ze wilde, dat ze niet kon reizen waarheen ze wilde. Ze had zelfs toestemming nodig om haar ouders te bezoeken. Dus Irina ervoer de ellende van de Sovjetdictatuur elke dag. De leugens, de propaganda, de hypocrisie, de corruptie en de constante controle in de USSR maakten haar ziek. Na jouw geboorte ging je dat ook aan haar zien. Haar zonnige aard verduisterde. De beknelling ging toen nóg zwaarder op haar drukken, want ze kon het idee niet verdragen dat jij ook in dat land moest leven. Ik was anders, ik nam het systeem zoals het was. Ik zocht mijn geluk binnen de marges die het regime me gaf. En toen kwam Conrad...'

Hij valt stil. Zijn ogen flikkeren op en zijn mond vervormt tot een streep.

'Ze hadden een affaire?'

'Ja.'

Dus papa had het aangelegd met een getrouwde vrouw.

'Gregor. Misschien ervaar je mijn volgende vraag als persoonlijk, maar wil je me iets vertellen over jullie relatie?'

Een korte stilte valt en hij blikt omhoog, naar de blauwe lucht. Dan is er een bijna onmerkbare knik.

'Irina kwam pas laat in mijn leven,' verzucht hij, terwijl hij me weer aankijkt. 'En zij leerde me weer wat voelen is. De nazi's hadden in januari 1945 mijn vader – jouw opa – voor mijn ogen opgehangen. Mijn wezen raakte op dat moment verijsd.'

De verhalen van Gertrude Kaufmann bereiken me weer en mijn buik verkrampt, terwijl ik aan die spartelende man denk. Mijn opa.

'Maar op een ochtend in april 1982 liep Irina mijn werkkamer in Moskou binnen en stelde zich met haar verlegen glimlach voor als mijn nieuwe secretaresse. Het was alsof de zon weer opkwam na een nacht die decennia had geduurd. Ik was op slag verliefd. Je hebt trouwens van ons allebei wat.'

'Heb je foto's van haar?' vraag ik ineens nieuwsgierig naar het uiterlijk van mijn moeder. 'Ik weet niet hoe ze eruitziet.'

'Maar natuurlijk. Ik heb alle foto's voor je laten inscannen en meegenomen. Kom, we gaan even zitten.' Hij wijst naar de SUV en zijn chauffeur haast zich om de deur voor ons te openen. We nemen plaats op de ruime achterbank en hij pakt zijn telefoon uit zijn colbert en toont me een close-up van Irina. Ik neem het toestel van hem over en kijk. Dat is ze dus... Mijn moeder. Zo ziet ze eruit... Ik houd mijn adem in. Wauw! Een witblonde schoonheid.

'Wat was ze knap,' fluister ik.

'Ja. Ze was zeldzaam mooi. Kijk maar. Er zijn nog meer foto's van haar.'

Ik swipe van het ene plaatje naar het andere en mijn verwondering groeit. Er zijn ook foto's van mijn ouders samen. Ze oogt klein naast hem. Als een poppetje. Ik schat haar niet langer dan een meter vijfenzestig. Hij was een aantrekkelijke man. Groot en slank. Inderdaad. Ik ben een mix van beiden. Ik heb haar gracieuze gestalte, ovale gezichtsvorm, met het hoge voorhoofd en de Griekse neus, maar ik heb zijn lengte, mond en ogen.

'Ik heb ook foto's van jou, Maya.' Hij pakt het toestel weer van me over en selecteert een nieuwe map. 'Hier.'

Gretig scrol ik langs de afbeeldingen. De kiekjes tonen een spontaan en vrolijk meisje. En er is nog iets wat opvalt: op de plaatjes van ons als gezin duw ik me tegen hém aan en zoek zíjn hand. Hij was duidelijk mijn favoriet. Dat waren ook de woorden van die oudlerares uit Nemnovo: *De kleine Maya was zo dol op hem. Ze huilde toen hij weer moest vertrekken en wilde hem niet loslaten.* Zelf is hij in die drie decennia niet veel veranderd. Zijn gekromde vingers en zijn gerimpelde huid met enkele levervlekken verraden zijn hoge leeftijd, maar zijn deftige gestalte en zijn volle bos spierwitte haren zijn dezelfde als toen.

'Heb je ook foto's van jou als jongetje?' vraag ik.

'Nee, die gingen verloren in de oorlog. Maar ik leek op jou. Ik was goudblond en lang. Trouwens, jouw stem lijkt echt veel op die van Irina.' Hij gaat iets verzitten zodat we elkaar beter kunnen aankijken. 'Toen ik vorige week een documentaire van jou keek, begon ik al te vermoeden dat jij Maya was. Daarom vroeg ik ook om een ontmoeting.'

'Die ik last minute annuleerde.'

'Precies.' Hij glimlacht. 'En ik moest een nieuwe aanleiding vinden voor een kennismaking.'

'Maar hoe wist je dan zo zeker dat ik je dochter was?'

Hij aarzelt en slaat zijn ogen neer.

'Nou?'

'DNA-onderzoek.'

'Wat?! Hoe dan?'

'Ik liet een haar van je analyseren.'

'Stiekem?'

'Ja, het is beschamend, maar ik moest zekerheid hebben na al die jaren. Ik was bang dat mijn verlangen naar een hereniging met jou mijn zicht op de realiteit had vertroebeld. Misschien waren de overeenkomsten die ik zag wel verbeelding? Misschien waren er fouten geslopen in mijn onderzoek? Misschien stond ik op het punt om een wildvreemde vrouw te vertellen dat ze mijn dochter is.'

We kijken elkaar weer aan en ik denk aan mijn eigen weinig verheffende acties van de afgelopen periode. Ook ik balanceerde op het morele touw om maar de juiste informatie te vergaren. Dus wie ben ik om over hem te oordelen?

'Is al goed,' zeg ik met een vergevende glimlach. 'Dus je startte een zoektocht na het bezoek van die grenssoldaat?'

'Ja, maar ik vond je niet. Toen nam ik contact op met de eigenaar van Schloß Martsheim. Dat was een landbouwcoöperatie. Ik bood een hoge prijs en kocht het kasteel in de hoop dat Conrad ooit naar zijn wortels terug zou keren. Al was het maar uit nieuwsgierigheid. En als hij zich zou tonen, zou ik jou vinden. Mijn hotelmanagers hadden de strikte opdracht om uit te kijken naar gasten die aan bepaalde criteria voldeden. Maar Conrad kwam niet.'

'Ik kwam.'

'Ja, mijn Maya.' Zijn stem slaat over en een snik ontsnapt hem.

Ik leg de telefoon op mijn dijbeen, pak zijn hand en knijp er zachtjes in, waarna ik vertel over de gevonden boeken, de oude ansichtkaart van Schloß Martsheim en de verwarrende verhalen van papa over zijn jeugd als Junker. Hierna verhaalt hij over zijn moeder en hoe ze na die gruwelijke executie van haar man besloot om terug te keren naar haar geboortedorp in Belarus, waarna ze een nieuw leven opbouwde onder het Sovjetbewind. Hijzelf bleek hoogintelligent, was buigzaam, werkte keihard en beklom gestaag de carrièreladder van de communistische partij. Kort na zijn huwelijk met Irina kreeg hij een hoge post in Magdeburg in Oost-Duitsland. Maar Irina miste haar ouders en had ook regelmatig last van astma in de zwaar vervuilde DDR, waar ze net als in de USSR nog veel op kolen stookten. Dus ging ze elke zomer twee maanden logeren in haar ouderlijk huis.

'En toen kwam augustus 1986,' zegt hij met een trillende stem. 'Ik had jullie eind juni naar Nemnovo gebracht en ik zou jullie begin september weer ophalen. Maar onverwachts had ik half augustus al vrij, twee weken eerder dan gepland. De ouders van Irina hadden geen telefoon, dus ik kon mijn komst niet aankondigen. Toen ik tegen de avond arriveerde, lag jij al in bed. Irina was zwemmen bij het meer. Het was een zwoele avond met een fenomenale purperen zonsondergang. Ik wilde Irina verrassen en wandelde naar het meer, maar daar aangekomen zag ik haar met een andere man, die ik meteen herkende: Conrad.'

Zijn stem stokt. Hij ademt in en uit.

'Ik was in shock en zette mijn oude mechanisme in werking. Ik balde mijn vuisten in mijn broekzak en sloop weg. Ik wilde eerst meer weten, voordat ik actie ondernam. En ik ontdekte al snel dat Conrad de identiteit van Boris Gobulev had overgenomen en dat hij bij de KGB werkte en in de USSR-ambassade in West-Berlijn was gestationeerd. Ik adviseerde mijn collega's aldaar om hem te schaduwen. Ze waren al langere tijd op zoek naar een mol. Niet veel later ontdekte men dat Conrad alias Boris inderdaad spioneerde voor MI6. Conrad was tot dan niet verdacht.'

'En heb je papa nog gezien na zijn arrestatie?'

'Ja. Zijn aanhouding was groot nieuws binnen onze kringen. Ik bezocht hem toen hij in Moskou in voorarrest zat en de doodstraf onvermijdelijk leek. Ik was nieuwsgierig, want wie was hij geworden, mijn jeugdvriend en de man voor wie mijn vrouw was gevallen? We hadden een urenlang gesprek en hij was opvallend open. Alsof de aanstaande dood eindelijk de schotten opende naar een vrije meningsuiting. Alsof hij eindelijk zichzelf kon zijn. We spraken ook over vroeger en hoe dat in 1945 was gegaan met mijn vader. Conrad vertelde dat zijn moeder Karoline de verrader was. Toen de Gestapo onverwachts op de stoep stond en het Schloß wilde doorzoeken, had ze naar de onbekende zwerver in het bos gewezen. Zo hoopte ze een huiszoeking te voorkomen. Immers, als de Gestapomannen de vluchtwagens zouden ontdekken, zouden ze niet alleen alles kapotslaan en de voorraden meenemen, maar ze zouden haar en de wagenbouwers meteen tegen de muur zetten. Standrechtelijke executies waren in die laatste oorlogsmaanden aan de orde van de dag. Dus achteraf begreep ik haar besluit wel.'

Gregor kijkt me aan.

'Ja, Maya, maar wat ik toen nog niet begreep was zijn landverraad. Waarom had hij jarenlang geheime informatie doorgespeeld aan het Westen? Hij was oprecht verrast door mijn vraag. Zag ik dan niet dat de USSR door en door verrot was? Zag ik dan niet de chaos en de corruptie? Zag ik dan niet het economische failliet van de vijfjarenplannen? Zag ik dan niet het nucleaire afval dat maar overal werd gedumpt? Zag ik dan niet de kale bossen? Zag ik dan niet de schuimende rivieren? Zag ik dan niet de stralingsellende na het zwijgen en liegen over de ontploffing van Tsjernobyl? Zag ik dan niet de zelfverrijking van de top? Zag ik dan niet de repressie, de leugens, de holle frasen en de willekeur waarmee diezelfde partijkliek de bevolking onder de knoet hield? Hij zag dat wel degelijk en hij zag dat allang en precies daarom was hij bij de KGB gegaan: hij wilde deze zieke boel van binnenuit vernietigen. En terwijl hij vol passie en in alle openheid zijn verhaal deed, voegden zijn woorden zich bij de verhalen van Irina. Ze deelden hun afschuw voor de USSR. En tijdens ons gesprek gebeurde er iets met me. Ik ging begrijpen waarom Irina was gevallen voor Conrad. Hij had de moed gehad om te vechten tegen het systeem. Ik niet. Ik had me aangepast. En opeens was daar een vonk van schaamte voor mijn eigen rol in de machinerie van de USSR, die na het verlaten van zijn cel langzaam zou opvlammen.'

Hij klopt zachtjes op mijn arm.

'Conrad opende mijn ogen. Al heeft hij dat nooit geweten. En het was maar goed ook dat de Sovjet-Unie niet veel later uit elkaar viel, anders was ik ontspoord en vervolgens net als hij in een strafkamp beland of wellicht geëxecuteerd.'

Het duizelt me van de informatie en er valt een stilte. Dus al jong startte papa zijn strijd tegen het regime.

'Maar, als hij de Sovjets zo haatte, hoe kon hij dan leven met zijn pleegmoeder Anna Gobulev? Zij was nota bene een drager van de Orde van Lenin en een overtuigd marxist. Hoe kon zo'n vrouw een Duitse Junker als zoon aannemen? Een kind van de vijand.'

'Ook die vraag heb ik Conrad gesteld. "Wij waren twee verloren zielen die steun bij elkaar vonden," was zijn antwoord. En dat lijkt te kloppen, want beiden hadden na de oorlog geen familie meer.'

'En hoe was hij in Nemnovo beland?' Ik denk weer aan het verhaal van Gertrude Kaufmann over het Duitse konvooi en de aanvallen van het Rode Leger.

'De inwoners van het Schloß werden tijdens hun tocht naar het westen aangevallen door Russische jachtvliegtuigen. Karoline von Stallenberg was een van de slachtoffers. Daarop vluchtte haar Joodse vriendin Elize samen met Conrad via het Augustów-kanaal naar Nemnovo. Dat dorp lag in het toen al bevrijde Belarus. Elize kende Nemnovo en de afgelegen datsja van Anna. Ze was er voor de oorlog nog als arts geweest toen de oude vader van Anna ziek was geworden. Elize besloot om samen met Conrad onder te duiken in deze datsja. Echter, daar aangekomen vonden ze het lijk van de vader van Anna naast de schuur. Hij was in 1944 ziek geworden en had op zijn sterfbed een brief voor Anna geschreven en deze op de tafel gelegd. Hierin stond dat de zoon van Anna, de échte Boris Gobulev, al in de winter van 1942 was overleden aan een onbekende infectie. Elize en Conrad begroeven de resten van de vader naast zijn kleinzoon Boris en gingen wonen in de datsja. Hier vond Anna beiden na de oorlog, dus in de zomer van 1945. Op aandringen van Elize nam Anna Conrad aan als haar kind. Elize ging terug naar Grodno en pakte haar beroep als arts weer op en Anna nam Conrad mee naar Nemnovo en presenteerde hem als haar zoon Boris. En Conrad speelde zijn rol fantastisch. Een leven lang.'

'Hij speelde zijn rol.' Ik herhaal de woorden.

'Conrad was een kameleon, Maya.'

'En toch was hij een geweldige vader,' fluister ik. 'We waren altijd samen. Hij heeft dementie en ligt in coma in het ziekenhuis.'

'Ja. Ik weet het.'

Ik pak weer de telefoon en scrol verder langs de foto's van mijn kinderjaren. Zo zag ik er dus uit toen papa me ontmoette, waarna de geschiedenis zich herhaalde. Anna Gobulev nam een kind aan, en hij nam een kind aan.

'Hij raakte met me opgezadeld.' Ik wijs naar de staalplaten. 'Opeens had die zonderling een kind. En toch was daar die liefde. Hij noemt me altijd zijn Bienchen.'

'O. Echt?' Gregor kijkt me verrast aan. 'Dat kooswoordje komt misschien van de tekenfilmserie *Die Biene Maja*. Je was dol op de filmpjes over dat bijtje. Het Bienchen Maja. Je wees dan lachend naar de tv en riep. "Maja, Maja!" Misschien keek je kort na de vlucht wel veel tv en merkte Conrad dat die serie je kalmeerde? Of misschien noemde hij je Bienchen om een connectie te maken met je echte naam? Maya?'

'Kan. Maar weet je, ik heb letterlijk nul herinneringen aan de periode na de vlucht. Wel aan de vlucht zelf. Beelden van mijn voetjes die rennen door de sneeuw. Een blonde vrouw achter me.'

Ik zucht en denk aan papa, in het ziekenhuis, verbonden met slangen en apparaten.

'Ja,' zeg ik en de tranen komen weer. 'Hij tilde me op en nam me mee. En al snel waren we een eenheid, want mijn vroegste herinneringen zijn verbonden met hem. Ze roepen warme gevoelens op.'

'Liefde kent vele gedaanten. Tijdens ons gesprek in de gevangenis vertelde Conrad me dat hij evenveel van Anna was gaan houden als van zijn echte moeder Karoline. Daarom ook ging hij pas na haar dood voor MI6 werken. Dat was uit respect voor haar.'

'Papa plantte elk jaar verse bloemen op haar graf in Nemnovo.'

'Ach! Wat bijzonder.'

Zijn blik zweeft naar de colonneweg en de staalplaten. Zijn ademhaling gaat zwaar. We zwijgen en het leed dat hem al die jaren vergezelde, dringt mijn wezen binnen. Hij was zich altijd bewust van zijn verlies. Ik niet. Of toch wel? Kon ik daarom nooit een diepe connectie maken met andere mensen? Omdat ik op deze plek mijn houvast had verloren? Na dat schot, toen mijn moeder me losliet en ik aan die andere kant naar beneden viel en een vreemde man me optilde en meenam?

'Waarom heeft hij me niet teruggebracht? Na de val van de Muur?' fluister ik. We kijken elkaar aan en ik veeg mijn tranen weg. 'Hij had me niet in de waan mogen laten dat hij mijn vader is.'

'Absoluut, want hij wist dat je mijn alles was. We hebben het nog over je gehad tijdens dat gesprek in de gevangenis. En hoe kwetsbaar ik was geworden door jou. Hij vertelde dat hij precies daarom nooit was getrouwd en ook geen kinderen had gewild. Ze zouden hem hinderen in zijn missie.'

'Maar hoe kon hij dat dan doen? Mij bij zich houden?'

'Daar kunnen we alleen maar naar gissen. Waarschijnlijk is hij tussen 1988 en 1991 zoveel van je gaan houden, dat hij je niet meer wilde afstaan. Een arrestatie voor spionage hoefde hij immers niet meer te vrezen. De USSR was uit elkaar gevallen. En hij had als Conrad von Stallenberg gemakkelijk een nieuw leven kunnen beginnen. En toch deed hij dat niet. Hij verstopte zich met jou in de Harz.'

Ik denk weer aan de paniekerige reactie van papa toen ik hem een paar weken geleden confronteerde met zijn leugen: '*Hij gaat komen!*'

'Misschien was hij bang voor jouw wraak?'

'Dat kan. Maar in dat geval had hij ook alleen kunnen onderduiken. Dat was zelfs gemakkelijker geweest dan met een kind. En de wereld was toen nog groot, Maya. Hij had naar Australië kunnen emigreren of naar Zuid-Amerika. Maar hij bleef hier, op een paar kilometer van de plek waar Irina is doodgeschoten.'

'Ja, dat raakt me nog het meeste. Hij hield zoveel van haar. Hij heeft nooit meer een relatie gehad. Niet dat ik weet, tenminste.'

Gregor en ik kijken elkaar aan. Ik leg de telefoon opzij en pak zijn hand vast.

'Heb je een van beiden aangesproken op hun affaire?'

'Nee, ze hebben nooit geweten dat ik van hun relatie wist. En dat kostte me écht moeite. Ik zweeg vanwege jou, want wat zou Irina doen als ze nóg meer onder druk kwam te staan? Ik had geen idee. Bovendien is het er bij mij van jongs af in geramd om te zwijgen over mijn ware gedachten. Nadat ik haar met Conrad bij dat meer had gezien, sloop ik weg en zei niks. Ik was in shock. Toen Irina een uur later thuiskwam, vroeg ik haar met wie ze was gaan zwemmen. "Met de grootsheid van de natuur," was haar cryptische antwoord en ze nam me in haar armen. Aan niets was te merken dat ze die avond vreemd was gegaan. Ook zij had geleerd om te zwijgen. Net als Conrad. Die zei ook niks toen ik hem in de gevangenis bezocht. Hij maakte zelfs geen toespeling.'

Mijn mond valt open en mijn gedachten schieten weer naar het verhaal van Maxim over de Homo Sovieticus. Dus beiden waren vervormd door hun leven in die schizofrene dictatuur. En ineens flitst er een gedachte door mijn hoofd.

'Weet je, Gregor. Misschien bracht hij me niet terug omdat hij Irina had beloofd dat ik in vrijheid zou opgroeien. Misschien geloofde hij dat er een nieuwe dictator zou opstaan na de val van de USSR. Wat ook gebeurde.'

'Dat kan.'

'Haat je papa?' De vraag floept eruit. 'Ik bedoel...'

Hij zucht.

'Aanvankelijk wel, tijdens die eerste jaren. Hij had mijn dochter gestolen. Maar die haat bleek een vorm van zelfgeseling. Dus liet ik hem los. Wat bleef was mijn hoop dat ik jou ooit weer zou vinden.'

Ik adem in en uit en probeer me bewust te zijn van dit moment. Ook al zoiets wat papa me leerde: in het nu zijn en het waarnemen van de locatie waar je bent en de mensen die daar zijn. En dan voelen wat er gebeurt onder je middenrif. Voel je rust? Blijf dan. Voel je druk? Ga dan. Even sluit ik mijn ogen en breng mijn handen naar mijn buik. Ik voel verwondering, want de man naast me straalt een vergelijkbare energie uit als de man die me opvoedde. Ze lijken op elkaar. Misschien waren ze daarom wel vrienden als kinderen? En misschien vielen ze daarom wel voor dezelfde vrouw? Ik open mijn ogen en kijk naar Gregor. Hij observeert me met een aparte schittering in zijn ogen.

'Kom, Maya, ik laat je de plek zien waar ze ons van elkaar scheidden.'

42

Vrijdag 2 juli 2021, middag

Aan de voormalige DDR-grens bij Sorge in de Harz

Gregor haakt zijn arm in de mijne en langzaam lopen we via de colonneweg richting het westen. We praten over het verloop van zijn leven na het uiteenvallen van de Sovjet-Unie in 1991 en zijn rol in de opbouw van de prille democratie in Belarus. Hij vertelde over de opkomst van de jonge Aleksandr Loekasjenko, die hij aanvankelijk steunde en die in 1994 via vrije verkiezingen aan de macht kwam, maar die zich al snel ontpopte tot een tiran. Hij vertelt dat hij telkens opnieuw leerde dat de macht zodanig verslavend is dat alleen de écht sterke leiders de kracht hebben om die weer af te staan. Ook leerde hij dat een ideologie die op papier goed leek in de praktijk met geweld en propaganda werd omgevormd tot een dogma dat de machthebbers moest dienen. En dus volgde teleurstelling op teleurstelling en nam hij uiteindelijk afstand van de politiek en besloot om als zakenman zijn leven te vervolgen.

Gregor kende de samenzweerder Fjodor Baranov al vele decennia en hij beschreef hem als een bevlogen Tschekist, een voormalige Sovjet-KGB'er die altijd weer bereid was om te moorden voor de revolutie van het moment áls zo'n coup ook zijn eigen doelen diende. De naam van de grote baas van Turner International zoemde al door de gangen van het regeringspaleis en het was dus nog maar een kwestie van dagen voordat ook hij van het toneel zou verdwijnen, want zo dealde men in de wereld van de oppermachtigen met de verliezers.

We naderen inmiddels de *Ring der Erinnerung*. Dit kunstwerk van dode en levende bomen memoreert zowel de vervlogen grens als de ecologische problemen van de Harz. En die zijn evident als je hier loopt. Het woud van 1988 is afgestorven en het plateau oogt kaal. Hier en daar komen jonge dennen en wilgen op en vormen dichte bosjes. Ze zijn een ideale verstopplek. Ongerust kijk ik om me heen.

'En wat betekent dat voor mij?' fluister ik, want de angst voor het ongrijpbare werkt zich weer naar buiten. 'Hauke Richter loopt nog ergens rond.'

'Wees maar niet bang,' zegt Gregor en hij knijpt bemoedigend in mijn onderarm. 'Ik heb meerdere lijnen uitgezet. We gaan hem vinden. En voor nu houdt mijn team alles in de gaten. Die drone ziet elke beweging.'

Mijn blik gaat van zijn beveiligers naar zijn auto, die ons over de colonneweg stapvoets volgt. Erg gerust ben ik niet, want een lid van diezelfde ploeg liet Hauke ontsnappen.

'Er is trouwens nog iets wat ik je moet vertellen.' Hij vertraagt zijn pas. 'Ik ben er niet trots op, maar ik ben toch blij dat ik het heb gedaan.'

'En dat is?' Gealarmeerd observeer ik zijn gezicht. Schroom tekent zich af.

'Nou, eh... je hebt al sinds zondag beveiliging. Van een afstand.'

'Wie bitte?'

'Ja. Ik was bezorgd. Tijdens jouw verblijf op het Schloß signaleerde de hotelmanager twee mannen die zich verdacht gedroegen. Dus gaf ik opdracht om je te volgen. En mijn instinct klopte, want diezelfde figuren braken je auto open toen jij het drielandenpunt bezocht. Ze zijn trouwens uitgeschakeld toen ze jou in Nemnovo wilden ontvoeren.'

Ik herinner me weer de blonde kleerkast met het cognackleurige jack die tegen een boom leunde tegenover het huis van de oud-lerares. Inderdaad, sinds die dag heb ik hem niet meer gezien.

'Wat bedoel je met uitschakelen? Ik heb in dat bos schoten gehoord en een drone stortte voor me neer.'

'Ze hebben geen dodelijke verwondingen opgelopen, maar hun werk kunnen ze voorlopig niet meer doen.'

'Aha.' Ik staar hem aan en volg de vele lijnen in zijn gezicht. Een spiertje trilt onder zijn oog. Hij liet me schaduwen en ik heb het niet gemerkt. Of toch? Ja, er was dat gevoel van onbehagen. Van inkapseling. Wat leidde tot die constante drang om weg te rennen.

'Het spijt me, Maya. Het was natuurlijk fout om me zo in jouw leven te mengen, maar toch voelde het als een juist besluit. In mijn milieu gelden helaas andere wetten. Ik moest je beschermen.'

Ik denk weer aan mijn vlucht naar Litouwen door de bossen van Nemnovo. Wie weet wat er was gebeurd als hij het niet had gedaan? Ik maak een wegwuivende beweging.

'Is al goed.'

Hij glimlacht en lijkt opgelucht. Hij haakt zijn arm nog iets vaster in de mijne en we wandelen verder. We praten over zijn huidige leven en de verschillende huizen die hij bewoont. Hij mijmert een tijdje over zijn lievelingsplek, een grote datsja midden in het bos ten noorden van Grodno, met Engelse tuinen en een lange oprijlaan achter de toegangspoorten tot het domein. Hij verhaalt hoe hij zijn dagen vult en hoe hij zijn imperium aanstuurt, en dat het zijn droom is om dit alles aan mij over te dragen. En terwijl hij vertelt over zijn vastgoedbedrijf en zijn dagelijkse routine die zich kenmerkt door vaste patronen op vaste plekken met bekende mensen, groeit mijn ongemak. Hij leeft in een microkosmos met zijn personeel: assistenten, secretaressen, butlers, koks, schoonmakers, managers en beveiligers. Hij is nooit alleen. Hij moet elke stap plannen. En ik kijk opnieuw naar de mannen die ons omringen. Gaat dit altijd zo? Zijn zij waar hij is? Uiteraard. En zijn woorden galmen door mijn hoofd. 'In mijn milieu gelden helaas andere wetten.' En alweer is daar het besef van die beklemmende biotoop van de oligarchen waar ook hij toe behoort. Net als Gregor hebben ze zich met hun miljoenen gevangengezet in hun kastelen, penthouses, villa's en op hun jachten. Ze zijn hun vrijheid en hun privacy kwijt, want ze hebben hekwerken, camera's en bewakers nodig ter bescherming van hun gouden kooi. Ze kunnen nooit impulsief ergens naartoe en moeten altijd vrezen voor verraders, kidnappers, overvallers en zelfs huurmoordenaars. En ineens realiseer ik me dat dit benauwende bestaan van de ultrarijken naar me lonkt als ik mijn echte naam zou aannemen, als ik me daadwerkelijk Maya Kayka ga noemen, als het bekend wordt dat ik het enige kind ben van deze puissant rijke man. Ik kan dan niet meer spontaan gaan hardlopen door het bos, ik kan dan niet meer alleen op trektocht door desolate natuurgebieden. Er zullen dan altijd mensen om me heen zijn en ogen die naar me loeren... Ik slik en voel weerzin. Ja maar, zo'n ingekapseld leven wil ik helemaal niet!

We bevinden ons inmiddels op de *Ring der Erinnerung* en wandelen letterlijk over de voormalige grens. De ironie ontgaat me niet. Want hier ben ik dan, met mijn biologische vader, dicht bij de plek waar Maya Kayka naar beneden viel en waar Olga Liebke opkrabbelde. Mijn zoektocht leidde me naar mijn ware identiteit, om vervolgens tot de conclusie te komen dat ik die helemaal niet wil. En ineens zijn daar weer de woorden van papa: *een bekende naam beperkt je vrijheid*. En inmiddels vermoed ik dat hij die uitspraak deed vanwege de beperkingen van zijn eigen glorierijke namen. Als zoon van de adellijke Ludwig en Karoline von Stallenberg was hij voorbestemd tot het leven van een Junker, als zoon van de oorlogsheldin Anna Gobulev was hij voorbestemd tot een carrière binnen de KGB. Hij heeft gelijk! Als Olga Liebke kan ik onbekommerd door het leven fladderen, maar als Maya Kayka zal de rijkdom mijn vleugels kortwieken. Ik moet dan altijd op mijn hoede zijn voor iets of iemand.

'Gregor!' roep ik en ik blijf staan.

'Wat is er?'

Hij draait zich naar me toe.

'Wie weten dat ik jouw dochter ben?'

Hij kijkt me onderzoekend aan.

'Niemand.'

'En het lab dat het DNA-onderzoek deed?'

'Uit de analyse volgde alleen de bevestiging van verwantschap. Die hebben jouw naam niet. Waar gaat dit over?'

'Nou... precies over dát. Over mijn naam. Ik wil dit niet. Ik bedoel... jouw leven.' Mijn stem slaat over en ik wijs naar de beveiligers. 'Altijd bewakers om me heen. Hekwerken en camera's. Mijn vrijheid... Die wil ik niet kwijt! Snap je dat?'

Hij kijkt me aan en over zijn gezicht valt een verdrietige schaduw. Mijn borstkas gaat op en neer.

'Weet je, Gregor,' zeg ik en ik grijp zijn beide handen vast. 'Ik ben opgevoed door een man die me leerde om me niet te hechten aan dingen of plekken, omdat altijd het moment kon komen dat we weer verder zouden trekken. Hij leerde me ook om los te staan van de groep en voor mezelf te denken. Ik moest wegblijven van de meningenparade. Hij stimuleerde mijn vrijheidsdrang en kweekte mijn activisme. Wat ik dus wil zeggen: ik kan onmogelijk leven in een dictatuur en al helemaal niet in de subcultuur van de oligarchen. Het zou me beknellen. Jij bent dat inperken gewend vanuit je leven in de Sovjet-Unie, maar ik niet.'

De mond van Gregor trilt en in zijn ogen wellen tranen op. Zijn verdriet raakt me en ik knijp in zijn vingers.

'Gregor,' fluister ik, me ineens ervan bewust dat de beveiligers ons kunnen horen. 'Hé! Mijn moeder vluchtte weg uit de USSR, omdat ze mij een leven in vrijheid gunde. Wat ik kreeg, want ik groeide op in een democratie. Ik heb zelfs een beroep dat vrijheid van meningsuiting als principe heeft. Als Maya Kayka zou ik die vrijheid opgeven en teruggaan naar de dictatuur die zij verafschuwde. En voor wat? Voor geld? Haar dood was dan voor niks. Wil je dat?'

Er valt een stilte en hij staat stijf als een houten paal.

'Nee.' Zijn lichaam begint te rillen en zijn verdriet komt bij me binnen. Ook ik huil nu.

'Weet je wat raar is?' zeg ik snikkend. 'Ik ging op zoek naar mijn echte naam, om vervolgens te ontdekken dat ik die niet wil. Ik wil gewoon blijven wie ik ben: Olga Liebke.'

Gregor laat me los en heft zijn hoofd naar de zon. Zijn tranen lichten op door het felle licht.

'Weet je,' zegt hij dan. 'Ergens begrijp ik je wel. Ik wist al die jaren van jouw bestaan, maar jij niet van het mijne. En daar zit het verschil. Ik kon over ons dromen. Jij niet.'

'Dat klopt, maar er is ook nog iets anders en dat is fundamenteler. Ik heb iets belangrijks geleerd tijdens de productie van mijn Nomade-documentaires en dat is dat een omgeving en een staat mensen vórmen. En bij ons tweeën zie je dat goed. Jij woonde vrijwel je hele leven in een dictatuur. Eerst je jeugd in Oost-Pruisen onder de knoet van de nazi's, toen in de USSR, vervolgens in de DDR en nu onder het Loekasjenko-regime. Jij hebt nooit echte vrijheid gekend. Manoeuvreren binnen de beperkingen van een dictatoriaal systeem is jouw tweede natuur. Daarom heb jij geen moeite met het verbergen van je mening en daarom ervaar je de hoge hekwerken rond je prachtige datsja als een symbool van vrijheid, want je hebt het geld om beveiliging te betalen.'

Ik glimlach even bemoedigend naar hem en vervolg mijn uitleg.

'Maar ik zie die omheining als een symbool van gevangenschap, want je kunt niet gaan en staan waar je wilt, zonder eerst bewakers te regelen. Kijk nu maar. Vijf man zijn nodig om ons te beschermen.' En ik wijs naar de beveiligers die op enkele meters van ons vandaan hun werk doen. 'Kortom: we komen uit tegenovergestelde werelden. Ik heb die repressie immers nooit gekend. Ik leefde altijd in een democratie en ik kon zeggen wat ik wilde, staan waar ik wilde en doen wat ik wilde, ofschoon ook ik weleens de censuur voel van stromingen in de samenleving. En met mijn Nomade-documentaires probeer ik de kijkers bewust te maken van de waarde van die vrijheid, door ze de vele gezichten van onderdrukking in andere gebieden te tonen. Feitelijk gebruik ik mijn eigen vrijheid om het leven in vrijheid te promoten.'

Gregor kijkt me onderzoekend aan en een lichte knik volgt.

'Dat is waar.' Een glimlach verschijnt rond zijn lippen.

'Maar goed.' Ik haak mijn arm weer in de zijne. 'Als het aan mij ligt, gaan we vanaf vandaag veel tijd samen doorbrengen, zodat we elkaar beter leren kennen. We kunnen bijvoorbeeld gaan wandelen, zoals we nu doen. Of we gaan samen eten, of naar een museum, wat je maar wilt. Maar ik heb één voorwaarde: niemand mag weten dat ik jouw dochter ben. Ik blijf Olga Liebke en ik wil je vragen om me vanaf nu ook zo te noemen. En ik ga door met mijn werk als documentairemaker en ik blijf ook hier wonen.' Ik wijs in de richting van Hohegeiß. 'En als papa herstelt, zal ik voor hem blijven zorgen.'

Een stilte valt en hij buigt zijn hoofd. Hij houdt zijn blik voor even gericht op de betonplaten van de colonneweg.

'Is goed,' zegt hij dan met een zucht. 'Als ik maar bij je kan zijn.'

'Zeker.'

We beginnen weer te lopen en we vervolgen zwijgend onze route langs de voormalige grens. Aanvankelijk zijn daar nog de emotionele turbulenties van ons gesprek te voelen via een knellende greep en een zacht gehijg, maar al lopend lijken onze sentimenten te bedaren en krijgt onze pas een rustige cadans. Op een gegeven moment naderen we een platinawitte berk. Hij staat eenzaam in het struikgewas dat de voormalige grens overwoekert. De dikke stam blinkt in de felle middagzon. De boom valt op. Niet alleen vanwege zijn zilverglanzende bast, maar ook omdat hij ouder oogt dan de jonge aanplant op het plateau.

'We zijn er zo. Bij de plek waar ze stierf,' fluistert Gregor, alsof hij over een begraafplaats loopt en met zijn stille aanwezigheid respect wil betuigen aan de doden. Hij laat me los en gaat me voor. Bonte vlinders klapperen om ons heen, terwijl we voorzichtig langs bramen en helmgras struinen. En dan bereiken we een ronde en netjes gemaaide cirkel van zo'n vijf meter doorsnee met in het midden de berk. Rond de stam groeien rode rozen die een zalige geur verspreiden. Bijen vliegen af en aan. Verward kijk ik om me heen en ineens begint het mij te dagen dat de boom en de rozen hier bewust zijn geplant en er al decennia staan. Ik wend mijn hoofd naar de stalen platen bij de wachttoren en trek de lijn door. Inderdaad. Precies hier was in 1988 de grens.

'Ze symboliseren haar bloed op de sneeuw,' zegt Gregor en hij buigt voorover en ruikt aan een roos. Terwijl hij weer omhoogkomt, strijkt hij langzaam met zijn kromme vingers langs de stam. 'Het is een berk uit Belarus.'

'Maar dit is een herdenkingsmonument!' roep ik. 'En wat een prachtige boom. De bast heeft dezelfde kleur als haar haren. En dan die rozen! En alles is ook zo netjes verzorgd. Wat een bijzonder eerbetoon! Wat waanzinnig lief van je!'

Ontroerd grijp ik zijn hand en knijp erin. Gregor kucht en we kijken elkaar aan.

'Ik heb die berk en rozen niet geplant. Dat heeft hij gedaan.'

'Wie?'

Even is daar een aarzeling.

'De grenssoldaat die Irina doodschoot.'

24 mei 2024: Première van de documentaire *De Grensman*

Op het scherm verschijnt het imposante gebouw met het Stasi-archief in Berlijn. De camera zweeft door gangen en zalen en een rossige jongedame met een koperen bril geeft uitleg. Ze vertelt dat de Stasi na de val van de Muur begonnen was met het vernietigen van haar archieven, maar dat moedige DDR-burgers de Stasigebouwen bestormden en zo het destructieproces tegen konden houden. Het ontsluiten van de archieven gaat nog steeds door. Vervolgens vertelt ze dat elke burger een aanvraag kan indienen om zijn Stasiakte in te zien. Overigens is in het kader van de privacy de informatie over andere personen zwartgelakt.

De camera gaat weer terug naar de man achter het stalen bureau. Op de binnenplaats achter hem breekt de zon door. De kale boom als door een lichtkrans omhuld. Een zwarte vogel strijkt neer op een tak en beweegt zijn kopje van rechts naar links. De handen van de man liggen op het bureaublad. Hij friemelt weer aan het bandje van zijn horloge.

De interviewer herneemt het woord. *'Welke informatie vond u over uw persoon in de Stasiarchieven?'*
De man zucht. *'Ik vond niks. Mijn akte was al vernietigd voor de bestorming van de Stasiarchieven. Dus besloot ik een andere route te volgen.'*

'En die was?'
'Ik spoorde de mannen op die me hadden verraden en bracht ze een bezoek.'

'En op welke mannen doelt u?'
'De Grenzers die er op die bewuste winterse ochtend in 1988 bij waren toen de dode vrouw werd opgetild en weggedragen. Als eerste natuurlijk mijn collega Klaus, die zijn handtekening had gezet onder een leugen over een republiekvlucht. Helaas duurde het een tijdje voor ik ze had gevonden.'

'U wilde wraak nemen?'

Er valt een stilte. De man beweegt zijn nek. '*Nee. Ik wilde informatie. Waarom hadden ze me opgesloten? Wie was de blonde engel? Waar was het meisje? Dát waren mijn vragen.*'

De man hijgt. Woede borrelt op. '*Waar ik nog steeds moeite mee heb is dat collectieve goedpraten en wegduiken van de mensen die voor het* DDR-*regime hebben gewerkt. En dat waren er honderdduizenden. Ik wilde mijn fouten onder ogen zien en zo mogelijk herstellen, maar mijn vroegere collega's deden dat niet. Ze wilden hun fouten bedekken of bij de anderen leggen. Ze probeerden me aanvankelijk te ontwijken. Ze waren lafaards. Ja, mensen zoals zij vormen het fundament waarop dictaturen worden gebouwd. Zielige types die achter loze leuzen aan rennen en die zonder tegengas de meest bizarre opdrachten uitvoeren, en die dan ook nog gloeien van trots als ze een compliment krijgen van hun meerdere. Walgelijk. Tirannen kunnen alleen maar aan de macht blijven met behulp van deze kurken die onder elk regime weer boven komen drijven.*'

'En kreeg u ze aan de praat?'

'*Ja, door te dreigen, want dat was de taal van de* DDR *en dus de taal die deze kleingeestige mannen goed begrepen.*'

De man gaat iets verzitten. '*Met de stukjes informatie die ik van ze losweekte, kwam ik weer wat verder. En in de jaren die volgden reisde ik van lead naar lead en uiteindelijk vond ik in 1995 de vader van het meisje.*'

Olga

Deel 15:

De Grensman

'Het leed wegens een onvervulde wens is gering in vergelijking met het berouw: want het eerste staat voor de altijd open en oneindige toekomst, het tweede staat voor het onherroepelijke en afgesloten verleden.'

A. Schopenhauer (1788-1860). Duits filosoof.

43
Vrijdag 2 juli 2021, middag
Bij de vakantiewoning in Braunlage

We zitten zwijgend op de achterbank van de luxe SUV van Gregor en naderen Braunlage. De wetenschap dat voorin een chauffeur zit die mee kan luisteren, blokkeert ons gesprek. Ja, echt: hoe meer ik me bewust word van zijn ingekapselde leven, hoe meer ik daar weg van wil blijven. Mijn hoofd probeert ondertussen mijn emoties te ordenen, wat lastig gaat, want mijn denken beweegt zich langs ethische schemerzones. Immers, hoe kon papa me zo beliegen? Hoe kon hij zich de dochter van een ander toe-eigenen? En hoe beoordeel ik de man naast me? Hij maakte deel uit van totalitaire regimes en toch hanteert hij morele grenzen die hij niet passeert. Zo weigert hij stellig om mij de naam te geven van de soldaat die mijn moeder doodschoot, omdat ze dat zo hebben afgesproken. Ook al zoiets opmerkelijks. Gregor had hem vanwege dat schot kunnen haten, maar dat gebeurde niet. De man had hem hoop gebracht en zijn bestaan weer zin gegeven.

Hij liet de moed van de jongeman om hem in Minsk te bezoeken en hem de waarheid over zijn dochter te vertellen zwaarder wegen dan zijn zwakte in 1987, toen hij zich niet teweerstelde tegen de staat die hem naar de grens stuurde.

'Dat wat iemand doet onder dwang moet je anders wegen dan dat wat iemand doet uit vrije wil,' was zijn commentaar. 'Want dát was zijn feitelijke moment van keuze. Hij had de militaire dienst kunnen weigeren en dus voor represailles kunnen kiezen. Maar welke tiener deed dat toen?'

Het fanatisme waarmee Gregor de man verdedigde riep weerstand bij me op. Het leek alsof hij daarmee ook zijn eigen wandaden onder de USSR-dictatuur wilde vergoelijken.

We passeren de dode dennenbossen en ik denk aan papa. Hoe is dat straks als ik weer aan zijn bed zit? Klinkt mijn stem dan anders? Voelt zijn huid dan anders? Ruikt zijn adem anders? Is de angst voor zijn dood dan anders? Wat verandert met de nieuwe waarheid? Geen idee. We gaan het zien. Maar gelukkig is daar Maxim. Ik zucht. Ja, hij is mijn lichtpuntje in deze sombere en woelige omstandigheden.

We rijden Braunlage binnen. Gelukkig! Nog even en dan ben ik weer bij hem, voordat ik naar het ziekenhuis moet om Monika af te lossen. Gregor en ik hebben morgenmiddag opnieuw afgesproken. We gaan samen lunchen.

We rijden onze straat in en de chauffeur parkeert de auto. In een automatisme reik ik naar de hendel van het portier, maar Gregor grijpt in een snelle reflex mijn pols.

'Even wachten op het signaal,' zegt hij dan en hij wijst op de beveiligers die uitstappen en voor ons de straat controleren.

Ik slik en alweer is daar het besef dat ik een goed besluit heb genomen door Olga Liebke te blijven. Dit zal nooit wennen. Na enkele minuten volgt de opgestoken duim van de leider. De chauffeur stapt uit en opent mijn portier.

'Tot morgen, Gregor,' zeg ik met een glimlach en ik strijk langs zijn arm. 'En we bellen vanavond, goed?'

'Ja, daar verheug ik me op.' Zijn ogen stralen.

Ik stap uit en loop onder begeleiding naar de voordeur, steek de sleutel in het slot en zwaai nog even naar Gregor. Hierna ga ik naar binnen en loop via de brede hal naar de moderne woonkeuken met het witte kookeiland, de grijze plavuizen, de lange essen tafel en de zwarte kuipstoelen. Het enige wat nog verwijst naar het monumentale pand zijn het balkenplafond en de ruitjesramen. Maxim zit aan de keukentafel achter zijn laptop.

'Olga!' roept hij.

Hij schiet omhoog en haast zich naar me toe. Hij neemt me opgelucht in zijn armen en kust me teder. Ik vlij me tegen hem aan en snuif zijn vertrouwde geur op. Hierna kijken we elkaar in de ogen. Hij strijkt door mijn haren.

'Er is weer nieuws,' zegt hij dan en hij wijst naar zijn laptop. 'Met écht schokkende beelden.'

'Over wat dan?'

'Gaat over de eigenaar van Turner International. Hij is vanochtend uit het raam van zijn suite in het Hotel Adlon Kempinski in Berlijn geduwd. Hij viel vijf verdiepingen naar beneden. De politie heeft net zijn naam bekendgemaakt. Ene Joeri nog wat. Vierentachtig jaar. Een weduwnaar zonder kinderen. En stel je voor: de moord staat op film! Een Britse toerist heeft de aanslag per toeval vastgelegd. Hij maakte een video van zijn vriendin op het plein voor de Brandenburger Tor. Je ziet letterlijk hoe twee mannen met bivakmutsen een oudere heer met witte haren optillen en als een zak meel over de reling gooien. Niet te bevatten.'

'Echt? Laat zien!'

We gaan naar de laptop, Maxim drukt op *play* en de opname verschijnt.

Mijn mond valt open. 'Verschrikkelijk. Zo doen ze dat dus,' zeg ik geschokt. 'Een zelfdoding in scène zetten.'

'Ja. Dit is ontluisterend. We wisten wel dat het zo gaat, maar als het zo voor je ogen gebeurt...'

Ik kijk nog een keer en schud mijn hoofd. 'Schokkend. En weten ze al wie deze mannen zijn?'

'Nee. De politie doet geen uitspraken, maar speculaties zijn er genoeg. De veiligheidsdiensten van Belarus en de Russische Federatie worden het meest genoemd. Maar goed, vertel eens. Hoe was je kennismaking met Gregor?' Hij pakt me weer vast.

'Bijzonder.'

Ik ruk mijn gedachten los van de afschuwelijke beelden van de moord in Berlijn en denk aan Gregor. Een andere oudere heer met witte haren. Heeft Gregor de vermoorde man gekend? Ik zal het hem vanavond vragen als we bellen. En terwijl Maxim mijn nek streelt, groeit de drang om hem de waarheid te vertellen en om hem toe te laten tot die kleine kring van getrouwen die kennis hebben van mijn ware identiteit. Want ergens is daar het besef dat ik geen toekomst met hem kan bouwen op een fundament dat verzwakt is door geheimen die elk moment aan de oppervlakte kunnen komen en dan zullen leiden tot scheuren in onze relatie.

'Ik moet je iets vertellen. Kom, we gaan even zitten.' Ik wijs naar de tafel.

'Oké.' Maxim laat me los en loopt terug naar zijn plek. Hij neemt plaats en klapt het scherm van zijn laptop dicht.

Ik ga tegenover hem zitten en neem zijn handen in de mijne. Hierna begin ik hakkelend te vertellen over de dementie van papa en hoe hij steeds vaker verhalen vertelde die ik niet kon rijmen met het bekende verleden, waarna ik tijdens die gekaapte Ryanair-vlucht een Belarussisch dialect hoorde dat vreemde beelden opriep, en ik een onderzoek startte en ontdekte dat mijn vader had gelogen over onze identiteit. Ik groef verder en uiteindelijk was daar vanmiddag de confrontatie met de waarheid. De man die me opvoedde is niet mijn vader. Hij is de verdwenen Conrad von Stallenberg en hij was de minnaar van mijn moeder, Irina Saroka, de vrouw van Gregor Kayka. Zij is op 14 februari 1988 doodgeschoten aan de grens, terwijl ze mij over de omheining tilde. Ik viel op een paar meter van West-Duitsland naar beneden, waarna Conrad von Stallenberg me optilde en meenam.

En terwijl ik mijn verhaal doe, gebeurt er iets met Maxim. Zijn gezicht verkrampt en alle kleur trekt weg. Hij krijgt tranen in zijn ogen en zijn mond trilt. Zijn ogen staan wijd open in totale verbijstering. Hij schudt zijn hoofd.

'Maxim! Wat is er?'

Hij laat mijn handen los en staat abrupt op. De stoel valt met een kletterend geluid op de vloer. Hij loopt wankelend om de tafel naar me toe. Ook ik sta nu op en we kijken elkaar aan.

'Maya,' zegt hij dan en hij grijpt me vast. Hij begint schokkend te huilen. En terwijl hij mijn naam blijft herhalen, bevriest mijn wezen. Hij kent mijn echte naam, maar die heb ik net niet genoemd. Ik wring me los uit zijn omhelzing en kijk hem aan.

'Dus jij bent die soldaat? Jij hebt mijn moeder doodgeschoten?'

'Ja.'

Ik schiet naar achteren en knal met mijn rug tegen de koelkast. Mijn hand gaat naar mijn mond. O, nee! Laat het niet waar zijn. Niet hij. En ook mijn tranen komen nu. Maxim staat stokstijf tegenover me. Hij oogt in shock.

'Al die jaren was het mijn grootste wens om jou te vinden,' stamelt hij. 'Het meisje met de roze laarsjes. Maar dit wilde ik niet. Niet jij.' Hij brengt zijn handen naar zijn buik, alsof hij een intense pijn moet wegduwen. 'Nee, Olga. Niet jij.'

Hij zet een stap naar achteren en leunt tegen de tafel. Het koude angstzweet breekt me uit. Ik kan niet meer nadenken.

'Je was altijd hier,' zegt hij dan en hij brengt zijn rechterhand naar zijn hart. 'Ik voelde al die jaren je nabijheid, hoe raar dat ook klinkt. En iets in mij was er zeker van dat ik je ooit zou vinden.'

Hij schreit nu met een schokkend lichaam. 'En nu heb ik je gevonden en verloren.'

Ik staar hem aan en kan niet praten. Deze bijzondere man met wie ik me zo verbonden voel is de moordenaar van mijn moeder. Ik slik en veeg het vocht van mijn voorhoofd. Mijn herinneringen brengen me weer de roepende stem van de man in de sneeuw op die gure ochtend en hoe hij zijn commando maar bleef herhalen, bijna smekend. Gregor vertelde dat het een ongeluk was, dat de soldaat in een kuil was gestapt, waarna zijn geweer was afgegaan. Maar Maxim was wel daar, aan de grens, want hij had zich niet verzet tegen die stationering. En daarmee was hij een helper van de macht geworden, een van de radertjes die de totalitaire machinerie draaiende hielden. Net als Gregor.

Een akelige leegte vormt zich inmiddels onder mijn middenrif. Het is een holte die uitdijt en die drukt op mijn organen. Ze duwt de inhoud van mijn maag omhoog en bemoeilijkt het uitzetten van mijn longen. Ik heb het idee dat ik moet overgeven en mijn ademhaling gaat hortend. En onderwijl raakt ook mijn hart bekneld. Het jachtige kloppen galmt in mijn oren. De leegte groeit en vertakt zich naar mijn brein. Ze belemmert mijn denken en een benauwd gevoel met intense steken volgt. Mijn handen grijpen mijn hoofd om de pijn te kanaliseren. Mijn evenwichtsorgaan valt uit en ik zak draaierig door mijn knieën en land op de koude vloer.

'Olga!' Maxim vliegt naar me toe. Hij komt naast me op de plavuizen zitten en slaat zijn arm om me heen. We strekken onze benen en leunen hijgend tegen het keukenblok. Verdwaasd staren we naar de slanke poten van de zwarte kuipstoelen. Onze borstkassen gaan op en neer van onze onregelmatige ademhaling. Mijn geest zoekt ondertussen koortsachtig naar houvast in een haperend lichaam en krijgt hulp van mijn zintuigen, want mijn telefoon begint te trillen en tetteren. Het schelle geluid doet pijn aan mijn oren. Mijn hand graait het apparaat uit mijn broekzak en mijn wijsvinger beweegt over het scherm.

'Monika! Wat is er?' Mijn overlevingsmodus start weer op. Ik duw mezelf omhoog met mijn vrije hand. Maxim volgt.

'Hé, Olga. Ik wilde even checken of je me zo meteen komt aflossen. Ik moet hier uiterlijk om vier uur weg.'

'Ja, de tandarts.' Ik herinner me weer haar afspraak. Mijn blik gaat naar de klok aan de muur. Dat wordt haasten. 'Ik kom! Ik vertrek nu.'

'Oké. Tot zo!'

Ik verbreek de verbinding en grijp mijn rugzak van de stoel.

'Je vader?' vraagt Maxim.

'Ja. Ik moet Monika aflossen.'

'Oké. We gaan.'

44
Vrijdag 2 juli 2021, namiddag
Onderweg naar het ziekenhuis in Goslar

'Uw bestemming ligt verderop aan de rechterkant,' meldt de dame van de navigatie. De beveiliger die ons rijdt mindert vaart. Maxim zit voorin en ik achterin. We kozen een gepaste afstand van elkaar. De scheiding der stoelen symboliseert de kloof die tussen ons gaapt. En toch ontstond er een gesprek, omdat de journalist in mij vragen ging stellen en hij die beantwoordde. Maar inmiddels zijn we gestopt met praten en is daar weer die akelige stilte van het begin van onze rit. Tot vandaag voelde diezelfde stilte fijn en vertrouwd, want onze zielen communiceerden toch wel met elkaar. Maar nu is er een blokkade.

Op mijn verzoek vertelde Maxim me meer over zijn leven en zijn contact met Gregor. Hij deed dat in bedekte termen, zodat onze chauffeur niet mee kon luisteren in het onwaarschijnlijke geval dat hij Duits zou verstaan. De relatie tussen Maxim en Gregor blijkt hechter dan gedacht. Nadat hij Gregor had opgespoord en hem had verteld dat ik mogelijk nog leefde, groeide er een vriendschap. Gregor hielp Maxim via zijn contacten aan een researchplek op de Universiteit van Minsk en ondersteunde hem later met opdrachten voor archeologische studies en projecten. Gregor was ook degene die Maxim vroeg of hij mij kon helpen met informatie over de Duitse vluchtelingenstromen in 1945, een onderwerp waarin Maxim als cultureel antropoloog interesse had getoond. Tot een uur geleden had Maxim geen idee dat ik de dochter ben van Gregor. Ze hadden elkaar al kort na hun kennismaking in 1995 beloofd dat ze zouden zwijgen over de gebeurtenissen op 14 februari 1988. Gregor hield zich aan die afspraak, ook tegenover mij.

Daarna vertelde Maxim over zijn jeugd in de grauwe DDR als kind van twee overtuigde communisten. Alleen via zijn contacten met andere leerlingen sijpelde weleens regimekritische informatie binnen. Genoeg voor een ongemakkelijk gevoel, maar onvoldoende voor een revolte. Nadat hij als kind tijdens een vakantie aan de Oostzee op het strand overblijfselen van vergane schepen had gevonden, kreeg hij interesse in de onbekende werelden die in de aarde verborgen lagen. Die belangstelling groeide en uiteindelijk wilde hij archeologie gaan studeren. Een studieplaats lonkte wanneer zijn socialistische blazoen onbesmet bleef en wanneer hij braaf zijn militaire dienst zou doorlopen. Hij stelde dus ook geen vragen toen hij naar de grens werd gestuurd. In discussie gaan stond in de DDR immers gelijk aan oppositie plegen en leidde tot een rood vinkje achter je naam en dus het einde van je opleidingskansen. Je zou dan de rest van je leven in een fabriek of in een landbouwcorporatie moeten slijten. Bovendien kwam hij niet uit een milieu van intelligentsia en kunstenaars. Erger nog: denken en creëren oogstten angst en afkeuring in zijn huiselijke biotoop. Dus deed hij wat hem werd opgedragen en belandde in de kazerne van Sorge. En natuurlijk twijfelde hij aan de partijretoriek over het belang van de antifascistische beschermingswal waarlangs hij elke dag patrouilleerde. En natuurlijk wist hij dat die hermetisch afgesloten grens vooral tot doel had om ontevreden inwoners binnen te houden. Maar tussen iets zien en iets veranderen, gaapte zijn opvoeding waarin jezelf plooien naar de macht en zwijgen over je gedachten centraal stonden.

Pas na dat dramatische schot kwam de knak en zag hij zich in de volle omvang geconfronteerd met zijn eigen zwakte en de misdadige DDR. Hij hield voet bij stuk over de feitelijkheden rond de vrouw en het meisje, maar dat was de machthebbers niet welgevallig, waarna ze hem opsloten en psychisch martelden.

Mijn gedachten gingen weer naar de woorden van papa, twee jaar geleden, toen de dementie zijn brein al begon aan te tasten. Het was Pasen en ik was even thuis tussen de reportages door. We spraken over de dansende feiten en de draaiende waarheden die ik zo vaak aantrof in de gebieden die ik bezocht. Hij stond op, liep naar de boekenkast en gaf me toen een essay van een Harvard-professor met daarin de quote *'The truth is in the eye of the beholder'*. Hierna vertelde hij dat we de bonte werkelijkheid aanschouwen vanuit ons eigen perspectief en vanuit onze eigen waarden. 'Dus hoe je kijkt, bepaalt in hoge mate wat je ziet.' Hierna verhaalde hij dat hijzelf tijdens zijn leven meermaals anders was gaan kijken en daardoor ook andere dingen was gaan zien. 'Soms zelfs 180 graden anders.'

En hij noemde als voorbeeld het aanzien van Stalin, die tot 1953 voor veel Russen de Grote Generalissimo was. Pas na zijn dood communiceerde de partijtop over zijn gruwelijke misdaden. Zijn standbeelden werden verwijderd en de stad Stalingrad werd in 1963 hernoemd naar Wolgograd. Maar toen kwam Poetin en hij hief de massamoordenaar weer op het ereschild en liet de schoolboeken aanpassen. Russische kinderen leren nu dat Stalin van de Sovjet-Unie een wereldmacht maakte en dat hij een groot oorlogsleider was, die het kwaad van het fascisme overwon. 'Deze kinderen kijken straks weer anders naar Stalin dan hun ouders, en zien dus een andere waarheid.'

Tijdens ons gesprek registreerde ik vooral mijn vreugde over zijn heldere moment en minder de boeiende inhoud van wat hij vertelde. Pas nu, in deze auto, zittend achter Maxim, krijgen zijn woorden die andere betekenis en vertellen me dat ik voorzichtig moet zijn met oordelen.

Raar eigenlijk hoe de dingen kunnen gaan. Als Maxim niet naar de grens was gegaan en zich niet had verstapt op die 14e februari dan was mijn moeder over die stalen wand geklommen en had ze het Westen bereikt. Hoe was mijn leven dan gelopen? Afgaande op de verhalen van Gregor had Irina contact met hem gelegd. Wat betekent dat hij me na het uiteenvallen van de Sovjet-Unie had bezocht. Ik was dan opgegroeid tussen twee werelden: de democratie van West-Duitsland en de dictatuur van Belarus. Welke keuzes had ik dan gemaakt? Eén ding is zeker: ik had Maxim nooit ontmoet en die gedachte laat me huiveren. Ik slik en het angstzweet breekt me uit. En ineens toont zich de waarheid. Ze kijkt me recht in de ogen: mijn moeder is in mijn hart verworden tot een theoretisch persoon, iemand aan wie ik geen gevoelens meer koppel, maar Maxim is mijn werkelijkheid, de man die bij me hoort en dat weet ik al vanaf het moment dat hij vorige week die vergaderruimte in het hotel binnenkwam. We waren al die jaren naar elkaar onderweg en als ik hem nu wegstuur dan laat ik toe dat de lange arm van een vervlogen dictatuur opnieuw invloed krijgt op mijn leven. Wil ik dat?

Terwijl we het ziekenhuis naderen, realiseer ik me dat de drie mannen in mijn leven elk op een eigen wijze besmet zijn door hun verleden. Papa stal de dochter van zijn jeugdvriend, Gregor heulde met een totalitair regime en Maxim schoot mijn moeder dood. Welke daad is erger? Papa en Gregor handelden jarenlang weloverwogen fout, ook als volwassen mannen die geleerd hadden om de context te zien. Maxim handelde verkeerd als negentienjarige en de vraag is in hoeverre hij zich destijds bewust was van het wrede van zijn dienstplicht aan de grens. Na het dodelijke schot begon zijn boetedoening en zijn queeste om mij te vinden. En ineens brengen mijn herinneringen me weer het geroep van de man in de sneeuw. Hij bleef zijn bevel maar herhalen en zijn toon veranderde van commanderend naar smekend. Ja, inderdaad! Zijn besef van het inhumane van zijn werk aan de grens, kwam al kort voor het schot! Ik zucht en sla mijn hand voor de mond. Wat had hij gedaan als hij zich niet verstapt had? Was hij aan de grens gebleven? De dood van mijn moeder was een ongeluk, zei hij, want hij had besloten om niet te schieten. Aan die verklaring twijfel ik niet. Ik vertrouw hem, want hij vertelde me zijn grootste geheim, met het risico dat dit kon leiden tot een aanklacht voor moord én het einde van onze opbloeiende liefde. Zijn reactie is zo anders dan die van papa, want hij loog decennialang om me bij zich te houden en plantte zo dat zaadje van wantrouwen dat geleidelijk mijn leven overwoekerde. Maxim daarentegen koos voor de waarheid, want wederzijds vertrouwen was voor hem het grootste goed. Wat betekent dat ik bij hem kan zijn wie ik werkelijk ben en hetzelfde geldt voor hem. Ja, met zijn bekentenis kwam mijn vergeving. En dat wil ik hem vertellen. Maar net wanneer ik hem wil aanspreken, is daar de stem van de chauffeur.

'We zijn er zo,' zegt hij in het Engels.

Links voor ons doemt de beige blokkendoos op. Ik slik mijn woorden in. Ze zijn voor later. Voor een rustiger moment, wanneer we alleen zijn. Terwijl we het open terrein van het ziekenhuis op draaien worden we links ingehaald door een politieauto. Dus de patrouille is ons gevolgd? De politie rijdt rechtdoor de autovrije zone op en parkeert haar voertuig op de taxistandplaats dicht bij de ingang.

'Waar zal ik parkeren?' vraagt de chauffeur, terwijl hij afremt en om zich heen kijkt. 'De taxistand is vol.' Hij lijkt te twijfelen tussen de autovrije zone en de officiële parkeerplaats voor de bezoekers.

Ik kijk in de achteruitkijkspiegel en herken de auto met de twee andere beveiligers. Links stapt een blonde diender al uit de politieauto en verkent de omgeving.

‘Misschien de gewone parkeerplaats?’ vraag ik. ‘De politie is er. Dus het gebied wordt nu gecontroleerd.’

De chauffeur knikt en rijdt stapvoets langs de slagboom.

‘Ik vind dit niet verstandig,’ zegt Maxim nu, terwijl de chauffeur de auto parkeert op de eerste vrije plek enkele meters verderop.

Ik wil reageren, maar dan valt mijn blik op de vleugel met de kamer van papa, waarna mijn aandacht naar de klok van het dashboard gaat en ik me weer bewust ben van de actualiteit. Scheiße! We zijn een kwartier te laat. Zou Monika er nog zijn? Ik hoop het, want ze moet me nog bijpraten over de bevindingen van de arts. Ik heb zijn visite vandaag voor het eerst gemist vanwege mijn ontmoeting met Gregor. Balend van de vertraging vergeet ik het signaal ‘veilig’ en stap al uit. Maxim roept iets en opent zijn portier. Denkend aan papa draai ik me naar rechts en loop om de auto richting de ingang. Maar dan zie ik op zo’n dertig meter afstand de blonde agent. Hij is ons gevolgd naar het parkeerterrein. Er klopt iets niet aan hem. Ik vertraag mijn pas en ineens herken ik de hippe saffierblauwe sneakers. Mijn wezen bevriest, want voor me staat Hauke, met grime op zijn gezicht en een blonde pruik op zijn hoofd. Hij richt zijn pistool op me.

‘Olga!’ schreeuwt Maxim en hij werpt zich met een onverwachtse sprong tussen mij en het wapen. Een schot klinkt en Maxim zakt in elkaar. En terwijl de beveiligers Hauke onder vuur nemen, begin ik te gillen en stort me op de bloedende Maxim.

Epiloog
Vrijdag 24 mei 2024

Première van de documentaire *De Grensman*

24 mei 2024: Première van de documentaire *De Grensman*

De toeschouwers kijken naar beelden van een congres in 2019 waarop mensen van diverse pluimage discussiëren over de Duitse eenwording na de val van de Muur in november 1989. De onderwerpen zijn breed. Inmiddels zijn vijf jongeren aan het woord die in 1990 geboren zijn in de voormalige DDR. Ze zitten aan een ovale tafel en bespreken de verhalen over vroeger van hun ouders en grootouders.

'Zijn er littekens die de DDR achterliet in jullie leven?' vraagt de gespreksleider en hij kijkt rond.

Een magere brunette met een bob steekt haar hand op.

'Vertel,' zegt de man.

'Ik heb met mijn ouders gebroken,' verzucht de jonge vrouw. 'Ik ben dankbaar voor mijn vrijheid, maar zij niet.' Hierna geeft ze uitleg over hun onvermogen om een bestaan op te bouwen in het nieuwe Duitsland. 'Leeuwen die opgroeiden in een dierentuin, hebben niet geleerd hoe ze moeten jagen. Mensen die opgroeiden in een communistische dictatuur, hebben niet geleerd hoe ze geld moeten verdienen. Mijn vader voelt zich vernederd en droomt over een terugkeer naar de kooi van een gesloten en almachtige Duitse staat, die hem elke dag zijn voer geeft en een warm hok waarin hij kan slapen. Hij heeft extreme ideeën.'

Hierna volgt een uitsnede uit een discussie tussen wetenschappers over de vraag hoelang een totalitair verleden doorwerkt op een samenleving. 'Enkele generaties,' is het meest gehoorde antwoord.

Het beeld springt weer naar de onbekende man in de vaalgele ruimte met het stalen bureau.

'We waren bij het moment dat u de vader van het meisje vond. Hoe verliep dat contact?'

De man knikt. Je ziet hoe de capuchon van zijn hoody beweegt. *'Eerst wilde ik hem een anonieme brief schrijven met de informatie over zijn dochter. Maar dat vond ik laf. Dus besloot ik naar zijn huis te gaan en aan te bellen op een moment waarvan ik wist dat hij er zou zijn. Na een korte aarzeling nodigde hij me uit om binnen te komen. Zittend in zijn woonkamer deed ik mijn verhaal. Hierna gaf ik hem de ordner met alle documenten die ik had verzameld.'*

'Was u niet bang dat hij u zou aanvliegen? U had immers zijn vrouw doodgeschoten.'
'Jawel. Maar mijn drang om mijn fout te herstellen won het van mijn angst.'

'En hoe reageerde de vader op uw bezoek?'
'Hij brak. Wij allebei. Dat gesprek was een van de meest emotionele momenten in mijn leven. Het voelde als een bevrijding.'

De man begint nu te huilen. Zijn gesnik vult de zaal. Een enkele toeschouwer grijpt naar een zakdoek.

'En wat gebeurde er daarna?'
'De vader en ik hielden contact. We hadden vanaf onze ontmoeting nog maar één doel: het meisje opsporen. Maar dat bleek lastig. Pas in 2021 vonden we haar. Of beter: zij vond ons. De eerste keer dat ik haar ontmoette, wist ik niet dat zij het meisje was en zij wist niet dat ik de grenssoldaat was. Maar toch voelden we een diepe connectie. We werden verliefd.'

'En heeft zij kennis van uw rol in de dood van haar moeder?'
'Ja. Toen ik ontdekte dat zij de dochter was van de blonde engel heb ik haar verteld wie ik was en wat ik heb gedaan.'

'Waarom hebt u haar de waarheid verteld? U had het verleden toch ook kunnen laten rusten? Me dunkt dat er een risico was dat u haar weer zou verliezen.'
'Dat klopt. Maar ik wilde niet meer terug naar dat beklemmende bestaan waarin ik moest zwijgen over mijn ware gedachten. Ik wilde een relatie op basis van openheid en vertrouwen.'

'En hoe reageerde zij op uw bekentenis?'
'Geschokt en verdrietig. Maar net als haar vader liet ook mijn vrouw het verleden los. Ze vergaf me en koos voor onze toekomst.'

De camera zweeft weg naar de kale boom op de binnenplaats, waar inmiddels een tweede zwarte vogel op de tak neerstrijkt. Hierna wordt het beeld zwart en eindigt de documentaire. Het publiek begint te klappen.

De hoogzwangere documentairemaker Olga Liebke staat op van haar stoel en loopt de trappen op naar het podium. Ze neemt een bos bloemen in ontvangst en knipoogt naar haar echtgenoot. De rossige man glimlacht teder naar zijn vrouw en klopt vervolgens vriendschappelijk op de schouder van een oudere heer naast hem. Deze huilt van emotie en strijkt met zijn gerimpelde hand door zijn witte haren.

Op het scherm eindigt ondertussen de aftiteling. Witte letters op een zwart fond. De laatste woorden verschijnen en zijn:

**'In dierbare herinnering aan André Liebke,
overleden op 13 juli 2021.'**

Dankwoord

Velen waren mij tot steun bij de totstandkoming van *De nomade*. Dus dank aan al diegenen die mij hielpen met het lenen van boeken, met het delen van ervaringen en met het vertellen van anekdotes.

Een speciaal woord van dank voor:

Franka Hummels
Zij is historicus en freelancejournalist. Zij woonde en werkte in Belarus en schreef de boeken *De generatorgeneratie. Leven na Tsjernobyl* en *En dan nu het goede nieuws* (samen met Karin Sitalsing). Zonder haar hulp, duiding, contacten en meelezen had ik dit boek niet kunnen schrijven.

X. uit Minsk
Uit veiligheidsoverwegingen kan ik de naam van X hier niet noemen. Echter, door deze boeiende inwoner van Minsk kreeg ik een beter inzicht in diverse aspecten van het dagelijks leven in Belarus. Door mijn gesprekken met X ging ik mijn vrijheid nóg meer waarderen.

Laima Andrikienė uit Litouwen
Laima is o.a. voormalig minister van Industrie & Handel en Economische zaken van Litouwen, voormalig lid van het Europees Parlement, voormalig vicepresident van de Parlementaire Assemblee van de Raad van Europa en sinds november 2022 lid van de Europese Rekenkamer. Toen ik Laima vertelde over mijn boek *De nomade*, nodigde zij me uit in Vilnius. Hier spraken we over haar leven onder het Sovjetbewind en de weg naar de onafhankelijkheid van Litouwen. Ook gaf zij mij inzichten in de huidige politieke context van de Baltische regio. Vooral haar anekdoten over haar jeugd in de Sovjet-Unie maakten indruk.

Aartsbisschop Gintaras Grusas uit Litouwen
Aartsbisschop Gintaras Grusas ben ik dank verschuldigd voor de hartelijke ontvangst in zijn residentie in Vilnius waar we onder andere spraken over 'de ziel' van mensen die gekooid worden door een politiek systeem.

Museum of Occupations and Freedom Fights in Vilnius
Een diepe buiging voor het team van het 'KGB Museum' zoals het in de volksmond wordt genoemd. Door hun heldere uitleg ging ik de fijnmazige organisatiestructuur en de brute werkwijze van de Sovjet-KGB beter begrijpen. Ook leerde ik hier veel over de deportatie van Litouwers naar de Siberische goelags en hun leven aldaar.

Grenzmuseum Sorge e.V. in de Harz
De vrijwilligers van het Grenzmuseum in Sorge gaven mij een bevlogen en heldere uitleg over de situatie aan de DDR-grens voor de val van de Muur. Grote dank ben ik verschuldigd aan de voormalige 'Grenzer' die mij al wandelend en al rijdend over de colonneweg meenam naar 1989, toen hijzelf als dienstplichtig militair aan de grens was gestationeerd. Zijn uitleg en herinneringen leidden mede tot de verhaallijn over de Grensman.

Krzysztof Dobrowolski-Onclin, docent aan de Vrije Academie, Amsterdam.
Ik volgde zijn college 'Polen, zijn geschiedenis & cultuur' aan de Vrije Academie. Krzysztof Dobrowolski-Onclin gaf op een bevlogen en overzichtelijke wijze uitleg over de bewogen geschiedenis van Polen en de cultuur aldaar.

Hans Bouman, deken van het dekenaat Heerlen, voor het meelezen en meedenken vanaf het begin. Ook ben ik hem erkentelijk voor de gedachtelijntjes die hij me gaf.

Anna Klein-Ochsenknecht. Zij leende me boeken en vertelde mij verhalen over Oost-Pruisen.

Ook dank ik mijn proeflezers voor het lezen van één of meer versies van *De nomade*:

Hans Bouman
Rosita Custers
Guido Goedgezelschap
Brigitte Hessels-Debougnoux
Merel Godelieve
Mona Kunkels
Wendy van Lierop
Jessica Niewierra
Dorthe Schipperheijn
Aggie Schrijvers
Winnie Weelen

Grote dank ook aan mijn collega's van het **Moordwijven** collectief: **Liesbeth van Kempen, Isa Maron, Ingrid Oonincx en Marlen Visser**. Hun humor en vriendschap brengen me vreugde én relativeringsvermogen.

Violet Bijvanck en Carla Hazewindus krijgen van mij een pluim voor hun uitstekende en minutieuze werk als persklaarmaker.

Uiteraard ook een groot woord van dank voor **Lili de Ridder**, mijn leermeester en bevlogen redacteur, en voor **Maarten Basjes**, mijn redacteur, inspirator en maatje bij Luitingh-Sijthoff. *De nomade* is ook jullie boek.

En tot slot dank ik mijn geliefde man, **Frans Wagemans**. Hij is de wind onder mijn vleugels. Zonder zijn constante aanmoediging, meedenken én hulp was dit boek niet geschreven.

Verantwoording

Literatuurlijst *De nomade*

Tijdens het doen van research voor dit boek las ik artikelen, bekeek films en videofragmenten en sprak boeiende deskundigen.

Onderstaand een niet-limitatief overzicht van de boeken die ik (gedeeltelijk) las en die me inspireerden of hielpen zaken te begrijpen en in hun context te plaatsen. Ook noem ik enkele interessante hoorcolleges en podcasts.

Boeken

Albats, Yevgenia. *KGB state within a state. The secret police and its hold on Russia's past, present and future.* I.B. Tauris Publishers. 1995.

Alexijevitsj, Svetlana. *De oorlog heeft geen vrouwengezicht.* De Bezige Bij. 2017. Audioboek.

Alexijevitsj, Svetlana. *Secondhand-Zeit. Leben auf den Trümmern des Sozialismus.* Suhrkamp. 2015.

Applebaum, Anne. *Between East and West. Across the Borderlands of Europe.* Penguin Books Ltd. 2015.

Applebaum, Anne. *Twilight of Democracy. The seductive lure of Authoritarianism.* Doubleday & Co Inc. 2020.

Applebaum, Anne. *Gulag. A history.* Random House Inc. 2004.

Scher, Abraham. *Russia: A short History.* Tantor Media Inc. 2017. Audioboek.

Bazan, Lubov. *A History of Belarus. A non-literary essay that explains the ethnogenesis of the Belarusians.* Glagoslav Publications Ltd. 2014.

Beld, Ardt. *Een land om te leven. Honderd dagen protest in Wit-Rusland.* Uitgeverij Aspekt. 2021.

Brandt Corstius, Jelle. *Rusland voor Gevorderden. Berichten van een overlever.* Prometheus. 2008.

Brodsky, Joseph. *Less Than One. Selected Essays.* Penguin Modern Classics. 2011.

Brokken, Jan. *Baltische zielen.* Atlas Contact. 2022. Audioboek.

Browning, Christopher R. *Ordinary Men: Reserve Police Battalion 101 and the Final Solution in Poland.* HarperAudio. 2020.

Canetti, Elias. *Massa & Macht.* Athenaeum. 2017.

Coombes, Anne. *Belarus – Culture Smart! The Essential Guide to Customs & Culture.* Kuperard. 2008.

Derwahl, Freddy. *Abenteuer Einsamkeit.* Moderne Einsiedler. Topos. 2017.

Dinsdale, Robert. *Gingerbread.* W.F. Howes Ltd. 2014. Audioboek.

Dobelli, Rolf. *Het nieuwsdieet. Omgaan met de overload aan informatie.* Spectrum. 2020.

Dönhoff, Gräfin Tatjana & Jo Röttger. *Weit is der Weg nach Westen. Auf der Fluchtroute von Marion Gräfin Dönhoff.* Die Zeit Reisen. Nicolai. 2004.

Eeghem, Kurt van. *Op reis naar het onbekende Litouwen.* Polis. 2019.

Filipenko, Sasja. *De ex-zoon.* Meridiaan Uitgevers. 2021.

Genova, Lisa. *Ik mis mezelf.* House of Books. 2015.

Gessen, Masha. *Hoe overleef je een autocratie?* De Bezige Bij. 2020. Audioboek.

Ginniken, Jaap van. *Verleidingen aan de top. De psychologie van de macht.* Business Contact. 2021. Audioboek.

Gordievsky, Oleg. *The autobiography of Oleg Gordievsky. Next Stop Execution.* W.F. Howes Ltd. 2018. Audioboek.

Grafe, Roman. *Deutsche Gerechtigkeit. Prozesse gegen DDR-Grenzschützen und Ihre Befehlsgeber.* Siedler Verlag. 2004.

Grafe, Roman. *Die Grenze durch Deutschland. Eine Chronik von 1945 bis 1990.* Pantheon-Verlag. 2008.

Greene, Robert. *De 48 wetten van de macht.* J.M. Meulenhoff. 2010.

Hamel, Jan Willem. *Polen. Praktische en culturele reisgids met alle bezienswaardigheden.* Elmar. 2022.

Harari, Yuval Noah. *Sapiens. Een kleine geschiedenis van de mensheid.* Thomas Rap. 2014.

Harari, Yuval Noah. *21 lessen voor de 21ste eeuw.* Thomas Rap. 2020.

Hummels, Franka. *De generatorgeneratie. Leven na Tsjernobyl.* Atlas Contact. 2011.

Jeffreys, Tom. *The White Birch. A Russian Reflection.* Corsair. 2022.

Kingston. A.J. *Berlin Wall: East Vs West. Germany: History Of Eastern Block. Stasi & The Soviet Iron Curtain.* PublishDrive. 2023. Audioboek.

Kingston, A.J. *Secret Police Exposed: Gestapo.* KGB. *Stasi. Securitate.* PublishDrive. 2023. Audioboek.

Kotkin, Stephen. *Armageddon Averted. The Soviet Collapse, 1970-2000.* Tantor Media Inc. 2018. Audioboek.

Kosinski, Jerzy. *The Painted Bird.* 2010. Audioboek.

Krielaars, Michel. *Het brilletje van Tsjechov: Reizen door Rusland.* Atlas Contact. 2022. Audioboek.

Lancewood, Miriam. *Mijn leven in de wildernis.* Kosmos Uitgevers. 2017.

King, Julie Adair. *Digitale fotografie voor dummies.* BBNC Uitgevers. 2020.

Le Bon, Gustave. *The Crowd. A Study of the Popular Mind.* 1895. FV Éditions. 2014.

Lehdorff, Hans Graf von. *Dagboek van een arts. Oost-Pruisen 1945-1947.* Uitgeverij Groen-Heerenveel. 2017.

McCormack, Judith. *The Singing Forest.* Highbridge Audio. 2021. Audioboek.

Mak, Geert. *In Europa, Deel 1.* Atlas Contact. Luisterboek. 2019.

Mak, Geert. *In Europa, Deel 2.* Atlas Contact. Luisterboek. 2019.

Mak, Geert. *Grote Verwachtingen.* Atlas Contact. Luisterboek. 2019

Martsynkevich, Anna. *Local Travel Guide to Belarus.* Oppian. 2020.

Mathews, Karen. *Belarus – 391 Most Asked Questions – What you need to know.* Emereo.

Orwell, George. *1984.*

Peskove, Vasili. *Kluizenaars in de Taiga.* Van Holkema & Warendorf / Unieboek BV. 1993.

Pflugbeil, Sebastian. *Aufrecht im Gegenwind. Kinder von 89ern erinnern sich. Evangelische Verlagsanstalt Leipzig.* 2010.

Plas, Bas van der. *'Belarus is geen Rusland'. Macht en oppositie in Wit-Rusland.* Insudok, Navra. 2021.

Pollmann, Bernhard. *Masuren. Lebendige Vergangenheit - zauberhafte Natur.* Reader's Digerst. 2004

Posner, Gerald. *Hitler's Children: Sons and Daughters of Third Reich Leaders.* Tantor. 2017. Audioboek.

Precht, Richard David. *Wer bin ich – und wenn ja wie viele. Eine philosophische Reise.* Wilhelm Goldman Verlag. 2007.

Rawicz, Slavomir. *The Long Walk: The True Story of a Trek to Freedom.* Backstone Publishing. 2006. Audioboek.

Reckwitz, Andreas & Valentine A. Pakis. *Society of Singularities.* Polity Press. 2020.

Roberts, Nigel. *Belarus.* Bradt Travel Guides. 2015.

Roth, Ari & Peter Sichrovsky. *Born Guilty.* L.A. Theatre Works. 2009.

Russel, Jesse. *Belarus Travel and Tourism. Tourist Guide.* Sonittec Publishing. 2019.

Seiler, Lutz. *Kruso.* Atlas Contact. 2016.

Snyder, Timothy. *Over tirannie. Twintig lessen uit de twintigste eeuw.* Ambo|Anthos. 2017.

Snyder, Timothy. *De weg naar onvrijheid. Rusland, Europa, Amerika.* Ambo|Anthos. 2018.

Snyder, Timothy. *The Reconstruction of Nations: Poland, Ukraine, Lithuania, Belarus. 1569-1999.* Tantor Audio. 2022.

Solzhenitsyn, Aleksandr. *One Day in the Life of Ivan Denisovich.* Farrar, Straus & Giroux. 2005.

Solzhenitsyn, Aleksandr. *The Gulag Archipelago 1918-1956.* Caedmon. 2020. Audioboek.

Taubman, William. *Gorbatsjov. Zijn leven en tijdperk.* Hollands Diep. 2017.

Tellkamp, Uwe. *Der Turm.* Suhrkamp Verlag. 2008.

Wander, Maxie. *'Guten Morgen, du Schöne'. Frauen in der DDR. Protokolle. Mit einem Vorwort von Christa Wolf.* Sammlung Luchterhand. 1981.

Willner, Nina. *Een spionne in Oost-Berlijn. Een familiegeschiedenis.* Atlas Contact. 2019.

Williams, Ian. *A Tale of Two Systems: A View of Ordinary Life in Communist USSR and The West – The Unites States of America.* InnovateGen Ltd, 2021. Audioboek.

Wilson, Andrew. *Belarus. The Last European Dictatorship.* Yale University Press. 2021.

Winterberg, Sonya. *Wir sind die Wolfskinder. Verlassen in Ostpreußen.* Piper Verlag GmbH. 2012.

Wohlleben, Peter. *Das geheime Leben der Bäume. Was sie fühlen, wie sie kommunizieren – die Entdeckung einer verborgenen Welt.* Ludwig Buchverlag. 2015.

Zubok, Vladislav M. *Collapse: The Fall of the Soviet Union.* Tantor Audio. 2021. Audioboek.

Hoorcolleges en korte verhalen:

Charles River Editors. 'The Collapse of the Soviet Union: The History of the USSR under Mikhail Gorbachev.' 2020. Audio.

History Forever. 'Soviet Union Spy Operations: KGB, CIA & Stasi. Learn fast what it takes to be a secret service agent.' 2022. Audio.

History Forever. 'History of KGB and FSB Spy Operations: The Red Terror, 2 books in 1. Soviet Secret Service Operations and Political Murders.'

Home Academy. Marc Jansen, Michel Krielaars, Hubert Smeets, Laura Starink. 'Het Rusland van Poetin. Een hoorcollege over de historische ontwikkelingen in Rusland en Oekraïne.' 2016. Audio.

Home Academy. Henk Kern. 'Het Sovjetexperiment: Een hoorcollege over de moderne geschiedenis van Rusland.' 2015. Audio.

Home Academy. Koen Vossen. Hanco Jürgens. 'Duitsland: Een hoorcollege over de geschiedenis van Duitsland.' 2021. Audio.

Short-stories.nl. 'Russische verhalen. Anton Tsjechov. Valery Brjoesov. L. Toergenjev.' 2022. Audio.

Podcasts:

Ik luisterde meerdere podcasts die een relatie hebben met Oost-Pruisen, Belarus, de voormalige Sovjet-Unie, het huidige Rusland, de DDR, de Baltische staten, Polen, het fenomeen macht, (massa)psychologie en de ziekte dementie. De onderstaande podcasts wil ik uitlichten, omdat ze erg verhelderend waren.

The Story of Belarus. Talk Eastern Europe.

Horchpost DDR. Stiftung Ettersberg.

Russian and Eurasian Studies. New Books Network.